中國語言文字研究輯刊

七　編

許錟輝　主編

第 15 冊

魏建功音學述評（上）

錢　拓　著

花木蘭文化出版社

國家圖書館出版品預行編目資料

魏建功音學述評（上）／錢拓 著 -- 初版 -- 新北市：花木蘭
文化出版社，2014〔民103〕

目 6+240 面；21×29.7 公分

（中國語言文字研究輯刊 七編：第15冊）

ISBN 978-986-322-855-4（精裝）

1. 古音　2. 聲韻學

802.08　　　　　　　　　　　　　　　　103013632

中國語言文字研究輯刊

七　編　　第十五冊　　　　ISBN：978-986-322-855-4

魏建功音學述評（上）

作　　　者	錢拓	
主　　　編	許錟輝	
總 編 輯	杜潔祥	
副總編輯	楊嘉樂	
編　　　輯	許郁翎	
出　　　版	花木蘭文化出版社	
社　　　長	高小娟	
聯絡地址	235 新北市中和區中安街七二號十三樓	
	電話：02-2923-1455／傳眞：02-2923-1452	
網　　　址	http://www.huamulan.tw 信箱 hml810518@gmail.com	
印　　　刷	普羅文化出版廣告事業	
初　　　版	2014 年 9 月	
定　　　價	七編 19 冊（精裝）新台幣 46,000 元	

魏建功音學述評(上)

錢　拓　著

作者簡介

錢拓，字展之，民國七十年生，新北市人。輔仁大學中國文學博士，輔仁大學兼任講師、景文科技大學兼任講師。著有《俞樾《群經平議》訓詁術語研究》、〈論東坡詞的入聲用韻現象〉、〈陸志韋《廣韻》五十一聲類說商榷〉、〈俞樾〈管子平議〉假借術語音韻層次析論〉、〈魏建功「詞類軌部」探析〉、〈魏建功「異位同勢相轉軌」探析〉、〈高本漢《詩經注釋》對《經傳釋詞》之異訓分析〉等。

提　要

　　魏建功先生（1901.11-1980.2），字天行，江蘇海安人，是著名的語言文字學者、教育家、書法家、國語文推動者。魏先生不僅繼承與發揚了錢玄同先生融合中西，貫通古今的研究精神，開創了音韻學現代化的道路，亦是漢語語言學的開拓者。

　　魏先生畢生積極從事語文教育和研究，其音學成就具有豐碩的學術價值，於音韻學史上普遍的受到肯定。本文將魏先生的音學研究成果分成四大領域，加以深入探析：第一、「古音學說」。魏先生將新的科學方法以及比較材料應用於古音研究，將古音就陰、陽、入三聲，分為五大類，訂為古韻六十二部，並全面性的構擬輔音韻尾。第二、「音軌說」。在《古音系研究》中魏先生將音韻演變理論分為三部、二十軌、一百零六系變化條例，並逐項陳述，體系完整。據其脈絡加以爬梳，可以考知魏先生之音論觀點，對新學說之啓迪，並可得見其繼往開來之精神。第三、「韻書殘卷論」。魏先生於韻書殘卷之研究，正值新材料不斷問世之際；而先生除參與編纂《十韻彙編》，卓有大功外，更繼王國維之後，撰有頗為豐富之殘卷論述。其中有關切韻系韻書之探討，自成體系。第四、「國語運動」。在國語運動的進程中，魏先生因應時代需求，採用注音符號、方音比較等新方法，就言文一致、語言統一以及語言規範等語文範疇，分別進行深入探討，提升了國語文研究的層次與意涵。本文以此四端，作為基礎，期能對魏先生於音學研究之發明，略盡闡揚之功。

謝　辭

本篇論文的完成，要感謝　陳師伯元、李師添富二位本師對學生的指導。

《魏建功音學述評》的寫作計畫和架構，是在　伯元師的支持和提點下，建立了初步方向，並根據李師添富在學生博士班入學時對研究計畫的細心審閱，讓學生有了發展概念和思考方向，得以逐步落實。

感謝金師周生、姚師榮松、曾師榮汾、葉師鍵得於口試時賜予學生許多寶貴的指示和真知灼見，令學生得以修正拙作。

感謝輔仁大學中文系所有師長多年來的啓蒙和教導，以及系所助教、諸位學長們的協助和鼓勵；也感謝過去每一個階段裡，所有教導我、授予我知識的師長先生們。由衷的感激之意，溢於言表，然深恐掛一漏萬，恕學生在此一併致謝，尚乞　見諒。

自幼，讀書便不是自己拿手的項目。記得小時候面對許許多多的學科知識，總是在不斷演練中跌倒、受挫。久而久之，開始懷疑自己是否資質駑鈍，定性不佳，每每無法專注，更別說要貫徹始終地做完一件事了。年少使然，而心中卻始終沒有放棄「某日當在學業上努力自我證明」的念頭。感謝專科時師長播下了一顆中國文學的種子，它萌芽了，迎著光，漸漸找到自己的方向。

考進輔仁中文系大學部的那天，我亦期許自己，只要有能力、有機會，就要在這條道路上持續前進。在這充滿人情味的校園，數度寒暑；何其有幸，得承恩澤孕育，成為人生至今最值得自我肯定的價值。

·謝辭 2·

　　一項目標的完成，絕對不是偶然，若非諸多師長和貴人給予我機會，不可能會有今日。學習永無止盡，而階段性任務業已達成。承蒙所有不曾放棄我的師長、朋友，感謝有您，讓我學會了不輕言放棄。

　　永遠感謝、懷念敬愛的　伯元老師。

目

次

第一章　緒　論

　　魏建功先生（1901.11.7～1980.2.18），字天行，江蘇海安人，是著名的語言文字學者，研究與著述涉及漢語的許多領域，如方言、歌謠、俚語、國音、文獻整理與古文字研究、韻書校勘、字典編輯等，成績斐然。魏先生之學術啓蒙於繆文功、孫錦標、徐昂、顧頡剛等先生，又直承於章太炎先生之門生如沈兼士、馬裕藻、錢玄同先生等，而繼承與發揚了錢玄同先生融合中西，貫通古今的研究精神，開創了音韻學現代化的道路，是漢語語言學的開拓者，亦於章黃學派中有承先啓後之功。魏先生並與劉復、羅常培、白滌洲、黎錦熙、唐蘭、葉聖陶等先生於語言文字之學交流密切，互有發明。

　　魏先生畢生積極投入語文教育和研究，成就頗大。20 年代，魏先生負笈於北京大學。時值五四，受到錢玄同先生的感召，魏先生開始致力於國語運動；而錢氏與黎錦熙先生等創辦了《國語周刊》，魏先生也參加了周刊的編輯工作，並爲主要撰稿人之一，繼而加入「國語統一籌備會」，奠定終身從事語文運動的基礎。後轉而赴韓國講學，以注音符號爲工具講授漢語，試圖運用現代科學方法進行對外漢語教學之實驗，成效彰著。1929 年發表了〈古音學上的大辯論——〈歌戈魚虞模古讀考〉引起的問題〉、〈古陰陽入三聲考〉、〈與人論方音之由來〉等重要論文。

　　30 年代，先生潛心語言文字的研究，以北大中文系授課材料編寫爲《古音

系研究》，並發表了〈論切韻系的韻書〉、〈陸法言切韻以前的幾種韻書〉、〈論唐宋兩系韻書的演變〉、〈科斗說音〉、〈陰陽橋〉、〈十韻彙編資料補並釋〉等多篇論文。並與黎錦熙等戮力於國語羅馬字；於重慶時任國語推行委員會常委，負責編輯《中華新韻》。

40 年代，先生於國立西南女子師範學院創國語專修科，任國語會常委，並來臺主持國語運動，參與了《國音標準匯編》、《國語日報》的編輯，至 1949 年結束了在臺灣的國語工作。

50 年代，發表了〈故宮完整本刊謬補缺切韻緒論之甲〉等文章，並主編《新華字典》。此後持續投入制定漢字簡化、漢語拼音，晚年仍持續從事辭典審訂工作等。

綜合來看，魏建功先生的音學研究成就最大，且於音韻學史上普遍的受到肯定。[註1] 因此本文即已此爲研究主旨，將魏先生的音學成就分成四大領域，加以探析：第一、「古音學說」。魏先生將新的科學方法以及比較材料應用於古音研究，將古音就陰、陽、入三聲，分爲五大類，全面性的將古韻構擬輔音韻尾，並訂爲古韻六十二部。第二、「音軌說」。「音軌」爲魏先生鉅著《古音系研究》其中之一部分，將音韻演變理論分爲三部、二十軌、一百零六系變化條例，逐項陳述，體系完整。據其脈絡加以爬梳、評述，可考究魏先生之音論觀點、對新學說之啓迪，並可得見其繼往開來之精神。第三、「韻書殘卷論」。魏先生之韻書殘卷研究，正值新材料不斷問世之熱潮；而先生於參與編纂《十韻彙編》有大功，並繼王國維之後，撰有大量頗具規模之殘卷論。此類型切韻系韻書之論述，成就了先生個人之研究體系。第四、「國語推行與國語運動」。在國語運動的進程中，魏先生因應時代需求，採用注音符號、方音比較等新工具、新方法，就言文一致、語言統一以及語言規範等語文範疇，分別進行深入探討，進而提升了語文層面的深層意義。本文以此四端，作爲開展，期望能發明魏先生音學研究之精微處，並有所補充。

〔註 1〕誠如馮蒸先生歸納魏先生對漢語音韻學的四點重大貢獻：「一、對《切韻》系韻書資料的系統整理與研究；二、『音軌』理論的提出與探討；三、對漢語音韻研究法論的研討；四、對北京話語音史研究的貢獻。」見馮蒸：〈論魏建功先生對北京話語音史研究的貢獻——兼論北京話音系歷史來源的幾種學說和有關音變理論〉《漢字文化》2011 年第 4 期，頁 29。

第一節　生平及志業

　　魏建功先生出生於 1901 年 11 月 7 日，爲江蘇省如皋縣赤岸鄉西場鎮人。幼時就讀西場玉成公小學校，十歲時考入如皋初級師範附屬小學堂，開始接觸到《說文》學。之後考入南通中學，跟隨繆文功、孫錦標先生學習文字訓詁之學。其中，魏先生受到徐昂先生影響最大。徐昂爲清末庠生，南菁書院畢業，曾經與唐文治、丁福保等共學，精通傳統文字聲韻之學。魏先生便是于此時奠定了傳統小學領域的治學基礎。

　　1918 年，魏先生考取北京大學預科俄文班，卻因患肺結核病，未能入學。時值新文化運動風行，魏先生也熱愛閱讀《新青年》等刊物。五四運動引起熱潮，魏先生一方面於舅父家調養身體，一方面積極參與各項活動。隔年魏先生再考取北京大學文預科乙部英文班，始入北大就讀。

　　進入北大不久後，魏先生即參加北大學生幹事會，執行各項學生活動。在新思潮地推動下，各種社會需求應運而生。基於「普及教育，改造社會」的理念與志向，魏先生擔任了平民夜校的教學工作，也與其他教師們成立了「平民教育實驗社」，志於教育工作。

　　1921 年，魏先生轉入北京大學文本科中國語言文學系。當時獲得錢玄同、沈兼士、馬裕藻、劉半農等先生的陶冶，影響頗深。錢先生於 1914 年至北大任職，教授文字學等課程，其後，又在北京師範大學中文系擔任系主任，兼任北京大學研究所國學門導師。魏先生於 1922 年開始擔任臨時書記，協助編輯、整理檔案等工作；組織讀書會，任年級幹部等等，因而和錢先生有了密切的接觸與交流，最後成爲錢玄同先生的入室弟子，承繼其學術思想，並跟隨著錢先生在新文化運動中捍衛白話文。同時，沈兼士先生教授文字音韻訓詁方面的課程，魏先生受業，並以成績優異著稱。畢業前發表了〈音韻識小錄〉（1925）、〈華長忠的《韻籟》〉（1925）、〈吳歌聲韻類〉（1925）等漢語研究類文章。

　　魏先生對於民間歌謠等藝術形式抱有相當大的興趣。自 1922 年開始，擔任臨時書記的過程中，加入周作人先生等發起的歌謠研究會，協助顧頡剛先生整理吳歌，發行《歌謠》週刊，也結識了董作賓、鄭天挺、陸侃如、羅庸、商承祚、臺靜農、容庚等先生。隔年，魏先生發表了〈搜錄歌謠應全注音並標語調之提議〉，倡導語音標記對蒐錄歌謠的重要性。之後陸續發表了和民間文學相關

的多篇文章，如〈歌謠表現法之最要緊者——重奏複沓〉（1924）、〈醫事用的歌謠〉（1924）、〈「耘青草」歌謠的傳說〉（1924）、〈歌謠之詞語及調譜〉（1924）、〈嘏辭〉（1924）、〈拗語的地方性〉（1924）、〈方言標音實例〉（1924）等。

對戲劇的熱愛，也表現在魏先生的青年時期。1922 年，成立了北大戲劇實驗社，任文書工作，並且實行話劇演出、翻譯以及創作劇本。排演過的戲劇包括〈幽蘭女士〉、〈愛國賊〉、〈黑暗之勢力〉、〈說不出〉、〈蠢貨〉、〈夜未央〉等等。由於時代與社會風氣的囿限，當時對於男女同臺演出的情形還未能普遍，因此劇演活動中，女角經常由男社員扮演。北大是早期倡導男女教育平權的學校之一，然而戲劇實驗社由男生扮演女角，已成爲一種習慣。俄國盲詩人愛羅先珂於 1922 年 12 月 17 日欣賞戲劇實驗社所排演〈黑暗之勢力〉後，發表了一些劇評，並由友人魯迅先生翻譯成中文，登載於《晨報》副刊。該篇文章中帶有一些尖銳的批評，使得魏先生撰寫〈不敢盲從——因愛羅先珂的劇評而發生的感想〉一文，予以回應。這篇文章造成了一連串的迴響與激盪，在《晨報》副刊上引發了筆戰與辯論；魯迅先生也做出了回應。〔註2〕魏先生對於魯迅先生是十分崇敬的，並也上過魯迅先生的「小說史」課程，屬於師生關係。這個事件不但沒有破壞兩人的情誼，反而促進了雙方的進一步認識。

對於社會運動和國語運動的投入，也是從大學時代開始萌芽。例如 1925 年 8 月 30 日在《國語週刊》發表的〈打倒國語運動的攔路虎〉，即是爲了反對語文崇尚復古派的教育總長章士釗而寫的。其他像〈救濟罷工同胞緊急籌款辦法之建議〉（1925）、〈科舉議〉（1925）、〈學術救國〉（1925）等文章，都是以關注社會爲議論核心。

魏先生在大學時期已經產生了方言語音調查的興趣。劉半農先生是開啓魏先生新視野及新研究途徑的重要人物。魏先生於北大畢業之前，劉先生剛從法國留學返回，帶回了新的語音實驗儀器，並指導魏先生利用國際音標調查與紀錄方音。劉先生在北大開設語音學課程，魏先生也加入學習之列，並共同商討

〔註 2〕此系列文章包括愛羅先珂先生〈觀北京大學學生演劇和燕京女校學生演劇的記〉、魏先生〈不敢盲從！——因愛羅先珂先生的劇評而發生的感想〉、魯迅先生〈看了魏建功君的〈不敢盲從〉以後的幾句聲明〉、周作人先生〈愛羅先珂君的失明〉、李開先先生〈讀愛羅先珂先生〈觀北京大學學生演劇和燕京女校學生演劇的記〉的感想〉等，收錄於《魏建功文集》第伍輯。

研究「方言同音字」計畫。於是北大聘任委員會批准魏先生爲國文系與研究所國學門的助教，協助語音樂律實驗室工作。當時相關發表文章有〈「到底怎麼樣？」（方言調查）〉（1925）、〈讀歌箚記〉（1926）等。北大畢業後，魏先生亦由劉半農先生介紹於中法大學服爾德學院中國文學系兼任講師。

1926 年，在政治情勢動盪不安的狀況下，魏先生試圖轉換生活環境，至徐州江蘇省立第三女子師範任國文教員。一個學期之後，魏先生離開，返回北京。時值韓國漢城的京城帝國大學（即漢城大學的前身）成立法文學部支那文學系，正招聘教員，於是透過沈尹默等先生的推薦，1927 年 4 月，魏先生便至韓國赴任。

魏先生在漢語教學的材料與方法上，改變了過去慣用的《老乞大》和《朴通事》，卻使用《老殘遊記》作爲教材，並以現代漢語科學體系和注音符號等工具作爲講授內容。在韓國期間，魏先生接觸到大量的當地民俗、語言、文化、服飾、器物等，並考察中韓之間的歷史淵源，收穫頗豐。1927 年 7 月，魏先生訂婚。該年將許多韓國經驗統整後，發表了〈僑韓瑣談〉、〈清雲巫舞〉、〈雅樂〉、〈大韓國碑〉、〈朝鮮漢字謎〉等文章。

1928 年 8 月，魏先生歸國，任中法大學服爾德學院教授，兼任北平大學女子文理學院講師。是年，錢玄同、黎錦熙等先生籌辦「國語統一籌備委員會」，目標是「統一語言，提倡言文一致，改革文字」，並邀請魏先生參加國語會等相關工作，編輯《國語旬刊》，兼任大辭典編纂處資料員等，全力投入語文運動中。

1929 年，魏先生回北大中文系任助教，兼任輔仁大學國文系講師。該年有〈古音學上的大辯論——〈歌戈魚虞模古讀考〉引起的問題〉、〈說「相」、「廝」〉、〈古陰陽入三聲考〉等具有相當質量的文章。隔年，魏先生擔任北大《國學季刊》編委會主任，兼任燕京大學國文系講師、女師大研究所研究員。此後數年間，魏先生的講學生涯趨於穩定，開始講授古音系研究課程，並陸續發表了〈陰陽橋〉（1930）、〈科斗說音〉（1931）、〈論漢字聲韻轉變研究之旨趣〉（1932）、〈說「轍兒」〉（1933）、〈黟縣方音調查錄〉（1935）等文章，《古音系研究》也於 1935 年出版。

1937 年，魏先生晉升爲教授。這年開始，政治情勢緊張。蘆溝橋事變後，抗日戰爭展開，被迫離開北平。北大教員須在長沙成立之臨時大學籌備處報到，

魏先生從天津、香港、廣西等地，輾轉來到由北大、清華、南開三所學校合併
組成的長沙臨時大學，然而長沙隨即也淪陷在戰火之中。臨時大學決議遷往昆
明，並改名爲國立西南聯合大學；文學院授課地點在蒙自。魏先生在硝煙四起
的局勢中，仍有許多文章與著作問世，例如〈爲漢字安排計議〉（1936）、〈論《切
韻》系的韻書──《十韻彙編‧序》〉（1936）、〈張洵如《北平音系十三轍》序〉
（1937）等。

　　魏先生專精於書法、篆刻等藝術創作。1939 年，西南聯大教授們爲紀念抗
戰兩週年，舉行書法義賣。魏先生以利用雲南白藤爲材料所刻成之藤印，參加
義賣，大獲好評。

　　1940 年，魏先生從西南聯大調到四川省白沙鎮的國立編譯館，負責大學教
科用書專任編輯。當時與陳獨秀、臺靜農等先生往來頻繁。魏先生和陳獨秀先
生的學術交流非常熱絡，自 1941 年起，魏先生爲陳獨秀先生多種著作校勘、寫
序，經常有書信往來。從 1940 至 1942，魏、陳兩位先生的通信共有 27 封；二
人亦數度晤面，討論學術問題。

　　1941 年，魏先生遵照國語會全體委員的決議，和黎錦熙、盧前、蕭家霖等
先生，共同編成《中華新韻》。此書爲民國以來，按照國音編訂之標準韻書。分
韻的音讀標準是依據民國二十一年教育部公佈之國音常用字彙和北平音系，並
以注音符號表現其聲韻。該年魏先生應邀至昆明中法大學任教，創辦文史系，
並任系主任。一年後即返回四川白沙任國立西南女師院國文系教授。1942 年，
魏先生應邀到中央大學演講，講題爲〈關於《中華新韻》〉，即是介紹這部新韻
書的內容與性質。

　　魏先生在女師院任職期間，創辦了國語專修科，並任主任。此爲國語會在
全國設立的三個國語專修科之一，其餘兩個是由黎錦熙先生在西北師院主持，
以及由蕭家霖先生在重慶社會育學院主持。此時，魏先生講授文字學，也著成
了《文字學概要》的相關講綱，另有文章如〈答朱孟實先生論大一國文教材及
國文教學問題〉（1943）等。

　　對日抗戰勝利之後，1945 年 10 月 25 日，臺灣光復，並結束了被日本佔據
長達五十年的殖民統治。在語言地使用方面，恢復國語，成爲一種文化上的迫
切需求。因此，魏先生身爲國語會的常委，並基於國語推行的重要意義，決定

和何容、王炬、王玉川、齊鐵恨、方師鐸等先生一起至臺灣展開推行國語的工作。當時在臺灣，閩南方言的使用也有逐漸混亂、沒落的狀況，並摻雜許多日語詞彙。民眾對於母語的掌握程度不足，甚至要學習國語、閩南語，都還是以假名拼音的方式強加湊合。有鑑於此，魏先生以多年從事國語文運動的經驗，由先復原臺灣話，進一步再從詞類對照、方言比較，慢慢引渡到國音；加上利用注音符號作為工具，配合大眾媒體的倡導等等，在臺灣的國語推行方面，獲得了極大的成效。這段期間，魏先生陸續發表了〈國語運動綱領〉（1946）、〈何以要提倡從臺灣話學習國語〉（1946）、〈國語的四大涵義——跋勞乃宣先生致中外日報書並答吳守禮先生〉（1946）、〈談注音符號教學方法〉（1946）、〈臺灣語音受日本語影響的情形〉（1946）等文章。

　　此數年之間，魏先生為了國語推行運動四處奔走。1946 年 11 月，魏先生回北平招聘赴台國語推行員。1947 年 4 月，回臺北主持改組國語會，由何容任主委，洪炎秋任副主委。另設「教育部國語推行委員會閩臺區辦事處」，魏先生任全國國語會常委。為了廣增推廣國語的人才，魏先生應許壽裳先生之邀，受聘台大中文系教授，兼任台大國語專修科主任，自己講授國語沿革，請何容先生講國語文法，齊鐵恨先生講國音標準，高鴻縉先生講文字學等，以培養相關工作者。1948 年，魏先生有意將設立在北平的《國語小報》遷台，並與何容、方師鐸先生共同籌劃辦理。這即是後來的《國語日報》。該年 6 月，將北平之設備機器辦理遷台事宜。9 月，旋即創辦《國語日報》社，從北平將印刷機與注音鉛字運來。10 月 25 光復節當日，並發行了《國語日報》創刊號。發行過程中，資金、設備和人力資源，都是相當艱困的。然而在各種條件匱乏的環境之中，刊物仍然日益茁壯、成長。《國語日報》以淺顯明白的文字書寫，附加注音符號，利於閱讀和理解，進而構築了許多人的共同記憶。魏先生在推廣國語的過程中是功不可沒的。

　　1948 年底，魏先生應胡適邀請，回到北大授課。1949 年初，大陸政局轉而面臨由共產黨掌握的局面。魏先生便繼續留在北大中文系講學，轉而從事字典編纂與文字改革的工作。魏先生起初邀請周祖謨、吳曉鈴、張建術、金克木等語文學者，共同擬定計畫編纂一本普及的小字典。而時局轉變，該工作的內容與形式略有停滯與修正，而編纂字典的基本構想則是不變的。

　　1949 年 7 月，魏先生任北京大學中文系主任，著手改革課程規劃，並講授中國語文概論、現代中國語等課程。

　　10 月，中國文字改革協會成立，決議將拼音文字方案作為主要目標。此時魏先生與時任出版總署副署長的葉聖陶多有接觸，奠定了後來共同編纂《新華字典》的基礎。1950 年，魏先生兼任新華辭書社社長，主編《新華字典》，目的為編訂一部適合社會大眾使用的小型工具書。該年陸續參與了教育部召開之常用字座談會，會議間不斷討論簡化字的選定和整理。此外，魏先生亦受聘為中國科學院專門委員。從 1950 至 1953 年，魏先生不斷領導著《新華字典》的編纂工作。1953 年底出版後，至今仍因應時代需求，不斷修訂、調整編排內容與方式。例如注例的修正、單字的增加、部首編排改以漢語拼音字母為序排列字頭、增備不同的檢索方式……等等，其發行量或是對辭書編纂方式的影響力都非常驚人。

　　文字改革在中共的社會主義文化事業中，是一項重要的任務。魏先生在中國文字改革委員會擔任委員，在研究文字拼音化方案、整理漢字並提出簡化方案、研究拼音文字的教學方法、出版書刊等工作綱要前提下，魏先生受指派到拼音方案組和漢字整理組，陸續發表了〈從漢字發展的情況看改革的條件〉（1952）、〈漢字發展史上簡體字的地位〉（1952）等文章，並完成了「簡化字方案」的初稿，主張簡化字應有一定規律，在保留形符的條件下，聲符的讀音應該要相同。1953 到 1954 年，簡化字方案的二至四稿逐步完成；數年間亦多次召開會議。1955 年，魏先生受聘為《中國語文》雜誌社編委，發表〈漢字簡化的歷史意義和漢字簡化方案的歷史基礎〉。1956 年 1 月，《人民日報》發表〈關於公佈〈漢字簡化方案〉的決議〉以及〈漢字簡化方案〉。魏先生積極參與了討論並提出修訂意見，貢獻卓著。1957 年，魏先生在〈我對漢字改革的一些粗淺看法〉的演講講詞中，統整了漢字改革的歷史基礎、理論認識，以及工作中的體會。同年，另有〈漢語拼音方案草案的擬訂經過和問題〉、〈迎接新的文化高潮的節奏——〈漢語拼音方案草案〉幫助漢字通讀正音的重大意義〉等文章。1958 年之後，魏先生轉而主持北大古典文獻專業，1961 年任北大副校長。至 1966 年，古典文獻專業才停辦。

　　文化大革命是近代史上對於文化資產的一次重大打擊，許多學者都在這

次革命中受到了各種不平等地對待和打壓。魏先生亦在此列，無法躲過被列爲「黑幫」,「反動學術權威」的遭遇，不斷遭受批鬥，使他被迫要交代並且認罪。青年時代對盲詩人愛羅先珂的批評文章，竟成了「反對魯迅」的證據；與陳獨秀先生討論學術的往來過程也被解讀爲帶有政治意義的。1968 年 7 月，魏先生接受勞改，至 12 月才結束。1973 年，魏先生被調職擔任北大、清華兩校批判林彪與孔孟之道的大批判組顧問，爲江青解釋與翻譯《論》、《孟》文字，在「批林批孔」中，供社會大眾批判。四人幫垮台之後，魏先生等幾位老教授成了被審查的對象。魏先生時年已七十多歲，承受了巨大的精神壓力。

1977 年，魏先生罹患腎病，行動不便，精神時常不濟。1978 年，七十七歲的魏先生仍抱病參與《辭源》修訂版的審稿工作。1979 年，發表了對魯迅先生的回憶文章〈講義費風潮〉，並參加了紀念羅常培先生八十誕辰紀念會，以會上發言爲基礎，寫下了〈繼往開來出力多〉，表現出對摯友的深切之情。該年北大成立學術委員會，魏先生受聘爲委員，職責是對校內重大研究工作提出建議與審查。此時魏先生的健康狀況已大不如前。1980 年 2 月 18，魏先生因尿毒症病逝，享年 79 歲。

魏先生逝世後，一萬多冊藏書收於華中理工大學「魏建功藏書室」，其他著作仍陸續出版或再版，如手書《魯迅先生詩存》、《獨後來堂十年詩存》、《古音系研究》、《魏建功文集》、《天行山鬼印蛻——魏建功印譜》等。一代學人之風範，可待追憶；其成就與聲名，依然流芳。〔註3〕

第二節　研究動機及重點

本文大致上由四種不同的取向開展，進而分析魏建功先生的音韻學說與理論。依內容章節的安排，分爲六章進行：第一章〈緒論〉、第二章〈古音學說〉、第三章〈音軌說〉、第四章〈韻書殘卷論〉、第四章〈國語運動〉和第六章〈結論〉。

〔註 3〕本節內容主要參照馬嘶：《一代宗師魏建功》（北京：文化藝術出版社，2007 年 2 月）及魏乃等：〈魏建功先生傳略〉《文教資料》1996 年第 4 期等相關紀念性質之期刊文章編寫。

一、研究動機

魏建功先生所處的時代，是學術研究與文化環境世代交替的轉形期。就著這股時代潮流，他的學術研究成果，也具有特別的意義。二十世紀初年，時值清末民初。中國面臨西方強權環伺，受到挑戰的，不僅僅是西方採用先進的科學技術所打造出的物質產物，更多的是建立在不同的科學思維上，所衍生出的方法與觀念。西學東漸，在中外文化的交替激盪下，傳統的中國文化與哲學，不斷吸收外來的養分，自然得以創造出更多的可能性和不同的思辨結果。

聲韻學當然也必須面臨「中學為體，西學為用」的時代思潮。西方語音學的研究方法對應在傳統中國聲韻學裡，開創出令人耳目一新的風貌。回顧聲韻學的方法，從直音、讀如讀若、反切等等，一直到清代，藉由諧聲偏旁、古代韻文等等材料，掌握出古音的脈絡。此外，瑞典學者高本漢即是將歷史語言比較法帶進中國的代表性人物，並且重新構擬了上古漢語和中古漢語的擬音，為其建立了一套語音系統。自此，傳統聲韻學邁向了一個新的領域。

魏先生的學術理論就是在此一環境與時代下，揉合了堅實的學問基礎而產生的，代表性著作如《古音系研究》，便是以漢語研究方法論為核心的論著。在魏先生誕辰一百週年之際，魯國堯先生論述《古音系研究》的貢獻時，說道：

> 魏建功先生的《古音系研究》，與音韻學的通論和一般教材不同，應該說，是更高層次的專著。此書是魏先生十餘年讀書、研究、思考、實踐的成果，1934 年寫成，1935 年由北京大學出版組出版。1996年中華書局出重排本，2001 年收入由江蘇教育出版社出版的《魏建功文集》，列為第一卷。這套《魏建功文集》共五卷，十分精美，代表了當今中國的出版水平，此非虛譽。……魏建功先生的《古音系研究》卻建構了一個堂堂皇皇的理論框架，綜觀中國語言學史，此前從未有過如此規模的著作，無論如何，是應該大書特書的。且看其書的結構，共分六章，前兩章敘述『古音系的分期』、『古音系的內容』，重點是其後的三章『研究古音系的材料』、『研究古音系的方法』、『研究古音系的條件』，章下各節，條分縷析，細密周詳。書末提出的古音系研究的二十個實際問題全是大題目，理論色彩很強的題目。《古音系研究》是一本二十世紀中國語言學方法論的專著，體

大思精，出現在上世紀三十年代的中國，自然有石破天驚的效應，即至今日，仍然有震撼人心的力量。……在『研究古音系的方法』一章中，提出了『分部』、『審音』、『論變』、『探源』。『論變』就是研究語音變化的原因和規律，這正是今日我們後輩語言學人所追求的目標之一，書中構建出了一個龐大的音軌原則。〔註4〕

《古音系研究》是魏先生的代表作，焦點放在研究方法；而「音軌」又是《古音系研究》中一套具有完整體系的論變原則，包羅古今，兼賅南北，具有極高的研究價值。這一整套的音軌說，從聲、韻、詞三部中分門別類。架構十分宏大，但分析時則講究微觀。從漢語的細節變化中整理出 106 條變化痕跡，自成體系。

胡適之先生於 1929 年的《新月》第一卷第十一號發表了〈入聲考〉一文，這是胡適在音韻學研究方面的一篇重要論述。胡氏對古入聲的看法是：1、入聲是韻母收聲於-k、-p、-t 三種聲尾的聲韻。2、入聲有特別的聲尾，和陽聲之收聲於-m、-n、-ng 者固然不同，和陰聲之收聲於單純韻母或複合韻者，也絕不相同。3、入聲爲最古之聲。4、凡同偏旁之字，古代平入通押的，其時皆是入聲。5、去入同用的字，古時皆是入聲，皆有聲隨，後來一部分脫去聲隨，皆成去聲。也就是說，上古陰聲韻除了歌、脂是開尾韻之外，其他原本都是有輔音韻尾的。

魏建功先生針對胡適〈入聲考〉，發表了〈古陰陽入三聲考〉。這篇文章的緣起是即是對〈入聲考〉的商訂，即是反對胡氏所謂的「入聲最古」的說法；而魏建功先生的古音理論也主要建構於此文中。

胡氏〈入聲考〉，即是提倡古陰聲都應帶有輔音性質韻尾。魏先生並不全然同意胡適的論點，故由此作爲開展，在〈古陰陽入三聲考〉中分爲「作考緣起」、「商訂胡文」、「本考正文」三部份展開論述。在「商定胡文分二」中提出了幾個方面的商榷：1、正名的商榷。2、定義的商榷。3、解釋的商榷。4、例證的商榷。5、結論的商榷。魏先生對胡文提出了全面性的討論，同時建立起自己的古音體系。在「本考正文分三」中，又分爲「分部說」、「審音說」、「至

〔註 4〕見魯國堯：〈富有時代氣息與創新精神的《古音系研究》──爲紀念魏天行師誕辰一百周年而作〉《魯國堯語言學論文集》，頁 537～539。

祭月三部對純韻說」、「部次說」、「對轉說」等，提出了自己的分部看法、部次、擬音音值和對轉關係，而音轉的部份與「音軌」正可以互相配合。魏先生以駁論作爲起點，並建立起自己的古音學說理論系統，旁徵博引，剖析精密，又採用數學方程式模型等數理科學輔助說明，當此時，白滌洲先生、陸志韋先生等已試圖採用統計學理論應用至聲韻學研究，而魏先生亦開創了數理分析法，實爲發揚科學結合與應用的精神，而開展學術視野。

魏先生於韻書殘卷研究有承先啓後之功。誠如黃笑山先生說：「王國維是最早考論《切韻》系韻書源流的學者。其考論……皆收於《觀堂集林》卷八之中，內容涉及韻書的形成、《切韻》和呂靜等五家早期韻書的關係、《唐韻》、李舟《切韻》等唐代韻書和《切韻》、《廣韻》的關係等。其後許多學者都在這方面做出努力……而在上個世紀中，魏建功是繼王國維之後在韻書系統方面做出貢獻的大家……對於韻書的版本、體制、源流等作了細緻的考證。」是對魏先生韻書研究之肯定。《十韻彙編》之編著過程，如林景伊先生〈影印十韻彙編後記〉所述：

> 民國十八年，尹初得王國維手寫《切韻》殘卷，既得影印故宮藏本王仁昫《刊謬補缺切韻》，及影印吳縣蔣氏藏本《唐韻》。與《廣韻》互校，頗有出入。（雖各書均殘缺不完，然彙集諸編，亦可得其大概。）……民國十九年，尹在北京大學國學研究所，聞劉半農先生言：「清儒研究韻學，已多貢獻，惜爲資料所限，終不能不有其缺憾，今《切韻》、《唐韻》已無傳本，而各種殘卷逐漸發現，雖斷簡零篇，未見全貌，然與《廣韻》互校，實可明其大體。」因擬彙集《切韻》、《唐韻》等殘卷集古逸叢書本《廣韻》爲《八韻比》。先師錢玄同先生亟促其成，並望尹參與其事……二十四年十月，尹復赴北平，錢先生告尹謂：「自半農先生逝世以後，其所擬刊之《八韻比》，已經魏君建功、羅君常培，加以考校補充，成爲《十韻彙編》。即將由北京大學列爲叢刊，出版問世。」民國二十五年，尹初得《十韻彙編》刊本，見其排列整齊，條理明晰，較尹往時互校者，尤爲完備，既便於研究中古韻學之參證，更足以爲研求古音者探討正確之線索。
>
> 顧炎武、戴震、錢大昕、段玉裁、王念孫、江有誥、陳澧，以及章

太炎、黃季剛諸先生昔日爲資料所限而未能有確證者，有此一編，

皆可迎刃而解，故尹視若珍璧，而韻學上若干問題，亦多藉此而得

解決。〔註5〕

魏先生除了參與編輯《十韻彙編》之外，也針對切韻系韻書發表了數篇重要的論文，包括〈十韻彙編序〉、〈陸法言以前的幾種韻書〉、〈唐宋兩系韻書體制之演變〉、〈十韻彙編資料補並釋〉、〈故宮完整本王仁昫刊補缺切韻續論之甲〉、〈切韻韻目次第考源〉等等。〈十韻彙編序〉不僅是當時所見韻書殘卷的總覽，也是學術性質的長序，在一系列論著中，最爲全面。

〈十韻彙編序〉不但詳述各本樣貌、分別考訂，更加入其他子題一併探究，實爲豐富。其中尤爲重要的是提供了許多考訂韻書的方法，包括：「第一，由體制看系統；第二，由分韻看系統；第三，由韻次看系統。」魏先生說：

從許多系統的零星材料中間，我們可以知道韻書的演變，六朝到唐，

唐到宋，平上去入排列成四聲一貫，陰陽入音類相從不紊，這才產

生出《廣韻》的標準，前前後後經過若干次數的移動。這種移動也

許毫無音值改估的意義，不過我們相信卻是值得注意的史跡。〔註6〕

《十韻彙編》是早期韻書殘本彙整的代表性著作，魏先生的〈序〉文是統合性質的總論，因此更能突顯該文章在韻書研究史上的重要價值。

魏先生在許多篇文章中，建立了豐富的研究方法以及考訂細節；他利用這些方法而實行殘卷的比較研究。於是吾人可將魏說，以及現階段之研究情況，相互對照，以求得進一步的結論。

國語推行在魏先生音學成績中的重要性，是爲學人所肯定的。李行健先生說：「在回憶魏先生時，還有兩件事不能忘懷。一件是他全力以赴地領導編寫《新華字典》。……另一件是推廣普通話。」〔註7〕周有光先生說：「關於推普，他最

〔註5〕見劉復等：《十韻彙編》，頁 495。陳師伯元曾屬筆與我曰：「魏先生除《古音系研究》外，於《十韻彙編》之編撰也頗有貢獻，十韻彙編之前身爲《八韻比》，係劉半農先生提議編撰的，初步編撰時先師林尹先生也嘗參加，後來劉半農得回歸熱逝世，乃由羅常培、魏建功等人接手，而林先生也退出工作了。」

〔註6〕見魏建功：《魏建功文集》第貳輯（南京：江蘇教育出版社，2001 年），頁 289。

〔註7〕見李行健：〈師傅引進門，修行在個人──憶魏建功先生二三事〉《文教資料》，1996 年 4 月，頁 25。

有發言權，因爲他是國語運動的老前輩，又是臺灣推廣國語的創辦人。誰的經驗也沒有他豐富。他曾告訴我，臺灣在日本統治下原來以日語爲行政和教育語言，光復後不能繼續使用日語，臺灣變成語言的空白區，推廣國語成爲首要的工作。」〔註8〕丁賦生、顧啓先生列出魏建功先生畢生的五大貢獻，其中就包涵了「國語推行」一項。丁、顧兩位先生說明五大貢獻爲：

> 一是 30 餘萬字的著作《古音系研究》，系統總結了我國幾千年來的語音歷史，是 20 世紀與王國維《宋元戲曲史》、魯迅《中國小說史略》齊名的重要學術成果。二是 1945 年抗戰勝利後，臺灣青少年只用日語不會讀寫祖國語言，他奉命率領女師院中文系學生赴臺灣省，主持「推行國語」運動，取得了成效……三是祖國民間文學的開拓者。四是主持編寫《新華字典》……五是 1959 年他在北大創辦了全國第一個古典文獻專業，帶動了全國高校，爲整理發揚中華民族傳統文化奠定基礎。〔註9〕

就音學角度而言，上述諸說都強調「國語推行」與《古音系研究》兩者受到了同等的重視，無疑說明了研究魏先生國語推行理論之必要性。

二、研究重點

（一）古音學說

〈古音學說〉分爲「古聲調研究」與「古韻研究」。古聲調研究可追溯至宋代吳棫於《韻補》中「四聲互用」的概念，直到陳第《讀詩拙言》、《毛詩古音考》否定上古有四聲，顧炎武《音論》「四聲一貫」，江永《古韻標準》「雜用四聲」等，都認爲古聲調不若今音四聲分明。段玉裁《六書音韻表》認爲「古無去聲」，孔廣森《詩聲類》則倡言「古無入聲」，皆以中古音的四聲標準定型後，重新回頭審視上古音，藉以判斷某聲調的有或無；江有誥〈再寄王石臞先生書〉、《唐韻四聲正》等，則以爲上古聲調界限較不明顯。黃季剛先生《音略》主張古聲調「惟有平入」，爲後來王力先生的「舒促二類，各分長短」的理論開啓了

〔註 8〕見周有光：〈緬懷敬愛的魏建功先生〉《文教資料》，1996 年 4 月，頁 17。

〔註 9〕見丁賦生、顧啓：〈魏建功與民間文學研究〉《南通航運職業技術學院學報》，2003 年 12 月第 2 卷第 4 期，頁 3。

先聲。另外，在已知的「四聲」架構上，亦有學者建構了「五聲」的說法。如王國維先生《觀堂集林》倡導的「五聲說」，是把陽聲獨立，與陰聲的平上去入分開，成一家之言；陸志韋先生《古音說略》則把上古的去聲分作二類，長調與平上聲通轉，短調與入聲通轉，是為配合古代韻文押韻現象所作的折衷論。這都是語音的科學研究方法日趨精密的成果。在此同時，音素分析與同語族語的比較結果，又可為傳統音韻學研究增添新的理論。如陳師伯元《古音學發微》、《古音研究》和《聲韻學》等，採用了雅洪托夫與奧德里古等聲調與輔音音綴共同作用的說法，提出了「長短元音與韻尾共同決定說」，可彌補王力先生於古陽聲韻去聲調來源不足的問題。是以古聲調理論至此已日趨精密。

　　魏先生古聲調說與古韻說的特殊之處，在於構擬了摩擦性質的半元音韻尾，以及擦音韻尾的韻部系統，以求配合音韻結構及符合音理變化。錢玄同先生說：「我一向是主張段氏古音有入無去說的。在兩年前有一個時候，相信孔氏古音有去無入說。理由是這樣：今入聲字，古常與陰聲相通而不與陽聲相通，看《廣韻》等書，入聲字的『聲符』，見於陰聲的很多而見於陽聲的極少。竊疑古音如有入聲，而入聲是有塞聲隨的，則應與有鼻聲隨的陽聲相通，不應與沒有聲隨的陰聲相通。又見『鶴、勺、藥』等字古在宵部而今北音適讀ㄠ韻，『六、菊、粥』等字古在幽部而今北音適讀ㄡ韻，與古音的路正相吻合；故擬改從孔說，以為古有去無入。後來一想，照此說法，對於附 k 與附 t 的入聲固無問題，而對於附 p 的入聲，沒有陰聲可歸，便沒有辦法了。……現在我以為入聲字的聲符常與陰聲相通者，乃是它的聲隨漸漸失去，或如建功兄所說，塞聲隨變為通聲隨。」〔註10〕魏先生繼承了錢先生的學理，而又獨創新說，最後受到錢先生的肯定與採納，是以魏先生的古音理論值得深入探究。

　　是以第二章〈古音學說〉，根據魏先生〈陰陽入三聲考〉一文為主軸，研究魏先生所論「三聲」、「四聲」文質之異同，為古今聲變方程式求解，並為此科學方法之適用性作一述評。另外，魏先生之古聲調分為五大類，在陰、陽、入的架構下，又將陰聲分為兩類、入聲分為兩類。據此，魏先生亦建立了古韻 62 部的系統。本章亦將析論魏先生 62 部的性質與分合，及其多元音系統之特殊性。

〔註10〕錢氏所論附記於魏文之後，見《魏建功文集》第參輯，頁 178。

（二）音軌說

魏建功氏討論聲韻變化的首要論著，即是《古音系研究》，討論範圍涵蓋了音韻沿革、古音以及語音史等。「音軌」則是《古音系研究》中的精華。

魏先生在《古音系研究‧開宗明義》提綱挈領地提出了三點：第一，傳統聲韻學研究將音韻分爲古音、今音與等韻，而「古音」則專指從《切韻》時代之前，向上追溯到三代或更早的上古音系。這是習慣性的統稱方式，因此只要講到「古」，則不離上古的材料，範圍也隨之縮小了。魏先生主張「古音」就是「今日國音以前的音系」，「凡今日國音以前的音韻的研究皆屬古音系研究」。這並不是單純爲了打破過往的既有定義或研究方式，只是由更宏通的視野來觀察古今的音韻遷移，運用更多的材料觸類旁通，而不先行預設限制。第二，「凡是中國語言文字所表示的內容都是古音系研究的對象。」除了字書、韻書以外，古音同時實際存在於各種材料裡；因此，由字書、韻書中從事聲類和韻部歸納之外，更要將視角擴及到不同類型的材料上，探求各種音韻變化的特徵。第三，古音研究的長遠目標，則是建立一部完整的語音史。以上三點的落實便是《古音系研究》的產生。

《古音系研究》的內容概分爲「古音系的分期」、「古音系的內容」、「研究古音系的材料」、「研究古音系的方法」、「研究古音系的條件」和「古音系研究的實際問題」。周作人〈序〉說：「《古音系研究》六篇，又建功本其多年攻治教學之所得，寫爲一卷書，在音學上自成一家之言，而治方言考名物者亦實資此爲鑰牡者也。」〔註11〕是魏先生撰寫此書主要著重於研究方法論。〔註12〕羅常

〔註11〕見《魏建功文集》第壹輯，頁9。

〔註12〕馬嘶先生說：「魏建功在教學、研究中十分注意吸取西方語言學界的研究方法，特別是西方歷史比較語言學方法。此時，劉半農已從法國留學歸國，在北大建立了語音實驗所，進行古聲律研究，瑞典語言學家高本漢的學說也傳入中國。魏建功吸取了這些成果，學術視野更爲恢宏，研究也更爲深入，他寫出的講義面目一新，大大超出了作爲古音韻學頂峰的乾、嘉諸大師的古音學論著。……《古音系研究》一書于1934年寫成（這一年，北大國文系進行了第三次課程改革），1935年由北京大學出版組正式出版，一時成爲學術界特別是語言學界的一部爲人所矚目的重要著作，許多年中，它一直作爲大學教學用書和重要參考書。但直到1996年才由中華書局出版了重排本，2001年又收入《魏建功文集》（江蘇教育出版社）五卷本的第一卷中。《古音系研究》實是魏建功十餘年讀書、研究、思考的一部重要成果。」見《一代宗師魏建功》，頁102～103。

培先生在《古音系研究·序》從兩點加以讚揚。羅先生說：

> 第一，這是一部能表現自己的書──做人要有個性，作書也要有個
> 性。凡是根據自己的觀念，運用自己的方法，組織自己的材料，而
> 不因襲別人的，無論如何也得算是一部好書。……再看他所用的方
> 法，雖然自己說是：「祖述前賢成法，參列一己愚見」，然而他在「分
> 部」一節提出「聲韻兼顧」、「時地劃清」和「著重語言」三點意見；
> 在「審音」一節列入「沿革比較」、「聯綿詞及古成語釋音」和「語
> 根轉變考釋」三種方法，都能發前人之所未發。至于「論變」一節
> 的「音軌原則」尤其是獨抒胸臆的創見！儻使他能本著這種勇于假
> 設的精神，更去搜求充實的證據，那麼單是《音軌》就可以成爲傳
> 世之作，恐怕戴東原地下有知也覺得《轉語》不傳不算什麼可惜的
> 事了！咱們凡是認識著者的人總該知道他是個性很強的，讀了這部
> 書之後是不是也有「如其人！如其人！」的感覺呢？〔註13〕

「音軌」理論，是《古音系研究》當中最重要的一部分。羅先生又說：

> 第二，這是一部能提出問題的書──眞正能啓發讀者興趣的著作不
> 在乎有許多武斷的結論，而貴乎提出一些新穎的問題，並且指出它
> 們的解決方法。因爲研究的動機是由疑難促起的，沒有疑難就不能
> 構思；不能構思，就難望學問進步。所以一部撮舉成說毫無識見的
> 書，只可以勉強爲初學指示門徑，而不能給受過相當訓練的人作研
> 究指導。這部書的前五章提出好些解決問題的方法，舉了好些處理
> 問題的實例，最後在第六章裡臚列出二十個實際問題，供讀者們參
> 考，眞正聰明的人，一經啓發，隨便就可以拈出一題去作精邃的研
> 究。〔註14〕

羅莘田先生也提出，「音軌說」及其例證、引論，具有獨立發展爲專著之可能性；
連綿字例的考證，也具有深入分析之價值。這都是在「音軌原則」的架構下，
屬於魏先生獨抒胸臆的創見，可視爲精要的漢語音韻史。「音軌」理論的邏輯清
楚，系統性強，脈絡貫通而綱舉目張，無疑是整部《古音系研究》的精華。然

───────────────

〔註13〕見《魏建功文集》第壹輯，頁6。

〔註14〕同上注。

而，「音軌」說貴在音韻變化體系的架構建立，雖然條理明確，卻稍微簡略；在實際的語言材料佐證以及應用上，還有可以比較研究，進而補充的空間。因此，音軌理論的梳理、補充，是研究魏先生音學的要務之一。

是以第三章〈音軌說〉，由《古音系研究》一書當中的「音軌」學說，作爲主要研究材料。所謂「音軌」，即是語音變異的軌跡。魏先生將漢語變化的「音軌」分門別類，得到 3 部，20 軌，總共 106 系的變化模式。此三部分別是「聲類軌部」、「韻類軌部」和「詞類軌部」，即是聲母、韻母在歷時與共時語言環境當中的發展；「詞類軌部」更是跳脫出單字獨立演變的框架，由詞彙的產生和組成，說明其中的接觸變化。在研究方法上，「音軌理論」試圖從各種不同的角度，先找出語音能夠辨析的最小特徵，並盡量地立出系統性變化軌則，再導入實例加以證成。

魏先生在聲類軌部中，將判斷聲母變化的特徵要素，先區分爲「位」（發音部位）與「勢」（發音方法，包括塞、通、鼻、分、清、濁等），觀察其中的異同與轉變，並檢視其中音素的增減與分合。聲母音素的增減與分合，即牽涉到單聲母與複聲母系統的問題。魏先生對複聲母理論的研究，具有承先啓後的作用，因此本章將一併討論關於流音複聲母及相關研究成果，並補充「音軌」之變化依據。

韻類軌部中，也區分「位」（舌位、開齊合撮等）與「勢」（調類、韻尾、陰陽入聲），而觀察兩者互相交涉所產生的變異，此外，也包涵了探索元音舌位的移動、同化與異化，以及單元音、複元音之間的生成與分合，聲隨（韻尾）的音素增減和鼻化韻等。

詞類軌部的分析材料則著眼於漢語的聯綿詞。聯綿詞的音節型態至少包含兩個音節以上，魏先生從「聲同」、「韻同」、「聲韻皆同」、「聲韻均異」和「聲韻混合」等五種組合方式，分別列出五種音軌，也就是由雙聲疊韻的角度來探討語料的呈現。「聲韻均異軌」和「聲韻混合軌」較爲特殊，魏先生建立了「綺錯格」、「切音格」與「二合格」等聯綿詞語音格式，這也是魏先生的創見。「音軌」主要在於「論變」，是《古音系研究》的論述核心。本章目標爲紹述魏先生之研究方法，先參列前賢已有之具體論述過程，引證諸家學說並羅列比較之，再綜合個人心得管見逕行分析。先求根據，再行論說。

（三）韻書殘卷論

　　第四章〈韻書殘卷論〉，分別討論切韻系韻書之類型，及魏建功韻書殘卷論著與研究等，試圖建構魏先生的切韻系韻書系統及辨別方法。

　　自從反切拼音法於魏晉六朝風行之後，匯集反切的韻書也因此而產生。自來眾人尊爲始祖的李登《聲類》，早已亡佚不傳；今日所見最早的韻書傳本，爲隋朝陸法言《切韻》。更早的著作，可在〈切韻序〉中看到一部分書目（例如呂靜《韻集》、夏侯該《韻略》、陽休之《韻略》、周思言《音韻》、李季節《音譜》、杜臺卿《韻略》等），但是內容也早已不存，只能由後來的《刊謬補缺切韻》中，考見一部分的分合異同。直到宋陳彭年、邱雍奉敕，根據《切韻》增編《大宋重修廣韻》，切韻系韻書才算有了定本。

　　陸法言《切韻》爲《大宋重修廣韻》之前身，故《廣韻》實即「廣切韻」之意。然而《切韻》至《廣韻》這段時間內，類似韻書的材料，皆名目紛雜、內容零散。趙誠先生說：「《切韻》問世以後，『時俗共重，以爲典規，然苦字少，復闕字義』，所以不少人爲它加字、補訓。據《廣韻·序》記載，加字的有關亮、薛峋、王仁煦、祝尙丘、孫愐、嚴寶文、裴務齊、陳道固等；爲《切韻》箋注的有長孫訥言和郭知玄。這些人做的工作可能比較多，影響較大，所以被序文單獨提出；至於『更有諸家增字及義理釋訓』，只『悉纂略備載卷中』。有人曾根據文獻記載，把宋以前近似於韻書的目錄全部錄了下來，共有一百六、七十種，當然不一定全是韻書，但可以確定爲韻書的書還是多數，可惜都已散佚，對它們的本來面貌，以及它們之間的關係，都已無法了解了。」〔註 15〕這裡說的「有人」即是指魏建功先生。

　　魏先生認爲古籍所載的諸多名目裡，實際存在的只有十多種，而完整呈現的音韻材料只有《廣韻》。魏先生考證隋、唐、宋史志所記小學書類，散亂紛雜，有可能是韻書的名目，即有一百六、七十種，而實際現存的僅剩十多種而已，至於可堪完整求中古語音史料的，甚至只有《廣韻》一書。另外，就《廣韻》之序文所言，自陸法言《切韻》撰本問世後，至少有長孫訥言箋注，關亮、薛峋、王仁昫、祝尙丘、孫愐、嚴寶文、裴務齊、陳道固等增字刊補，但所能見到的材料極爲稀少，似乎於隋陸法言至宋陳彭年、邱雍之間，存有一段韻書史上的空缺。

〔註 15〕見趙誠：《中國古代韻書》（北京：中華書局，2003 年 5 月），頁 31～32。

近年來，敦煌、吐魯番等考古材料陸續被發現，而私人藏書和故宮館藏也逐漸爲世人所重視。材料當中，就包含了韻書殘卷。這些珍貴的唐五代韻書材料，多半殘破散亂；而韻序、目次、內文注釋等，與《廣韻》都有出入。於是經過校讎比對，可以發現許多版本上的差異，並且可以和現有按韻分類分卷的小學類字書、傳世文獻等，互相考求分韻的異同和系統。這類型研究的代表學者，如王國維，便是承繼了乾嘉以來的考證結果，又得以直接面對古代文物，因此作出了極大的成就與貢獻。

王氏敏銳精到的眼光與新材料的發現是相輔相成的，也突顯了韻書殘卷研究的重要性。從各個可見版本的內容來看，可得知由《切韻》至之間《廣韻》的韻書，尚有系統差異及韻目分合。這類韻書，如原陸法言《切韻》傳本殘卷、長孫訥言《切韻》箋注本、王仁昫《刊謬補缺切韻》、孫愐《唐韻》、李舟《切韻》、五代刊本，甚至夏竦《古文四聲韻》與徐鍇《說文韻譜》所據《切韻》等等，各自展現了不同的面貌。使世人瞭解到唐五代韻書發展的主要情況，仍是對既有韻書加以增補、刊謬與修訂。

若王國維的切韻系韻書研究成果，屬於開創性的代表，那麼，魏先生就是王氏之後繼起的指標性學者。是以本文第四章以〈十韻彙編序〉爲經，相關論文爲緯，綜合討論，梳理出魏先生所見的韻書殘卷系統，以及編號命名的脈絡等等。在「魏建功韻書殘卷論研究」的部份，依照魏〈序〉的敘述順序，區分爲四大部份，並分別析論：第一、早期韻書以五聲宮商分別卷數，與現今普遍使用的平上去入四聲分卷法不同。魏先生對「五聲」與「四聲」的意指、分卷概念與使用方式有獨到的見解。第二，在隋、唐、宋史志記載的小學類書目，魏先生列出約一百七十種名目，分別以書名有「音」、「聲」、「韻」字分別，再細分「著者可考」與「著者無考」等，其中些許類目的歸屬仍有重新調整的可能。第三，魏先生於〈彙編序〉介紹了十一種殘缺韻書及相關材料的提要及價值，而當此篇之後，又有更多發明及學界成果可加以補充，魏先生後期文章也有略有修正。第四，魏先生建立了各種韻書的體制判斷法則，可觀察其實際運用狀況。

（四）國語運動

第五章〈國語運動〉，分爲「國語運動之成就」、「國語推行之方法與特色」兩部份析述。首先，所謂的「國語」有廣義與狹義兩方面的定義。由廣義的角

度來看，一個國家內所使用的所有語言文字，都能稱之爲國語；但若將範圍縮小，從狹義的角度來看國語，則可定義爲國家法定的統一標準語言。魏建功先生對國語的廣狹看法，則是方音與雅言之分。因應民族發展的時代與背景需求，文化與教育的普及和傳承工作，都必須仰賴語言維繫，並依靠文字支撐。新時代的文化建設，在文言與白話當中激起了改革的氛圍。魏建功先生正是國語運動中重要的關鍵人物。

國語運動的性質可追溯到清末盧戇章、王照、勞乃宣等提倡新拼音法與新拼音文字，體制上則可以民國初年「讀音統一會」之相關行政運作爲起始。依性質分，如黎錦熙先生《國語運動史綱》將國語運動區分爲四期：「切音運動時期」（盧戇章《切音新字》、吳敬恆《豆芽字母》）、「簡字運動時期」（王照《官話字母》、勞乃宣《簡字》）、「注音字母與新文學聯合運動時期」（讀音統一會、國語研究會）和「國語羅馬字與注音符號推進運動時期」（議定國語羅馬字、國語標準音、推行注音符號）。魏先生屬於第四期之運作範圍。依體制分，如林清江先生分爲五階段：「民國初年的國語運動」著重於讀音統一工作，「國民政府成立後的國語運動」主要政策爲加強組織工作，「抗戰時期的國語運動」重點爲培育國語教學師資，「光復初期的國語運動」主要是降低殖民文化帶來的語文隔閡，「現階段的國語運動」是持續重視國語教育。魏先生的建設位於第三至第四階段。

知識份子將清王朝的積弱不振，歸結爲文字與教育問題。國語運動不僅有民族改革的積極意義，對日抗戰的結束與臺灣光復的文化復興工作，也將魏先生的國語推行成績推向最高峰。魏先生全心投注於國語推行的時間點約爲 1925～1949 年，本文參照曹達先生〈魏建功年譜〉、魏乃先生等〈魏建功先生傳略〉，按年編排，並詳述國語推行時期之重要事項與魏先生的貢獻。

白話文運動跟隨著五四運動而逐漸成熟，國語運動的兩大口號便是「言文一致」和「國語統一」。1917 年，胡適於《新青年》雜誌發表了〈文學改良芻議〉，陳獨秀發表了〈文學革命論〉，提倡白話文，而獲得了錢玄同、劉半農的響應。從此許多報章雜誌大多使用白話文，而直接影響教育界進行語文教材的改革。1919 年，讀音統一會成立。1928 年，讀音統一會改組爲國語統一籌備委員會，魏先生也開始追隨錢玄同先生進行語文運動。期間，倡導國語的專家們

締造了卓越的成效,包括採用北京音為標準語、推行注音符號以及國語羅馬字、提供各級學校國語教學課程和師資培育、設置講習所並創辦民間刊物等等。抗戰期間,魏先生於重慶工作。1945年臺灣光復,魏先生協同何容、王炬、王玉川、齊鐵恨、方師鐸等先生,於臺灣省國語推行委員會之編制下,由魏先生主持國語推行。當時的語言環境仍以日語為主,甚至較使用閩南方言者為多。魏先生試圖以方音過渡到國音的方式,改變語言環境,並同時籌辦了《國語日報》,編寫《國音標準匯編》,輔助作業。至1949年,魏先生又轉赴北京、上海,才算是完成了整個階段性任務。

　　魏先生掌握了音學原理與規律,提出了幾條原則:一、實行臺灣話復原,從方言比較學習國語。二、注重用國音讀字,由臺灣話讀出音引渡到國音。三、研究臺灣話與國語的詞類對照。四、利用注音符號,貫通中華文化。這幾條原理,實踐了聲韻學的應用層面;魏先生在推行國語的過程當中,一併運用了各種科學方法,如注音符號,方言比較等,在實行上獲得了成功,證明這些科學方法作為語言教學工具,使國語易懂易學,而且是簡便、清楚的。這種成功的教學方法也擴大到對外漢語教學。趙金銘說:「魏建功作為中國語講師來到了『帝大法文學部』(即法學與文學部),擔任中國文學和中國哲學兩個講座(相當現在所稱之『專業』)的中國語教學。魏建功一改以往的傳統教學,首先更換教材,他以劉鶚(鐵雲)的《老殘遊記》為漢語課本,拿當時國內公佈僅幾年的『注音符號』為漢字注音,借助於學生已有的漢語文言,特別是以英語為媒介語進行授課語操練。」〔註16〕透過國語、國音的教學過程,可以更深一層地認識魏先生的音韻學成就。

　　「國語推行之特色」一節分為五點探討:「倡導言文一致」、「分析國語趨勢」、「制定教學方法」、「辨別日語隔閡」和「運用方音對照」。民國初年,白話文挾帶著文學運動的氣勢,加上民族精神的鼓舞,引起各種報章刊物以白話文撰稿的風潮。魏先生跟隨錢玄同先生的帶領,鼓勵「言文一致」。所謂言與文的分歧,不僅是文言白話或文章句法的差異,落實在語言層面,也包括讀書音和口語音的不同。建立共同標準,可增強國語辨識度。

〔註16〕見趙金銘:〈魏建功先生在朝鮮教漢語和在臺灣推廣國語的貢獻〉《世界漢語教學》2002年第3期,頁103。

　　北平音系數百年來普遍通行的官方語言，有政治與文化層面的優先考量。魏先生認爲大都會長時間的語言交融現象已成爲一種穩定系統，並提出國語的多項演變原則與結果；而本節同時論述北京音系所具備發展爲國語的優勢及歷史沿革。

　　臺灣日據時期的日語教育長達五十年之久。光復初期，必須由日語恢復國語。魏先生利用注音符號和聲調等不同方法，交互並用，是爲以簡馭繁的教學模式。面對長時期使用的日語，由外可以樹立教學方針，由內可以辨別語言性質；而方言亦是有利的學習工具。

　　本篇論文各個章節的分析材料，以魏建功先生的著作爲主，並且採用相關研究論著，互相發明，避免執於一端而有所偏廢。主要篇目詳見各章內容。

第二章　古音學說

　　陳師新雄說:「夫古今者，不定之名也。三代爲古，則漢爲今;漢、魏、晉爲古，則唐宋以下爲今。若擴大言之，凡今日以前之音皆可謂之古音。」〔註1〕魏先生的古音觀點則爲「擴大言之」者，即凡今日國音以前之語音系統，都爲古音。

　　一般而言，古音研究多以「聲母」、「韻部」、「聲調」三者加以劃分。相較於前人對於古聲母、聲類之歸納考求，魏先生之聲母研究較爲零散，而「韻部」、「聲調」研究較爲具體，並撰有專文〈古陰陽入三聲考〉，發揮創見，以成就其系統。李師添富說:「自宋鄭庠詩古音辨分古韻爲東、支、魚、眞、蕭、侵六部以來，經顧炎武、江愼修、段玉裁、戴震、孔廣森、王念孫、江有誥、章炳麟、黃侃、王力以迄本師陳先生之研究，古韻研究臻於細密完善之境域。」〔註2〕魏先生之古韻系統，則是以廣義之古音角度，並融入方言、對音等材料，以求廣通。本章以魏先生之「古聲調」、「古韻」研究爲研究核心，並探求魏先生之古音三聲調、五類六十二部學說，並析述其理論特色、研究方法和音學價值。

〔註1〕見陳師新雄:《古音研究》(臺北市:五南圖書出版有限公司，民國八十八年)，頁3。

〔註2〕見李師添富:〈詩經例外押韻現象之分析〉《輔仁學誌》民國七十三年六月第十三期，頁727。

第一節　古聲調研究

一、古聲調研究之沿革

古聲調研究可以上溯自宋吳棫始。吳棫雖無古聲調研究之名，卻有「四聲互用」之實。江永《古韻標準》曰：

> 毗陵邵長蘅子湘曰：「吳才老作《韻補》，古韻始有成書，朱子釋《詩》註《騷》，盡從其說。」又引沙隨程可久之言，曰：「吳說雖多，其例不過四聲互用，切響同用二條，如通其說，則古書雖不盡見，可以例推。」〔註3〕

《韻補》按照今音概念，四聲分卷。金師周生說：「至於聲調方面，《韻補》按四聲分卷，與《廣韻》同，調類仍為四個。……我認為《韻補》中的『今音』系統仍是沿襲《廣韻》與《集韻》而未加改變的。」〔註4〕四聲分卷，即是以四種調類概念區別古聲調；而各部所收例字，包含時音、方音，呈現四聲混雜之貌。伍明清先生說：「吳棫不以中古韻母強合古韻，亦不以求四聲相配整齊為目的，當是其觀察古韻所得之結果。」〔註5〕是以吳棫對於古聲調的概念尚未建立明確而清楚的系統。

陳第的《讀詩拙言》、《毛詩古音考》等都認為上古無四聲之辨。他認為「四聲之辨，古人未有……舊音必以平叶平、仄叶仄也，無亦以今而泥古乎？」〔註6〕又，「然四聲之說，起於後世。古人之詩取其可歌、可詠，豈屑屑毫釐，若經生為耶？」〔註7〕陳季立以為古聲調並不如今音有清楚的四聲辨別，然而陳氏已留意到同諧聲者音相近的關係，如《毛詩古音考·卷四》曰：「畐音必……畐古讀必，故福、愊、幅、輻、偪、蔔之類悉從此音。」〔註8〕因此，在古韻分部以及

〔註3〕見李學勤編：《中華漢語工具書書庫》第 64 冊（合肥：安徽教育出版社，2002 年），頁 377。

〔註4〕見金師周生：《〈韻補〉中的『古音』『今音』與『俗讀』『今讀』》《聲韻論叢》第十輯（臺北市：臺灣學生書局，民國九十年五月），頁 262。

〔註5〕見伍明清：《宋代之古音學》（臺北市：國立臺灣大學中文系碩士論文，民國七十八年），頁 38。

〔註6〕見清·陳第《毛詩古音考》（北京：中華書局，1988 年），頁 204。

〔註7〕同上注，頁 30。

〔註8〕同上注，頁 171。

聲調的分界，開啟了一條後世研究的脈絡。

顧炎武主張「四聲一貫」，《音論》說「四聲之論，起於江左，然古人之詩已自有遲疾輕重之分。故平多韻平，仄多韻仄。」古人的確有四聲的區別，但若是為了歌唱吟詠之音，則能有所權宜，其云：「亦有不盡然者，而上或轉為平，去或轉為平上，入或轉為平上去，則在歌者之抑揚高下而已。故四聲可以並用。」〔註9〕正是為了配合「遲疾輕重」而已。

江永認為古聲是「雜用四聲」的。《古韻標準・例言》：

> 四聲雖起江左，按之實有其聲，不容增減。此後人補前人未備之一端。平自韻平，上去入自韻上去入者，恆也；亦有一章兩聲或三四聲者，隨其聲諷誦咏歌，亦自諧適，不必皆出一聲，如後人詩餘歌曲，正以雜用四聲為節奏，詩韻何獨不然。〔註10〕

江氏所謂古韻的「雜用四聲」，是一種類似詩餘歌曲的相諧，並沒有否定古四聲，只是通用的認定較為寬廣。

段玉裁主張古無去聲，只有平上入三聲。段玉裁《六書音韻表》曰：

> 古四聲不同今韻，猶古本音不同今韻也。攷周秦漢初之文，有平上入而無去，泊乎魏晉，上入聲多轉而為去聲，平聲多轉而為仄聲，於是乎四聲大備而與古不侔。……古平上為一類，去入為一類，上與平一也，去與入一也，上聲備於三百篇，去聲備於魏晉。〔註11〕

段玉裁的看法具有開創性，古聲調研究至此產生了近一步的轉變，不再是混淆不分的。

孔廣森認為古無入聲。《詩聲類》第二卷曰：「按周京之初，陳風制雅，吳越方言未入中國，其音皆江北人唇吻，略與《中原音韻》相似，故《詩》有三聲而無入聲。今之入聲於古皆去聲也。」〔註12〕第八卷曰：「夫六朝審音者於古

〔註9〕 見《音論》，頁七。

〔註10〕 見《中華漢語工具書書庫・第六十四冊・古韻標準》，頁377。

〔註11〕 見漢・許慎撰、清・段玉裁注：《新添古音說文解字注・六書音韻表》（臺北市：洪業文化事業有限公司，2000年），頁824。

〔註12〕 見清・阮元、王先謙編：《皇清經解續編・詩聲類・卷八》（臺北市：藝文印書館，民國五十四年），頁二。

去聲之中別出入聲，亦猶元北曲韻於平聲之中又分陰平陽平耳。」〔註13〕孔氏將古去聲分作長短兩類，把去聲短言這一類，視作中古入聲的來源，只是與段玉裁的說法恰好相反。陳師新雄於孔廣森古無入聲說，辨之甚詳。陳師曰：

> 段氏謂古無去聲，去者實入聲之變，孔廣森氏與段說正相反，謂古無入聲，入乃去之變。……孔氏所據以證古無入聲之資料，亦為《詩》、《騷》與秦漢有韻之文，所據材料，大致與段氏玉裁相同，而所得結論，則正相反。然段孔二氏皆謂上古去入二聲合用無別，則意見相同。蓋孔氏主陰陽對轉之說，只承認韻有陰陽二類可以對轉，其入聲於古雖讀去聲，然去有長言短言二讀，其長言者，後仍為去聲，短言者則變而為入聲，此其差別也。……按孔氏主張古無入聲之說，持之甚堅，而舉證亦詳，其言古去入同用則是，而謂古無入聲，後世多未能接受。竊疑孔氏之所以主張古無入聲之說，或受其本身語言之影響。蓋孔氏曲阜人，其語音系統上已無入聲存在，因謂古無入聲。夫入聲者皆收閉而不爆之塞聲-p、-t、-k 韻尾者也，設如孔氏所言古無入聲，則中古之入聲由何而來？就語音演變之趨勢觀之，入聲韻尾-p、-t、-k 消失後而成為陰聲者有之，尚未有陰聲韻之去聲字加上-p、-t、-k 而成為入聲者。……以是言之，孔氏古無入聲之說，恐非事實，難以信從。〔註14〕

孔廣森氏於口語中已缺乏-p、-t、-k 一類之塞音韻尾，故「古無入聲」之說，不可否認帶有其主觀性之認定。

江有誥在前後期的研究中，顯現出不同的觀點，由早期的古無四聲，直至後來也承認上古具有四聲。〈再寄王石臞先生書〉說：「有誥初見亦謂古無四聲……至今反復紬繹，始知古人實有四聲，特古人所讀之聲與後人不同。」

〔註13〕 見《皇清經解續編・詩聲類・卷十二》，頁二。

〔註14〕 見《古音研究》，頁 693～699。王力先生也說：「孔廣森是曲阜人，為方音所囿，以致斥入聲為吳音，此說顯然是不合理的。」見《漢語語音史》，頁 70。何九盈先生說：「孔廣森的論斷也是以今律古。他是曲阜人，在他的方言中沒有入聲，就由此推斷《詩經》時代也無入聲。」見《上古音》，頁 78。江美儀《孔廣森之生平及其古音學研究》一文，以「囿於自身方音，以今律古」、「主張陰陽對轉，不存入聲」兩點檢討孔氏上古聲調，亦主此理。

〔註15〕此外，他發現很多字在上古的調類跟後代是不同的，在《唐韻四聲正》中，搜羅了上古與中古調類不一的字，從而辨析。然而江有誥對於不同調類的字相諧，認爲應是上古的一字數調，標準太寬。〔註16〕

　　黃季剛先生倡導古音只有平、入二聲，實承章太炎先生而來。〈音略·略例〉曰：「四聲，古無去聲，段君所說；今更知古無上聲，惟有平入而已。」〔註17〕〈聲韻略說〉曰：

> 陰、陽聲多少，古今有異也。古聲但有陰聲、陽聲、入聲三類，陰、
> 陽聲，皆平也；其後入聲少變而爲去，平聲少變而爲上，故成四聲。
> 四聲成就甚遲，晉、宋間人詩，尚去入通押。近世段君始明古無去
> 聲。然儒者尚多執古有四聲之說。其證明古止二聲者，亦近日事也。

〔註18〕

這樣的說法，其實與王力先生舒聲、促聲兩大類，各分長短的說法，並無不同。

　　黃氏爲後來王了一的「舒促」兩類說，開啓先河，其實此處的「古音惟有平入」，已包含了元音的鬆緊長短概念在內，不單純只談論韻尾而已。潘重規先生闡述「平入二聲」，以王力《漢語史稿》中所舉例證，知上聲字古音有多屬平聲者，亦可證明黃季剛之詩音上作平聲之眞確。潘先生曰：

> 王了一……以爲古音僅分舒促二類，舒聲相當于平聲，促聲相當于

〔註15〕見清·江有誥：《音學十書》（北京：中華書局，1993 年 7 月），頁 277。

〔註16〕董同龢在《漢語音韻學》中做出統計，將江有誥列舉「數調兼叶」的兩百多字，篩選掉漢以後的，剩下約 150 左右的字加以分析，並同時加入「調值」與「韻尾」的因素，作爲考量。董氏認爲平上去多兼叶是爲陰聲之故（收濁塞音韻尾），去入韻尾不同而相叶是爲調值近似之故，平上與入極少兼叶，是調值既遠，韻尾又不同。然董氏以爲平上去之間相叶，可視爲一種「合韻」。說見董同龢：《漢語音韻學》（臺北市：文史哲出版社，民國八十年），頁 309～313。陳師新雄也說：「按江有誥氏《唐韻四聲正》以爲古實有四聲，特古四聲與後世之四聲不同而已。後代屬平者，古代則未必屬平，後世屬上去入者，古代未必屬上去入，其說實有見地，然一字之讀二聲三聲，又無一定標準，頗嫌汎濫，甚且去宋人之任意改叶者亦相差無幾……雖然如此，然古聲調之研究，由段氏而江氏，所獲之成就，固已駕越前賢者矣。」見《古音研究》，頁 704。

〔註17〕見黃侃：《黃侃國學文集》（北京：中華書局，2006 年），頁 54。

〔註18〕同上注，頁 102。

入聲，上去二聲則由舒促二聲所分化而來，故其大體，實亦同於黃先生之說。……黃先生首從詩經得上聲作平聲之例凡百餘，以證古音平上爲一類。至於去入爲一類，已旣出于段玉裁，因有所承，故未有加以解釋。〔註19〕

林景伊先生亦於《中國聲韻學通論》中，分辨中古四聲，概由古平、入二聲之留音長短，演變而來。林先生說：

四聲者，蓋因收音時之留聲長短而別也。古惟有「平」、「入」二聲，以爲留音長短之大限。迨後讀「平聲」少短而爲「上」，讀「入聲」稍緩而爲「去」。於是「平」「上」「去」「入」四者，因音調之不同，遂爲聲韻學上之重要名稱矣。〔註20〕

此說誠爲至論。

回顧諸學者們對黃侃「二聲說」的誤解，如唐作藩先生說〔註21〕與林燾、耿振生說〔註22〕等，並非黃侃古聲調說的全貌；而經過上述諸多論證加以補充之後，學者們之質疑，應已得到合理的解釋。

王國維的「五聲說」，是古音陰聲韻的平、上、去、入四個調類，加上陽聲韻一個調類，共五聲。王國維先生《觀堂集林》說：「古音有五聲，陽聲一與陰聲之平上去入四是也。」〔註23〕王氏在陰陽兩分的基礎上，說明陽聲何以僅有一聲而無上去入，是陽聲近似於敲鐘，不得妨礙其清揚之金屬聲，才是

〔註19〕見潘重規、陳紹棠：《中國聲韻學》（臺北市：東大圖書有限公司，民國六十七年八月），頁166～170。

〔註20〕見林尹：《中國聲韻學通論》（臺北市：黎明文化事業股份有限公司，民國七十一年），頁113。

〔註21〕唐先生說：「像黃侃的主張事實上等於否定了上古漢語有聲調。因爲入聲字的收尾都是[-p]、[-t]、[-k]，平聲字不收[-p]、[-t]、[-k]，這實際上不是什麼聲調的區別。而且，如果入聲韻尾一消失，就都變成了平聲字。那麼，現代普通話的四聲是怎樣來的呢？」見唐作藩：《漢語音韻學常識》（上海：上海教育出版社，1959年），頁86～87。

〔註22〕林、耿二位先生說：「（黃氏說）這等於否認了上古有眞正的聲調。因爲入聲韻和平聲韻的對立本不是音高的對立，而是韻尾的對立，如果除了入聲之外只有一個聲調，聲調之說就失去意義。」

〔註23〕見王國維：《觀堂集林》（北京：中華書局，1961年），頁341。

自然，而陽聲若有平上去，譬如用手按住，則不自然。此說實爲特別。王先生說：

> 蓋金聲鏗鏦清揚而常不易盡，故其類只有平聲，若改讀上去，則如擊鐘者以一手援桴擊之而即以他手案之，其所得之聲絕非鐘聲之自然也。陽聲之上去，亦絕非陽聲之自然。故既云陽聲，即不容有上去入三聲也。……此一切陽聲之收聲，其性質當悠揚不盡，故其爲平聲，與陰聲之平聲絕不相同，更不容有上去。〔註24〕

王氏認爲「五聲說」是得之於戴、孔、段、王、江五家，加以會通。今揆度之，仍得以再商榷。陳師新雄曰：

> 陽聲古惟有平聲一讀，後世陽聲上去二聲由何而來，如何分化，條件如何？王氏皆未置片言隻字，是容質疑者一也。韻分陰陽者指音之素質言，調別四聲者指音之長短高低言，兩者原不相謀，無容牽合，是容質疑者二也。〔註25〕

這裡給了我們一個啓示，王國維也有將「聲調／音高」與「音質／韻尾」理論相互混淆的情形，並非僅有魏建功如此。

陸志韋的「五聲說」，是假定上古去聲分作兩類，長的去聲與平上聲通轉，短的去聲與入聲通轉。故平、上、長去、短去、入，共五聲。陸志韋利用暹羅方言以及祭泰夬廢這四個由入聲變來，不配平上的韻，藉以假定上古的第五聲「短去聲」。《古音說略》說：

> 上古有兩個去聲，一個是長的，跟平上聲通轉；又一個是短的，跟入聲通轉。不論長短，他們的調子都是可升可降，有方言的分別。……這可升可降的短去聲可以叫做上古的第五聲。……話雖如此，我承認這五聲說未免參雜私見，不過是一種假設。然而這假設可以用來說明上古去入聲的所以通轉。通入聲的不是長的去聲，而是短的去聲。短的入聲也未嘗不能跟長的平上入聲偶然的通轉。〔註26〕

〔註24〕同上注，頁 345～346。

〔註25〕見《古音研究》，頁 749～750。

〔註26〕見陸志韋：《古音說略》（臺北市：臺灣學生書局，民國六十年），頁 194～196。

去聲分作長短兩類，短去聲作爲中古入聲來源的概念，陸志韋並非第一人，孔廣森已做過這種假設。但陸氏系統中，仍保有古入聲，與孔廣森不同。

　　王力先生將古聲調分爲舒聲、促聲兩大類，其中又各分爲長調、短調，一共四聲。上古漢語聲調雖然與中古聲調不盡相同，但已具備四聲形式的看法，至今已漸漸被採信；王力先生的說法，也普遍爲學者們所接受。《漢語音韻》說：

> 我們應該怎樣看待上古聲調問題呢？首先是入聲問題需要討論。……我們認爲上古有兩種入聲，一種是長入，到中古變爲去聲；一種是短入，到中古仍是入聲。當然長入也可以稱爲去聲，只不過應該把上古的去聲字了解爲以-p，-t，-k 收音罷了。……我們的結論是：上古陰陽入各有兩個聲調，一長一短，陰陽的長調到後代成爲平聲，短調到後代成爲上聲；入聲的長調調後代成爲去聲（由於元音較長，韻尾的塞音逐漸失落了），短調到後代仍爲入聲。〔註27〕

按照語音發展，塞音韻尾-p、-t、-k 在演進過程中，逐漸弱化而失落。因此語言中必須先存在-p、-t、-k 一類，即入聲一類，才能符合後世塞音韻尾消失的規則（如中古音至國語的發展情形）。按照這條發展的路線，則上古必須既有入聲這一類，塞音韻尾才能爲中古音所保留。故上古去聲與入聲相近，但不可無入聲，這個理論在孔廣森談論「古無入聲」時，就已辨明清楚。

　　王氏的《漢語史稿》談到古聲調理論，說：

> 清代學者對這個問題的意見並不一致。顧炎武以爲古人「四聲一貫」，意思是說上古的聲調是無定的。段玉裁以爲古人沒有去聲，黃侃以爲古人只有平入兩聲。王念孫和江有誥都以爲古人實有四聲，不過上古的四聲和後代的四聲不一致罷了。我們以爲王江的意見基本上是正確的。先秦的聲調除了以特定的音高爲其特徵外，分爲舒促兩大類，但又細分爲長短。舒而長的聲調就是平聲，舒而短的聲調就是上聲。促聲不論長短，我們一律稱爲入聲。促而長的聲調就是長入，促而短的聲調就是短入。……關於聲調區分的理論根據是這樣：（1）依照段玉裁的說法，古音平上爲一類，去入爲一類。從詩韻和諧聲看，平上常相通，去入常相通。這就是聲調本分舒促兩

〔註27〕見王力：《漢語音韻》（北京：中華書局，2007 年），頁 156～157。

大類的緣故。（2）中古詩人把聲調分爲平仄兩類，在詩句裏平仄交替，實際上像西洋的「長短律」和「短長律」。由此可知古代聲調有音長的音素在內。〔註28〕

以中古四聲觀察上古四聲的理論架構，可發現《詩經》的押韻，多半是同一聲調相諧。偶然有相混的情況，例如平聲與上聲常相通、去聲與入聲常相通。陳師新雄舉出兩點加以說明：第一、「《詩》之用韻，以同一聲調相互押韻，不雜他調者至多。」第二、「《詩》之用韻，雖四聲分開押韻者多，然而平上互押，去入通韻之例，亦復不少。」王力的理論正是對於兩者的調和。陳師新雄說：

> 先師林尹先生以爲此兩說似相違而實相成，何以言之？就《詩》中四聲分用之現象觀之，可能古人實際語音中確有四種不同之區別存在，而就《詩》中平上合用，去入合用之現象看，古人觀念上尚無後世四聲之差異。此即陳第所謂「四聲之辨，古人未有」者也。陳氏所謂四聲之辨，即指觀念上之辨析也。古人於觀念上雖無四聲之辨，而於聲之舒促，則固已辨之矣。後世所謂平上者，古皆以爲平聲，即所謂舒聲也；後世之所謂去入者，古皆以爲入聲，即所謂促聲也。因古人實際語音上已有四聲區別之存在，故詩中四聲分用畫然，又因其觀念上惟辨舒促，故平每與上韻，去每與入韻。先師此說，實爲通達，於《詩》中所表現之兩種現象，皆能兼顧，而解釋亦無所躓礙。……王氏所謂舒促，即段氏所謂平入也。王氏所謂舒而短即段氏所謂平稍揚，王氏所謂促而長即段氏所謂入稍重，雖措詞不同，而旨意無殊。不過王氏爲顧及後世聲調不同之演變，而爲上古聲調先作舒促長短之推測，在理論上、觀念上，自較段氏爲進步。其實王氏所謂舒長、舒短、促長、促短之區別，即先師所謂古人實際語音上已有之區別也。因王氏之說實際上與段氏旨意相同。

〔註29〕

王力的意見與段玉裁、江有誥、黃季剛等相合；又得林尹先生、潘重規先生、陳師新雄加以證成，學者多採用此說，是爲怡然理順。

〔註28〕見王力：《王力文集・第九卷・漢語史稿》（山東：山東教育出版社，1988 年），頁 86。

〔註29〕見《古音研究》，頁 760～761。

陳師新雄採用了王力舒促二類，各分長短調的理論基礎。然而此種學說仍不免有瑕疵，即是上古陽聲韻去聲調的來源，無法獲得合理的解釋。段玉裁的「古平上爲一類，去入爲一類，上與平一也，去與入一也」，大致上已具備「舒促聲說」的模型。舒聲長調、舒聲短調只是元音長度不同，音理分析較爲簡單；促聲長調、促聲短調的分化，則牽涉到韻尾的失落與改變。尤其是陽聲的去聲一類，調類屬於促聲長調，而本身又已有陽聲韻尾，與入聲塞音韻尾之間的關係爲何？則需要進一步釐清。伯元師說：

> 王氏既以去入同爲促聲，而證促聲之長調後失輔音韻尾而變去聲；
> 平上既同爲舒聲，且以偏旁言之，聲母聲子同在上聲者少，與平聲諧者多，故吾人亦可謂舒聲之短調後世變上，因上聲只是由於短讀，而非失去韻尾，故上聲之成，遠早於去。或者又謂長入因元音長讀而失輔音韻尾，則其所變者當爲陰聲之去，然則陽聲之去又自何來？
> 王力云：「根據段玉裁、王國維的考證，上古陽聲韻沒有去聲，也就是沒有長入。」陽聲之去既非來自長入，則自然來自舒聲之平上，王力說去聲字有大部分是由平上聲之濁聲變來的，特別是上聲的全濁聲變來。王力聲調說理論，惟此爲其一大敗筆，因爲若由平上聲之全濁變來，則全濁之平上聲既變去聲矣，則今《廣韻》平上聲當中，仍有爲數極多之全濁聲母，可見此說頗值商榷。〔註30〕

陳師新雄以「長短元音與韻尾共同決定說」，彌補了王力解釋上古陽聲韻去聲來源的不足；並以可綴於輔音韻尾後的*-s，說明去聲這一類的演變條件。輔音韻尾與元音長度兩種要素，可以共同影響上古聲調的發展。郭錦桴先生《漢語聲調語調闡要與探索·聲調的起源》提出「鬆緊元音說」、「聲母決定說」、「韻尾決定說」、「長短元音與韻尾共同決定說」等四種看法。第四種「長短元音與韻尾共同決定說」，提到漢語與侗台語的上聲和去聲的產生，是由長短元音與輔音韻尾共同作用所造成，可能由-h或-s尾變來，或如藏語有些地方-s尾變成-ʔ尾；傣語多數土語在塞音韻尾失落之後，長元音併入去聲〔註31〕。鑒於如此的語言

〔註30〕 見《古音研究》，頁764。

〔註31〕 見郭錦桴：《漢語聲調語調闡要與探索》（北京：北京語言學院出版社，1993年），頁15～27。

現象，雅洪托夫和奧德里古提出去聲字最初曾存在具有構詞作用的輔音韻尾
-s，能與-p、-t、-k 或-m、-n、-ŋ 綴合，當-s 前的輔音發生變化或失落，帶*-s
的字，不分陰陽，變成了去聲。伯元師說：

> 若此，則不但*-p、*-t、*-k 後可綴以*-s，即*-m、*-n、*-ŋ 後亦可
> 以綴以*-s，凡有*-s 韻尾者，則後世多變爲去聲。則王力舒促長短
> 說之最大缺點，已可彌補矣……我所以將吾人之聲調起源說，定爲
> 「長短元音與韻尾共同決定說」，即概採用雅洪托夫-s 韻尾說，亦並
> 未放棄王力舒長、舒短、促長、促短之元音長短說，但是有些條件
> 有其一即已足夠說明其演變之條件，則無需多加一條件，例如吾人
> 將去聲字加上-s 韻尾之後綴，則促聲就無須將元音再分長短。下以
> 東屋侯三部字爲例，說明聲調分化之條件：
>
> 東部舒聲長音，例如：東*tāuŋ→《廣韻》上平聲一東韻德紅切 toŋ。
> 東部舒聲短音，例如：董*tăuŋ→《廣韻》上聲一董韻多動切 toŋ。
> 東部綴-s 韻尾，例如：涷*tauŋs→《廣韻》去聲一送韻多貢切 toŋ。
> 屋部-k 尾，例如：讀*d'auk→《廣韻》入聲一屋韻徒谷切 d'ok。
> 屋部綴-s 韻尾，例如：竇*d'auks→《廣韻》去聲五十候韻田候切 d'ou。
> 侯部舒聲短音，例如：斗*tău→《廣韻》上聲四十五厚韻當口切 tou。
> 侯部舒聲長音，例如：兜*tāu→《廣韻》平聲十九侯韻當侯切 tou。

〔註32〕

上述理論主要補足之處，若以圖表示意，即如下圖：

調　類	舒　　聲	促　　聲	
韻與調	陽	去聲陽	入
	陰	去聲陰	

　　陰聲、陽聲之舒聲類，長言即爲平聲，短言即爲上聲，即元音長短有別，
韻尾形式不變。促聲調中，短言即爲收塞音韻尾-p、-t、-k 者，長言去聲陽爲
鼻音韻尾帶有後綴-s 者，即-ms、-ns、-ŋs 類；長言去聲陰爲塞音韻尾帶有後綴
-s 者，即-ps、-ts、-ks 類。蓋原有之塞音韻尾失落者也。去聲陽是王力理論主

〔註32〕　見陳師新雄《古音研究》，頁 766。

要修正處，去聲陰則以同樣體系之說法予以統一，亦不相衝突。

上古去聲源於-s 音綴之理論，獲得大部分學者的支持。如李方桂先生《上古音研究》:「我們也不反對在詩經以前四聲的分別可能仍是由於輔音韻尾的不同而發生的，尤其是韻尾有複輔音的可能，如*-ms，*-gs，*-ks 等。」〔註33〕鄭張尚芳先生《上古音系》將上聲擬爲喉塞音尾，而去聲來源亦肯定-s 尾。他說:

> 新說都認爲上古漢語沒有聲調，一致採用奧德里古、蒲立本上聲來自-ʔ、去聲來自-s（-h）的反聲起源於韻尾的說法，所以又增-ʔ、-s 兩尾。……鄭張上方先生還指出更早時候-ʔ 來自-q，而-s 稍後變-h；鄭張以爲-s、-gs 變-h 時，-bs 併入-ds ＞ s，故-h 與-s 曾經同時存在，這也可作爲高氏暮、裕兩部與祭、隊、至三部並列的新解釋。他並且指出-s 向去聲轉化時，同佤語、南島語一樣，先要變成-ih，因此祭、隊諸部才都增生了-i 尾。

鄭張更指出，《詩經》押韻常見同聲調相押，其實首先與同韻尾有關，其次才與伴隨聲調有關，當時因-ʔ、-s 尚存，伴隨聲調還無音位意義。丁邦新（1994）曾引鄭張（1987）下表說明聲調與韻尾的關係，並指出這與白氏（1992）很接近。……李新魁《從方言讀音看上古漢語入聲韻的複韻尾》（1991，《中山大學學報》4）也接受了-s 尾說。而認爲-ps、-ts、-ks ＞-ʔs ＞-ʔ，從而把它原先設想的次入韻韻尾-ʔ 列爲-s 的後階段。藏文-s ＞ -ʔ音變倒可以與這一說法相佐證。〔註34〕

鄭張尚芳先生也列出配合-s 尾後綴的聲調圖如下:

	平　聲	上　聲	去　聲	入　聲
後置尾	-0	-ʔ	-s→h	
鼻尾	-m -n -ŋ	-mʔ -nʔ -ŋʔ	-m -ns -ŋs	
塞尾			-bs -ds -gs	-b -d -g
伴隨調	33	35	31	3

〔註33〕見李方桂:《上古音研究》（北京:商務印書館，1980 年），頁 33～34。

〔註34〕見鄭張尚芳:《上古音系》（上海:上海教育出版社，2003 年），頁 62～63。

古聲調說系統至此已趨於完備，然而韻尾變化與音高發展之關聯，仍必須回溯至古音分期，與討論古音的時代。錢玄同先生將古音各時代的標準分作六期〔註35〕，詩經時代、諧聲時代甚至更早以前的遠古漢語，都被畫入這一期中。錢先生說：

> 爲什麼不講到周朝以前的音呢？因爲我們現在考證隋唐以前的標準音，除了字書和雙聲疊韻的字以外，就是依據那時候的詩歌，拿他用韻的字來考那時候的韻部。周朝以前的文章，只有《尚書》裡還存留四五篇。那四五篇文章之中，可以作爲考證聲音之材料的，眞是絕無僅有。我們斷不能據了斷簡殘篇中間幾個字，就認爲可得唐虞夏殷四代的標準音。……既然從這時候起才有詩歌的用韻可考，那麼，講前代的標準音，自然只能從周朝講起了。〔註36〕

依照詩經的語音歸納，可以求得第一期的古音系統。然而更古的來源，既缺乏文獻，於是只能從同源族語、親屬語、借詞等材料中考索。這方面的材料，距離我們太久遠，往往有所隔閡，必須要有更確切的證據，才能做出結論；而對於《詩經》時代的語音問題，往更久遠的古語去探尋，無疑是條必經的途徑，也是研究的需求。

否定去聲-s尾來源說的理論，或有將三百篇與遠古時代做切割。認爲《詩經》尚無此種特徵，但《詩經》時代之前，卻不否定曾經存有過-s。如丁邦新先生說：

> 在《詩經》時代漢語和中古一樣是有四個聲調的，聲調是音高，不是輔音韻尾。聲調源於韻尾可能有更早的來源可能在漢藏語的母語中有這種現象，但是在《詩經》時代沒有痕跡。〔註37〕

〔註35〕 即「第一期，紀元前十一世紀到前三世紀（周秦）」、「第二期，前二世紀到二世紀（兩漢）」、「第三期，三世紀到六世紀（魏晉南北朝）」、「第四期，七世紀到十三世紀（隨唐宋）」、「第五期，十四世紀到十九世紀（元明清）」、「第六期，二十世紀（中華民國）」。見錢玄同：《錢玄同文集》（北京：中國人民大學出版社，1999年）第五卷，頁62。

〔註36〕 見上註。

〔註37〕 見丁邦新：《丁邦新語言學論文集》（北京：商務印書館，1997年），頁103。

或有以「內部構擬」法作爲「比較構擬」法的對立面而否定-s尾。如何九盈先生說:「上古音的構擬並不代表漢語的原始形式,它與親屬語言的距離還相當遙遠,故不可能也不應該『與親屬語言的形式密合』。」〔註38〕若將上古音與遠古音的劃分,周秦音是一條界線,假設複輔音韻尾影響聲調的概念成立,至少也是在詩經時代以前的原始漢語或漢藏語,並且需要更多的詞源資料加以佐證。

回歸到魏先生的聲調理論。在〈古陰陽入三聲考〉中,他提出了七點說明與七點假設。魏先生認爲:

（1）古三聲是字音組織上的問題。

（2）今四聲是字音聲調上的問題。

（3）古三聲以外是否還各有聲調,目前是不可知的問題,恐怕也是無法可知的問題。

（4）古今入聲的名稱雖同,其實質是不同的。

（5）所謂「古無入」（孔廣森説）、「古無上去」（黃侃説）、「古無去」（段玉裁説）諸說之誤,在古三聲與與今四聲名混而淆其實。

（6）所謂「古平入爲一類,去入爲一類」（段玉裁又一説）、「緝合等閉口音爲入」（孔廣森説）、「古之一部分有去入,而無平上」（王念孫、江有誥説祭至）,是以今四聲與古三聲對照的解釋。

（7）胡適之先生〈入聲考〉的本意是指古三聲的入,而謂古陰聲爲入聲,是由於今平、上、去與古陰誤混。〔註39〕

因此他提出了七點假設如下:

（1）古陰、陽、入三聲都是附聲隨韻。

（2）古陰、陽、入三聲的來源都是由純韻加附「聲隨」而成。

（3）古純韻加附鼻聲的是陽聲。

（4）古純韻加附塞爆聲或分聲的是與陽聲對轉的入聲。

〔註38〕見何九盈:《語言叢稿》（北京:商務印書館,2006年）,頁24。

〔註39〕見《魏建功文集》第參輯,頁191。

（5）古純韻加附塞擦聲或通聲的是與陰聲對轉的入聲。

（6）古純韻加附通擦聲的是陰聲。

（7）古純韻（今純韻亦然）之末尾本是附「聲門通聲」的，是發音的自然現象。不過讀音時不明顯察覺，而無甚重要。注意時也概可略了。〔註40〕

以下便就魏先生所提出的見解，加以論述。

二、〈古陰陽入三聲考〉之韻尾說

國語的音節結構及其組成，誠如何大安先生說：「如果以 V 代表主要元音（nuclear vowel），C 代表輔音（consonant），M 代表介音（medial），E 代表元音之後的元音性或輔音性的韻尾（ending），那麼國語的音節結構就是：（C）（M）V（E）『（ ）』表示有，也可以沒有。」〔註41〕不僅是國語，漢語也符合此種音節結構。漢語的韻尾形式有元音也有輔音，或者是無韻尾；古漢語的音韻結構形式，尤其是韻尾的構擬，一直是不斷被提出討論的焦點。

魏先生作〈古陰陽入三聲考〉，是根據胡適之先生〈入聲考〉一文之論述而延伸。由此文中，可以看出胡適之先生認同古音大部分的陰聲字帶有塞音韻尾，而魏先生加以反駁的過程。胡先生說：

> 以我的觀察，陰聲各部的古音在《三百篇》時代大概有下列的狀況：
> （1）歌部是收聲於韻母的平聲。（2）脂微的平聲在古時大概是收聲於-i 的平聲。（3）至祭各去聲韻是收聲於-t 的古入聲。（4）術物等入聲是古入聲。（5）支部是古入聲，無平聲，可稱「益」部。（6）之部是古入聲，似無平聲，可稱「弋」部。（7）宵幽侯各部古時也是入聲。（8）魚模各韻也是古入聲。——以上從支到魚模，皆收聲於-k。〔註42〕

〔註40〕同上注，頁 194。

〔註41〕見何大安：《聲韻學中的觀念與方法》（臺北市：大安出版社，2004 年 9 月），頁 58。

〔註42〕見胡適著、歐陽哲生編：《胡適文集》4（北京：北京大學出版社，1998 年 11 月），頁 185～186。

胡適之先生論述的依據有三種：（1）同偏旁的字，絕大多數全都變平聲或去聲了，但往往有幾個冷僻不常用的字還在入聲。（2）用方音的參證。（3）珂羅倔倫先生指出，如果入聲是後起的，那麼，由無聲尾的陰聲韻母變爲有聲尾的入聲，其間應該可以隨便亂加聲尾，可以加-k，加-p，也可以加-t，何以同偏旁之字，從「乍」者皆只有-k尾，同在入聲之一韻，從「至」者皆只有-t尾，又同在入聲之另一韻，而不會紊亂呢？故知「乍」本讀「昨」音，「敝」本讀「弊」音，乃入聲之變去，而不是去聲之變入。〔註43〕胡先生的看法，是從押韻現象來觀察音理變化，並假設有-p、-t、-k 等塞音韻尾在先，致使平入相互諧聲，後來-p、-t、-k 脫落，才演變爲後來不帶塞音之陰聲韻。該理論亦是主張古陰聲收塞音韻尾類型之主要論證脈絡，其中或有-p、-t、-k與-b、-d、-g之差異。胡先生的論述，以爲古平入通押、去入通押的字，皆是古入聲，並有塞音韻尾-p、-t、-k。即使如此，一部分的陰聲韻部（如歌脂微等部），仍然保留了元音收尾的特性。

魏先生以語言自然發聲的過程，反駁了上述的說法。其中，《詩經》的摹聲字是魏先生作爲擬聲論述的重要依據，由於論點具體，貼合事實並且眞切，於是經常爲學者所引用。魏先生以爲摹聲字一定是與被描述的物聲音相似，除非字音演變，才會有所更改。因此自然界平暢舒展的聲音，自然流通延長，不會帶有阻塞的收尾。魏先生說：

> 講音韻的人常拿小孩兒學話的演進作人類語言演變的參考。因爲人類進化的歷程，大家認爲小孩兒自小到大是一個小縮影。我們沒有聽過小孩兒們學話先從入聲起……我們可以推定「父」、「母」二字，豈不應該讀 pak、mak（父古聲 p，父母古韻 a）了嗎？難道中國的先民卻成了例外？〔註44〕

父、母爲自然發出之聲，不應當帶有不除阻的塞音尾。

現以魏先生所舉「翻檢過的《三百篇》中間的摹聲字」〔註45〕，扣除掉一些入聲的例子，配合製成表格，以方便瀏覽：

〔註43〕同上注，頁186。

〔註44〕見《魏建功文集》第參輯，頁182～183。

〔註45〕同上注，頁186～187。

摹聲字	摹聲描述	魏先生韻部	卅二部	卅二部擬音
喈喈	寫兩類聲音： （1）禽聲——黃鳥、雞鳴、 　　倉庚、鳳凰， （2）金聲——八鸞、鐘。	脂	脂	iə
咆咆	寫雷聲。	脂	微	iə
鷕	寫雉鳴聲。	脂	微	iə
吁	寫嘆聲。	魚	魚	a
呱	寫哭聲。	魚	魚	a
許許	寫伐木群人舉力聲。	魚	魚	a
喓喓	寫蟲群鳴。	宵	宵	au
嗷嗷	寫鴻雁哀鳴。	宵	宵	au
交交	寫黃鳥、桑扈鳴。	宵	宵	au
嘵嘵	寫哀音。	宵	宵	au
膠膠	寫雞鳴。	幽	幽	əu
叟叟	寫淅米聲。	幽	幽	əu
呦呦	寫鹿鳴。	幽	幽	əu
蕭蕭	寫馬鳴。	幽	幽	əu
瀟瀟	寫風雨聲。	幽	幽	əu

魏先生又說：

我們實在難以相信，

（1）嘆息的聲音（吁）和哭的聲音（呱）末尾可以附上-k；

（2）伐木群眾用力的聲音（許）末尾也附上了-k！

我們也難以相信，

（1）群蟲鳴聲的末尾是有-k 作 jɔk 或 iɔk（jauk、jaok、iauk、iaok），
　　而人的哀音也是有-k 尾音作 jɔk 或 iɔk（jauk、jaok、iauk、iaok）
　　的；

（2）哀鴻之聲作 ŋɔk 或 ʔɔk（ŋauk、ŋaok、auk、aok）而附加-k！

我們更難以相信，

（1）雞叫不作 ko　ko……，而作 kokkok；

（2）淘米的聲音不作 so　so……，而作 soksok；

（3）鹿叫的聲音不作 jo　jo 竟至於ʔoʔo……，而作ʔokʔok、jokjok；

（4）馬鳴不作 ho　ho……，而作 hokhok；

（5）風雨聲不作 so　so……，而作 soksok！〔註46〕

〈古陰陽入三聲考〉一文本是針對胡適〈入聲考〉而作的，此段引用《詩經》摹聲字的說明，可看出魏先生不認同古音有陰聲字收塞音韻尾的論點。

　　魏先生雖然反對陰聲字構擬塞音韻尾，卻不反對陰聲字構擬輔音韻尾。魏先生雖沒有採用胡適之陰聲構擬-p、-t、-k 的做法，也不認為舒緩的自然之聲帶有哽咽的阻塞成分，但是卻在韻尾的處理上，全面地構擬了輔音收尾的可能形式。在陰聲或者純韻的部份，都採用半元音、擦音與喉塞音，作為維持音韻結構的系統處理。這是魏先生特有的古韻尾觀點。

三、「三聲」概念

　　陰陽入相配，以入聲為樞紐論的起源，由戴震為首，開啓了後世陰陽對轉說的先河。〔註47〕魏先生承繼了戴震的理論，徹底的討論了韻尾假設的可能性，及其對音轉變化的影響。要了解魏先生的陰陽入相配觀念，必須先了解他的「三聲」。〈古陰陽入三聲考〉的三聲，其實是由古韻所附之聲隨，即韻尾問題切入，並非單純探討元音長短高低、頻率或音高等聲調變化。所以魏先生的「陰陽入」是論古韻韻尾。然而，聲調之發展，自「韻尾決定說」出現之後，學者論古聲調演變，多半得將韻尾一併納入考量因素，不能只著眼於元音。

　　是以魏建功的「三聲」，不等同於「四聲」聲調之「聲」。潘重規先生、陳紹棠先生於《中國聲韻學》中，指出了這個問題。潘、陳二位先生說：

> 魏建功氏則主張陰陽入三聲調，此種分析法，完全繫于韻尾之性質，而陰陽入與四聲，本不可同日而語，因陰陽乃音質問題，不妨礙其是否有聲調之分別，魏先生以為古音是否有四聲乃不可知之問題，

〔註46〕見《魏建功文集》第參輯，頁 186～187。

〔註47〕戴震〈答段若膺論韻〉曰：「僕審其音，有入者如氣之陽，如物之雄，如衣之表；無入者如氣之陰，如物之雌，如衣之裏。又平上去三聲近乎氣之陽、物之雄、衣之表，入聲近乎氣之陰、物之雌、衣之裏。故有入之入與無入之去近，從此得其陰陽、雌雄、表裏之相配。」見清・戴震撰、張岱年主編：《戴震全書》第三冊（安徽：黃山書社，1994 年），頁 349。

乃從另一角度提出其見解，故其說實與古聲論調無大關係。〔註48〕

上述之關鍵在於傳統名詞的混淆。潘陳二先生說「魏建功氏則主張陰陽入三聲調」，其實魏先生所言之「三聲」，並非傳統講音高之聲調，是專講韻尾。由於名詞重疊，造成此一誤會。魏先生在文中針對「聲」，已作了「正名的商榷」與「定義的商榷」。他說：

> 中國學術上名詞用法的混淆最不堪狀，音韻學中更加厲害。只一個
> 「聲」字就足賅其例。「聲」字的用法有：
>
> （1）「聲音」，常言。
>
> （2）「聲紐」、「雙聲」、「發聲」、「收聲」，專言「子音」。
>
> （3）「諧聲」多指同「韻」，專言「母音」。
>
> （4）「四聲」，專言「聲調」。
>
> （5）「陽聲」、「陰聲」、「入聲」，專言「音綴」。〔註49〕

魏先生已將「聲」這一詞作了五種指涉的分析，包含了「聲調」與「音綴」，可見其不至於將「聲調」與「音綴」混淆。他又說：

> 就我所知，我們研究古音（周、秦──前漢）只是分陰陽入三聲來
> 講，所以亭林《音論》、東原《聲韻考》都特別記述「四聲之始」，
> 顯然與陰、陽入分爲兩截。……其實，過去學者沒有能用標音符號
> 去審音，並且依據分四聲的《切韻》韻部做材料。因而既分陽、陰、
> 入三聲，又被平上去入四聲鬧的頭昏眼花罷了。〔註50〕

這裏所說的「分成兩截」，就是將韻尾以及音調分成兩個部分來看。他說：

> 古音的陽聲字、陰聲字包括今音分在平上去的字；古音的入聲字包
> 括今音分在去入的字；但不能說古音某部陽聲字或某部陰聲字是讀
> 今音的平或上或去。古音的陽聲、陰聲、入聲只是音綴分別的標準；
> 平上去入是陰陽入的分別方法變更以後分聲調的東西。〔註51〕

〔註48〕見《中國聲韻學》，頁 165～166。

〔註49〕見《魏建功文集》第參輯，頁 179。

〔註50〕同上注，頁 180。

〔註51〕見《魏建功文集》第參輯，頁 181。

更劃出表格分析聲調與音綴兩者的對應關係，如下圖所示：

今　音 對古音	聲調及音綴					
今	平	陰平 陽平	上	半上	去	入
古	陽					入
	陰					

　　古聲調說之所以一部分糾結不清，除了名稱的重疊之外，即是音調之產生，必須納入音綴作為音質考量。光是元音的鬆緊與長短，並不能給予聲調問題一個完整的解釋；「長短元音與韻尾共同決定」，會是比較理想的古聲調演進模式。

　　魏先生又曰：

> 古音無所謂平上去入（以下簡稱「四聲」），這個原則是研究古音陰陽入聲的重要基本。我們研究古陰陽入聲的依傍是分四聲的《切韻》，要類納古音諧聲字母的部類不得不從這裏面抽繹。所以我們對於古陰陽入聲（以下簡稱「古三聲」）與今四聲的關係要切實認明。
> 我們可以說：
>
> （１）古三聲是字音組織上的問題。
>
> （２）今四聲是字音聲調上的問題。
>
> （３）古三聲以外是否還各有聲調，目前是不可知的問題，恐怕也是無法可知的問題。
>
> （４）古今入聲的名稱雖同，其實質是不同的。
>
> （５）所謂「古無入」（孔廣森說）、「古無上去」（黃侃說）、「古無去」（段玉裁說）諸說之誤，在古三聲與今四聲名混而淆其實。
>
> （６）所謂「古平上為一類，去入為一類」（段玉裁又一說）、「緝合等閉口音為入」（孔廣森說）、「古之一部分有去入，而無平上」（王念孫、江有誥說祭至），是以今四聲與古三聲對照的解釋。
>
> （７）胡適之先生《入聲考》的本意是指古三聲的入，而謂古陰聲為入聲，是由於今平、上、去與古陰誤混。〔註52〕

〔註52〕同上注，頁191。

（1）到（4）點在前文已經作了敘述。（5）與（6），在魏先生的看法中，是古音學者所談的「古聲調」，是把元音高低與韻尾問題，合併在一起討論，而內容實不相同。無論是孔廣森或是段玉裁等，「古四聲」的概念，都不會與「今四聲」完全等同。古今聲調觀念混淆，始因於入聲的糾葛與模糊。魏先生在聲調理論並不採取調合的主張，對古聲調只談「陰陽入」，而「無所謂平上去入」，進一步談古韻分部，音值以及其韻尾構擬。

古韻學家對待入聲的看法，即是對音韻特質的具體認識。於是古韻研究的發展，可大致分爲「考古」與「審音」兩派。陳師新雄說：「此兩派最大之差異，則在對入聲之看法，具體說來，及陰陽兩分法與陰陽入三分法之差異。」〔註53〕王力《漢語音韻》則說：

> 陰陽兩分法和陰陽入三分法的根本分歧，是由於前者是純然依照先
> 秦韻文來作客觀的歸納，後者則是在前者的基礎上，再按照語音系
> 統進行判斷。這裡應該把韻部和韻母系統區別開來。韻部以能夠互
> 相押韻爲標準，所以只依照先秦韻文作客觀歸納就夠了，韻母系統
> 則必須有它的系統性（任何語言都有它的系統性），所以研究古音的
> 人必須從語音的系統性著眼，而不能專憑材料。〔註54〕

在陰陽兩分法的基礎下，尚未將入聲作爲音質條件，與陰聲、陽聲各自獨立，分別系統性研究時，古韻學家不是將入聲與陰聲歸爲一類，就是將入聲與陽聲歸爲一類，〔註55〕未若將其以語音之系統性分析，才合乎音理。

然而古今聲調的演進，由陰陽入三聲至平上去入四聲，甚至是現今的國音，

〔註53〕見《古音研究》，頁169。

〔註54〕見《王力文集》第五卷，頁163。

〔註55〕王力說：「顧炎武的古韻十部，事實上是陰陽兩分法，因爲他把入聲歸入了陰聲。
段玉裁的古韻十七部，事實上也是陰陽兩分法，只不過他以質屬眞，步驟稍微有
點亂罷了。孔廣森的古韻十八部，開始標明陰陽，並且宣稱古代除緝合等閉口音
以外沒有入聲。……王念孫和江有誥雖沒有區分陰陽，看來也不主張陰陽入截然
分爲三類。章炳麟作『成均圖』，把月物質三部（他叫作泰隊至）歸入陰界，緝葉
兩部（他叫作緝盍）歸入陽界，仍然是陰陽兩分。……戴震認爲入聲是陰陽相配
的樞紐，所以他的古韻九類廿五部是陰陽入三聲分立的。……到了戴震，入聲的
獨立性才很清楚了。」見《王力文集》第五卷，頁163。

大致上仍符合從韻尾類型區別，過渡到從音高差異區別。鄭張尚芳《上古音系》「聲調源於韻尾說」，談到：

> 聲調的起源有多種說法，從漢語方言看，在音系層面上，四聲後來的分化和韻尾舒促、元音長短、聲母清濁都有聯繫。但最重要的是，最早的聲調是從何而生的，後來的變化發展那是次生性問題。……最著名最完整的聲調起於韻尾轉化說，是奧德里古（1954）根據越南語提出來的。由於越南語許多固有詞來自南亞語帶-s / h、帶-ʔ的形式，而在越南語中分別依韻尾轉化為不同的聲調……，同時這些聲調又分別對應漢語的去聲與上聲，所以他提出-s > -h >去聲，-x > -ʔ >上聲的演化公式。……我們接受奧氏的提法，不是因為它已經成為聲調起源的一種經典理論，而是就漢語本體來看的，依據漢語史上音韻變化所反映的和漢語方言中發現的大量事實，使我們相信這一理論是正確的。
>
> 〔註56〕

其〈去聲來自-s 尾〉一節，以「祭泰夬廢」及其方言對譯的證據，也證明音高的聲調是從韻尾後綴變化而來：

> 正因為上古漢語的-s尾跟藏文相似，在元音後和鼻塞尾-m、-n、-ŋ、-b、-d、-g 後都可出現，所以就形成了去聲字跟入聲韻、陰聲韻及陽聲韻都有關係的局面。這種現象前人無從索解，故舊時古音學者或把去聲字列入陰聲韻，或把去聲字列入入聲韻，從而取消了去聲，以致提出古無去聲說。對去聲的產生，王力已長短入來解釋。但如果帶塞音韻尾的元音分長短，那麼帶鼻音韻尾的元音也應分長短，這是通例；而王氏只在入聲韻分，顯然不妥。李方桂的陰聲韻都帶塞音韻尾，只在塞音韻尾後面加上-x、-h 以表示讀上聲調和去聲調，但仍列在陰聲韻中。這樣又不能解釋既然陰聲韻平上去都有韻尾，何以舒入通諧主要在去聲，也不能解釋何以祭部沒有平、上聲相配。如果認可去聲帶-s，則這些問題就都可迎刃而解了。〔註57〕

〔註56〕 見《上古音系》，頁 215～216。

〔註57〕 同上注。

魏先生肯定了「古三聲」的結構性，但不確定是否具有音高辨義的性質。魏先生說：「古三聲以外是否還各有聲調，目前是不可知的問題，恐怕也是無法可知的問題」。古漢語強調其結構性，音高與頻率變化是後出的。鄭張尚芳《上古音系》，說明韻尾到聲調之發展，大致經過四個階段：「第一階段：只有韻尾對立，沒有聲調（有如藏文）。」「第二階段：聲調作爲韻尾的伴隨成分出現，仍以韻尾爲主，聲調不是獨立音位。」如先秦韻文主要依據韻尾相同而叶，音高爲其次。「第三階段：聲調上升爲主要成份，代償消失中的韻尾的辨義功能。」「第四階段：完全是聲調，韻尾全部消失。」〔註58〕鄭張先生的四階段說，可以作爲古漢語聲調從韻尾對立，到區別音高以辨義的發展脈絡。這個說法與魏先生「古三聲是字音組織上的問題」「今四聲是字音聲調上的問題」相合。古漢語是否爲「無聲調」的，尚且屬於不可知，但字音的組織結構，卻是分明的。

四、古今聲變方程式

魏先生的古今聲變方程式，採用了現代數理語言學的方法，加以實踐。馮志偉先生說：「數理語言學（mathematical linguistics）是用數學思想和數學方法來研究語言現象的一門新興學科。」〔註59〕韻部之間，輔音韻尾的變化過程，可利用數學符號系統表示，並爲說明陰陽對轉之理。本小節分爲「古三聲與今四聲變化方程式」和「古三聲關係方程式」兩點，分別說明如下：

（一）古三聲與今四聲變化方程式

〈陰陽入三聲考〉採用數學方程式來表現古今聲調與韻尾的變化，是一大特色。魏先生說：

> 本文第二分中用表格所示的古三聲與今四聲的關係，可以重行以算式表明，更加醒眼。
>
> 設今平爲X，今上爲Y，今去爲Z，今入爲S。
>
> 又古陽爲X'，古陰爲Y'，古入爲S'。
>
> V爲附聲記號；CV爲不附聲記號。

$$X' = V\left(X + Y + \frac{Z}{N}\right) \cdots\cdots (1) \qquad N\text{為大於}1\text{之整數。}$$

$$Y' = CV\left(X + Y + \frac{Z}{N'}\right) \cdots\cdots (2) \qquad N'\text{為大於}1\text{之整數。}$$

$$S' = V\left(S + \frac{Z}{N''}\right) \cdots\cdots (3) \qquad N''\text{為大於}1\text{之整數}$$

$$N'' \Leftrightarrow N' \Leftrightarrow N$$

$$(1) + (2)\ X' + Y' = V\left(X + Y + \frac{Z}{N}\right) + CV\left(X + Y + \frac{Z}{N'}\right) \cdots\cdots$$

$$(4)$$

由（4）得
$$X = V \bullet CV\left[(X' + Y') - \left(Y + \frac{Z}{N} + \frac{Z}{N'}\right)\right],$$
$$= V \bullet CV\left(X' + Y' - Y - \frac{Z}{N} - \frac{Z}{N'}\right),$$
$$Y = V \bullet CV\left[(X' + Y') - \left(X + \frac{Z}{N} + \frac{Z}{N'}\right)\right],$$
$$= V \bullet CV\left[\left(X' + Y' - X - \frac{Z}{N} - \frac{Z}{N'}\right)\right],$$

由（3）得
$$S = V\left(S' - \frac{Z}{N''}\right)$$

由（1）得
$$\frac{Z}{N} = X' - V(X + Y) \cdots\cdots (5)$$

由（2）得
$$\frac{Z}{N'} = Y' - CV(X + Y) \cdots\cdots (6)$$

由（3）得
$$\frac{Z}{N''} = S' - V(S) \cdots\cdots (7)$$

$$Z = (5) + (6) + (7) = V \bullet CV\left[(X' + Y' + S') - (X + Y + S)\right],$$
$$= V \bullet CV(X' + Y' + S' - X - Y - S)。$$

〔註60〕

魏先生利用數學方程式來表示古今聲調的歸屬與變化，象徵著音韻變化是理性的，並且是具有科學性的。代數模式的假設研究，不僅限於數字，而是可以把各種抽象化的結構，利用符號系統來書寫、表現，使其更為具體。這裡把古、

〔註60〕見《魏建功文集》第參輯，頁 191～192。

今聲調等各個「群」，假定為代數結構類型，其實只是一種更為簡練的標誌法而已；但，用語言文字描述，和數理符號的表示法，其實並沒有差異。其本質、精神，及其科學性都是不變的，沒有優劣之分。以下就各條公式，逐項闡述其推論過程：

$$X' = V\left(X + Y + \frac{Z}{N}\right) \cdots\cdots (1) \quad N為大於1之整數。$$

第（1）式：古陽聲是由今平聲與今上聲，以及一部分的今去聲組成的，它們的共同特徵是都帶有輔音韻尾。

$$Y' = CV\left(X + Y + \frac{Z}{N'}\right) \cdots\cdots (2) \quad N'為大於1之整數。$$

第（2）式：古陰聲是由今平聲與今上聲，以及一部分的今去聲組成的，它們都是不帶有輔音韻尾的。

$$S' = V\left(S + \frac{Z}{N''}\right) \cdots\cdots (3) \quad N''為大於1之整數$$

$$N'' \Leftrightarrow N' \Leftrightarrow N$$

第（3）式：古入聲是由今入聲加上一部分今去聲組成的，它們的特色也都帶有輔音韻尾。

「N」指母數或是母體，「今去聲」的來源可約略切割成三分，在暫不確定實際數目的狀況下，用「N、N'、N''」表示未知數，及其再次被賦與值的實體。「大於1之整數」、「N'' ⇔ N' ⇔ N」說明了三分的母體，不為零，為確實存在，但三者屬於概念性質，不是固定的數量值，而彼此之間尚有一定的量。〔註61〕此外，今去聲並不是從一個整體的類。王力先生說：「中古的去聲字有兩個來源，第一類是由入聲變來的。……第二類的去聲是由平聲和上聲變來的，特別是上聲變去聲的字多些。」〔註62〕一大部分的去聲字，在上古屬於「長入聲」，到中古丟失了尾音，變為去聲；另一種多半是濁上變去。今去聲是一種演變後的聲調，基於「古無去聲」等理論背景，「Z／N」等標注形式，應是說

〔註61〕作者假設古入聲為 S'，今入聲為 S，兩者之間量雖然有變化，但仍有一定程度的對應關係，故以同一代數字母的再次賦值，可以標示其關聯性。而古陽聲 X' 與今平聲 x 沒有直接的對應性，古陰聲 Y' 與今上聲 Y 也是如此，因此改用其他代數表示，未嘗不可，也不致造成判讀上的誤解。

〔註62〕見王力：《漢語史稿》（北京：中華書局，1996 年），頁 102～103。

明去聲在尚未演化成一類之前包涵在整體語言裡，而由古陰陽入三類爲其來源。

所謂的「古」，泛指上古音；所謂的「今」，是指中古音以至於近代音，仍保留多數輔音韻尾（如-p、-t、-k、-m、-n、-ŋ 等）的階段。由前三式來看，藉著音綴有無，將古今音的結構性做了畫分。今平聲、今上聲與今入聲大致沒有問題，今去聲才有分配上的分歧。從前節「聲調與音綴」分配表，可以看出魏先生對古陰陽入與中古聲調的分配。

$$（1）+（2）X'+Y'=V\left(X+Y+\frac{Z}{N}\right)+CV\left(X+Y+\frac{Z}{N'}\right)\cdots\cdots$$

$$（4）$$

第（4）式：第（1）式與第（2）式的總合，總括了古陽聲與古陰聲的全部範疇。兩者的總合 $X'+Y'$，包含了帶有輔音韻尾的今平聲 VX、今上聲 VY 和一部分的去聲 VZ / N；以及不帶輔音韻尾的今平聲 CVX、今上聲 CVY 和一部分的去聲 CVZ / N'。上述式子標示出不包括入聲的全體。

$$由（4）得\quad X=V\bullet CV\left[(X'+Y')-\left(Y+\frac{Z}{N}+\frac{Z}{N'}\right)\right],$$

$$=V\bullet CV\left(X'+Y'-Y-\frac{Z}{N}-\frac{Z}{N'}\right),$$

$$Y=V\bullet CV\left[(X'+Y')-\left(X+\frac{Z}{N}+\frac{Z}{N'}\right)\right],$$

$$=V\bullet CV\left[\left(X'+Y'-X-\frac{Z}{N}-\frac{Z}{N'}\right)\right],$$

從第（4）式裡，換個角度看，也可以推導出今平聲 X 或是今上聲 Y 的單一範疇：

第一、今平聲 X 包含在古陰聲、古陽聲當中（$X'+Y'$），但不包括今上聲 Y，還有包含在古陰陽聲中的今去聲來源（即 Z / N、Z / N'）。今平聲有些帶有輔音韻尾 V，有些則不帶輔音韻尾 C V。

第二、今上聲 Y 包含在古陰聲、古陽聲當中（$X'+Y'$），但不包括今平聲 X，還有包含在古陰陽聲中的今去聲來源（即 Z / N、Z / N'）。今平聲有些帶有輔音韻尾 V，有些則不帶輔音韻尾 C V。

以上的式子，都是不包含入聲 S 的。

由（3）得 $S = V\left(S' - \dfrac{Z}{N''}\right)$

從第（3）式來看，今入聲即是古入聲扣除掉後來變化成今去聲的那一部分Z/N''，它也是帶有輔音韻尾（V）的。

關於今去聲三個部分的界定如下：

由（1）得 $\dfrac{Z}{N} = X' - V(X + Y) \cdots\cdots$（5）

第（5）式「陽聲部份」：根據第（1）式，從古陽聲X'中，扣除掉變化為今平聲 X、今上聲 Y 的部分之後，就是第一部分的今去聲 Z／N，它們都帶有輔音韻尾（V）。

由（2）得 $\dfrac{Z}{N'} = Y' - CV(X + Y) \cdots\cdots$（6）

第（6）式「陰聲部份」：根據第（2）式，從古陰聲Y'中，扣除掉變化為今平聲 X、今上聲 Y 的部分之後，就是第二部分的今去聲（即Z／N'），它們都不帶有輔音韻尾（CV）。

由（3）得 $\dfrac{Z}{N''} = S' - V(S) \cdots\cdots$（7）

第（7）式「入聲部份」：根據第（3）式，從古入聲S'中，扣除掉變化為今入聲 S 的部分之後，就是第三部分的今去聲（即Z／N''），它們帶有輔音韻尾 V。

$$Z =（5）+（6）+（7）= V \bullet CV[(X' + Y' + S') - (X + Y + S)]，$$
$$= V \bullet CV(X' + Y' + S' - X - Y - S)。 ［註63］$$

這三個式子，以刪除消去的方式，以交代今去聲的來源，即是由各聲中變來。然而，回到一開始的起始點，觀察（1）、（2）、（3）這三個公式，從中可以發現幾點矛盾：

第一，「Z／N」、「Z／N''」之前其實都應該有V，即「附聲」；「Z／N'」之前其實應該有CV，即「不附聲」。以第（1）、（5）兩式的推演為例：$V\left(X + Y + \dfrac{Z}{N}\right)$這一組，乘開之後，$\dfrac{Z}{N}$之前應該有帶V（意指陽聲韻尾），即

［註63］ 見《魏建功文集》第參輯，頁 191～192。

是 $V\dfrac{Z}{N}$，表示「帶有（陽聲）韻尾的一部分去聲」。但是在第（5）式中，$V\dfrac{Z}{N}$ 的 V 無故消去了。（2）、（6）的推演，（3）、（7）的推演亦然，各自的部份今去聲之前都少了附聲或不附聲符號。

第二，代數的定義衝突。在運算過程中，可以發現，由於「古陽聲」、「古陰聲」、「古入聲」等，只用了一個基本的代數「X′」、「Y′」、「S′」來標誌，倘若「X′」、「Y′」、「S′」定義得較為抽象，那就可以解釋為「X′」、「Y′」、「S′」其實已經包含了「附聲」與「不附聲」的概念（以陽聲帶有輔音韻尾，陰聲不帶輔音韻尾的基本概念為認知）。如果還要再另外獨立出「V」與「CV」兩種標誌附聲與不附聲的代數，那麼「X′」、「Y′」、「S′」，就不應該只是這樣標示而以，應該是 $V \cdot X'$、$CV \cdot Y'$ 以及 $V \cdot S'$，才是比較準確的。這凸顯了代數定義的模糊與衝突。再者，「附聲 V」的定義是模糊的，它應該是指全部的附聲隨，因此 V 有可能是-m、-n、-ng，也有可能是-p、-t、-k 或是其他音素，故（1）、（3）、（4）、（5）、（7）等和 V 有關之方程式，若是只用來說明陽聲或入聲單一變化，若沒有先令「附聲 V」為某值，說解上便會造成困難，也更證明了此類方程式組合只是概念式的呈現；若以數理方法解析，必得更加精密。

第三，「C與CV的乘積」不表示「兼有附聲與不附聲」。從第（4）式的推演開始，直到最後 Z（今去聲）的公式，都含有「C·CV」這樣的寫法。如果僅只是示意「兼賅附聲與不附聲」，便不該使其相乘之後，再乘進平上去三聲之內。如果單純只要是表示「附加輔音音素」的「有」或「無」，那只要單獨列一個「C」即可。列入C，表示乘過的，即有附帶輔音韻尾；不列入C，表示沒有乘過的，即是不帶輔音韻尾。加入一個「CV」，等於多一個實際的變數，不代表「不附聲」。

魏先生要示意的，是指一個群中，某些音帶有輔音韻尾，某些音不帶輔音韻尾。然而，C與CV相乘的結果，絕對不是魏先生所要表示的「部分帶有韻尾以及（或是）部分不帶有韻尾」，而是「既有韻尾也無韻尾」。

從這些方面看來，上述所列的算式，絕對不是精準的方程式，只是一種輔助說明的書寫系統。

（二）古三聲關係方程式

依照上一節的方式，古三聲同樣採用方程式的標注法，將其陳列。魏先生說：

> 古三聲的關係也可以用算式表示出來：
>
> 設古陽爲X，古陰爲Y，古入之一爲$\widehat{AS}$，古入之二爲$\widehat{BS}$，古純韻爲O。
>
> 末尾附聲爲V，$\frown$爲「轉變」之記號，$\leftrightarrow$爲「成爲」之記號。[註64]

魏先生列舉的方程式，指「音轉」變化。方程式中多半用「轉變$\frown$」、「成爲$\leftrightarrow$」等符號敘述，標誌出抽象概念，與前文方法相近。音轉並不是規律的變化情形，所以不用「等於」符號，意味其不固定性。

令XV（-m，-n，-ŋ）組爲 a，

$\widehat{AS}V$（-p，-t，-l，-k）組爲 b，

$\widehat{BS}V$（-F，-θ，-ç，-cç，-s，-$\widehat{ts}$，-h）組爲 c，

YV（-ɥ，-j，-w）組爲 d，

OV（-ʔ，-ɸ）組爲 o。[註65]

魏式擬測古陰陽入聲都帶有輔音韻尾，或是摩擦性質的半元音韻尾。XV、YV、$\widehat{AS}V$、$\widehat{BS}V$、OV，是古陰陽入聲類型包含韻尾，共分五類，五類都有韻尾。a、b、c、d、o 是古陰陽入三聲韻尾組合：a 組爲古陽聲鼻音韻尾（-m，-n，-ŋ），b 組爲第一部分之古入聲塞音、邊音韻尾（-p，-t，-l，-k），c 組爲第二部分之古入聲擦音、塞擦音韻尾（-F，-θ，-ç，-cç，-s，-$\widehat{ts}$，-h），d 組爲古陰聲之半元音韻尾（-ɥ，-j，-w），o 組爲古純韻之喉塞音、擦音韻尾（-ʔ，-ɸ）。基本上皆以輔音爲主，也包含了接近輔音性質的半元音。

則　$OV \frown XV \leftrightarrow OV+a$ 即 $o \frown a$……（1）

$OV \frown \widehat{AS}V \leftrightarrow OV+b$ 即 $o \frown b$……（2）

$OV \frown \widehat{BS}V \leftrightarrow OV+c$ 即 $o \frown c$……（3）

[註64]　見《魏建功文集》第參輯，頁 192～193。

[註65]　同上注，頁 193。

$$OV \curvearrowright YV \leftrightarrow OV + d \text{ 即 } o \curvearrowright d \cdots\cdots （4） \text{ 〔註66〕}$$

古純韻在魏先生體系中是附聲的。在同一環境下，古純韻 o 類，最初定義 OV，即是帶有（-ʔ，-ɸ）的「元音+輔音韻尾」形式。於是，第（1）式到第（4）式，指古純韻 OV 轉變至古陽聲 XV、古入聲 $\widehat{AS}$V、$\widehat{BS}$V、古陰聲 YV 的過程中，加入「鼻音組 a、塞音與邊音組 b、擦音與塞擦音組 c、半元音組 d」等四組韻尾，進而轉變。使得古純韻 OV 的韻尾（喉塞音-ʔ、擦音韻尾-ɸ），轉變為「a（-m，-n，-ŋ）、b（-p，-t，-l，-k）、c（-F，-θ，-ç，-cç，-s，-$\widehat{ts}$，-h）、d（-ɥ，-j，-w）」這四種型式。

推導之後，仍能發現一些問題。以（一）式為例：所謂的 OV＋a，其實是「（-ʔ，-ɸ）＋（-m，-n，-ŋ）」。這個「相加」的過程，何以原純韻韻尾，改變為陽聲韻尾，吾人無法得知。古純韻韻尾從原有的（-ʔ，-ɸ）演變成（-m，-n，-ŋ），究竟原韻尾是否仍存在，或為同化、異化、失落等，皆無法簡單由公式中明瞭，亦少了歷時性變化、音理、材料等的說明。

若在公式中省略去「ov＋a」這一步驟，反倒較容易說解，因為公式只說明韻尾「轉變」，和韻尾「相加」、如何「相加」無關；又，「轉變 $\curvearrowright$」與「成為 $\leftrightarrow$」不是「等於＝」，即不是恆等式，所以亦無所謂加減概念。

$$XV \curvearrowright \widehat{AS}V \leftrightarrow a \curvearrowright b \cdots\cdots （5）$$

$$XV \curvearrowright \widehat{BS}V \leftrightarrow a \curvearrowright c \cdots\cdots （6）$$

$$XV \curvearrowright YV \leftrightarrow a \curvearrowright d \cdots\cdots （7） \text{ 〔註67〕}$$

第（5）式到第（7）式：由古陽聲 XV 轉變至古入聲 $\widehat{AS}$V、$\widehat{BS}$V，古陰聲 YV，其韻尾 a 組（-m，-n，-ŋ），也隨之轉變為相對應的「b（-p，-t，-l，-k）、c（-F，-θ，-ç，-cç，-s，-$\widehat{ts}$，-h）、d（-ɥ，-j，-w）」組形式。古陽聲組 XV 不轉變為古純韻組 OV。

$$\widehat{AS}V \curvearrowright XV \leftrightarrow b \curvearrowright a \cdots\cdots （8）$$

$$\widehat{AS}V \curvearrowright \widehat{BS}V \leftrightarrow b \curvearrowright c \cdots\cdots （9）$$

$$\widehat{AS}V \curvearrowright YV \leftrightarrow b \curvearrowright d \cdots\cdots （10）$$

〔註66〕同上注。

〔註67〕見《魏建功文集》第參輯，頁 193。

$$\widehat{BS}V \backsim XV \leftrightarrow c \backsim a \cdots\cdots （11）$$

$$\widehat{BS}V \backsim \widehat{AS}V \leftrightarrow c \backsim b \cdots\cdots （12）$$

$$\widehat{BS}V \backsim YV \leftrightarrow c \backsim d \cdots\cdots （13） \text{〔註68〕}$$

第（8）式到第（13）式，是魏先生列舉的兩種古入聲 $\widehat{AS}V$、$\widehat{BS}V$，轉變爲古陽聲 XV、古陰聲 YV 及其相互之間的韻尾形式。即從 b 組韻尾（-p，-t，-l，-k）轉變爲 c（-F，-θ，-ç，-cç，-s，-$\widehat{ts}$，-h）、d 組（-ɥ，-j，-w）韻尾；和 c 組韻尾（-F，-θ，-ç，-cç，-s，-$\widehat{ts}$，-h）轉變爲 b（-p，-t，-l，-k）、d 組（-ɥ，-j，-w）韻尾。

$$YV \backsim XV \leftrightarrow d \backsim a \cdots\cdots （14）$$

$$YV \backsim \widehat{AS}V \leftrightarrow d \backsim b \cdots\cdots （15）$$

$$YV \backsim \widehat{BS}V \leftrightarrow d \backsim c \cdots\cdots （16） \text{〔註69〕}$$

第（14）式到第（16）式，是古陰聲 YV 轉變爲古陽聲 XV、古入聲 $\widehat{AS}V$、$\widehat{BS}V$ 之間的韻尾形式。即 d 組韻尾（-ɥ，-j，-w）轉變爲 a 組（-m，-n，-ŋ）、b 組（-p，-t，-l，-k）、c 組（-F，-θ，-ç，-cç，-s，-$\widehat{ts}$，-h）韻尾。

魏先生「古入聲」的概念，與一般認爲的古入聲不同。魏先生的入聲區分爲兩類，即「入聲甲類」與「入聲乙類」。依照方程式的結構排列以及推演，兩類入聲之間相互「對轉」。$\widehat{AS}$ 與 $\widehat{BS}$ 之間既「對轉」，並「改變韻尾」，表示兩類「入聲」實質上已獨立成爲兩大類，入聲兩類與古純韻、古陰聲、古陽聲等各自分立，爲五種韻尾類型之系統。「入聲乙類」的韻尾屬於擦音與塞擦音，已經不屬於短促的收音類型，並非一般認知之入聲爲塞音韻尾收音，是魏先生之獨見。

$$XV \backsim OV \leftrightarrow XV - V 即 a \backsim o \cdots\cdots （17）$$

$$\widehat{AS}V \backsim OV \leftrightarrow \widehat{AS} - V 即 b \backsim o \cdots\cdots （18）$$

$$\widehat{BS}V \backsim OV \leftrightarrow \widehat{BS} - V 即 c \backsim o \cdots\cdots （19）$$

$$YV \backsim OV \leftrightarrow YV - V 即 d \backsim o \cdots\cdots （20） \text{〔註70〕}$$

〔註68〕 同上注。

〔註69〕 同上注，頁 193～194。

〔註70〕 見《魏建功文集》第參輯，頁 194。

第（１７）到第（２０），與（１）至（４）的過程相仿。指古陽聲 XV、古入聲 $\widehat{AS}$V、$\widehat{BS}$V、古陰聲 YV，轉變為古純韻 OV，韻尾失落。是一種概括性的「減少韻尾」。〔註71〕

以（１７）至（２０），與（１）至（４）對照，處理方式近似，故凸顯「古純韻」韻尾於方程式中之界定模糊。（１７）至（２０）只說明了古陰聲 YV、古陽聲 XV、古入聲 $\widehat{AS}$V、$\widehat{BS}$V 轉變為古純韻 O，各自減去韻尾 V（即韻尾失落），沒有說明古純韻 OV 本來的「o 類韻尾（-ʔ，-ɸ）」何去何從。XV 等減去了自己的韻尾 V 之後，變成 o 類，反倒是指「o」類無韻尾了，那麼 O 與 OV 之間的關係又為何？倘若 O 本來就不附輔音韻尾，（１）至（４）式中的 OV，便應該是 O（大寫 O，概指不附聲隨之古純韻，非小寫 o 之韻尾集合。此一假設在魏先生體系仍屬衝突），而不是 OV。「轉變↔」、「成為∽」等說明符號，是較為籠統的。假設其中涵蓋了共時與歷時的演進，則須制定更周密的定義和式子，或是將方程式呈現法的自身侷限，納入輔助說明的考量。

魏先生說：

這二十條算式，可算古陰陽入三聲對轉變化的公式。二十條公式裏已經為古音學者認定的是（１）（２）（５）（７）（１７）（１８）（這些純韻，一向大家以為便是陰聲。故舉出認定了的公式是以ＣＶ當ＹＶ）。我的新假設，古陰陽入的變化公式應是自（５）至（１６）；自（１）至（４），自（７）至（２０）是古陰陽入三聲的產生和消失的公式；也就是三聲對轉變化的歷程的公式；是表示自此至彼之中的現象的。……我提出的假設，重要點是：

（１）古陰、陽、入三聲都是附聲隨韻。

（２）古陰、陽、入三聲的來源都是由純韻加附「聲隨」而成。

（３）古純韻加附鼻聲的是陽聲（即前式之 a）。

（４）古純韻加附塞爆聲或分聲的是與陽聲對轉的入聲（簡稱古入聲甲即前式之 b）。

〔註71〕原文（１８）、（１９）兩式，$\widehat{AS}$、$\widehat{BS}$ 之後沒有 V，按照格式，應該附有 V。

（5）古純韻加附塞擦聲或通聲的是與陰聲對轉的入聲（簡稱古入
　　　聲乙，即前式之 c ）。

（6）古純韻加附通擦聲的是陰聲（即前式之 c ）。

（7）古純韻（今純韻亦然）之末尾本是附「聲門通聲」的，是發
　　　音的自然現象。不過讀音時不明顯察覺，而無甚重要。注意
　　　時也概可從略了（即前式之 O ）。〔註72〕

這二十條公式，可陳述陰陽入三聲「對轉」概念，尤其側重於韻尾問題。王力
《漢語音韻學》論「對轉」，曰：

> 所謂陰陽對轉，並不是說一個陰聲字可以隨便變成一個陽聲字，或
> 是一個陽聲字可以隨便變成一個陰聲字；對轉之間是有一定的原則
> 和條理的。陽聲變為陰聲時，它所變成的，必是與它相當的陰聲；
> 而陰聲變為陽聲時，它所變成的，必是與它相當的陽聲。例如陰聲
> 的 a 相當於陽聲的 an，aŋ，am；陰聲的 o，相當於陽聲的 on，oŋ，
> om……凡是陰聲，都可以變作與它相當的陽聲，而陽聲也可以變作
> 與它相當的陰聲，這就是陰陽對轉。〔註73〕

又如錢玄同先生《文字學音篇》曰：

> 陽聲入聲失收音，即成陰聲，陰聲加收音，即成陽聲入聲，音之轉
> 變，失其本有者，加其本無者，原是常有之事，如是則對轉之說，
> 當然可以成立。〔註74〕

陰聲元音收尾之開尾系統（即輔音——元音之ＣＶ形式），陽聲、入聲各自去其
韻尾，即成陰聲。但以「陽入對轉」之例而言，陽、入皆有韻尾，其相互對轉，
則並非韻尾失落之情形。入聲有介於陰陽之間，兼承陰陽聲之特色。錢先生曰：
「入聲者，介於陰陽之間……故可兼承陰聲陽聲。」又如陳師新雄曰：

> 蓋入聲者，介于陰陽之間，凡陽聲收-ŋ者，其相配之入聲收音于-k，
> 陽聲收-n者，其相配之入聲收音於-t，陽聲收-m者，其相配之入聲

〔註72〕見《魏建功文集》第參輯，頁 192～194。

〔註73〕見《王力文集》第四卷，頁 82。

〔註74〕見《錢玄同文集》第五卷，頁 47。

收音於-p。在發音部位上與陽聲相同，故頗類於陽聲；但音至短促，

且塞聲又是一唯閉聲，只作勢而不發聲，故又頗類於陰聲。故曰介

于陰陽之間也。因其介于陰陽之間，故與陰聲陽聲皆可通轉。〔註75〕

故對轉之語言現象，韻尾不必一定失落，然必須是主要元音相同，進而相對應。是以陳師新雄說：「陰陽入三者之間，亦可相互通轉，並非要陰陽皆失去韻尾，始可相轉。……主要元音相同之陰陽入三聲得相對轉，於理然矣。」〔註76〕韻尾失落不是對轉的主要理由，所以即使是魏先生假定的陰聲韻部輔音收尾（即ＣＶＣ結構）系統，亦與對轉說不相衝突。

原文第（7）點說：「古純韻（今純韻亦然）之末尾本是附「聲門通聲」的，是發音的自然現象。不過讀音時不明顯察覺，而無甚重要。注意時也概可從略了（即前式之o）。」這段話，於古純韻韻尾之存在有無，仍然模糊。上文已論述。此凸顯出古純韻韻尾說的不穩定。

五、陰陽入分五大類說

魏先生將古陰陽入聲，按照韻尾構擬類型之不同，分作五大類〔註77〕。音值構擬為：

（一）陽聲類……………-m、-n、-ŋ

（二）入聲甲類………-p、-t、-l、-k

（三）入聲乙類………-F、-f、-θ、-ç、-cç、-s、-t͡s、-h

（四）陰聲類…………-ɥ、-j、-w

（五）純韻類…………-ʔ、-ɸ

因文中對「陽聲類」之認定較無疑義，因此依照魏先生行文順序，將陽聲與入聲甲類合併為「陽聲與入聲甲類」、「入聲乙類」、「陰聲類」、「純韻類」等四項，分別疏解如下：

（一）陽聲類與入聲甲類

魏先生曰：

〔註75〕見陳師新雄：《廣韻研究》（臺北市：臺灣學生書局，2004年），頁330～331。

〔註76〕見《古音研究》，頁450～451。

〔註77〕見《魏建功文集》第參輯，頁195。

　　（一）類是已經公認的。（二）類也是公認了的，只是-l是新加的。
加入-l，乃是從朝鮮語讀漢字的聲音中找到的。朝鮮有注音文字，
名叫「諺文」，其中分三類：一類叫「初終聲」。他們叫聲母用在
音首的爲「初聲」，用在音尾的爲「終聲」，首尾兩用的叫「初終
聲」。一類叫「初聲」。只用在音首的聲母。一類叫「中聲」。便是
韻母。初終聲有八個字母：ㄱ其役　ㄴ尼隱　ㄷ池末　ㄹ梨乙　ㅁ眉
音　ㅂ非邑　ㅅ時衣〔註78〕　　ㅇ異凝　引朝鮮韻書朴性源《華東正
音》，原註字，又初聲其尼……等字「聲母」，左終聲役隱……等
字「聲隨」。ㄱ是k，ㄴ是n，ㄷ是t，ㄹ是l，ㅁ是m，ㅂ是p，ㅅ是
s，ㅇ是ŋ。這些字母用作終聲的時候，所對的漢字字音，在ㄷ（t）
ㄹ（l）ㅅ（s）的地方有點不同。凡漢字入聲附t的字，朝鮮都讀
爲附l。所以朴性源註於ㄹ下用「乙」字，「乙」依《切韻》當是附
t。朝鮮語之所以讀t爲l，也有緣故。朴性源註ㄷ、ㅅ用末衣〔註79〕
說明過，「末衣兩字只取本〔註80〕之釋俚語爲聲」，就是朝鮮語言
中另有附t附s的聲音，不是漢字的音讀，而是朝鮮訓讀。這ㄷ、
ㅅ兩終聲，現在都讀成像t（s不摩擦，只成阻）。因爲這一面有附
t的音，所以另一方面附t的音轉爲l，t、l在同一地位，不
過發音方法有不同。〔註81〕

第一類陽聲韻的-m、-n、-ŋ，較無疑義。第二類「入聲甲類」，增入-l類型，源
於韓國字音-t尾與-l尾的對應結果。任少英說：「通過實際文獻材料可以確定的
朝鮮初期的終聲有以下8個：ㄱ，ㄴ，ㄹ，ㅇ，ㅁ，ㅂ，ㆆ，ㆁ，ㅭ等……其
中終聲ㄹㆆ是爲了改善入聲/t/在韓語裡變爲/l/的情況而人爲地找出來的：『質，
勿』諸韻，宜以『端』母爲終聲，而俗用『來』母，其聲徐援，不宜入聲。此
四聲之變也。又於『質，勿』諸韻，以『影』補『來』，因俗歸正。（《東國正韻·

〔註78〕此處「末」與「衣」字，〈陰陽入三聲考〉原文字形寫作「口」內有「木」，「口」
　　　　內有「衣」。考《華東正音》凡例，該兩字外框爲圓形圈，並非方口，因字形無法
　　　　顯示，故該字暫以「末衣」代替，不影響論述。
〔註79〕末衣兩字形同上註。
〔註80〕《華東正音》原文多一「字」字，引文有脫漏。
〔註81〕見《魏建功文集》第參輯，頁195～196。

序》）但人為地造出的ㄹㅎ在社會上已經不使用了。」〔註82〕任氏並以郭錫良先

生《漢字古音手冊》為據，將朝鮮韓國漢字音韻母按照韻攝對應，製成表格。

今節錄後，取帶有-t尾入聲部份如下：

攝	等 開合	一	二	三	四
臻	開			臻○○櫛 /ĭen/ /ĭet/ 眞軫震質 /ĭěn/ /ĭět/ 欣隱焮迄 /ĭən/ /ĭət/ 은인을일 /ɯn/ /in/ /ɯl/ /il/	
	合	魂混慁沒 /uən/ /uət/ 온운올울 /on/ /un/ /ol/ /ul/		諄準稕術 /ĭuěn/ /ĭuět/ 眞軫震質 /ĭwěn/ /ĭwět/ 文吻問物 /ĭuən/ /ĭuət/ 운윤울율 /un/ /iun/ /ul/ /iul/	
山	開	寒旱翰曷 /ɑn/ /ɑt/ 안알 /an/ /al/	山產諫黠 /æn/ /æt/ 刪潸諫鎋 /an/ /at/ 안알 /an/ /al/	仙獮線薛 /ĭɛn/ /ĭɛt/ 元阮願月 /ĭɐn/ /ĭɐt/ 언연얼열 /ən/ /iən/ /əl/ /iəl/	先銑霰屑 /ien/ /iet/ 연열 /iən/ /iəl/
	合	桓緩換末 /uɑn/ /uɑt/ 완왈 /wan/ /wal/	山產諫鎋 /wæn/ /wæt/ 刪潸諫鎋 /wan/ /wat/ 완왈 /wan/ /wal/	仙獮線薛 /ĭuɛn/ /ĭɛwt/ 元阮願月 /ĭun/ /ĭut/ 원월 /wən/ /wəl/	先銑霰屑 /iwen/ /iwet/ 연열 /iən/ /iəl/

由表中可看出朝鮮語-t韻尾規律性的對應為-l。

〔註82〕見任少英：《韓漢聲韻比較》（華東師範大學對外漢語系博士論文，2003年），頁
67。

（二）入聲乙類

魏先生曰：

（三）類是我新擬的。現在國內方言裏只有江、浙一帶的入聲讀爲附 h 的是屬於這一類。其餘我們還儘有實例可以證明。

附 s 的見朝鮮語，今讀入 t，朝鮮諺文的ㅅ。

附 t͡s 的見日本語讀漢字（漢音）附 t 的字音，日本假名的ツ。

附 ç͡ç 的見日本語讀漢字（吳音）附 t 的字音，日本假名的チ。

附 ç 的見日本語讀漢字（漢音）附 k 的字音變爲字訓的，日本假名的シ（不變的是キ）。

附 θ（th）的，按與 t 幾於相同，疑朝鮮語之附ㅅ者原當是 θ，θ、s 至不易別，又均易入 t。故朝鮮即以實 θ 之ㅅ指之爲 s，而讀時復認爲與 t 同。

附 F（ph）的，按與 p 幾於相同，見日本語讀漢字（漢音）附 p 的字音，日本假名的フ。日本語 p 音晚出，古音只有 h、F，故附 p 者讀入 F，因疑我國讀入音爲附 h 之理或當與此同。附 f 的，按 f 與 F 小異，一爲兩唇，一爲齒唇，最易混同又與 ʃ 亦易混，河南商丘、安徽霍丘一帶方音有讀 ʃu 爲 f 者。此雖未見附於音尾之例，但當屬可能，且與 s 有繫聯。〔註83〕

此類擬音全依傍方言，將傳統塞音-p、-t、-k 擬爲擦音。論附-h 類，江浙一帶屬於吳語方言區，考《漢語方音字匯》所收吳語區方言點之蘇州、溫州語音，入聲塞音韻尾-p、-t、-k 皆弱化爲喉塞音ʔ，並無帶-h 之現象。趙元任先生《現代吳語的研究》說：「入聲韻尾全無 p，t，k 音。入聲字單讀時除嘉興入聲長讀法跟溫州入聲的全部外，其餘的都略帶一點喉部的關閉作用。」〔註84〕袁家驊先生《漢語方言概要》論吳方言塞音韻尾，說：

入聲韻後面帶有喉部肌肉的緊張或輕微的喉塞音ʔ。元音短促，不能延長，舌位要比舒聲韻裡的後些，音色要略爲暗些。在多音節詞語

〔註83〕見《魏建功文集》第參輯，頁 196。

〔註84〕見趙元任：《現代吳語的研究》（上海：科學出版社，1956 年），頁 68。

裡，前一音節如果是入聲，由於同後一音節連讀，入聲韻尾ʔ就消失了。可是音節並不延長。〔註85〕

吳方言中塞音韻尾的表現多半已弱化，略帶有ʔ性質，依照侯氏的看法，以單音來說，元音自然與喉塞音ʔ相配，依理自然是短促，然而無論是單音或連讀，元音皆為短促，不能延長；又漢語塞音韻尾屬唯閉性質，不除阻，故無有發展為除阻擦音韻尾之可能性。從古漢語至現代方言，-p、-t、-k 韻尾始終保存於語音中，若與陰聲對轉而中途變異為擦音，則須更多語料，方得證明。

ㅅ作為初聲時讀如 s，作為終聲時讀如 t，這是韓語的規則。θ 為齒間擦音，與舌尖擦音 s、舌尖塞音 t，差別細微。魏先生說：「附 θ（th）的，按與 t 幾於相同，疑朝鮮語之附ㅅ者原當是 θ，θ、s 至不易別，又均易入 t。故朝鮮即以實 θ 之ㅅ指之為 s，而讀時復認為與 t 同。」既然 θ、s 兩者之間不易分別，用 θ、s 兩個音素來對應一個ㅅ，同一音位下，是否有個別區分 θ、s 的必要，又是否有辨義作用，都是必須關注的問題。於 t、s、θ 之間尋找聯繫關係，只是為了將入聲塞音韻尾轉擬成擦聲，稍微迂迴。韓語歷史亦較晚，用以對應上古漢語，也要考量其時代條件。

cç 是舌面中塞音與擦音的組合，接近塞擦聲，如此假定方式，概念上是一個音位，實際上仍是複輔音。史存直先生說：

> 日本譯音……對於同一個韻尾「-t」是用「ツ」和「チ」來對當的，漢音用「ツ」而吳音用「チ」。這可能是由於時代不同，日語語音有了變化的原故。也就是說，當借入吳音時「チ」尚未顎化，所以用「チ」，到了借入漢音時「チ」已顎化，所以改用「ツ」。
>
> 〔註86〕

日音チ的讀音近似於舌面前塞擦音 tɕ，魏先生擬成舌面中的 cç，發音位置不同，性質近似。在漢語中，顎化的舌面音發展較晚，若以晚近的顎化音來擬測上古音值，仍有時代差距，較為不妥。

論 F（ph）音，史存直先生說：

〔註85〕 見袁家驊等：《漢語方言概要》（北京：語文出版社，2001 年），頁 61。

〔註86〕 見史存直：〈日譯漢音、吳音的還原問題〉《音韻學研究》第二輯（北京：中華書局，1986 年），頁 182。

從日語的「連濁」〔註87〕現象並參考他們按傳統讓ハ行與バ行作爲清濁相配，可知日語中的ハ行音在古時原是兩唇音，不同於現代讀音。而且根據中國舊韻書的反切系統來看，漢語在唐代還是輕唇與重唇不分的。這種情況也反映在日本的兩種對音上。正如在中國有人推測從重唇變爲輕唇，中間要經過[pf、p̕f、bv]的階段……我們一查日語的語音體系，它本來是沒有[h]音的，日語的ハ行音現代雖讀/h/，可是在古代都讀兩唇音。……日本譯音對於入聲韻尾「p」是用「フ」來對當的。這就更可證實我們推測ハ行音原爲兩唇音不錯。〔註88〕

按照史先生的說法，日本語中p、f較早，h較晚，與魏先生的說法正好相反。魏先生說「日本語p音晚出，古音只有h、F，故附p者讀入F，因疑我國讀入音爲附h之理或當與此同。」自錢大昕闡明古無輕唇以來，音韻學家多以爲輕唇音發展乃經過p→pf→f之階段，不至於順序相反。以漢語爲宗之日本語，經考證後，發展過程亦是如此。又，魏先生曰：「附f的，按f與F小異，一爲兩唇，一爲齒唇，最易混同又與ʃ亦易混，河南商丘、安徽霍丘一帶方音有讀ʃu爲f者。此雖未見附於音尾之例，但當屬可能，且與s有繫聯。」仍然有輾轉牽合之疑慮，並且魏先生自云「此雖未見附於音尾之例」，道出這一大類由-p、-t、-k 轉擬爲擦音、塞擦音之發展侷限。漢語塞音韻尾發展不若聲母，聲母輔音必除阻，且受到元音影響而變化。-p、-t、-k 位列韻尾，未必有等同於聲母發展之條件與可能性。此是魏先生入聲乙類韻尾說之桎梏。

　　魏先生又曰：

珂羅琨倫說：

同是舌尖前音，而一方面破裂音 t、t̕、d̕ 不跟他方面破裂摩擦音和摩擦音 ts、ts̕、dz̕、s、z 互諧。這條定律的例外比較的不多（《諧

〔註87〕原注爲：所謂「連濁」，指的是讀清音的字要在複音詞的後一音節就有時變成濁音或半濁音。（就ハ行音來說就變成バ行音或パ行音。）如「判」單讀爲ハン，但「評判」則讀爲ヒョウバン；「筆」單讀爲ヒツ，但「鉛筆」則讀爲エンピツ。見《音韻學研究》第二輯，頁 186。

〔註88〕見〈日譯漢音、吳音的還原問題〉《音韻學研究》第二輯，頁 177～182。

聲說》趙元任先生譯：清華研究院《國學論叢》第一卷第二號頁二
一六）

這是很有力量的證據，可以證明我們假定的古入聲乙不與入聲甲相
同。胡適之先生定的古爲入聲的陰聲所附之聲不應是-t……，也不
辨自明。t是古入聲甲，$\widehat{ts}$、s古入聲乙。朝鮮語音便是將古入甲的
t 一部讀做了 l，而讀古入乙 s 似 t，與古入甲之 t 混，其實是 $\widehat{ts}$
之類。但是爲什麼日本讀古入甲爲古入乙？這因爲日本語：

（1）無單獨聲母，

（2） t 聲字之 t'i（チ）t'u（ツ）全讀變爲 $\widehat{tsi}$、$\widehat{ts\phi}$，而

（3）日本漢字讀音，凡附加之聲都是用與イ（吳音）、ウ（漢音）
相拼的音，不能單獨用一聲母。

所以在中國是古入甲的，傳到了日本，受了日本地方的影響讀爲古
入乙。從日本發音的特殊點上，我們要明白日本讀中國入聲爲チ或
ツ的，其中有一部分是古入乙本來的聲音。這 t 拼 i 爲 cçi，t 拼 u
爲 $\widehat{ts\phi}$，可以看出與古陰聲相對的入聲的聲隨情形，跟下面所講古陰
聲附 ч、j、w 的關係。〔註89〕

高本漢《諧聲說》說端透定等塞音聲母，不與精清從心邪等塞擦音、擦音互相
諧聲，是兩大類輔音聲母的不同。這裡的諧聲顯然是針對聲母的發音部位而言。
相較於古漢語，日本語是後起的語言，時代較晚；日語有獨立發展的空間，並
不能以其演化結果回頭套用在古漢語上。陳師新雄說：

由於漢字譯作日文的時期分明，我們對於漢字在轉借時音值，獲得
極大的啟示。有很多字在轉借時聲值已產生了變化，然而這類變化，
只是爲了適合各國固有的語言習慣而已。日本人在這一方面尤勇於
修改，使它適合於日本話原有的型式。例如「天」t'ien 字日本譯作
ten，是因爲日本話沒有 ie 一類複元音之故，所以就把-i-介音給拋棄
掉了。「疆」kiang 譯作 ki-ya-u（今音作 kyō），那是因爲日本沒有-ng[ŋ]
韻尾。「撻」t'at 作 ta-tu（今音 tatsu）或作 ta-ti（今音 tachi），這是

〔註89〕 見《魏建功文集》第參輯，頁 196～197。

因爲日本話裏頭沒有-t 尾，爲了使這字成爲眞正的日本音，以適合日本的語言習慣，乃加添一多餘的元音（u 或 i）。〔註90〕

日語爲了保存入聲字的塞音韻尾，又必須合於使用規範，因此在入聲字後增添一個音節，以保存-p、-t、-k。這個新添的元音韻尾往往使原有的塞音韻尾產生變化。語音變遷，若是以新轉變回溯到古漢語，則需要有更多的觀察空間，才能說明其中的分化條件是否爲變化的通則。日語的自主發展不能全歸之於「古今通塞」，亦不盡然是「古入聲乙」本來就含有後起的塞擦音、擦音。此說尚待進一步研究。

（三）陰聲類

魏先生曰：

（4）類也是我新擬的。一向講古音陰聲的都認定了是韻尾不附聲的。胡適之先生才疑惑到這個假設，以爲今日認定的陰聲多半由最古之入聲（附聲）失去所附之聲而成，但歌脂二部是不附聲的陰聲，〈入聲考〉所考的主要點如此。我因爲「歌部無入」是歷來各家研究結果相同的，覺得歌之所以無入乃是古純韻的原因。純韻無論古今，其發音末尾只是一個光滑的，或帶一點聲門阻的ʔ（發音之初也往往如此）。如此嚴格的講，中國聲音當無絕對的韻；但ʔ之爲音是發音時自然之聲，所以說到這裡反又要粗疏起來了。然而，把ʔ讀注重了，便成了對純韻之入，所以本文有對「歌」之「祭」及對「止」之「至」。這種入聲是可以當做事實上的可能，與本文所論並不悖謬……因而我將歌部列爲古純韻類，而陰聲則指一種附聲的韻。這種韻所附之聲，今日已全行失去，大家只當做純韻了。古聲中影、喻、于是 ɥ、j、w 一類的聲，最易消失。陰聲所附有之聲便是這類 ɥ、j、w，所以大家就以爲陰聲與純韻相同。因爲陰聲類所附之聲容易消失，而同時入聲乙類所附之聲也是容易消失，所以就有《三百篇》中所謂「平入通押」和「去入通押」的現象；其實並不應說是「平入通押」和「去入通押」。

〔註90〕見《廣韻研究》，頁 275。

所謂「平」當是我所擬定的「古陰聲類」。

所謂「平入通押」的入當是我所擬定的「古入聲乙類」。

所謂「去」當逕歸爲「古入聲甲或乙類」。

何以見得陰聲所附之聲爲 ɥ、j、w 的呢？按 ɥ、j、w 的發音狀態本是喉部與唇部同時摩擦的，與韻 y、i、u 相去「間不容髮」，所以現在影、喻、于三母的字已經成韻了，還有許多方音中間存留 w、j、ɥ 聲的讀音。我們從影、喻、于的最近演變事實，可以推定古陰聲的聲隨本是 ɥ、j、w，後來消失了，才和純韻混同起來。這種聲隨（通擦）初發聲時稍帶阻礙最容易讀成塞擦的聲隨，所以陰聲所對的入聲便是 θ、t͡s、d͡z、s、ç、cç、一類了。w、ɥ、j 如果側重於喉部便成功 h，若側重在唇部，便成功 F、f。這樣看來，我們可以假定：

（1）陽聲陰聲的聲隨是一種長緩的摩擦聲。陽聲是由鼻腔出來的「通擦聲」，特名爲「鼻聲」而已。陰聲是由口腔出來的「通擦聲」。

（2）入聲的聲隨是一種短促的塞聲。對陽聲的入聲是「塞爆聲」，後面不隨有其他聲音，去了發音之「阻」立刻就聽不見。對陰聲的入聲是「塞擦聲」，因爲塞而後擦，所以去了發音之阻尚可聽見後面摩擦的聲音。h、F、f 雖是通聲，可是不摩擦，所以歸爲與「塞擦聲」相近的一類。〔註91〕

陰聲是否爲輔音收尾的討論歷來甚多，此處不一一陳述說明。魏先生認爲「陰聲是不附聲的」，即爲開音節性質，以前述魏先生討論三百篇擬聲詞之結果爲例，可以得知。魏先生在此系統下，將陰聲韻擬爲 j、w、ɥ，是爲能兼顧陰入相諧的方式。j、w、ɥ 是與高元音 i、u、y 相配的半元音，與元音相似，兼有擦音之摩擦性。魏先生說 ɥ、j、w「與韻 y、i、u 相去『間不容髮』」，故半元音爲有利於推論之擬定。

西門華德在魏建功先生的擦音性半元音假設之前，已經徹底的把古陰聲構

〔註91〕見《魏建功文集》第參輯，頁 197～198。

擬爲三種擦音韻尾：舌根濁擦音 ɣ、齒間濁擦音 ð、雙唇濁擦音 β。這也是輔音韻尾說中較爲特別的，但也是使ＣＶＣ結構更完全的做法。高本漢一方面否定西門擬的陰聲濁擦音，一方面也不認同把入聲-p、-t、-k 擬爲-b、-d、-g。高氏說：

> 先說 Simon 對於我早先提議上古韻尾的種類的說法他不贊成。我早先是說普通入聲是-p、-t、- k；答 tâp 割 kât 木 muk，像例古音 liäi↘，裕古音 ĭu↘ 韻尾是-d，-g。他所提議的是前者是帶音的破裂音-b、-d、-g，而後者就因爲想不到更好的說法，是帶音的摩擦音 β，ð，ɣ：
> ——答 tâb，割 kâd，木 mug；例 lĭäɣ，裕 ĭuɣ（ð 像在英文 that；ɣ 像在北方德文 wagen）他對於這個修正案沒有給一個充分的理由。他一方面說在古代西藏語（大概是跟中文有關係的）從前沒有-p，-t，-k，只有-b，-d，-g，因爲嘪在上古中國音大概有-b，-d，-g，不過後來變成不帶音的-p，-t，-k，像德文 bad 讀 bat 一樣。這個僅僅乎是一個揣度。……咱們知道中國入聲字有不帶音韻尾-p，-t，-k 因爲他們在南部方言仍舊還存在，咱們從日本音讀的證據上也知道在中國古音也是這樣的。所以要敢說上古中國音這個韻尾有別種音質，那非得要有很強的積極的證據，而這種證據現在並沒有。Simon 的例 liäi↘←liað↘，裕 ĭu↘←ĭuɣ↘ 的說法更不像了。他沒想這一類字的韻尾是摩擦音的唯一的理由就是想不到別的輔音。-t，-k 他想在這些字裡不行，而-n，-ng 在別的字組裡已經有，那末除-ð，-ɣ 剩下來沒有別的音了！……要說這個很古怪的-ɣ（這個音在別的語言裡大概只是當 g 音的一種變化發生的）是上古中國音最常的韻尾的一個，這事情說他不像會有還是說輕了。〔註92〕

濁擦音韻尾只能存於古漢語結構的假說，需要更多實際語料才能成立。

　　王力〈上古漢語入聲和陰聲的分野及其收音〉認爲西門的學說中，統一陰聲結構，以及不採用高本漢的-r 韻尾，值得肯定〔註93〕；但-ɣ、-ð、-β 的音值是

〔註92〕　見趙元任譯：〈上古中國音當中的幾個問題〉《趙元任語言學論文集》（北京：商務印書館，2002 年），頁 324～326。

〔註93〕　此外，王力提到高本漢的-g 與-r，說：「高本漢拘泥於諧聲偏旁相通的痕跡，於是

否能成立，仍得再商榷。王氏說：

> 西門的主要觀點和高本漢相同；但是他比高本漢更徹底。在他的〈關
> 於上古漢語輔音韻尾的重建〉裡，他不但把之幽宵支脂微等部都重
> 建成爲入聲韻部，而且連魚侯歌三部也重建爲入聲了，於是造成了
> 「古無開口音節」。西門所擬的上古入聲韻尾是-ɣ，-ð，-β 和-g、-d、
> -b 對立；他否認上古漢語和中古漢語有清塞音韻尾-k、-t、-p，所以
> 他把高本漢所擬-k，-t，-p 的地方改爲-g、-d、-b，而把高本漢所擬
> -g、-d、-r、-b 的地方改成-ɣ，-ð，-β（魚侯兩部定爲收-ɣ，歌部訂
> 爲收-ð）。當然我們應該認爲以-ɣ，-ð，-β 收尾的韻母（如果存在的
> 話）也算入聲韻母，因爲帶塞聲韻尾的既算入聲，帶擦音韻尾的也
> 不能不算入聲。高本漢和西門二人的影響很大。從表面上看來，好
> 像高本漢的影響比西門的影響大，因爲許多現代音韻學家接受了韻
> 尾-g，-d，-b 的學說，而沒有接受韻尾-ɣ，-ð，-β 的學說。實際上，
> 就中國的情況來說，西門的影響要比高本漢的影響大，至少是一樣
> 大，因爲（一）西門把魚侯歌脂微等部一律認爲上古入聲韻部（雖
> 然沒有明顯地稱爲入聲），中國某些音韻學家也把魚侯歌脂微等部一
> 律認爲上古入聲韻部（也沒有明顯地稱爲入聲）；（二）西門沒有承
> 認脂微兩部收音於-r，中國的音韻學家也沒有任何人承認脂微兩部
> 收音於-r。……因此，我們認爲西門的學說基本上是自成體系的，
> 是持之有故，言之成理的。〔註94〕

李方桂《上古音研究》認爲上古若存有四聲，那麼-b、-d、-g 與-p、-t、-k 不盡
然是兩種對立的分類，-b、-d、-g 可以當作一種調號的標記方式。這是一種折
衷的說法。可以把-b、-d、-g 當作調號標記法，卻不見得有必要再分出-ɣ、-ð、

把之幽宵支四部的全部和魚部的一半都擬成入聲韻（收-g），又把脂微兩部和歌部
的一部分擬爲收-r 的韻，於是只剩下侯部和魚部的一部分是以元音收尾的韻，即所
謂「開音節」。世界上沒有任何一種語言的開音節是像這樣貧乏的。只要以常識判
斷，就能知道高本漢的錯誤。這種推斷完全是一種形式主義。這樣也使上古韻失
掉聲韻鏗鏘的優點，而我們是有充分理由證明上古的語音不是這樣的。」見《王
力文集·第九卷·漢語史稿》，頁 85。

〔註94〕見王力：《王力語言學論文集》（北京：商務印書館，2000 年），頁 144～145。

-β。換句話說，若要再區分，那麼-b、-d、-g 也就得視為音值，不再是調值記號。李先生說：

> 如果我們認為上古漢語是有聲調的，而且大體調類與中古四聲相合
> 的，那麼我們只要承認一套鼻音韻尾跟一套塞音韻尾就夠了，不必
> 在塞音韻尾中再分清濁，塞擦等如*-t、*-d、*-ð、*-k、*-g、*-ɣ 等。……
> 古韻學家往往把古韻分為三類：陰陽入三類，其實陰聲韻就是跟入
> 聲相配為一個韻部的平上去聲的字。這類的字大多數我們也都認為
> 有韻尾輔音的，這類的韻尾我們可以寫作*-b、*-d、*-g 等。但是這
> 種輔音是否是真的濁音，我們實在沒有什麼很好的證據去解決他。
> 現在我們既然承認上古有聲調，那我們只需要標調類而不必分辨這
> 種輔音是清是濁了。〔註95〕

郭錫良先生〈也談上古韻尾的構擬問題〉探討李方桂先生的這段話，說：

> 這就是說，李先生認為，說在上古語音中有*-b、*-d、*-g 和*-p、
> *-t、*-k 的對立，這是沒有足夠證據的。李先生對這兩套韻尾輔音
> 的對立是採取一種「不必分辨」的態度。〔註96〕

-b、-d、-g 至今仍是不斷被探討的議題，而無論陰聲韻尾是否構擬為-b、-d、-g，學者大都不採信濁擦音尾-ɣ、-ð、-β，亦不再討論其可能性。

魏先生前文已舉《詩經》摹聲字為例，說明陰聲韻不應收塞音尾，此論證有兩種可能性，第一種是反對像西門那樣假設古漢語為完全閉音節，第二種是反對陰聲有塞音韻尾。然依照魏先生的推論，他也不會贊同陰聲收濁擦音尾。原因有二，第一，王力先生說「帶擦音韻尾的也不能不算入聲」。假使我們不贊同漢語為完全閉音節系統，認為陰聲韻是開音節的，那麼塞音、擦音韻尾自然也應歸類為「入聲」。魏先生不贊成陰聲韻收塞音尾（-b、-d、-g 等），那自然也不會贊成陰聲收-ɣ、-ð、-β。第二，-ɣ、-ð、-β 有「入聲」的特色也是擦音，而擦音韻尾已經被魏先生拿來擬為「入聲乙類」了。-ɣ、-ð、-β 與 j、w、ɥ，雖有輔音、半元音之別，但都帶有擦音性質，於是構擬半元音韻尾便成了一種折衷的做法。

〔註95〕同上註。

〔註96〕見郭錫良：《漢語史論集》（北京：商務印書館，2005），頁 339。

對於陰聲構擬爲半元音的立場，或許還得以進一步討論。陳師新雄說：

> 元音已減爲三，則勢不能不增韻尾，今既不贊成輔音韻尾，則不得不採用元音韻尾，王力與龍宇純均提出-i、-u 兩種元音韻尾，我認爲甚爲可採。高本漢之-b、-d、-g，-b 因爲存在數量少，今姑不論，其-d、-g 兩種韻尾，西門華德擬作-ð、-ɣ，班尼迪（Paul K.Benedict）認爲高本漢之-d、-g 乃源自藏緬語*-y、*-w 兩種韻尾變來。實際上班氏之-y 即-j。*-j 與*-w 固可說爲半元音，亦可說爲擦音。〔註97〕

伯元師並引王力《類音研究》的說法：「摩擦音與元音很相近，只要把摩擦音取消了摩擦性，就成爲元音。」又說：「既然摩擦音減其摩擦性，就與元音無別，則吾人以元音之-i 及-u 作爲韻尾，既照顧到高氏等之區別，又能照顧上古漢語開音節不致缺乏問題。」〔註98〕魏先生既不認同擦音韻尾，不採用陰聲收-b、-d、-g 或-ɣ、-ð、-β 系統，不接受古陰聲爲ＣＶＣ結構，而-j、-w 與-i、-u 又相去無幾，那麼也就不需要爲陰聲構擬擦音性質的-ɥ、-j、-w。

（四）純韻類

魏先生曰：

> （五）類因爲分訂出（四）類來了，便另列一類。這便是舊說的陰聲類。這一類現在只是歌部獨立存留著一點痕跡。其餘我們可以從各部去尋找出來。我們可以大膽的假設說：
>
> 古純韻都是單純韻母和複韻，那些複合韻母是古陰聲聲隨消失的痕跡。我們看，所有複合韻的讀音，大半是先主後輔，這顯然是從較緊的附聲變成較鬆的韻的軌跡。不然，ai、ei、au、ou 既然是很早的聲音，爲什麼許多方音中間讀 ai、ei、au、ou 只能讀 a、e、o 的呢？這顯然告訴我們，附 j、w、ɥ 的陰聲聲音有兩條演變的路：（一）是將 j、w、ɥ 韻化，（一）是將 j、w、ɥ 消失。j、w、ɥ 韻化的便成了複合韻而消失便混同於單純韻。我們可以推想今韻中之所謂陰聲，其中一定包括：

〔註97〕 見《古音研究》，頁 404。

〔註98〕 同上注。

一部分古純韻（原始韻），

一部分古陰聲失了聲隨變成的純韻，

一部分古陰聲變了聲隨而生的複合韻。

這因爲我們相信「古韻是單純的」一句原則。

複合韻的 ia、ua、ya、io、uo、yo……則是先輔後主，其來源較古於先主後輔的一種。我們覺得單純韻固然是原始的韻。在單韻之前，因爲發音自然之勢，可以受唇音的影響，而成此種複合韻，比在直往不收的韻後面加 i、u、y 較爲合理。這種複合韻的音讀也實在和那別一類不同，簡直幾於是一個聲音了。我叫這類做「複韻」。而以「複合韻」指那別一類顯然由先後韻母的獨立音素連續讀成的。複韻先後韻母的音素幾於是同時發音的；例如 ia、io、iu、ie 或 ua、uo、ue……唇先有發 i、u 的姿勢而一張口便是有 i、u 化的 a、o、u、e。純韻中還有一部分是所謂「自然韻」。自然韻是某一聲母之後，不煩做作而即相隨，並且難於拆散的韻，現在國音字母中間的ㄓ——ㄙ便是兩種附自然韻的，ㄓ、ㄔ、ㄕ、ㄖ一種，ㄗ、ㄘ、ㄙ一種。〔註99〕

複合元音 ai、ei、au、ou 的第二個元音成分 i、o，有時或可將它視爲半元音。王力《漢語音韻學》論複合元音，說：

> 所謂前優勢的複合元音，是一個唯一的音綴，其第一成分是一個元音，而第二成分是一個半元音，或短弱的元音。……前優勢的複合元音亦可分爲兩種：（一）其第二成分是半元音的；（二）其第二成分是短弱的元音的。第一種的前優勢複合元音（元音加半元音）在法語裡是很常見的。差不多每一元音都可以加上一個半元音 j 而成爲前優勢的複合元音，例如：[u]+[j]：houille；[o]+[j]：hanoi；[a]+[j]：travaille；[e]+[j]：soleil；[i]+[j]：fille；[œ]+[j]：fauteuil。（把 j 認爲輔音的語音學家當然把這類的複合元音認爲一個元音後面跟著一個輔音。）〔註100〕

〔註99〕見《魏建功文集》第參輯，頁 198～199。

〔註100〕見《王力文集》第四卷，頁 20～24。

魏先生認爲複合韻韻尾-i、-u 等同於-j、-w，一來不違反語音原則，二來可以配合第（四）類所推論陰聲韻半元音韻尾 j、w、ч 失落的演變規律。然而，魏先生以爲下降複合元音 ai、ei、au、ou 等在方言中讀 a、e、o，是因爲韻尾-j、-w 韻化或消失；上升複合音 ia、ua 等則是「唇先有發 i、u 的姿勢而一張口便是有 i、u 化的 a、o、u、e。」也就是所謂的「自然韻」。這類「自然韻」是「某一聲母之後，不煩做作而即相隨，並且難於拆散的韻。」王力《漢語語音史》說：

> 在語音史上有單元音發展爲複合元音的現象，也有複合元音發展爲單元音的現象。
>
> （甲）單元音複合化。例如：
>
> 之部一等「該」類[ə]（先秦兩漢）→[ɐi]（南北朝）→[ɑi]（隋唐五代）→[ai]（宋至現代）。
>
> 支部開二「柴」類[e]（先秦兩漢）→[ei]（南北朝）→[ai]（隋至五代）。
>
> ……
>
> （乙）複合元音單化。例如：
>
> 微部開三「衣」類[jəi]（先秦至隋唐）→[i]（五代至現代）。
>
> 脂部開三「伊」類[iei]（先秦至南北朝）→[i]（南唐至現代）。「私」類[iei]（先秦至南北朝）→[i]（隋唐五代）→[ɿ]（宋至現代）。「尸師」類[iei]（先秦至南北朝）→[i]（隋唐至宋）→[ɿ]（元至現代）。
>
> ……
>
> 現代吳語多數缺乏複合元音，從歷史發展上看，也是複合元音的單化。

例字	隋唐音	今蘇州音
泰	[tʻɑi]	[tʻa]
帶	[tɑi]	[ta]
來	[lɑi]	[le]
在	[dzɑi]	[ze]

高　　　　　　　　[kɑu]　　　　　　[kæ]〔註101〕

觀察複元音與單元音之間的變化及其時代先後，不只是元音韻尾消失，分化與合併，都是確實存在的現象。

第二節　古韻研究

魏先生的〈古陰陽入三聲考〉一文，將古韻類型分爲「陽聲（收鼻音）」、「入聲甲（收塞音與邊音）」、「入聲乙（收擦音）」、「陰聲（收半元音）」、「純韻（收喉塞音、雙脣擦音）」等五大類。除此之外，魏先生在〈與陳仲甫先生論學書〉中，也提出相同的理論。魏先生說：

> 近年西洋學者從語言學上音質構擬入手，對於音素及聲調不待煩解而自縷析。故平入去入通押現象（即陰入相通之例），能與純粹入聲分別觀之，更出一種最古之另一種入聲爲此類陰聲釋說（如之部所對入聲改爲職部，與之部通押，之職部字即析爲另一種入聲）。建功往在北平爲〈古陰陽入三聲考〉，曾依段氏整理所得現象，再加分齊，稍有論列……其類有五：一、陽聲　平上去不分。二、陰聲1　上獨立爲一類者。三、陰聲2　平上合爲一類者，因上獨立而分出之平。四、入聲1　入自爲一類者。五、入聲2　陰聲之平去與入相合爲一類者，入聲之與陰聲平去相合爲一類者。〔註102〕

魏先生與陳獨秀往來信件中所提及的「陰聲1」即是純韻，入聲2即是「入聲乙」。此五大類，各自有不同性質的獨立韻尾。魏先生曰：

> 五類的區分，大致如上。現在再把各類所屬的部分約略寫出。
>
> （1）陽聲類　這一類分三種：
>
> 　　收n的三部：　眞　寒　諱
>
> 　　收m的六部：　添　侵　咸　鹽　覃　談
>
> 　　收ŋ的六部：　蒸　青　陽　江　冬　東

〔註101〕見《王力文集》第十卷，頁672～674。
〔註102〕見《魏建功文集》第參輯，頁398～399。

（２）入聲甲類

（３）入聲乙類　這一類是陽陰對轉的樞紐，有四種：

收 t（l 或 θ、s、$\widehat{ts}$）的兩部：　壹　勿月應在此類

收 p（或 F、f）的六部：　怗　緝　硤　葉　合　盍

收 k（或 ç、cç、h）的六部：　弋　益　亦　龠　昱　玉

另有三部收 t 的入聲，別章論之：至　祭　月

（４）陰聲類　這一類分二種：j 一種，ɥ、w 合為一種。

收 j 的兩部：灰　脂

收 ɥ、w 的六部：之　支　魚　宵　幽　侯

（５）純韻類　這一類有七部：

止　尾　語　歌　有　旨　厚

綜結韻部凡六十二，計：

純韻七部

陰聲韻八部

陽聲韻十五部

兼對陰陽聲之入聲韻（甲、乙）十四部，分屬兩方，倍之得

二十八部，特別入聲對純韻者二部，兼對純韻及陽聲者一部

應亦屬兩方。〔註103〕

古純韻類七部：止、尾、語、歌、有、旨、厚，古陰聲類八部：之、灰、支、魚、宵、幽、脂、侯，古陽聲韻十五部：蒸、青、陽、江、冬、東、真、寒、諄、添、侵、咸、鹽、覃、談，古入聲韻共二十八部：弋、益、亦、龠、昱、玉、壹、勿、怗、緝、硤、葉、合、盍各分甲乙兩類。以上五類，總共六十二部。對照上述部類，魏先生以表格標示陰陽入相承分配如下：

〔註103〕見《魏建功文集》第參輯，頁200。

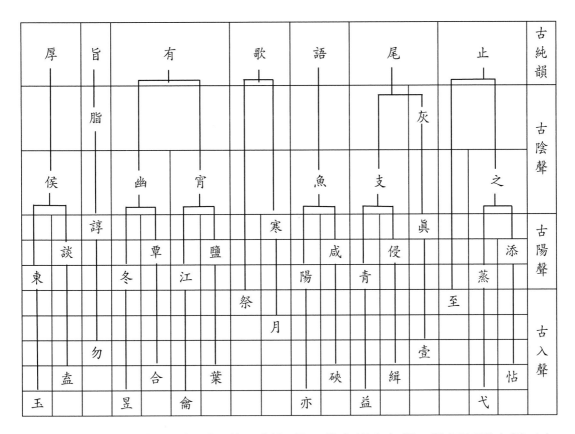

　　就此分類之順序及部列次第，對照段玉裁古韻十七部、陳師新雄古韻三十二部，分別論述之。

一、韻類說

　　本小節依照魏先生之行文及分段順序，分作「純韻」、「陰聲韻」、「陽聲韻」、「入聲韻」和「至祭月三部對純韻說」五項析論。此五項不完全是魏氏之五大類，蓋入聲部份有所分合。分析如下：

（一）純韻

　　魏先生所畫分之古純韻和古陰聲，兩類相承，主要元音大致相同，但以韻尾作分別。魏先生說：

> 純韻七部，只有歌部是《切韻》以來所謂平聲並上聲韻，向來古韻
> 學者都給它單獨列爲元音的；其餘六部，今新定出，皆是《切韻》
> 以來所謂的上聲韻。關於歌爲純韻的假定，與各家的分法，現在並
> 無歧異。這六部上聲韻，向來未曾有人分出，只是段玉裁《六書音
> 韻表》中是特別與平去入截然分開，不過還包括在一部中。……我
> 以爲這大概是一個從今四聲裡求古音純韻的痕跡。《詩經韻表》和

《群經韻表》給我們分好的有：

第一部止　第三部有　第四部厚　第五部語　第十五部尾

吾師疑古玄同先生近講古音，便照段氏所分，別列此五上聲韻。我
將這五韻和歌韻一齊定做古純韻，尾中分出旨，故有七韻。〔註104〕

魏先生歌部，承襲自顧炎武。顧氏將歌部由鄭庠所立之魚部分出之後，歷來無
所更動；而魏先生其他六部，是將上聲聲母從陰聲中劃出獨立。段玉裁說：「攷
周秦漢初之文，有平上入而無去。」指古無去聲；「古平上為一類，去入為一類。
上與平一也，去與入一也。」仍是說平上一類，並未將上聲與平聲分開。至〈詩
經韻分十七部表〉、〈群經韻分十七部表〉，將同聲調相諧韻者依照平、上、入分
別排列，但並非把平、上聲也分割獨立成部。上聲獨立成部，也已前有所承。

魏先生認為，「陽平聲」的產生，是為了標誌輔音韻尾的失落。他說：

何以這五上聲韻（即我所定歌之外六韻），我要定做古純韻的呢？這
便是我所謂「從今四聲裏求古音純韻的痕跡」。我們看，現在的四聲
和《切韻》中四聲分配不同的一部韻書《中原音韻》，大抵可以知道：
《中原音韻》時代的入聲消失，變成陽平、上、去，而絕對沒有改
到陰平裏去的。去聲變成陽平，但有一個「鼻」字的例子。我們從
這個現象上了解：

（1）陽平至少是古去、入聲消失後才發達起來——這是說附-k、
　　　-t、-l、-p（或-h、-ç、-cç、-F、-f、-θ、-s、-t͡s）的韻失了聲
　　　隨，把音素的不同改成音調的不同。

（2）陰平是原有的陰陽聲的音調——假使不是原有的陰陽聲的音
　　　調，則去、入聲失了聲隨便也可以變入其中。但那絕不混入
　　　的事實，足以暗示我們看出「新變的聲調當與原有的分別」，
　　　所以陽平之發達當總是在陰平之後。

（3）陽平既當為後起的，所謂陰平實則包括古陰陽聲，古去聲與
　　　入聲有同變陽平的可能，於是只是不與平、去、入同的上聲
　　　韻屬於古純韻。

〔註104〕見《魏建功文集》第參輯，頁200～202。

這樣的推想，合上今所謂平聲並上聲韻的歌，並不與「平上一類」的段氏假設相悖。他之所謂「平上一類」當是指「古純韻」與「古陰聲韻」二類。〔註105〕

林燾先生〈「入派三聲」補釋〉中說：

> 《中原音韻》裡「入派三聲」有很強的規律性：古全濁入歸陽平，古次濁入歸去聲，古清入歸上聲。這些規律在現代官話方言中有的符合，有的不符合。古全濁入歸陽平可以算是從古至今的一條通例……最複雜的是北京官話，古清入分別歸入陰、陽、上、去四聲，一般認爲漫無規律可尋。〔註106〕

林氏於文中提出兩種不同的觀察現象：第一，白滌洲以《廣韻》693 個入聲字歸納的兩條規律：一，屬於塞聲和塞擦聲的清聲不送氣各紐，或塞聲、塞擦聲和擦聲的濁聲各紐的入聲字，現在北音讀陽平。二，屬於塞聲和塞擦聲的清聲送氣各紐，或鼻聲、邊聲和影喻各紐的入聲字，現在北音讀去聲。即是古入聲字都歸入現代陽平與去聲中：古全濁入歸陽平，古次濁入歸去聲；不送氣清入歸陽平，送氣清入歸去聲。白氏歸納的演變規律，沒有派入陰平與上聲的，這是以固定的規則而言。第二，陸志韋統計了北京話古清入聲字的口語單音詞，指出：一，口語上，送氣並不敎清入聲變爲去聲，至少不像讀音的集中。二，不送氣的清入聲多變陰平聲和陽平聲，少變上去聲，不像讀音的集中在陽平聲。所以古清入聲的實際語言現象，就不若韻書書面材料那麼固定。

　　從兩家的分析中，得知古清入聲是較爲混雜的。是以林燾於〈「入派三聲」補釋〉中，利用 540 個常用入聲字，重新統計，得出結論爲：

> 古清入除符合規律的一讀外，另一讀絕大部分是陰平，傾向性是很明顯的。……古清入的規律性確實比較差。入聲發音本來就比較短促，清入聲的聲母都是聲帶不顫動的清輔音，音高的基頻在聲母階段無法表現出來，基頻的長度顯然要比濁入和次濁入短，實驗證明，音長越短，在聽覺上分辨音高的能力也就越差，這可能就是古清入今讀規律較差的主要原因。根據以上的統計分析……古清入規律性

〔註105〕見《魏建功文集》第參輯，頁 202。

〔註106〕見林燾：《林燾語言學論文集》（北京：商務印書館，2001），頁 308。

較差，約有三分之一歸入陰平。這樣的描述要比認爲古清入的分配漫無規律更符合實際情況些。〔註107〕

若以陸志韋、林燾等的推論而言，古清入聲至少一部分的規律是歸入陰平聲的，那麼魏先生於本小節所述之第一點「陽平至少是古去、入聲消失後才發達起來——這是說附-k、-t、-l、-p（或-h、-ç、-cç、-F、-f、-θ、-s、-t͡s）的韻失了聲隨，把音素的不同改成音調的不同。」便得修正。魏先生所述，似乎是指「陽平聲是古入聲韻尾消失後的一種替代性標誌」，音素失落，調值則得以發展；假使古入聲也有規律性派入陰平的情況，魏先生的說法即須再商榷。另外，方言中古入聲派入去聲，是否也應有陰去、陽去的分野，亦得進一步考量。所以陽平聲不盡然與聲隨消失有全然的對當關係。

爲古純韻擬測喉塞音尾，雖然是一個模糊地帶，但可視爲折衷的短音標誌方法。前文魏先生所述：

> 純韻無論古今，其發音末尾只是一個光滑的，或帶一點聲門阻的ʔ（發音之初也往往如此）。如此嚴格的講，中國聲音當無絕對的韻；但ʔ之爲音是發音時自然之聲，所以說到這裡反又要粗疏起來了。〔註108〕

是一個較爲含糊的說法，此處看不出痕跡；擦音-ɸ亦是如此。魏先生在擬音時，沒有把喉塞音ʔ強制納入古純韻的附加音素，或許是爲了考量到語言中，應該保留開音節，不該全然擬作閉音節，否則就違背了他對於《詩經》擬聲詞保留自然之聲的看法。所以他採取一個響度低、容易消失的喉塞音，當作後綴的輔音音素。但值得注意的是，在古聲調「長短元音與韻尾共同決定說」的架構下，喉塞音ʔ卻可視爲一種折衷的書寫方式。上聲若是舒聲中的短音，我們在書寫時標示作ǎ；喉塞音屬於短促的性質，附加在元音之後，寫作aʔ，在「長短元音與韻尾共同決定說」的前提之下，即可視作是折衷型的短音的標誌。魏先生沒有直接說明古音系統是 CV 還是 CVC，按照《詩經》擬聲詞的說法，偏向於 CV 型，擬測結果實爲 CVC 型。把喉塞音ʔ看作短音標示符號，是配合上聲特性的調合方式。〔註109〕

〔註107〕同上注，頁 313～314。詳細統計與推論過程請參照原文，此不贅述。

〔註108〕見《魏建功文集》第參輯，頁 197。

〔註109〕爲古漢語擬定喉塞尾，除了魏先生的假設之外，尚有蒲立本的說法：「按照

　　將「純韻類」配合魏先生訂立之部次、部目、擬音、段玉裁分部、陳師新雄32部系統、魏先生所舉出之諧聲偏旁等要項，可得出表格如下：

純　韻						
部次	部目	擬音	段氏分部	卅二部系統		諧聲偏旁
				部目	韻部擬音	
1	止	i、I	一	之	ə	里、某、母、久、呂、己、止、亥、不、采、宰、圖、己、耳、士、史、負、婦、臼、子、喜。
2	尾	e、ɛ、ə、a	十五、十六	微、脂	əi、ɐi	鬼、畾、尾、虫、比、皋、委、㲉、美、火、水、癸、豈、是、豕、匚、只、鷹、解、此、芇、燹、厃、启、買、丅。
3	語	a、ʌ、ɒ	五	魚	a	父、叚、古、與、巨、土、霖、馬、呂、鹵、下、女、处、羽、兔、鼓、股、雨、五、予、午、戶、武、鼠、禹、夏、宁〔註110〕、旅、寡、圉、蠱、睪、普、㸚。
4	歌	a、ɒ	十七	歌	ai	虧、它、爲、离、加、多、麻、巫、吹、又、沙、禾、乁、那、罱、戈、咼、象、我、罷、丆、瓦、果、朵、貟、惢、徙、羸、屮、叵、也。
5	有	o、ɔ	二、三	宵、幽	ɐu、əu	小、夭、兆、表、了、受、皀、睪、糾、淼、杳、窅、晶、㘞、少、九、舀、卯、酉、丣、缶、夋、又〔註111〕、好、手、老、牡、帚、曾、百、守、

　　Haudricourt 的越南語聲調演變理論，上聲調從原來喉塞韻尾變來。因爲漢越語與漢語的聲調之間存在高度一致的對應關係，而且去聲調來自*-s 韻尾的假設已經得到如此成功的證明，所以，認爲漢語的上聲也來自喉塞韻尾的可能性就很大。」見蒲立本著，潘悟雲、徐文堪譯：《上古漢語的輔音系統》（北京：中華書局，1999年12月），頁142～143。蒲立本把上聲擬爲帶有*-ʔ（例如以突厥語、蒙古語對譯「子」*tsəʔ、「史」*sləʔ等）的辦法和魏先生類似，但魏先生純韻類，除了「止、尾、語、有、旨、厚」是刻意分出的上聲之外，還有古韻學家所認爲本有之歌部，所以和蒲立本氏所說的不全然一致；語系之間的關聯性，以及材料的選擇，仍存有討論空間，故只能作爲魏先生學說的旁證。

〔註110〕該字〈陰陽入三聲考〉原文作𛰣古文州形，考〈六書音韻表〉段氏第五部「夏聲」至「旅聲」間，有宁、舄、隻、蒦四聲，州疑爲宁之形訛而誤植。

〔註111〕原文作叉，當作又。

						乎、皀、丑、卂、禾、簋、肘、受、棗、韭、咎、艸、夵、鳥、牖、早、曰、討。
6	旨	ㄩˇㄧˇㄟ	十五	脂	ei	几、豸、氐、黹、米、尒、豐、奴、束、矢、兒、履、攵、豕、旨。
7	厚	ㄨˋㄩ	四	侯	au	取、丶、乳、瓜、后、後、口、鼻、歪、斗、𠨎。

魏先生假設「古純韻是單純韻母和複韻」，因此主要元音得以另外和介音再重新相配，得出擬音組合如下：

止 i I				
尾 e ɛ ə ɐ	ie iɛ iə iɐ	Ie Iɛ Iə Iɐ	ue uɛ uə uɐ	ye yɛ yə yɐ
語 a ʌ ɒ	ia iʌ iɒ	Ia Iʌ Iɒ	ua uʌ uɒ	ya yʌ yɒ
歌 ɑ æ	iɑ iæ	Iɑ Iæ	uɑ uæ	yɑ yæ
有 o ɔ	io iɔ	Io Iɔ	uo uɔ	yo yɔ
旨 ʊ ㄧ				
厚 u y	iu iy	Iu Iy		

從音值的組合形式來看，許多讀音的假定不符合演化過程，因此很明顯的，魏先生的假設只是一種系統性填補音韻空缺的假定法。

（二）陰聲韻

古純韻與古陰聲的差別，在於古陰聲以半元音作為韻尾。魏先生說：

由純韻對轉加聲隨 j、w、ɥ，便成為八部陰聲。八部陰聲的讀音主要部分看相對的純韻可以知道。其附加的聲隨則如下列的假設：

止──之　w　ɥ（j）

尾──┬─灰　j
　　　└─支　w　ɥ（j）

語──魚　w　ɥ（j）

有──┬─宵　w　ɥ（j）
　　　└─幽　w　ɥ（j）

旨──脂　j

厚──侯　w　ɥ（j）

　　我已經說過附 j、w、ɥ 是陰聲較古的形式，後來失了聲隨就當做了純韻，其聲隨變而不失的就成了複合韻。附 ɥ 聲的似較少，易變 j。附 j 聲的變成 I 韻。附 w 聲的變成 u 或 ʊ 韻。所以，上列八部之失聲隨者便爲純韻。這八部中間由 -w、-ɥ 變成 -u-y 的有之、支、魚、宵、幽、侯，由 -j 變成 -I 的有灰、脂。各部中間所假定的複合韻有些並不是通常可能的發音，不過有時也許竟有一兩個例子出來需要說明，故一併列出。〔註112〕

魏先生第九部的「灰」部，與第十四部的「脂」部，將段玉裁的第十五部分開，已具備後來王力「脂微分部」學說之規模。但是按照《詩經》韻例及其諧聲，魏先生的韻部畫分，仍有所重疊。就王力所引〈六書音韻表〉並列舉「已顯示脂微分部者」者，作爲參考。脂部獨用者，例如：魏先生第九部「灰」收「眉」聲，〈碩人〉一章「黃脂蠐犀眉」押韻。眉聲應與脂部相近。微部獨用者：魏先生第十四部「脂」收「希」聲，〈東方未明〉二章「晞衣」押韻，〈湛露〉一章「晞歸」押韻，希聲應與灰部相近。此外，乖聲也應該歸在支部，而非灰部。

　　王力〈上古韻母系統研究〉發表於 1937 年 7 月（《清華學報》十二卷三期），魏建功〈古陰陽入三聲考〉發表於 1929 年（《國語旬刊》13 期）。魏先生的理論比王力早，但未單就此部分作專文探討，僅開啓後世「脂微分部」學說之端緒而已。〔註113〕

〔註112〕見《魏建功文集》第參輯，頁 208～209。

〔註113〕王力論「脂微分部」的標準有三：第一、《廣韻》的「齊」韻字，屬於江有誥的「脂」部者，今仍認爲「脂」部。第二、《廣韻》的「微」「灰」「咍」三韻字，屬於江有誥的「脂」部者，今改稱「微」部。第三、《廣韻》的「脂」「皆」兩韻，是上古「脂」「微」兩部雜居之地，「脂」「皆」的開口呼，在上古屬「脂」部，「脂」「皆」的合口呼，在上古屬「微」部。見《王力文集》第十七卷，頁 183。陳師新雄對「脂微分部」的標準，有五項補充說明：第一、「齊」韻字可以說是不跟「微」「灰」「咍」三韻的字發生什麼關係。第二、跟「齊」韻字關係最密的莫過於「脂」韻開口字。……要緊的是他們中間決沒有「微」「咍」「灰」的字夾雜著。第三、如「脂」開口字，「皆」韻的開口音是有專諧「齊」而不諧「微」「灰」「咍」的。第四、大多數的「脂」韻合口字只諧「微」「灰」「咍」而不諧「齊」。第五、「皆」合口只諧「微」「灰」「咍」以及跟「微」「灰」「咍」有關的「脂」韻字。見《古音研究》，頁 163～165。這幾點確立了「脂微分部」的合理性。

將「陰聲韻類」配合魏先生訂立之部次、部目、擬音、段玉裁分部、陳師新雄 32 部系統、魏先生所舉出之諧聲偏旁等要項，可得出表格如下：

陰聲韻						
部次	部目	擬　音	段氏分部	卅二部系統		諧聲偏旁
				部目	擬音	
8	之	iw、Iw、iɥ、Iɥ	一	之	ə	絲、來、恖、箕、其、臣、龜、羞、疑、而、丌、㞢、才、醫、臺、牛、茲、𢀳、辤、辭、思、丘、裘、灰、甶、郵。
9	灰	ej、ɛj	十五	微、脂	əi、ɐi	飛、自、褱、非、枚、敳、口、隹、纍、眉、威、回、衰、肥、夔、乖、危、開。
10	支	əw、ɐw、əɥ、ɐɥ	十六	支	ɐ	兮、支、知、卑、斯、乁、圭、卮、兒、規、攵、醯、𠂢。
11	魚	aw、ʌw、ɑw、aɥ、ʌɥ、ɑɥ	五	魚	a	且、亏、夫、牙、瓜、巴、吳、虍、麤、壺、舁、車、烏、於、魚、叚、圖、乎、巫、疋、殳、凵、居、初。
12	宵	ɔw、ɔɥ	二	宵	ɐu	毛、票、県、敖、勞、交、高、刀、苗、爻、巢、垚、囂、梟、猋、畬、幺、焦、鼂、朝、料、叏。
13	幽	ow、oɥ	三	幽	əu	州、求、流、休、舟、㥯、汓、朁、攸、夲、彭、周、矛、勹、咢、酋、孚、系、丝、牢、劉、丩、囚、雔、由、龜、彪、卤、麀、牟、蒐、孁、㚇。
14	脂	ʊj、ʅj、ʅj	十五	脂、微	ɐi	妻、皆、厶、衣、綏、禾、幾、夷、齊、希、尸、卟、伊、屖。
15	侯	uw、yw、uɥ、yɥ	四	侯	au	朱、區、几、需、俞、芻、臾、毋、婁、句、侯、兜、壴、須。

此八部陰聲韻和上節古純韻搭配介音的模式相同，得以搭配-i-、-I-、-u-、-y-，或配合-i、-u 結合成複韻（魏先生說：「附 ɥ 聲的似較少，易變 j。」）承上節所述，-j、-w、-ɥ 等於是-i、-u、-y 的變體，爲了配合 CVC 的形式而擬成的半元音；而-j、-w、-ɥ 和主要元音組合之後，也等於是複合韻。然而排列組合之後，許多音值的組合標示，仍是具有較強的系統假設性，且不符合音位原則。由此可看出魏先生的做法是試圖在音理上取得折衷的。

（三）陽聲韻

魏先生說：

純韻對轉加聲隨，或純韻對轉成的陰聲對轉改聲隨，聲隨是 m、n、ŋ 的，就是陽聲十五部。依《廣韻》韻目的排列，陽聲韻是先 ŋ（東……江），次 n（眞、諄……仙），次又 ŋ（陽、唐……登），末 m（侵……凡）。茲依本文純韻的分部，敍述其相對的各陽聲，以發音部位自內而外，與《廣韻》略似的次第排列（ŋ—n—m）。〔註114〕

侵、談自江永分爲二部之後，諸家莫有不從。〔註115〕至黃季剛先生〈談添盍怗分四部說〉一文，又將談部析分爲談、添二部。〔註116〕魏先生將收雙唇鼻音-m尾的侵、談、添等部，分作添侵咸鹽覃談六部，維持與收雙唇塞音-p尾的入聲韻部配列的音韻結構，而魏先生採取的方式爲審音並與陰聲相承，結構完整；然而就諧聲偏旁而言，六部之間的界線並不清楚，需要更多材料加以佐證。

　　將「陽聲韻類」配合魏先生訂立之部次、部目、擬音、段玉裁分部、陳師新雄32部系統、魏先生所舉出之諧聲偏旁等要項，可得出表格如下：

陽聲韻						
部次	部目	擬音	段氏分部	卅二部系統		諧聲偏旁
				部目	韻部擬音	
16	蒸	iŋ、Iŋ	六	蒸	əŋ	蒘、蠅、朋、曾、弓、升、應、興、夌、恆、徵、兢、厷、夂、登、乘、丞、熊、丞、承、凭、陾、登、乃、关、肯。
17	青	əŋ、eŋ	十一	耕	eŋ	熒、丁、生、盈、鳴、名、平、寧、賏、粤、冂、爭、幵、霝、嬴、晶、觪、壬、鼎、頃、丼、耿、夅、省、甼、正、殸、敬、令、夐、命。

〔註114〕見《魏建功文集》第參輯，頁212。

〔註115〕江永云：「二十一侵至二十九凡九韻，詞家謂之閉口音，顧氏合爲一部，愚謂此九韻與眞至仙十四韻相似，當以音之侈弇分爲兩部。神珙等韻分『深』攝爲內轉，『咸』攝爲外轉是也。南、男、參、三等字，古音口弇呼之，若嚴、詹、談、餤、甘、藍等字，《詩》中固不與心、林、欽、音等字爲韻也。雖諸韻字有參互，入聲用韻復寬，若不可以韻爲界，然謂合爲一部，則太無分別矣，今不從。」見《古韻標準》，頁94～95。

〔註116〕黃君曰：「談、盍既爲本韻，與添、怗必當有分，或者不肯明言，蓋有二故：一緣四韻入詩者少，分別難明；二緣今音談、覃不殊，謂談爲本音，則無以別於覃，故遂匿隱不言。」黃氏按照《詩》韻、他書韻、疊韻、聲韻、音讀等材料論證，過程參見《黃侃國學文集》，頁188～197。此說後又得董同龢氏、陳師新雄加以證補。

18	陽	aŋ、ɒŋ、ʌŋ	十	陽	aŋ	王、坒、匚、行、易、爿、方、亢、兵、兖、京、羊、庚、嚳、畕、強、兄、桑、卭、彭、央、昌、倉、相、亯、印、慶、亡、量、羹、香、尪、光、皀、明、网、永、爽、囧、从、象、皿、竝、丙、弜、秉、丈、杏、上、向、誩、㸦、罔、竟、望。
19	江	ɔŋ	九	東	auŋ	凶、雙、嵩、尨、夆、夂。
20	冬	oŋ	九	冬	əuŋ	中、躳、蟲、戎、冬、宗、彤、農、眾、贈、宋。
21	東	uŋ、yŋ	九	東	auŋ	東、公、丰、同、邕、豐、叢、冢、从、封、容、凶、充、茸、春、孔、冢、竦、宂、廾、送、共、弄。
22	眞	en、ɛn	十二	眞	ɐn	秦、人、頻、寅、岕、身、旬、辛、天、田、千、令、因、申、眞、勻、臣、民、夆、玄、申、丙、扁、引、乀、尹、粦、信、命、宀、术、印、疢、佞、晉、奠、閵。
23	寒	ɑn、æn	十四	元	an	鮮、重、辛、泉、鷬、蟲、戀、官、爰、閒、亘、連、西、罨、干、安、奻、皿、肩、丑、閑、塵、丹、焉、元、台、山、戔、㮚、延、次、緜、耑、丸、虔、羴、虱、寒、姦、般、删、便、冤、絲、宀、前、聯、鼻、煩、穿、全、崔、巂、莧、班、芊、厂、玨、卵、燕、反、夗、く、刟、柬、繭、奐、衍、谷、犬、雋、赽、舛、侃、免、辡、弄、戻、丱、善、典、采、卷、弱、旦、半、象、扇、見、卵、晏、曼、奐、弁、羴、縣、憲、楸、虜、宦、燕、爨、睿、祘、面、贊、算、建、萬、片、斷、屵、濊。
24	諄	ɒn、ʌn、ʅn	十三	諄	ən	塵、屍、昏、翆、辰、先、困、菁、屯、門、分、孫、賁、君、員、罨、昆、軍、萳、川、雲、存、巾、侖、蕫、壹、文、豩、𩑶、斤、昷、熏、飧、筋、蚰、尊、肙、盾、参、奞、ㄣ、丨、本、允、艮、刃、寸、囷、奮、胤、糞、薦、璘、困。
25	添	im、Im	七	侵	əm	浸、尢、林、心、凡、罙、壬。
26	侵	əm、ɐm	七	侵	əm	今、琴、音、陰、佀、品、冋。
27	咸	am、ɒm、ʌm	八	添	ɐm	广、奄、弇、染、夾、凵、西。
28	鹽	ɔm	七	添、談	ɐm、am	占、笘、兼、僉、甘、歁、炎、詹、䫴、芟、閃、冉、夾、焱、欠。

29	覃	om	八	侵	əm	咸、男、彡、先、三、羊、甚、審、闖。
30	談	um、ym	八	添、談	ɐm、ɐ̃m	毚、ㄋ、臽、炎、斬。

（四）入聲韻

魏先生說：

> 純韻，或陰聲，或陽聲，對轉加聲隨或改聲隨，便成爲入聲十七部，有十五部作爲兩部算，一共三十二部入聲。兼對陰陽聲的入聲，聲隨是（甲）t（l）p、k和（乙）θ、s、t͡s、F、f、ç、çç、h兩類。這兩種聲隨，今方音混爲一類。t、p、k外，只有h也存在，故分部爲十四，而應視爲由二十八部合併而成的；別有一特別入聲，倍之乃符三十之數。〔註117〕

入聲甲類與入聲乙類之間的區別，是把原有的古入聲分成兩種類型：與陽聲相承者便以塞音收尾；與陰聲相承者便以擦音收尾。這類擬定依然是音韻結構形式上的假設。魏先生在諧聲偏旁歸部的方法之外，又考量到語音通轉現象，因此在入聲韻部的諧聲偏旁裡，除了原有的入聲諧聲偏旁、變入中古去聲的入聲諧聲偏旁，也夾雜了一些陰聲的諧聲偏旁（中古去聲韻爲多）。劃分與歸屬的過程中，入聲甲類與入聲乙類並沒有切割的很清楚，也缺少歸類的明確論述。

收-p尾的怗緝硤葉合盍入聲甲類六部，維持與收-m尾陽聲諸部相配的結構。黃季剛先生早先利用古本韻理論，將傳統的盍部析爲盍怗二部時，已利用大量的音韻材料證明，董同龢氏又以全王《刊謬補缺切韻》對照，於是得到結論。如今在現存的諧聲偏旁與韻語材料裡，將緝盍怗進一步析分成怗緝硤葉合盍六部（入聲甲），又要兼顧對應的擦音韻尾類型（入聲乙），尚且需要更多的參考語料，才能使理論穩固。魏先生「怗緝硤葉合盍」諸部，呈現的諧聲偏旁依然是略爲混淆的。

將「入聲韻類」配合魏先生訂立之部次、部目、擬音、段玉裁分部、陳師新雄32部系統、魏先生所舉出之諧聲偏旁等要項，可得出表格如下：

〔註117〕見《魏建功文集》第參輯，頁218。

	入聲韻甲類／乙類					
部次	部目	擬音	段氏分部	卅二部系統		諧聲偏旁
				部目	擬音	
31	弋	ik、Ik	一	職、之	ək、ə	意、弋、佩、戒、異、再、葡、毒、囿、息、弋、畐、北、厶、戠、直、惪、㘝、則、麥、革、或、𠥓、力、𤔔、棘、黑、匿、嬰、色、寒、仄、矢、𤓪、㕚、伏、克、牧、嗇、㘝、茍、啻。
46		iç、Iç、icç、Icç、ih、Ih				
32	益	ɐk、ᴇk	十六	錫、支	ᴇ、ᴇʁ	厂、易、朿、畫、底、枳、瑞、囱、系、益、析、辟、鬲、脊、臭、厃、狄、𥝢、彳、冊、𣪊、糸。
47		əç、ᴇç、əcç、ᴇcç、əh、ᴇh				
33	亦	ak、ɒk、ʌk	五、十七	鐸、魚	ak、a	卸、躲、亞、舍、素、䀠、兩、𢆮、庶、乍、步、互、各、亦、夕、石、舄、隻、若、莝、睪、谷、章、斡、毛、昝、霍、炙、白、尺、赤、赫、𡎅、𡩁、睪、𨛜、㲋、蔓、𦥑、索、虱、號。
48		aç、ɒç、ʌç、acç、ɒcç、ʌcç、ah、ɒh、ʌh				
34	龠	ɔk	二、三	藥、宵	ɒuk、ɒu	枭、兒、貌、暴、鬧、寮、弔、盜、號、樂、卓、龠、翟、爵、丵、勺、隹、弱、敫、䲜、虐、雀。
49		ɔç、ɔcç、ɔh				
35	昱	ok	三	覺、幽	əuk、əu	廖、臭、戊、孝、奥、采、幼、叟、就、秀、舀、報、畐、告、六、孰、肅、朮、畜、祝、𦮃、夏、肉、毒、夙、目、竹、逐、廖、鬻、臼、昱。
50		oç、ocç、oh				
36	玉	uk、yk	三、四	屋、侯	auk、au	禺、豈、付、具、戍、𣬚、奏、冓、豆、扁、㱿、寇、畫、鬥、匤、角、族、屋、獄、足、束、賣、辱、曲、玉、蜀、木、彔、橐、業、豕、卜、局、鹿、禿。
51		uç、yç、ucç、ycç、uh、yh				
37	壹	et（1）、ɛt（1）	十五	沒、微	ət、əi	虫、胃、惠、未、位、退、隶、崇、出、尉、對、頪、內、孛、配、耒、叔、魅、畏。
52		eθ、ɛθ、es、ɛs、ets、ɛts				
39	勿	ʊt（1）、ɪt（1）、ɣt（1）	十五	沒、脂	ək、iə	示、閉、二、戾、丮、柔、棄、气、四、計、医、器、繼、自、冀、𥃩、卒、率、尤、出、兀、弗、㫗、肉、勿、𢍄、一、乀、骨、丿、頁、劓、師、鬱。
54		ʊθ、ɪθ、ɣθ、ʊs、ɪs、ɣs、ʊts、ɪts、ɣts				
40	帖	ip、Ip	七	帖、緝	əp、ᴖp	乏、立、集、入、十、廿、卒、蹥。
55		iF、IF、if、If				

41	緝	əp、ɐp	七	緝	əp	昌、及、邑、習、皀、燅。
56		ʃɐ、ʃe、ʃɐf、ʃef				
42	硤	ap、ɒp、ʌp	八	盍、怗	ap、ɐp	業、耴、鑾、法、劫。
57		aF、ɒF、ʌF、af、ɒf、ʌɒ				
43	葉	ɔp	七、八	盍、怗	ap、ɐp	妾、涉、枼、疌、曄、巤、夾、籋、聿、劦。
58		ɔF、ʃɔf				
44	合	op	八	緝	əp	合、龖、眔、沓、軜。
59		oF、of				
45	盍	up、yp	八	盍、怗	ap、ɐp	甲、曡、舌、帀、矗、卉。
60		uF、yF、uf、yf				

（五）至、祭、月三部對純韻說

至、祭、月三部，魏先生將月部分作甲、乙，而至、祭列為入聲特類。魏先生說：

我在〈分部說〉中敘明有：

至部入聲對止部純韻；

祭部入聲對歌部純韻；

月部入聲對歌部純韻及寒部陽聲。

……

我們統計所有附 n 的古陽聲連寒部才一共三部，這個現象是值得注意的。按照〈分部說〉裏所畫的純韻和陰聲的部位看，我們又歸納出一個事實來。這個事實是從各部可以轉變的範圍中表現出來的；全數的韻都可以有三組的轉變的劃分，這三部附 n 的陽聲，每組恰巧有一個。我們從發音原理上可以解釋這個現象，而這個現象又是寒部之所以對歌部的重要事實，也就是入聲月部對歌部的原因。

大概是附 n 聲的韻可以將發音分的界限清晰的。用國音字母來表示，便是：

ㄢ，一ㄢ，ㄨㄢ，ㄩㄢ；

ㄣ，一ㄣ；

ㄨㄣ，ㄩㄣ。

ㄢ、ㄣ的大分別是顯然無疑的。至於ㄣ、一ㄥ的讀音，雖是有分別，然而都是舌前韻；舌前韻自Ｉ以至於ε，加上ｎ卻很難有絕對的差異，而往往混同，所以這兩種音在一組。ㄨㄥ、ㄩㄥ是合口韻（撮口由合口變去），與齊齒開口（ㄣ、一ㄥ）韻都顯得不同，所以自成一組。凡ㄢ的韻所有齊齒，合口，撮口，影響都不能減少他開口的特徵，所以ㄢ與一ㄢ、ㄨㄢ、ㄩㄢ在一組。所謂ㄣ、一ㄥ組的音便是「真」部，所謂ㄨㄥ、ㄩㄥ組的音便是「諄」部；而所謂ㄢ、一ㄢ、ㄨㄢ、ㄩㄢ組的音便是「寒」部。這樣，寒部的主要韻母既是 ɑ，豈不正是對歌部的一個陽聲嗎？與陽聲相轉是有入聲的，所以月部便是對寒部的入聲；也就是月部為對歌部的入聲。在這一點上說，我們也可以承認歌部是包含陰聲的純韻——陰聲聲隨與純韻不分的韻。……

月部所屬與祭部相關，這是考分祭部獨立的各家的公論。從這一點，我們再細細注意方音實例，知道祭部是與月部同，與歌部相對轉，才得兩兩相關。……但是，既然兩部所屬的字是截然為二，則發音也就有一點小異，而都是開口韻卻為大同之點。歌部音有 ɑ、æ 二類；月部音既與其 ɑ 相對，所以我以為祭部是與其 æ 相對。同樣，我們找到至部是與止部相對轉。止部有兩音（i、Ｉ），按考至部字音當與其Ｉ相對，合之語音實況也可見到。這許多純韻末尾讀重了ʔ，隨著發音的收束形勢，自然的都成了 t。因此前面所謂「把ʔ讀重了便成了對純韻之入」的便全是附 t 的了。這 t 實也與 s、θ 相似。……以上三部雖別列於甲、乙二類古入聲之外，但為甲為乙，必居其一；按諸方音多近似於乙，所以今音就與純韻混同。今甲乙二類聲隨並舉，表示其所屬類尚未一定（月應與壹、勿同）。〔註118〕

祭部由王念孫所訂，蓋從段玉裁十五脂部中所劃分出，後由王氏《韻譜稿》改稱為月部，包括祭泰夬廢月曷末鎋諸韻，及黠、薛二韻之半，皆為古入聲。

　　羅常培、周祖謨《魏晉南北朝韻部演變研究‧第一分冊》論祭、月分部時，大致上把去聲與入聲分作兩類，認為可以加以區別。兩位先生說：

〔註118〕見《魏建功文集》第參輯，頁 221～224。

《詩經》韻類中祭部和脂部段氏《六書音韻表》立爲一部，戴震、王念孫、江有誥都分爲兩部，這是很正確的。這一部沒有平聲字和上聲字。王念孫《古韻譜》裡所列的《詩經》韻字有去聲，又有入聲，去入兩聲是合寫在一起的。事實上去聲字獨用的例子很多，應當跟入聲分開。王氏最初受段玉裁的影響認爲古無去聲，等到晚年確定古有去聲以後，才把這一部的去聲稱之爲「祭」，這一部的入聲稱之爲「月」。現在所定這一部專指去聲而言。〔註119〕

陳師新雄探討祭月分爲兩部的必要性時，認爲祭月缺乏分開的理由。伯元師說：

王力《漢語音韻》談到古韻的分合時說：「如果從分不從合，把冬侵分立，陰陽入三聲相配可以共有三十部。」王氏自注說：「能不能加上祭部，成爲三十一部呢？我們認爲是不能的，因爲去聲的祭泰夬廢和入聲月曷末等韻無論就諧聲偏旁說，或就《詩經》用韻說，都不能割裂爲兩部。王念孫、章炳麟、黃侃把他們分爲一部是完全正確的，戴震分爲兩部是錯誤的。」王力的這一看法是很有見地的。周、羅二氏雖將祭月分開，但也在註中說：「祭、月兩部前人定爲一部，現在把去入兩類分立。」去入是否可以分立的問題，牽涉的面比較廣，但是有一個簡單的檢驗方法，祭、月的關係，就像至、質與隊、沒一樣，如果至沒有與質分開爲兩部，隊沒有與沒分開成兩部的話，則祭與月也就沒有理由要讓他們分開成兩部了。〔註120〕

魏建功先生區分古入聲祭、月二部的分法，大致上把中古演變爲去聲的「祭泰夬廢」等韻歸入祭部，中古仍屬入聲的「月曷末鎋」等韻歸入月部。按照魏先生的體系，中古音去聲與入聲的諧聲偏旁，應該井然劃分。但「祭、月」兩部的分立，並未分別清楚，而是各自都雜有一部分中古的去聲韻字與入聲韻字。這意味著讓祭、月兩部各自獨立成入聲韻部（兼有入聲甲與對當的入聲乙），並兼有塞音／擦音的特色，並非單純把去聲一類的歸入祭，入聲一類的歸入月而已。

〔註119〕見羅常培、周祖謨：《漢魏晉南北朝韻部演變研究・第一分冊》（北京：科學出版社，1958 年），頁 31。

〔註120〕見《古音研究》，頁 304。

魏先生至部（原爲段玉裁十二部、十五），本應與魏先生脂部、灰部（原爲段氏十五部）相對，然而魏先生脂部、灰部這兩組，已經拿勿部、壹部（原段氏十五部）作爲相配的入聲，於是至部顯得單獨而無所依傍。

魏先生至部包含了段氏十二部的入聲（質櫛屑等）。段玉裁對十二部的入聲安排，是刻意合併的結果。陳師新雄說：

> 入聲質、櫛、屑三韻，段氏所以倂入眞、臻、先部者，因此三韻，在《詩經》中，部與十五部入聲字押韻，而段氏入聲又無獨立成部者，故不得已而倂入眞部也。……質、櫛、屑諸韻既不與十五部術、物、迄、沒等韻相押韻，一如其平聲眞、臻之不與諄、文相諧者然，故不可歸於十五部，而又不可獨立，故不得已而倂合於眞、臻部也。
> 〔註121〕

基於漢代以後，十二部入聲多與十五部合用，性質相近；但在三百篇的時代，分別卻是很明顯的。

魏先生的分部架構在此處顯得有些難以適從。以「灰／脂」而言，出於段氏十五部，「壹／勿」兩部，也出於十五部的入聲。這兩組兩兩拆開，是爲了能夠與段氏十二部眞、段氏十三部諄相對，使他們各自有配列的陰聲。屬於十二、十五部一部分的至部，沒有相配的位置，也找不到配列的陰聲，只好拿來與古純韻止部相配。示意圖如下：

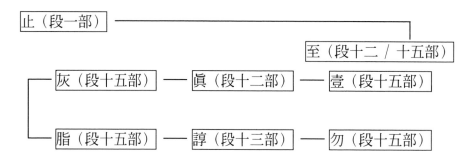

對於這一點，魏先生的說法是：

> 段玉裁說過，今音的平上在古是一類，去入在古是一類。而據他的考證，在〈六書音韻表〉中所收集的材料，又有一個現象值得注意。這個現象，我已經根據它分訂出歌部以外的六部古純韻，便是今音

〔註121〕見《古音研究》，頁94～95。

平上在古詩歌用韻的地方之並不相通。從這件事實，我們知道有古純韻。入聲大抵是陰陽聲對轉的樞紐。月部是與歌寒對轉的，既已說明，而至、祭兩部卻孤單單無所歸宿。假是我們相信「入聲最古」的話⋯⋯假是我們也如同過去學者只用古詩歌押韻字做分合標準，或者也可以不必去尋求──其如我們現在惟一宗旨是在求讀音的假設何？而且至、祭既是入聲，除去他所附之聲隨，便就該有其所相同的一韻的聲音；然則至、祭二部之有對轉的純韻也不問可知了。所以，我們相信，至、祭二部是與純韻有同古的可能，而必與純韻中之某二部相對轉。〔註122〕

「至、祭既是入聲，除去他所附之聲隨，便就該有其所相同的一韻的聲音；然則至、祭二部之有對轉的純韻也不問可知了。」的說法似乎是「只要有音，就能相配」，缺少較有力的依據。況且以主要元音來說，為了兼顧音轉現象，魏先生一個部通常都擬測兩個以上的主要元音，範圍稍寬。單就主要元音的音讀來作配列，證據略嫌薄弱。

再者，至、祭兩部都應該各分為甲乙兩類。又，純韻歌部、陽聲寒部本身有兩個主要元音 æ、ɑ，祭部主要元音為 æ，月部主要元音是 ɑ，既然「歌寒月（ɑ）」這一組陰陽入可以相配，那祭部理應也可以「歌寒祭（æ）」相配，而不是跳過了「寒 æ」，單獨與歌部相承。魏先生的配置，突顯出段氏十五部在重新處理分配時的困難與矛盾。

王力先生「脂微分部」的安排則整齊許多。如陳師新雄對王力先生「脂微分部」理論的分析：

> 王先生更把他的「脂」跟前人已分的「至」（或「質」）聯合起來，以與陽聲真部韻相當。又把他的「微」跟「術」「物」「沒」等韻的字聯合起來，以與陽聲文部相當。照以前的說來，跟「文」部相當的韻，兼有平上去入的字（即傳統的「脂」部），跟「真」部相當的韻，只有入聲字與少數去聲字，即所謂「至」（或「質」）。現在依王先生的改訂，「真」部也有平上聲的陰聲字相與對當了。〔註123〕

〔註122〕見《魏建功文集》第參輯，頁223。
〔註123〕原注下引陳師新雄〈戴震答段若膺論韻書對王力脂微分部的啟示〉說：「我們知道，

原本段玉裁的十五部與十二、十三部以陰陽入重新劃分，並且調整之後，就能配列整齊。而魏先生的入聲至部（原屬段玉裁十二眞部），音質上與段氏十五脂相近，可以陰入相配，自成一組，也不用拿去和止部（段玉裁第一之部）的陰聲相配，混淆段玉裁已經分好的脂與之了。示意圖如下：

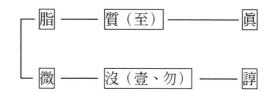

將「入聲韻特類」配合魏先生訂立之部次、部目、擬音、段玉裁分部、陳師新雄 32 部系統、魏先生所舉出之諧聲偏旁等要項，可得出表格如下：

入聲韻特類						
部次	部目	擬音	段氏分部	卅二部系統		諧聲偏旁
				部目	擬音	
38（53）	月	ɑt（1）、ɑθ、ɑs、ɑ͡ts	十五、十六	月、錫	ɑt、ɐk	戉、首、月、伐、欮、夐、少、剌、戳、歺、末、乎、发、夗、桀、折、舌、絕、叕、止、少、联、丿、幺、址、臬、乎、苦、威、豑、昄、杀、益、奪、劣、叔、子、市、罜、七、埅、臥、丽、戲。
61	至	It（1）、Iθ、Is、I͡ts	十二、十五	質、月	ɐt、at	至、宷、質、實、吉、悉、八、必、戜、七、卪、棄、桼、畢、一、血、逸、乙、徹、設、別。
62	祭	æt（1）、æθ、æs、æ͡ts	十五	質、月	ɐt、at	祭、衛、贅、毳、尚、利、裔、執、世、互、冎、彗、曹、拜、介、大、太、匄、帶、貝、會、兌、巜、最、外、蠆、吠、乂、丰、砅、𥬠、竄、夬、叡、摯、泰。

段玉裁第十二部眞、臻、先獨立是對的，他犯的錯誤是把入聲質、櫛、屑三韻也併進去了。如果照戴震陰陽入三分的辦法，把眞部與質部獨立，同時把眞、質相配的脂開三、皆開二、齊諸韻也獨立為脂部，那就對了。」見《古音研究》，頁159～163。

二、部次説

歷來古韻學家定韻次的排列順序時，由離析舊韻書開始，所以排序也以韻書的順序為準。當古韻理論發展過程逐漸成熟，古韻家也意識到韻部的排列應該有邏輯關係，如段玉裁十七部以合韻遠近為安排，同類為近，異類為遠；江有誥《音學十書》論韻部次序排列，也以音近韻通為鄰近排列。〔註124〕所以由排列次第裡，可以觀察出學者的古韻觀及其架構。

魏先生的訂定韻部次序的方式，首先區分類別，以純韻類、陰聲韻類、陽聲韻類、入聲韻甲、入聲韻乙、入聲韻特的順序歸類，再按照主要元音的高低為基準，從舌前高、舌前低到舌後低、舌後高的邏輯次序排列。其中可以探討的是：

第一、各類當中的順序，受到多元音系統的影響，只能用較為寬鬆的方式呈現。魏先生説：

> 前文〈審音説〉中所訂之音讀，有在兩個不同的發音部位的，這裡
>
> 各依其主要的一個排列，例如歌、語、厚、旨的次第便是。〔註125〕

純韻類「語（a、ʌ、ɒ)」、「歌（æ、ɑ)」的順序是先「語」後「歌」，但兩者無法精確的分出先後。魏先生的權宜辦法，是選定其中一個發音部位作基準，如此一來，順序之安排便略顯扞格。

第二、因為陰聲區分為兩類，入聲區分為三類，所以沒有辦法單純以陰陽

〔註124〕江氏曰：「戴氏十六部次第，以歌為首，談為終。段氏十七部次第，以之為首，歌為終。孔氏十八部次第，以元為首，緝為終。以鄙見論之，當以之第一，幽第二，宵第三。蓋之部間通幽，幽部或通宵，而之、宵通者少，是幽者之宵之分界也。幽又通侯，則侯次四。侯近魚，魚之半入於麻，麻之半通於歌，則當以魚次五，歌次六。歌之半入支，支之一與脂通，則當以支次七，脂次八。脂與祭合，則祭次九。祭音近元，《説文》諧聲多互借，則元次十。元間與文通，眞者文之類，則當以文十一，眞十二。眞與耕通，則耕次十三。耕或通陽，則陽次十四。晚周、秦、漢多東陽互用，則當以東十五。中者東之類次十六。中間與蒸、侵通，則當以蒸十七，侵十八。蒸通侵而不通談，談通侵而不通蒸，是侵者蒸談之分界，則當以談十九。葉者談之類次二十。緝間與之通，終而復始者也，故以緝為殿焉。如此專以古音聯絡，而不用後人分配入聲為組合，似更有條理。」見《音學十書·古韻凡例》，頁 21。

〔註125〕見《魏建功文集》第參輯，頁 226。

入一「組」的方式整齊配對。魏先生說：

> 因爲以一純韻爲中心，連列其對轉各聲，則在這一個發音中心之內
> 的各類，便合成爲一小團，今定名爲「系」。所得之「系」凡九，特
> 「系」二，「系」各賅純韻、陰聲韻、陽聲韻、入聲韻甲或入聲韻乙，
> 若干「類」不等；「類」之下爲「部」，是爲古音之韻的最後獨立單
> 位。〔註126〕

是以魏先生轉而採用「系」的方式劃分，以純韻爲核心。以下概將 62 部，共
11 系表列如下：

系	純	陰	陽		入	
一	止	之	蒸	添	弋	怗
特一	（止）					至
二	尾	灰	眞			壹
三	（尾）	支	青	侵	益	緝
四	語	魚	陽	咸	亦	硤
五	歌		寒		月	
特二	（歌）				祭	
六	有	宵	江	鹽	龠	葉
七	（有）	幽	冬	覃	昱	合
八	旨	脂	諄		勿	
九	厚	侯	東	談	玉	盍

　　雖然從歷史材料以及語言發展的角度來看，音韻結構沒有整齊配列的必然
性。然而「系」的表現，包括一系兼有純韻、陰聲、兩陽聲兩入聲；兩系共爲
一純韻；一純韻、一陰聲配一陽一入；只有陰入相配……等等，無疑說明了「系」
是較爲寬鬆的「以類相從」的模式。

　　魏式古韻部次表如下：

魏建功古韻部次表						
純韻	1 止	2 尾	3 語	4 歌	5 有	6 旨
	7 厚					
陰聲	8 之	9 灰	10 支	11 魚	12 宵	13 幽

〔註126〕同上注。

	14 脂	15 侯				
陽聲	16 蒸	17 青	18 陽	19 江	20 冬	21 東
	22 眞	23 寒	24 諱			
	25 添	26 侵	27 咸	28 鹽	29 覃	30 談
入聲甲	31 弋	32 益	33 亦	34 龠	35 昱	36 玉
	37 壹	38 月	39 勿			
	40 怗	41 緝	42 硤	43 葉	44 合	45 盍
入聲乙	46 弋	47 益	48 亦	49 龠	50 昱	51 玉
	52 壹	53 月	54 勿			
	55 怗	56 緝	57 硤	58 葉	59 合	60 盍
入聲特	61 至	62 祭				

第三節　古音學說之特色

一、帶有輔音韻尾的音節結構

　　魏先生古韻系統的五大類，都帶有輔音性質的韻尾。陽聲帶有鼻音，入聲甲帶有塞音與流音，入聲乙帶有擦音，陰聲帶有半元音，純韻帶有塞音與擦音。古入聲甲類，除了一般公認的-p、-t、-k 之外，還加入了-l 韻尾類型。-l 韻尾是利用朝鮮韓國漢字音的終聲ㄹ而構擬，和-t 韻尾完全對應，並不影響整體音韻結構。他說：「因為這一面有附 t 的音，所以另一方面附 t 的音轉為 l，t、l 在同一地位，不過發音方法有不同。」書寫時作 t（l），所以-l 形韻尾應是韓語中對應-t 韻尾同一音位的變體，就古漢語音位層次的擬定上，亦可再斟酌增加此一類型的必要性。

　　入聲乙類是為考量語言中的陰入對轉，而建立的擦音韻尾類型。入聲乙類的構擬完全採用方音與域外對音，這是橫向的觀照；若以語音的縱向發展，方言與域外方音（如日本語、韓國語等），當有其獨立的發展歷史，並且適用於當地的語言習慣。以方言後起的獨立發展結果，再回溯到古漢語，勢必得保留更多的空間說明它們的分化條件。

　　在「古陰陽入三聲都是附聲隨韻」的條件下，古陰聲構擬了半元音韻尾，古純韻一類也帶有喉塞音與雙唇擦音，形成了完全帶有輔音韻尾的結構。魏先生對古純韻的說法只能存疑，他認為「古純韻之末尾本是附『聲門通聲』的，是發音的自然現象。不過讀音時不明顯察覺，而無甚重要。注意時也概可從略

了。」實際讀法即便有所調整，組織結構卻必須明確，否則就沒有假設的必要性。因此我們還是必須承認魏先生古韻系統仍屬於整套的輔音韻尾結構，即使論三百篇擬聲詞時，他主張陰聲與純韻不該有-p、-t、-k 韻尾，卻不表示全然沒有輔音韻尾。兩者之間可以互相補充並修正。

二、方程式問題

第一部份「古三聲與今四聲變化方程式」總共列出七條式子，利用代數來標誌今音的平上去入、古音的陰陽入，以及韻尾等等，並列出相關推理過程，試圖由科學記號記錄，並呈現音韻的變化。

王了一先生說中古的去聲字來源有兩類，一類由入聲變來的，在上古屬於「長入聲」，到中古丟失了尾音，變為去聲；另一類是由平聲和上聲變來的，特別是濁上聲變去聲的字多些。「古三聲與今四聲變化方程式」多半是為了處理去聲問題，並說明今去聲在演化成一類之前包涵在整體語言的古陰陽入各聲之中，用削減刪去的方法盡可能地將去聲加以定義。

清楚的邏輯系統可與材料互相驗證，並還原古音樣貌。方程式應是最清楚的科學符號語言，但此一模型仍有諸多可探討之切入點。例如：第一，「附聲」符號的意義應可以更明確。按照計算過程，陽聲部份的「Z／N″」與入聲部份的「Z／N″」都應該帶有V；「Z／N′」之前其實應該有CV，即「不附聲」。第二，代數的定義衝突。既然已經獨立定義了「附聲」，那麼陰陽入的代數（有無聲隨）應該可以標示的更準確，只用了一個基本的代數「X′」、「Y′」、「S′」則較為模糊。若以 $V \bullet X'$、$CV \bullet Y'$ 以及 $V \bullet S'$ 等，則可以更顯精準。「附聲 V／不附聲 c v」的定義也較為模糊。「V／CV」只能說明「有無聲隨」，但無法說明是「何種聲隨」。V 有可能是-m、-n、-ng，也有可能是-p、-t、-k，或是其他音素；和 V 有關之方程式，若以 v 相乘，亦不清楚「v」是何種音值，造成詮釋上的矛盾。第三，「C·CV」既不是「C與CV的乘積」，亦不表示「兼有附聲與不附聲」，而數理理解上亦造成誤會。魏先生要示意的是指一個群的某些音帶輔音韻尾，某些音不帶輔音韻尾。然而，以公式呈現則成為C與CV相乘的結果，與魏先生含意不符。在許多條推算過程內都含有「C·CV」這樣的寫法，在數理判斷上容易造成誤解為「兼賅附聲與不附聲」，也不能把它乘進平上去三聲之內。事實上「輔音韻尾」只要單獨定義「C」，以「有C／無C」

標示「有／無輔音韻尾」即可。加入一個「ＣＶ」，等於多一個「有」的變數，並不是「無」聲隨。

魏先生所列的算式，絕對不是精準的方程式，只是一種輔助說明的概念系統；倘若進入數理方程式解釋的階段，精確與精密必須是首要考量。

更重要的是，古三聲方程式的「古陰聲」部份，在魏先生的推論中其實是含有聲隨的。這類型的推導跟他的韻部假設產生衝突。

魏先生列舉的方程式，指「音轉」變化。方程式中多半用「轉變∽」、「成為↔」等符號敘述，標誌出抽象概念，與前文方法相近。音轉並不是規律的變化情形，所以不用「等於」符號，意味其不固定性。

第二部份「古三聲關係方程式」總共列出二十條陳述聲隨關係與對轉變化的式子。第一，魏先生將五類型古聲都擬為帶有輔音性質韻尾，但「古純韻」類究竟有無聲隨，卻是模稜兩可的。古純韻在魏先生體系中是附聲的。「ＯＶ＋某」的「相加」概念不清楚，以雙唇擦音-ɸ為例，如何和-m、-n、-ŋ相加，是-ɸ m、-ɸ n、-ɸŋ還是-mɸ、-nɸ、-ŋɸ，韻尾的保存或失落等，皆無法使其簡單化。又，古純韻 OV 失落韻尾進而與其他聲調發生關聯，需要歷時性進程，就魏先生建構的 CVC 音韻系統中，則顯得扞格不入；此一「相加」的步驟，暗示著魏先生在「古純韻究竟有無聲隨」的概念上是不確定的。第二，陰陽入與純韻的轉變，其中有一步驟是其他三聲的「韻尾失落」，於是變成古純韻。魏先生卻沒有說明古純韻 OV 本來的韻尾如何處理，證實了「純韻」在概念上是模糊的。魏先生說：「古純韻（今純韻亦然）之末尾本是附「聲門通聲」的，是發音的自然現象。不過讀音時不明顯察覺，而無甚重要。注意時也概可從略了。」便是一種解釋上權宜的遁詞。

魏先生的古音方程式，在符號的標誌理念上，具有先進的科學精神，也標誌著傳統語言學邁向現代科學的進程。馮志偉先生說：「在信息革命的今天，把數學方法用於語言研究，必將使語言學適應當前新的技術革命的需要，進一步促進語言學的現代化。」〔註127〕然而，實際層面的落實過程中，古音方程式卻失去了精確性，反而造成了理解、轉譯上的模糊。

〔註127〕見《現代語言學流派》，頁 375。

三、陰陽入三聲五類

魏先生認為古韻但分為陰陽入「三聲」，再細分為「純韻、陰聲、入聲甲、入聲乙、陽聲」五類，與「平上去入」不同。他指的聲調是由中古發展至現代音逐漸定型的「音高」，即是聲音頻率的高低程度，以顫動次數或音波次數而決定，或稱「頻率」、「音頻」。

此外，魏先生所建構的韻尾系統中，另外構擬了一套入聲乙類的擦音韻尾，形式較為特殊。擦音韻尾的構擬，在魏建功的系統當中屬於一種純粹的理論假設。這種假設類型在後來的研究當中得到了驗證。例如去聲源於-s 後綴的理論，是考求於對音的結果；奧德里古、蒲立本、鄭張尚芳等，論證了上古去聲有-h等其他後綴的可能性。方法與材料不同，但發現了擦音後綴的形式，是互相呼應的。丁邦新先生說：

> 在《詩經》時代漢語和中古一樣是有四個聲調的，聲調是音高不是
> 輔音韻尾。聲調源於韻尾可能有更早的來源，可能在漢藏語的母語
> 中有這種現象，但是在《詩經》時代沒有痕跡。〔註128〕

是以後起的論述，可以驗證魏先生早期假設的「擦音韻尾」這種一大類，只是音素不會像魏建功構擬的如此豐富。

魏先生著眼於「入聲乙類」與中古去聲的密切關係，並試圖全面性地建立完整的擦音韻尾形式，盡可能地構擬出所有的音值。但是：第一、缺乏可靠的大量材料印證，第二、魏先生忽視了古音構擬上的音位理論概念，第三、對於分化以及音素失落和材料選擇上的歷時性，都解釋地不夠清楚。所以魏先生的三聲五類仍屬於實驗性的理論作法。

四、折衷式的多元音韻部系統

魏建功先生的古韻系統，有一韻部單一主要元音的，也有一韻部多種主要元音的，而大多數韻部皆具有兩種以上的主要元音。以古純韻為例，四種主要元音的如尾部（ə、ɐ、ɜ、ɛ），三種主要元音的如旨部（ʊ、ɿ、ʅ）、語部（a、ʌ、ɒ），兩種主要元音的如厚部（u、y）、有部（o、ɔ）、歌部（æ、ɑ）、止部（I、i）等。此外，一部陰聲（包含古陰聲、古純韻）往往配對兩部以上的陽聲和入聲，所以陰聲類韻部的主要元音較多，其他與其相承的陽聲（如覃鹽冬江等部）和

〔註128〕見《丁邦新語言學論文集》，頁 106。

入聲（如合葉昱龕等），才會一個韻部只有一個主要元音。

李方桂先生說：「元音的演變不但受介音的影響，而且受聲母及韻尾輔音的影響而有不同的演變。」〔註129〕元音確實得以受到聲母及介音的影響而拉動牽引，而魏先生的擬音多半是變化後的結果，而不是分化前的源頭，因此不符合語音歷時變化的原則。

李方桂先生又說：

> 研究上古的元音系統的時候我們也有一個嚴格的假設，就是上古同一韻部的字一定只有一種主要元音。凡是在同一韻部的字擬有不同的元音，都跟這個假定不合，必要重新斟酌一番。有些人假定上古元音有長短、鬆緊之別，就是有的話，也不敢說他應該互相押韻。我們必須先看是否有一個簡單的元音系統可以解釋押韻現象，是否可以用些簡單的演變的條例把中古的韻母系統解釋出來。如果有的話，我們就不必再假設什麼長短、鬆緊的區別了。〔註130〕

而上古元音系統簡單化已是一種共識。〔註131〕

魏建功構擬「單一韻部、多種主要元音」的理由，是在轉讀、音變、域外方音、對音……等等，諸多條件之下的綜合考量結果。許多的擬音，多半又是「單一音位、不同方言」之下的變讀。古音的構擬，如果可以為複雜的分化，找到合理的解釋途徑，就應當使其單純化，並合乎音變原則。是以魏先生的主要元音構擬概念，仍是忽略了歷時性的音位原則。

〔註129〕見《上古音研究》，頁28。

〔註130〕見《上古音研究》，頁27。

〔註131〕董同龢先生說：「如果有線索可以證明若干中古韻母是由一個上古韻母在不同的條件下變出來的，那就可說他們同出一源。如果沒有，暫時只能假定他們在上古仍有分別。」見《漢語音韻學》，頁266。李方桂先生在《上古音研究》中，解釋了 i、u、ə、a 四種主要元音的擬定過程，都可以解釋上古韻的一個主要元音，受到等第與聲母、介音等因素影響，而演變為中古韻的各個韻母。陳師新雄說：「王（力）李（方桂）二人皆認為同一上古韻部，只有一主要元音。故其元音系統，較高本漢與董同龢單純多矣。而元音系統最單純與最簡單者，則過於周法高氏〈論上古音〉一文所定三元音系統。……在系統上，分配得也相當合理。所以簡化上古韻部系統，已經漸有共識。」見《古音研究》，頁380。

五、古韻擬音表

　　根據魏先生所擬之 62 部系統，凡一部之中，或有單一主要元音以至於三種主要元音者。又，一部之中，或有一至三種不同輔音韻尾者。不同主要元音與韻尾，都有相互配合構擬之可能。今以表格排列方式，全部組合配列一次，不含介音，並加入韻部名稱，以求完備。

　　韻部名稱中，「某甲」、「某乙」則為入聲甲類、入聲乙類之簡稱。表列如下：

魏建功古韻擬音表										
	u y	ʊ ɿ ʅ	o	ɔ	æ	ɑ	a ʌ ɒ	ə ɐ	e ɜ	ɪ i
-ɸ -ʔ	厚 uɸ yɸ uʔ yʔ	旨 ʊɸ ɿɸ ʅɸ ʊʔ ɿʔ ʅʔ	有 oɸ oʔ	ɔɸ ɔʔ	歌 æɸ æʔ	ɑɸ ɑʔ	語 aɸ ʌɸ ɒɸ aʔ ʌʔ ɒʔ	尾 əɸ ɐɸ əʔ	eɸ ɛɸ eʔ ɛʔ	止 ɪɸ iɸ ɪʔ iʔ
-j		脂 ʊj ɿj ʅj							灰 ej ɛj	
-ɥ -w	侯 uɥ yɥ uw yw		幽 oɥ ow	宵 ɔɥ ɔw			魚 aɥ ʌɥ aw ɒw	支 əɥ ɐɥ əw ɐw		之 ɪɥ iɥ ɪw iw
-n		諄 ʊn ɿn ʅn			寒 æn	ɑn			眞 en ɛn	
-m	談 um ym		覃 om	鹽 ɔm			咸 am ʌm ɒm	侵 əm ɐm		添 ɪm im
-ŋ	東 uŋ yŋ		冬 oŋ	江 ɔŋ			陽 aŋ ʌŋ ɒŋ	青 əŋ ɐŋ		蒸 ɪŋ iŋ
-t（1）		勿甲 ʊt（1） ɿt（1） ʅt（1）			祭 æt（1） æθ æs æts	月甲 ɑt（1）			壹甲 et（1） ɛt（1）	至 ɪt（1） ɪθ ɪs ɪts it（1） iθ is its
-θ -s -ts		勿乙 ʊθ ɿθ ʅθ ʊs ɿs ʅs ʊts ʅts				月乙 ɑθ ɑs ɑts			壹乙 eθ ɛθ es ɛs ets ɛts	
-p	盍甲 up yp		合甲 op	葉甲 ɔp			硤甲 ap ʌp ɒp	緝甲 əp ɐp		怗甲 ɪp ip

-F -f	盍乙 uF yF uf yf		合乙 oF of	葉乙 ɔF ɔf			硤乙 aF　ʌF ɒF　af ʌf　ɑf	緝乙 əF ɐF əf ɐf ɐf		怗乙 IF　iF　If if
-k	玉甲 uk yk		昱甲 ok	龠甲 ɔk			亦甲 ak　ʌk ɒk	益甲 ək ɐk		弋甲 Ik　ik
-ç -cç -h	玉乙 uç yç ucç ycç uh yh		昱乙 oç ocç oh	龠乙 ɔç ɔcç ɔh			亦乙 aç　ʌç ɒç　acç ʌcç　ɒcç ah　ʌh ɒh	益乙 əç ɐç əcç ɐcç əh ɐh ɐh		弋乙 Iç　iç Icç　icç Ih　ih

第四節　小結

魏先生的學說，為傳統音韻學研究開啓了新的觀念以及方法，而仔細地考察魏先生的理論，還是有可以修正或延伸探討的方向：

第一，魏先生的古韻系統其實都是帶有輔音性韻尾的，並且擬了較為罕見的擦音、半元音。在〈古陰陽入三聲考〉談到《詩經》陰聲韻（或純韻）擬聲詞，不應有塞音韻尾時，已經與他自己假定的喉塞音-ʔ韻尾產生矛盾。而部份擬音材料的時代和來源，都值得再審慎評估。

第二，方程式的設定與判讀，理論上必須精準，避免認知上產生歧義或模糊不清。魏先生假定的方程式模型，只能視為一種科學研究的方法與途徑，或是新的啓示。但並非全然縝密無誤，必然還能夠再作修正。

第三，「入聲乙類」構擬的擦音韻尾，必須有更大量的語料和比較，並斟酌材料本身的歷時演變，而非全部混合為一。

第四，魏先生古韻元音系統屬於折衷形式，夾雜了「一韻部一主要元音」和「一韻部多種主要元音」，陰陽入的配列上也較為不整齊。音韻結構的整齊配列，雖然並不是絕對的要件，但過於參差或複雜的排列方式，也無法說明古漢語的分化。是以歷時性的音位原則，擬音時必須更加仔細地掌握。

第三章　音軌說

　　《古音系研究》爲魏先生著名之音韻學專書，展現了豐碩之研究成果。《古音系研究》所以能發前人所未發之處，在於論變。然而，所謂「古音」的定義爲何？魏先生說：

> 我們未講中國聲音的歷史之先，就得先把古音的範圍說明。「古」的意義我們不必用那「十口相傳」的臆想的望文生義的解釋，只是當他個「非今」的解釋好。那末，泛一點說，也是嚴一點的說法，自今日以前全是「古」。我們稍微粗疏點，狹一點說，便是在我們二十世紀以前都是「古」。然而歷史家的分代，那「古」的劃分又有上、中、近的不同。我們研究古音的「古」的範圍與我們的歷史不能完全一致。我們不能用歷史以朝代爲起訖的斷代法而分「古」的時期，我們所以不分上古音、中古音或近古音……我們姑且說，古音「古」的範圍是指二十世紀以前，他中間的分割應該從材料中間找到變異的地方再定是某年至某年間的古音。〔註1〕

魏先生不反對古音分期，但應該是先把注意力放在整體的大方向，今時今日以前皆屬「古」；再從已知的材料中找出古今音變的細微變化，進一步才推斷古音分期，而不是直接用朝代切割古音時期的斷代。

〔註 1〕見《魏建功文集》第參輯，頁 99。

　　「音軌」理論，即是全面性的探討古今音韻的流變，以體系完備為主要架構。音軌即是語言變遷的軌跡。魏先生透過語音原理，分析古音長期下來的變轉，全面性的解釋所有發音部位與發音方法之間的流轉變遷。「音軌」理論包涵三部、二十軌，總共一百零六系的音變軌則，等於囊括了整部漢語語音史。其內容如下：

音　軌		
聲類軌部一	同位異勢相轉軌一	塞鼻相轉系一
		塞通相轉系二
		塞分相轉系三
		塞清濁相轉系四
		塞清氣音相轉系五
		塞濁氣音相轉系六
		鼻通相轉系七
		鼻分相轉系八
		鼻清濁相轉系九
		通分相轉系十
		通清濁相轉系十一
		分清濁相轉系十二
	異位同勢相轉軌二	塞塞相轉之一清系一
		塞塞相轉之二清氣系二
		塞塞相轉之三清音系三
		塞塞相轉之四濁系四
		塞塞相轉之五濁氣系五
		塞塞相轉之六濁音系六
		鼻鼻相轉之一清系七
		鼻鼻相轉之二濁系八
		通通相轉之一清系九
		通通相轉之二濁系十
		分分相轉之一清系十一
		分分相轉之二濁系十二
	同位或異位增減變異軌三	單變複系一
		複變單系二
	同位或異位分合變異軌四	單變複系一
		複變單系二

		塞韻化系一
	韻化軌五	鼻韻化系二
		通韻化系三
		分韻化系四
韻類軌部二	同位異勢相轉軌一	前升降相轉開合系一
		後升降相轉開合系二
		中升降相轉開合系三
		升前後相轉平撮系四
		半升前後相轉平撮系五
		半降前後相轉平撮系六
		降前後相轉平撮系七
		平入相轉系八
		平上相轉系九
		平去相轉系十
		上入相轉系十一
		上去相轉系十二
		去入相轉系十三
		平陰陽相轉系十四
		上陰陽相轉系十五
		去陰陽相轉系十六
		入陰陽相轉系十七
	異位同勢相轉軌二	開開相轉系一
		合合相轉系二
		平平相轉系三
		撮撮相轉系四
		平陽陽相轉系五
		平陰陰相轉系六
		上陽陽相轉系七
		上陰陰相轉系八
		去陽陽相轉系九
		去陰陰相轉系十
		入陽陽相轉系十一
		入陰陰相轉系十二
	同位上下變異軌三	升變降系一
		降變升系二

		半升變降系三
		降變半升系四
		生變半升系五
		半升變升系六
		半降變降系七
		降變半降系八
		升變半降系九
		半降變升系十
		半升變半降系十一
		半降變半升系十二
	同位前後變異軌四	升前變後系一
		升後變前系二
		半升前變後系三
		半生後變前系四
		半降前變後系五
		半降後變前系六
		降前變後系七
		降後變前系八
		升中變前後系九
		升前後變中系十
		半升中變前後系十一
		半升前後變中系十二
		半降中變前後系十三
		半降前後變中系十四
		降中變前後系十五
		降前後變中系十六
	異位同趨衍變軌五	前後同趨系一
		上下同趨系二
	同位異趨衍變軌六	前後異趨系一
		上下異趨系二
	分合軌七	複分爲單系一
		複合爲單系二
		單合爲複系三
		單分爲複系四
	增減軌八	複聲隨系一

		失聲隨系二
		變聲隨系三
	鼻韻化軌九	單韻鼻韻化系一
		複韻鼻韻化系二
		聲隨韻鼻韻化系三
	聲化軌十	單韻聲化系一
		複韻聲化系二
		聲隨韻聲化系三
詞類軌部三	聲同軌一（雙聲）	
	韻同軌二（疊韻）	
	聲韻皆同軌三（重言）	
	聲韻均異軌四（切腳二合）	
	聲韻混合軌五（反切拼音）	

　　魏先生「音軌」說樹立了系統性的框架與規則，牽涉的範圍也非常廣泛；其中仍存在著非常多可以演繹、推論，甚至提出討論、補充的細微之處。魯國堯先生論及《古音系研究》與「音軌」時，曾說：

> 　　（《古音系研究》）畢竟是七十年前的著作，由於當時學術水平和條件的限制，書中所謂的「音軌」原則失之瑣細，漢藏語系的分類不確，等等，然而，我們不能苛求於前輩，評論一本書，應該看它比前人超出多少……於此可見《古音系研究》價值的一斑。[註2]

距《古音系研究》成書之後，經過了長久的音韻研究歷程，音韻研究於各方面都已具有相當的成果；利用今日聲韻學領域的研究成果，再回頭探討「音軌」理論，必然能收補苴之功效。[註3]

〔註 2〕 見魯國堯：〈魏建功《古音系研究》的科學精神〉《南通師範學院學報》2001 年 9月第 17 卷第 3 期，頁 141。

〔註 3〕 本章徵引的《古音系研究》原文，原則上以通行的北京中華書局版本爲主（魏建功：《古音系研究》（北京：中華書局，2004 年））；另外，再以江蘇教育出版社出版的《魏建功文集》（魏建功：《魏建功文集》（南京：江蘇教育出版社，2001 年 7 月）），作爲校勘的依據，以下直接稱爲「中華本」、「江蘇本」。

第一節　聲類軌部

一、同位異勢相轉軌

「同位異勢相轉軌」標題後小注有「凡部一之軌一二，必於疊韻者用之。」的附加說明，是以單聲母系統作爲條件，並在疊韻的限制下，於相同的成阻部位，從不同的發音方式中，觀察聲母的變化情形。至於複聲母的增減、分合，則歸屬到「聲類軌部」中的第三「同位或異位增減變異軌」、第四「同位或異位分合變異軌」作細部研究。本軌共分成十二系：「塞鼻相轉系一」、「塞通相轉系二」、「塞分相轉系三」、「塞清濁相轉系四」、「塞清氣音相轉系五」、「塞濁氣音相轉系六」、「鼻通相轉系七」、「鼻分相轉系八」、「鼻清濁相轉系九」、「通分相轉系十」、「通清濁相轉系十一」、「分清濁相轉系十二」。以下分別針對各系的內容，加以探討。

（一）塞鼻相轉系一

魏先生在這一節當中主要援引了日本漢字對音的材料，作爲塞音聲母與鼻音聲母音轉的證據。高本漢在《中國音韻學研究》中說：

> 中國文化跟附帶著的漢字是分幾個段落輸入日本的。最初在公元三四世紀的時候日本從中國發生了直接跟間接的關係（從高麗這條路）這個時代所得的日譯漢字日本人叫作吳音，「吳國的吳」（吳就是在中國東部跟東南部的吳國）。後來，大約在紀元後六百年，日本人在中國北部的京城長安研究中國文化，在這裡所學的漢字讀音叫做漢音，「漢人的音」（＝中國人的）。〔註4〕

公元三、四世紀時約莫是中國的晉朝後期，六世紀時大約是唐朝初年，屬於中古音。

日本漢字對音的音值，雖然與中古音不盡相同，然而在音類的區分上仍然是可以相互對照的。史存直先生〈日譯漢音、吳音的還原問題〉一文說到：

> 古代日本人學習古代漢語（實際上只是學習漢字），在音值上是否正確，我們已無法準確地知道了。我們所能知道的只是音類區別是否

〔註4〕見高本漢著，趙元任、羅常培、李方桂合譯：《中國音韻學研究》（北京：商務印書館，2003年），頁360。

能分開這一方面。就這一方面來說，我們應該承認，古代日本人在區分漢字的讀音時確實盡了莫大的努力。他們總算盡了一切的可能用假名把的音類別開來。雖然由於他們自身的語音體系過於簡單，所以終難免有一些缺陷，但他們的努力卻是十分明白的。也正因爲他們努力把音類劃分開來的原故，所以在音值方面也很有參考價值。〔註5〕

在聲類部分，史先生列出了「廣韻聲類代表字及其日譯對音」表，經筆者略爲修改後如下：

廣韻聲類代表字及其日譯對音									
牙音	見	ケン	溪	ケイ カイ	群	クン グン	疑	ギ		
舌頭音	端	タン	透	トウ ッ	定	テイ ヂャウ	泥	デイ ナイ		
舌上音	知	チ	徹	テッ デチ	澄	チョウ ヂョウ	娘	ヂャウ ナウ		
重唇音	幫	ハウ	滂	ハウ	並	ヘイ ビャウ	明	ベイ ミャウ		
輕唇音	非	ヒ	敷	フ	奉	ホウ ブ	微	ビ ミ		
齒頭音	精	セイ シャウ	清	セイ	從	ショウ ジュ	心	シン	邪	シャ ジャ
正齒音2	莊	サウ シャウ	初	ショ ソ	床	ショウ ザウ	疏	ショ ソ		
正齒音3	照	セウ	穿	セン	神	シン ジン	審	シン	禪	セン ゼン
喉音	影	エイ ヤウ	曉	ケウ	匣	カフ ガフ	云（喻3）	ウン	以（喻4）	イ
半舌、半齒	來	ライ	日	ジッ ニチ						

〔註5〕　見〈日譯漢音、吳音的還原問題〉《音韻學研究》第二輯，頁175。

只有一種對音的表示漢音、吳音相同；有兩者對音的，上格屬於漢音，下格屬於吳音。此處列出表格，以便於下文對照參考。

魏先生分析「日本讀漢字娘日泥明微疑定並群紐音」，並舉例說明。筆者依序製成表格如下：

甲、娘日泥轉澄定

例　字	漢字日讀	羅馬拼音
拏娜悷拿挪稬懦糯糯儺	ダ	da
男枏悷喃暖煗煗稬糯	ダン	dan
尼怩柅膩	ヂ	di
忸衄衂	ヂク	diku
昵暱	ヂツ	ditsu
搦	ヂヤク	dyaku
女拏	ヂヨ	dyo
娘捻嫋溺裊嬈孃穠襛孃醲釀躡	ヂヨウ	dyou
搦耨	ヂヨク	dyoku
泥襧嬭濘瞷	デイ	dei
怒溺	デキ	deki
捏涅捻	デツ	detsu
奴努呶拏弩怒笯笯詉駑	ド	do
猱硇猱鬧農儜橈獰檸鐃	ドウ	dou

從〈廣韻聲類代表字及其日譯對音表〉對照，魏先生採用的發音例屬於漢音系統。他指的「澄定」二紐，意思是指日譯對音的舌尖塞音 d'系，泛指五十音的濁音ダ行。然而吳音的系統裡，娘日泥卻是採用鼻音的ナ行來對譯的。

乙、明微轉並

例　字	漢字日讀	羅馬拼音
馬碼禡罵	バ	ba
枚沫玫某苺埋梅脢媒痗買禖煤賣鋂黣霾黴	バイ	bai
莫麥寞幕漠獏瘼藐貘〔註6〕邈鏌鶩	バ〔註7〕ク	baku

〔註 6〕中華本作「邈」，疑爲複重。江蘇本作「貘」，今從之。

〔註 7〕中華本作「パ」，江蘇本作「バ」，今從江蘇本。

末帓沫韈	バツ	batsu
悗挽浼晩萬幔輓彎蠻	バン	ban
未尾芊昧彌弭眉美娓瀰獼眯寐媚嵋湄郿微糜縻薇蘪亹醿醾	ビ	bi
繆謬	ビユウ	byuu
杪眇秒苗描淼渺繆猫錨謬	ビヨウ	byou
岷旻泯玟珉砇紊敏潣閔愍黽瘏閩髩憫緡澠	ビン	bin
亡无毋武侮務珷無碔舞嫵廡撫憮膴蕪騖	ブ	bu
勿沕物	ブツ	butsu
文刎吻抆汶紊蚊問雯聞蟁	ブン	bun
皿米明袂冥眯謎	ベイ	bei
冖系汨覓幎	ベキ	beki
蔑篾蠛蠛韈韈	ベツ	betsu
宀沔俛勉眄娩挽浼冕湎緜璊澠	ベン	ben
戊母牡姆拇姥募媽鉧墓嫫摸慕摹暮模橅謨鏌	ボ	bo
亡卯戊矛妄忙牟邙貌忘牡芒侔肙氓畝盲冒恈某眊茅茆虻蒙旄茫帽望夢眸媢蛑貿楕瞀鉾髦蝥蝱鉳髳瞢懋蟊鍪鴾麰蠓	ボウ	bou
目牧冒睦瞀墨穆繆鶩纆	ボク	boku
汶璊	ボン	bon

魏先生的「明微轉並」，是指唇鼻音轉唇塞音 b'而言。明、微二紐，在漢音中採用濁塞音バ行對譯，在吳音中卻是以唇音マ行的ミ來對譯的。

丙、疑轉羣

牙呀我枒芽迓俄哦娥峨峩訝雅蛾衙餓鵝	ガ	ga
乂刈艾厓啀崖涯睚碍騃礙	ガイ	gai
岳咢崿蕚愕鄂遌腭樂頟噩蕚諤嶽鍔額顎鰐鶚讍齶鸑鱷	ガク	gaku
岩岸眼喭喦雁癌顏贗巖	ガン	gan
宜沂義僞疑誼儀頠儗劓螘嶷擬曦檥薿魏艬蟻議巍	ギ	gi
逆虐瘧謔	ギヤク	gyaku
牛	ギユウ	gyuu
圄圉御敔魚馭漁禦籞	ギヨ	gyo
卬仰刑形喁堯業凝鄴顒	ギヨウ	gyou
玉鈺頊嶷	ギヨク	gyoku

吟垠狺唫釜銀誾齗齦	ギン	gin
禺偶喁寓嵎愚虞麌	グ	gu
禺偶喁寓嵎隅遇耦藕	グウ	guu
丸元刓忨芫玩紈頑願	グワン	guwan
牙	ゲ	ge
兒迎羿倪峴猊睨蓺輗霓藝鯢麑鯨囈	ゲイ	gei
鯢	ゲキ	geki
月刖机臬軏隉㓷蘭孽糵蘖糵囁	ゲツ	getsu
广元沅言阮芫妍彥限原喭嫄源愿魭喭螈諺黿嚴騵齴 儼顣驗讞	ゲン	gen
五午牛伍吳吾仵迕唔圄娛悟捂御晤梧牾蜈寤語誤鋙 邏䲙齬齵	ゴ	go
卬仰偶敖暴傲嗷熬獒遨聱螯警譺鰲驁鰲鼇	ゴウ	gou
兀扤𪔂	ゴツ	gotsu
喦嚴	ゴン	gon

　　魏先生的「轉群」，是指舌根鼻音 ŋ 轉舌根塞音 g'而言。五十音當中沒有單獨的 ŋ 行音。史存直先生說：

> 牙音聲母「見溪群疑」。古代日本人對於這組聲母是用他們的力行音或ガ行音來對當的，可見這組聲母的發音部位是舌根，這是沒有問題的。成問題是「疑」母的漢音和吳音都用「ギ」來對當，似乎和舌音、唇音不能構成比例關系。對於這個問題，我們必須知道日本的ガ行音本來就是[g-][ŋ-]兩讀的，所以在書寫形式上就把兩種讀音搞混了。〔註8〕

所以若以吳音系統來說，以上三組塞鼻相轉的例子是沒有問題的，而塞鼻相轉問題在日譯漢音中才較爲明顯。

　　王吉堯、石定果兩位先生在〈漢語中古音系與日語吳音漢音音系對照〉一文中，提到「娘日泥」、「明微」的日譯問題時說：

> 泥母字在漢音中分別用[d]和[n]對譯，看來有些特別，其實是因爲隋唐時西北方言中的泥母字，除了韻尾爲[m]、[n]時聲母爲[n]，餘者聲母均讀[d']。漢音的分歧實際上源於中古漢語西北方音的分

〔註8〕見〈日譯漢音、吳音的還原問題〉《音韻學研究》第二輯，頁 177。

歧。……漢音明母字讀音的分化也表明了隋唐時西北方言裡該聲母
的分化。……吳音中，日母與泥、娘二母音同，直到漢音才發生分
歧。〔註9〕

文中的理論基礎是以羅常培《唐五代西北方音》中方音的分歧現象，作爲理論
根據。

　　羅常培先生《唐五代西北方音》中，將明微區分成「’b明微」與「m明（在
-n，-ṅ前）」兩組；泥分爲「’d泥」、「n泥（在-ṅ，-m前）」兩組。疑母只有一
組，但讀作塞音’g，不作鼻音。羅先生根據敦煌漢藏對音寫本《千字文》、《阿
彌陀經》、《大乘中宗見解》、《金剛經》等歸納出翻譯音，以致論明、微二母時
說道：

> 明母字在-n或-ṅ的前面（無論存在或消失），除去幾個例外大部分恢
> 復了m音，可是微母的鼻音成素就似乎有逐漸變弱的傾向，所以牠
> 在《千字文》、《金剛經》跟《阿彌陀經》裡並不受-n或-ṅ的影響而
> 變成m；在《大乘中宗見解》裡有一大部分就簡直的變成b音了。
>
> 〔註10〕

論泥母字時，說：

> 泥母的「耨」讀’nog，「乃」讀’nei，「難」讀’nan，「能」讀’neṅ，’niṅ，
> 都算一種例外，不過「耨」的nog，log，兩音都可以算是’dog的又
> 讀；至於「乃」「難」「能」三字的聲母祇寫作’n-而沒有公然寫作n-，
> 可見在當時記音的人聽起來還不過是介乎’d，n二者之間的音罷了。
>
> 〔註11〕

論疑母時，說：「疑母只有’g音一類並不受韻尾鼻音的影響而恢復 ṅ音，這是跟
明泥兩母不一致的。」〔註12〕三組鼻音系統或多或少都各有一種塞音成份的存

〔註9〕見王吉堯、石定果：〈漢語中古音系與日語吳音漢音音系對照〉《音韻學研究》第二
　　　輯（北京：中華書局，1986年），頁187～197。

〔註10〕見羅常培：《唐五代西北方音》（臺北市：中央研究院歷史語言研究所，1933年），
　　　頁18。

〔註11〕同上注，頁22。

〔註12〕同上注，頁26。

在。羅先生在〈'b，'d，'g 三母的音值〉一節裡說明了這種現象：

> 關於'b，'d，'g 三母的音值我們可以有兩種可能的解釋；第一，牠
> 們或者讀如廈門音很軟的[b]，[l]，[g]，這三個音的音質很軟，破裂
> 的程度很微，聽得忽略一點就容易誤認作[m]，[n]，[ŋ]，並且一遇
> 到鼻韻馬上就變回[m]，[n]，[ŋ]了。第二，牠們或者讀如文水興縣
> 平陽三種方音裡的[mb]，[nd]，[rg]，這三個是在全濁破裂音前面加
> 上了一個同部位的鼻音。在這兩種解釋裡，後一個比較理由充足一
> 點。因為這一系方音'b，'d，'g 跟 b，d，g 是對峙的兩套聲母，跟
> 廈門音的情形不同。〔註13〕

漢音是奈良時代後期至平安時代初期由遣唐使和留學僧從中原習得帶回日本的
漢字音，主要反映唐朝中葉長安附近地域的音韻體系。因此漢音聲母的去鼻音
化，或許能由當時不同分支的方音現象中窺見端倪。

高本漢「方言中具有 ŋg-，nd-，mb-」的說法，可以對照羅常培先生的論
證。他說：

> 漢音跟吳音一樣把中古的 ŋ 讀作 g，可是吳音把中古漢語的 m，n（漢
> 音 b，d）讀作 m，n……這個解釋是容易找到的。日本古代語音系
> 統中鼻音有 m n，而沒有 ŋ。所以假若日本人在古時要模仿 ŋ 的舌根
> 發音，勢非作 g 不可。日本對待其他鼻音的方法更足以發人深省。
> 我們可以從他得到下面很重要的結論：吳音對於中古漢語既然用 m
> 譯 m，用 n 譯 n，那麼漢音的 b 跟 d 就不是由於借字的時候日本語
> 音系統有什麼缺陷，也不是純粹日本話演變的結果，因為假如是純
> 粹日本話演變的結果，吳音的 m，n 也應當參加這個演變，所以我
> 們可以斷定漢音的著者在他們所要模仿的語言中所聽見的並不是普
> 通的 m，n。我們曉得漢音的來源是在中國的北部（第七世紀）。現
> 在把這件事實跟在幾個北部方言裡的 ŋg-，nd-，mb-的讀音——它們
> 雖然是官話方言有幾點也保存很古的特徵——連結在一起認為這些
> ŋg，nd，mb 遠在中古已經有了……事實上還有些很可注意的對證來
> 幫助這個理論。有名的遊方僧義淨，他的名字的第一個字中古漢語

〔註13〕同上注，頁 29～30。

讀 ŋi，土耳其人稱義淨爲 kitsi，如果我們假設這個讀音是由 ŋgi 來
的，這件事情就好懂了。反過來，土耳其名字的中國對音裡，土耳
其的 b 往往用古明母的字來譯。我由此看出來，這正是使漢音譯作
b 的那一個 mb。我們不是知道中古漢語有一個雙唇的濁爆發音嗎？
可是這個音是送氣的 b‘；因爲這個理由所以中國人倒願意用 mb 來
譯土耳其的 b。〔註 14〕

高本漢、羅常培二氏對這個問題的解釋，使我們足以採信漢音借音摻雜了當時
的方言特徵。

　　魏先生說：

北天竺的 ŋ 音一部分變近 ɖ；善無畏，不空，般若譯經以「娘」〔註 15〕
紐對「澄」紐音。

《廈門音系》m、b 不分。印度之 Bombay 譯漢爲「孟買」，必閩廣
人方言。

又《廈門音系》ŋ、g 不分。〔註 16〕

羅常培先生《廈門音系》論廈門方音聲母的[b]音時說：「[b]是雙脣，帶音，不
送氣的破裂音。但是兩唇接觸很輕，破裂的力量很弱，比英文的 b 音軟的多。
聽得忽略往往有跟[m]音混淆的危險。」〔註 17〕論[g]，則說：「[g]是舌根帶音，
不送氣的破裂音。但是舌根跟軟齶接觸很輕，破裂的力量很弱，比英文的 g 音
軟的多。聽得忽略往往有跟[ŋ]音混淆的危險。」〔註 18〕

　　福建的通俗韻書將廈門聲母區分爲十五音（邊頗門地他柳求去語英喜曾出
時入），「門」類包含了音值 m、b，「語」類包含了音值 g、ŋ。就音位的觀點來
看，m、b 與 ŋ、g 的確是可以各自化成一個音位，於是有魏先生所說的「《廈
門音系》m、b 不分；ŋ、g 不分」的現象。而羅先生的研究中，指出這些音位

〔註 14〕見《中國音韻學研究》，頁 434～435。

〔註 15〕本文的上下引號“　”，因爲標示清晰與利於辨識、輸入的緣故，一律改成「」。以
　　　　下都依此例，不再複注。

〔註 16〕見《古音系研究》，頁 195～198。

〔註 17〕見羅常培：《廈門音系》（北京：科學出版社，1956 年），頁 5。

〔註 18〕同上注，頁 6。

之間，還可以再劃分出各自的音位，於是 m、b 與 ŋ、g 這兩組，有了區分的條件。所以魏先生的說法仍能補充修正。〔註19〕

回到日母的問題。日母鼻音、塞音間的演變，高本漢在《中國音韻學研究》中說：

> 這個聲母的演變經過下面的階段：ŋẓ > ŋḍẓ > ḍẓ。要知道這類的變化不單從語音學的觀點看完全很自然的，並且在別的語言裡也有相類的例子。例如：希臘話 mrotos > mbrotos > brotos，就是在中國話裡也有。從鼻音的 ŋ 變成口音的 ẓ 小舌跟咽頭間的閉塞，很容易早一會兒開始，於是就產生出 ḍ 來。同樣，ŋa 起初變 ŋga，這個階段我們在不同的地方還可以遇到的，後來變 ga。後面我們還可以看見這一類的變化 ŋi>ŋḍi 跟 ma>mba>ba。對於這個假設 ŋẓ > ŋḍẓ > ḍẓ 的準確度最可注意而且最好的證明，尤其是把古代 ŋa 讀成 ga 的方言——就是日本話，廈門話，汕頭話——也把古日母讀成 ĵ，ḍẓ。

〔註20〕

高本漢氏總和了方音現象，為日母及塞鼻相轉做了合理的疏證。

魏先生另舉出《說文》等聲訓的例子，如下：

鳥本音 t 聲，今通音 n 聲。

《說文》遘，遇也。遘、遇疊韻，聲母塞鼻相轉。又，遘遇也，同。

又，誐，嘉善也。誐、嘉疊韻，聲母塞鼻相轉。

又，訒，頓也。訒、頓疊韻，聲母塞鼻相轉。

〔註19〕 羅常培先生兼論廈門方音「門柳語」三個聲母時，說：「本來從沿革上講，[b][m]同出於明母[l][n]同出於泥娘來等母[g][ŋ]同出於疑母，彼此間有很親密的關係。並且[m][n][ŋ]大部分用在話音半鼻韻的前頭，而[b][l][g]卻沒有跟半鼻韻拼的；所以《十五音》把他們合併作門柳語三音，從音位的觀點看本來很可以講得通。不過，[b][l][g]後面的韻母如果是從『陽韻』消變而成的半鼻音，固然除去本身鼻化而外還可以使前面的聲母鼻化而成[m][n][ŋ]，可是從『陰韻』消變而成的半鼻音，鼻化的力量並不如『陽韻』的強。他們不單有時保持單純的口韻，甚至於前面的聲母也不受影響，所以照 Campbell 的拼法，『麻』字就有 ba、ma 兩音；……因此我所定的廈音羅馬字還把他們分作六個不同的音位。」見《廈門音系》，頁52。

〔註20〕 見《中國音韻學研究》，頁342。

又，頷，鶼貌。頷、鶼疊韻，聲母塞鼻相轉。

又，碞，暫喦也。碞、暫疊韻，聲母塞鼻相轉。

又，院，堅也。院、堅疊韻，聲母塞鼻相轉。〔註21〕

鳥《廣韻》都了切。《字彙》尼了切，又丁了切。《正字通》作乃了切。是 d-、n-相轉。

遘《說文》：「遇也。」《廣韻》古候切。遇《廣韻》牛具切。遘、遇疊韻，古韻同在侯部〔註22〕，聲母塞聲見母、鼻聲疑母相轉。

誐《說文》：「嘉善也。」《廣韻》五何切。嘉《廣韻》古牙切。誐、嘉疊韻，古韻同在歌部，聲母鼻聲疑母、塞聲見母相轉。

訒《說文》：「頓也。」《廣韻》而振切。頓《廣韻》都困切。訒、頓疊韻，古韻同在諄部，聲母鼻聲日母、塞聲端母相轉。

頷《說文》：「鶼貌也。」《廣韻》魚檢切。鶼《廣韻》古斬切。頷、鶼疊韻，古韻同在添部。聲母鼻聲疑母、塞聲見母相轉。

碞《說文》：「暫喦也。」《廣韻》魚金切。暫《廣韻》慈染切。碞、暫疊韻，古韻同在談部。暫字屬從母，應是塞擦聲，而不是塞聲。反觀魏先生所說的「塞聲」，其實包含了塞音與塞擦音，不是單純的塞音。

院《說文》：「堅也。」《廣韻》于眷切。堅《廣韻》古賢切。院、堅疊韻，古韻同在元部。院字屬爲母，古聲匣母，屬於擦音，並非鼻音。

從以上這些例子，可以發現古音中塞聲與鼻聲相轉的痕跡，但並不是每條例證都正確。此外，嚴格說來，這些例證不全然都是聲訓，也有義訓的可能性。因此，在材料的選擇上，無論是避免非聲訓疊韻字聲母相通的偶合，或是例證的正確性，都是必須留意的。

（二）塞通相轉系二

魏先生說：

《釋名》天，顯也。顯今音 çiɛn，天今音 t'iɛn，亦即塞通相轉。唇

音非微（今音）之爲通聲者，今與邦滂並相混雜，如

〔註21〕見《古音系研究》，頁 195～198。

〔註22〕本節古韻部論述，採用本師陳伯元先生構擬之三十二部系統。本文若述及「三十二部」系統，或未特別說明所用者，皆本於此。

・117・

塞	通
排俳裴痱方音作 P'I	非斐翡蜚痱
撥潑	發廢籛
坂版扳	反販飯
潘蟠番（番禺）	番璠墦翻
犮拔跋茇	坺茇
捧菶	奉唪俸
頒玢盼	分汾份芬
篷蓬	逢夆
芃	凡帆
賁（虎賁）噴	賁墳

舌音之齊齒顎化，端透定與知徹澄讀如照穿牀；齒音之顎化，精清從讀如照穿牀。而又皆轉爲通擦，故日本タ行之チツ與サ行之シス濁音不分。其所包漢字，端知照精四系俱備。チ段固以齊齒而變，ツ段則因 u 之「異化」而變。朝鮮語漢字音讀下列各組字，今京城音諺文皆何併爲相同聲母，原自有別，都是塞爆塞擦相轉。

p、p'與 f、f的塞通相轉，說明了輕脣音的分化。輕脣音的逐漸發生，並由塞聲轉爲通聲的過程，在於 p- > pj-的軟化。唐代以後，輕脣音的非系字逐漸由重脣音中分化出來，從《廣韻》的「東鍾微虞廢文元陽尤凡」等輕脣十韻，可以歸納出在-ju、-jo 等前軟化，變爲輕脣。錢玄同先生認爲《廣韻》非敷二母的音值是 pf-、pf'-，雖然錢氏認爲這是破裂音，卻不同於幫系 p-，反而較接近於塞擦音的性質。這樣的演變過程是 pju→pfju→fu，丟失了塞音性質，而保存了擦音。〔註23〕

顎化是語音演變中輔音同化的普遍作用。何大安先生解釋顎化，說：

「顎」指「硬顎」。顎化，就是把發音部位移向硬顎。……這是受到鄰近的前高元音 i（或 y）或半元音 j 的影響。因爲 i、j 的位置都接

〔註23〕 相關推論過程可參照陳師新雄《廣韻研究》，頁 292。錢玄同先生的擬音可參照《國學沿革六講·魏晉到唐宋時代的標準音》，今收錄在《錢玄同文集·學術四種》第五卷當中，頁 155～170。

近硬顎的緣故。比方説「積、妻、西」和「基、欺、希」國語沒有什麼分別，但是閩南語卻分的很清楚……從歷史上看，在比今天國語稍早的階段，「積、妻、西」的聲母正是舌尖音 ts、tsh、s，「積、欺、希」的聲母也正是舌根音 k、kh、x，與閩南語相類似。國語之所以會念 tɕ、tɕh、ɕ 顯然便是受 i 影響，「顎化」的結果……ts、tsh、s 的發音部位在硬顎之前，是舌尖音，k、kh、x 的發音部位在硬顎之後，是舌根音，同受前高元音 i 的影響，發音部位都往硬顎移動，並且都成了硬顎的舌面音。因此國語的顎化，在「舌」與「顎」兩方面，表現的都很明顯。〔註24〕

舌音的端透定母細音，本來就可以與 i 配，如先韻的顛天田，所以較無問題。三等的知徹澄母，因爲接近硬顎的 j 化，產生了細微音變，於是透過了軟化作用，先變成了舌面音，到了國語變成了捲舌音，音變的方式爲 t→tɕ→ʧ→tʂ，在還沒變成捲舌音之前，先經過了舌面音 tɕ 的階段。精清從的細音顎化，到了國語成了 tɕ、tɕ‘。知徹澄、精清從這兩系的讀法在某個階段讀法都近似於照穿床。

日本音タ ta 行的チ、ツ羅馬拼音原本應是讀作 ti、tu；サ行的シ、ス羅馬拼音原本應是讀作 si、su。史存直先生說：「シ、ジ、チ、ヂ四個音節的輔音已受後面的元音影響發生顎化……ス、ズ、ツ、ヅ四個音節的元音 u 不但失去了圓脣性，而且其中的ツ、ヅ同時發生了齒音化。」〔註25〕チ、シ變成了 tɕ‘i、tsu；ツ、ス變成了 ɕi、su，濁音時ダ行讀 d-音，ザ行讀 z-音，顎化之後ヂ、ヅ讀作 dʑi，ジ、ズ讀作 dʑu，因此混淆不分。

魏先生說：

《爾雅・釋言》「格、懷，來也」。格，見紐；懷匣紐，同訓來，皆與來爲複聲連語，格來與懷來猶 klai 與 ɣlai。懷、來韻同，格、來韻當爲對轉。今河南江蘇之交會讀格與來韻同調異。由是推求，連語之以 k 組聲母與 ɣ 組聲母相繫，往往而有，皆塞通相轉而成詞者也。如「隔閡」、「羹臛」、「溝壑」、「骨骼」、「覺曉」……又，「過、

〔註24〕見何大安：《聲韻學中的觀念和方法》（臺北市：大安出版社，2004 年 9 月），頁 84～85。

〔註25〕見〈日譯漢音、吳音的還原問題〉《音韻學研究》第二輯，頁 174。

遄，逮也。」郭注，「東齊曰過，北燕曰遄，皆相及逮」。按遄與逮同位塞通相轉。又，「探，試也」。「降，下也」。「虹，潰也」。「昆，後也」。又《釋訓》「之子者，是子也」。之是塞通相轉。《方言》「杼、瘉，解也。」瘉，胡計反，瘉、解塞通相轉。又，「吹、扇，助也」。又，「僉，夥也。」《說文》「教，上所施下所效也」，教效疊韻，聲母塞通相轉。又，「斅，覺悟也」，斅覺疊韻，聲母塞通相轉。又，爻，交也。爻交疊韻，聲母塞通相轉。〔註26〕

二字疊韻，聲母喉牙音相轉，因為發音部位相近且靠後，依照太炎先生的理論，可歸為喉音，但有深喉淺喉的不同，故有時可以通轉。魏先生闡述的理論，近似於太炎先生，但舉例的《爾雅·釋言》「格、懷，來也。」這一組，格字屬於古韻鐸部，懷屬於微部，來屬於之部，即使他們的聲母雖然屬於比較近的喉牙音與來母，但三個字音韻關係仍相距甚遠，不必一定強為之說解。

「遏」《廣韻》烏葛切，影[ʔ]母。「遄」時制切，禪[z]母。「逮」徒耐切，定[dʻ]母。「探」《廣韻》他含切，透[tʻ]母。「試」式吏切，審[ɕ]母。「降」古巷切，見[k]母。「下」胡雅切，匣[ɣ]母。「虹」戶公切，匣[ɣ]母。「潰」胡對切，匣[ɣ]母。「昆」古渾切，見[k]母。「後」胡口切，匣[ɣ]母。「之」《廣韻》止而切，照[tɕ]母。「是」承紙切，禪[z]母。「杼」《廣韻》直呂切，澄[dʻ]母。瘉，胡計反，匣[ɣ]母。「解」古隘切，見[k]母。「吹」《廣韻》尺僞切，穿[tɕʻ]母。「扇」式戰切，審[ɕ]母。「助」牀劇切，牀[dʒʻ]母。「僉」《廣韻》七廉切，清[k]母。「夥」胡果切，匣[ɣ]母。「教」《廣韻》古肴切，見[k]母。「效」胡教切，匣[ɣ]母。「斅」《廣韻》胡覺切，匣[ɣ]母。「覺」古孝切，見[k]母。「爻」《廣韻》胡茅切，匣[ɣ]母。「交」古肴切，見[k]母。

以上為魏先生舉出的塞音、塞擦音與擦音相互通轉的例子。這些字例，仍然有單純釋義或是同義、近義詞互訓的可能性，不見得都是音訓。所以在通轉的判斷上，必須更為謹慎。

此外，「塞通相轉」的軌則，如魏先生在〈科斗說音〉中，論「科」、「活」二字音近可通，說道：「『科』字的聲母是溪紐，活字在各本《切韻》和《唐韻》裡只有匣紐的聲……『科』、『活』聲同，便是『科』、『活』聲可通逆推出來的，

〔註26〕 見《古音系研究》，頁 198～202。

k、kh、h發音部位相同，叫做『塞通相轉』。」〔註27〕是爲音軌的運用。

（三）塞分相轉系三

魏先生說：

> 按之舊字母，凡來紐與舌齒系端知精照組之端透定知徹澄精清從照
> 穿牀相轉者屬之。諧聲系統中頗有其例：

諧聲字讀來紐者	諧聲聲母讀來紐	諧聲字及諧聲聲母非來紐
龍《説文》		童
	龍	寵（古文字中，龍即寵《詩・酌》，「我龍受之」，《鄭箋》，「龍，寵也」。〈長發〉「何天之龍」，《鄭箋》「龍當作寵」。〈蓼蕭〉「爲龍爲光」，《傳》「龍，寵也」。《易・師卦》「承天寵也」，王肅本作龍。《邵鍾銘》云：「喬喬其龍，既旃邕虞」，亦當訓寵。）
列（説文占省聲）		占
禮澧鱧體	豊	體
	犮	者
叛梁（今以創作叛）		創（創從倉聲即刅或體。）
	立	翊昱厒　立，金文中即厒字。翊，昱《説文》皆從立聲，而今韻異，其聲同爲喻紐。按即甲骨文齜（王國維釋）字，一形演化分歧。於義。與彤齜諸訓祭而又祭之語同而音通；推之古初，喻紐一部屬定紐，此其一也。〔註28〕

　　所謂的「來紐與舌齒系端知精照組之端透定知徹澄精清從照穿牀相轉者」，就是古聲母 l-和 t-、t'-、d'-、ts-、ts'-、dz'-諸紐互相通轉的情形，我們暫時把它分成舌尖塞音的 TL-與塞擦音的 TSL-兩個大類。這種來母與其他類輔音聲母的相互通轉，在聲類軌部的第三小節「同位或異位增減變異軌與同位或異位分合變異軌」中，魏先生嘗試以複聲母來說明，並且以 CL-型的複聲母作爲例證。〔註29〕由於該處較注重複聲母整體方法與規則的推論；此處「塞

〔註27〕見《魏建功文集》第參輯，頁 295。

〔註28〕見《古音系研究》，頁 198～202。

〔註29〕詳見本文《音軌研究・聲類軌部研究》的第三小節〈同位或異位增減變異軌與同位或異位分合變異軌研究〉。

分相轉」只是揭示一個部分現象而已。在方法上，根據魏先生所列舉的諧聲字和諧聲原則〔註30〕，這裡與他構擬的複聲母「定來 dl、tl」、「從來 dzl、tsl」等概略的類型，並沒有不同；在材料上，來母及其他部位互相接觸的情況，由許多方式可以證明上古有相同根源的 CL-型複聲母，形聲字是最明顯的證據。因此，「塞分相轉系」可以和「同位或異位增減變異軌」、「同位或異位分合變異軌」相互佐證，並符合基本的 CL-類複聲母理論。

　　竺家寧先生〈上古漢語帶舌尖流音的複聲母〉一文中，對 Tl-與 TSl-兩類複聲母分別舉例並闡述。以下分別就竺先生所引述的諧聲材料，歸結成表格，並且加以引論：

舌尖塞音與流音的接觸						
編　號	諧聲偏旁	聲　母	反　切	諧聲字	聲　母	反　切
1	來	l/l	落哀	瀨	tr/ȶ	卓皆
				誺	t'r/ȶ	丑知
2	了	l/l	盧鳥	釕	tl/t	都了

〔註30〕在趙元任先生翻譯的〈高本漢的諧聲說〉裡面說到：「在有一大類的字，差不多佔諧聲字的大多數，它的主諧字與被諧字，就說在古音中，也是有相同或相近（cognate）的聲母輔音，韻中主要元音，跟韻尾輔音。這句話得要加幾句註解：第一，假如在古音中主諧字與被諧字的聲母不同，至少大都是發音部位相同的（指『唇、齒、舌、牙、喉』）⋯可是要留心在古音不同部位的聲母也許在上古音是同部位的，也許是雖不同部位而因為部位相近可以互相諧聲的。」見趙元任、高本漢等：《上古音討論集》（臺北市：學藝出版社，民國六十六年），頁4。高氏又說：「有好些諧聲字裡頭舌根音跟舌尖的邊音 l 常常交換⋯這地方無疑的是一個複輔音聲母的痕跡，早年一定是有 kl 一類的聲母，到變後來變成單音了。可是這些字也一定不會個個都有一樣的聲母 kl-，要是的也就會變成一樣的音了，怎麼會在同樣的韻母前有的變 k-有的變 l-呢？⋯在這種諧聲系統裡，咱們現在還沒有充足的證據來考定上古的聲母究竟是甚麼呢。咱們只能指出這些字的一部分大概是有個 kl-或 g-音的。至於準確的音值或者將來從支那語系的比較的研究裏可以考查出來。」高氏沒有完全將這一類型的諧聲訂出精準的複聲母音值，但已經假定了三種複聲母公式，並觀察到其他類型的 Cl-諧聲。雖然不同發音部位的諧聲字，不能貿然地組合成複聲母，必須符合音理，然而 Cl-型這一大類，無論是例證的數量，音理演變的解釋，系統的對稱（例如同為塞音接觸的 Pl-、Tl-、Kl-），輔音接合的可能性，同族語言的旁證⋯等等，都足以使我們採信上古 Cl-型複聲母的說法。

3	彔	l/l	盧谷	瘊	tr/ȶ	陟玉
4	慮	l/l	良倨	攄	t'r/ȶ	丑居
5	童	d'l/d'	徒紅	龍	l/l	力鐘
				寵	t'r/t'	丑隴
				蠬	d'r/ɖ'	直隴
6	連	l/l	力延	鏈	t'r/ȶ	丑延
7	聯	l/l	力延	攊	t'r/ȶ	丑人
8	廖	l/l	落蕭	瘳	t'r/t'	丑鳩
9	勞	l/l	魯刀	嘮	t'r/t'	敕交
10	夌	l/l	力膺	庱	t'r/t'	丑升
11	林	l/l	力尋	郴	t'r/t'	丑林
12	豊	l/l	盧啓	體	t'l/t'	他禮
13	麗	l/l	呂支	彲	t'r/t'	丑知
14	賴	l/l	落蓋	獺	t'l/t'	他達
15	立	l/l	力入	雴	t'r/t'	丑人
16	兌	d'/d'	杜外	餒	dl/l	郎外
17	垂	d'j/ȶ	是爲	陲	dl/l	力追
18	橐	t'/t'	他各	驉	dl/l	盧各
19	隹	t/ȶb	直追	蜼	dl/l	力軌
20	參	t/tɕ	章忍	驂	dl/l	力珍
21	勺	t/tɕ	之若	杓	dl/l	力吊
22	習	d/z	似入	摺	dl/l	盧合
23	天	d'/d'	徒甘	覘	dl/l	力鹽
24	貪	t'/t'	他含	僋	dl/l	郎紺
25	同	d'/d'	徒紅	桐	dl/l	盧紅
26	豆	d'/d'	田侯	剅	dl/l	落侯
27	乇	t/ȶ	陟格	馲	dl/l	盧各
28	薑	t'/ȶ	丑犗	厲	dl/l	薑省聲，力制
29	爾	d'/t'	直刃	鬮	dl/l	爾省聲，良刃
30	列	l/l	良薛	翠	d'r/ɖ'	直例
31	利	l/l	力至	莉	d'r/ɖ'	直尼

竺先生說：「由這些舌尖塞音和 l 的接觸看來，要否定 TL-型複聲母恐怕是很困難的。周法高先生的系統裡，也擬出了 tl、tr、t'l、t'r、dl、dr 等類型的複聲母，丁邦新先生的上古聲母也有 tl（＞章母）、t'l（＞昌母）、dl（＞來母、喻四）

的構擬。上古漢語有 TL-型複聲母應該是可以確定的。」〔註31〕另一類形如下表：

編　號	諧聲偏旁	聲　母	反　切	諧聲字	聲　母	反　切
舌尖塞擦音和流音的接觸						
1	僉	ts'l/ts'	七廉	臉	l/l	力減
				斂	l/l	力驗
2	龍	l/l	力鐘	鸇	tsl/ts	子朗
3	令	l/l	郎定	旌	tsl/ts	子盈
4	子	ts/ts	即里	李	dzl/l	良士
5	焦	ts/ts	即消	樵	dzl/l	呂張
6	丞	ts'/tʃ	初良	梁	dzl/l	呂張
7	巢	dz'/dʒ'	鉏交	撢	dzl/l	落蕭

　　童、龍、寵可以參照 TL-接觸表的第 5 條，豐、體、禮系可以參照第 12 條；丞、梁可以參照 TSL-接觸表的第 6 條。炗與者的關係：段注《說文》「者」字下云：「者，別事詞也，从白炗聲。炗，古文旅。」〈段注〉云：「炗，古文旅，者之偏旁，乃全不類。轉寫之過也。」〔註32〕「炗」字下云：「古文旅。」〈段注〉：「者字以爲聲。」〔註33〕者字从古文炗得聲，者字古聲端母，旅字古聲來母，按理說具有複聲母的可能性，但此處的古文字形或許有形誤的可能，故不若其他例證來的有說服力。立、翊、昱的關係：段注《說文》翊字下云：「飛皃，从羽立聲。」〔註34〕古聲定母。昱，段注《說文》云：「日明也，从日立聲。」古聲定母。按照前面的論述，屬於舌尖塞音與流音的接觸。

（四）塞清濁相轉系四等三系

　　系四至系六包含「塞清濁相轉系四、塞清氣音相轉系五、塞濁氣音相轉系六」。魏先生將此三系合併討論，說：

　　此三系言在同一部位之塞聲（爆或擦）互相轉者，章太炎所謂「旁紐雙聲」。凡見溪端透邦滂照穿精清之於羣定並牀從聲紐相轉者，系

〔註31〕見趙秉璇、竺家寧編：《古漢語複聲母論文集》（北京：北京語言文化大學出版社，1998 年），頁 376。

〔註32〕見《新添古音說文解字注》，頁 138。

〔註33〕同上注，頁 315。

〔註34〕同上注，頁 141。

四之例。凡見溪端透邦滂照穿精清閒之相轉者，系五之例。舊字母濁音不兼備氣流音，故於紐類無可賅言。〔註35〕

章太炎先生《國故論衡・古雙聲說》中，論「旁紐雙聲」，說道：

> 古音紐有舌頭，無舌上；有重唇，無輕唇，則錢大昕所證明。娘、日二紐，古並歸泥，則炳麟所證明。正齒、舌頭，廬有鴻細，古音不若是繁碎，大較不別。齊莊、中正，為齒音雙聲。今音「中」在舌上，古音「中」在舌頭，疑於類隔，齒舌有時旁轉，錢君亦疏通之矣。此則今有九音，於古則六：曰喉、牙、舌、齒、唇、半舌也。
>
> 同一音者，雖旁紐則為雙聲。是故金、欽、禽、唫，一今聲具四喉音；汘、吁、芋、華〔註36〕，一于聲具四牙音。〔註37〕

金、欽、禽、唫聲母分別為見、溪、群、疑；汘、吁、芋、華聲母分別為影、曉、為、匣，聲母發音部位相同而聲轉，也就是「旁紐雙聲」。

　　魏先生說的「塞清濁相轉」，包含了不送氣的清塞音、清塞擦音；送氣的清塞音、清塞擦音與（不）送氣的濁塞音、濁塞擦音相轉。因此這裡的「塞清濁」是包含了漢語所有的塞音、塞擦音，是所謂的系四。而「塞清氣音」，則是指送氣的清塞音、清塞擦音相轉，就魏先生自訂的名稱而言，「塞清」是一個部份，「塞清氣」是一個部份，是所謂的系五。系六是虛擬的，因為漢語只有一套不分清濁的濁塞音、濁塞擦音聲母，在他的系統中，這一套聲母擬成不送氣的。將文字說明簡單的圖示標明如下：

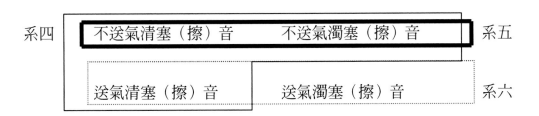

系四　　不送氣清塞（擦）音　　不送氣濁塞（擦）音　　系五
　　　　送氣清塞（擦）音　　　送氣濁塞（擦）音　　　系六

　　系六是不存在的，因為漢語濁音不分送氣、不送氣兩套，也就是魏先生說

〔註35〕見《魏建功文集》壹，頁214。

〔註36〕《說文》華字下云：「从艸𠌶。」段注云：「𠌶亦聲。此以會意包形聲也。」𠌶从兟亏聲。

〔註37〕見章太炎：《國故論衡》（上海：上海古籍出版社，2003年），頁28。

的「舊字母濁音不兼備氣流音，故於紐類無可貶言」。此處魏先生將並定群床從擬成不送氣，對後文的論述並沒有影響，對於系六的實質內容也沒有大礙，只是取其系統性的整齊排列而已。〔註38〕

　　魏先生說：

外國人學中國語往往有合系四中之譌變，如「大國」之作「他哭」，「不要緊」之作「鋪要寢」（取同音字寫之於義無關）。中國人學外國語往往有合系五之譌變，如法文之 p，國音之ㄅ可以相當，而 b 無可相對。此爲中外語音差異所致。中語特有清音氣流，外國人不能別之，故其 p、ph 可以互用。中國語普通話濁音最不發達，外國人極有辨，p、b 不混，故彼知 p 不與 b 混，反不能辨與 ph 異。

中 p（ph）　　（pɦ）

外 p（b）

國內方音因沿革變遷，舊字母濁音今多有變入清音或次清音中。國音之聲母狀況可以爲例：〔註39〕

　　送氣與不送氣在漢語中是兩個音位，而在英語音讀中是互補的。魏先生〈中國聲韻學綱要〉說：

有些外國人說中國話，比方說北京話吧，說得好得可以比中國別地方的人說北京話還要好，說得不好的可有許多有趣的錯誤。我們可以聽到「puh yaw chiin！」「chii keh jyan？」「day kuey ra！」是說的

〔註38〕關於古漢語「並定群床從澄」等濁音聲母送氣與不送氣的問題，本文採用送氣說。詳細音值與擬測過程請參考《廣韻研究》，頁 279～281。

〔註39〕見《古音系研究》，頁 203。

「不要緊！」「幾個錢？」「太貴啦！」而念成「鋪要寢！」「起課ㄐㄧㄢˋ」「代愧儿ㄚ！」這裡是：1. 不＞鋪　b＞p（ㄅ＞ㄆ）2. 緊＞寢　幾＞起　j＞ch（ㄐ＞ㄑ）3. 個＞課　貴＞愧　g＞k（ㄍ＞ㄎ）4. 太＞代　t＞d（ㄊ＞ㄉ）5. 錢＞ㄐㄧㄢˋ　ch＞j（ㄑ＞ㄐ）6. 啦＞儿ㄚ　l＞r（ㄌ＞儿）從 1. 至 3. 是把我們的「無流」的聲母讀做了「有流」，4. 5. 卻倒過去把「有流」的聲母讀做了「無流」。……原來我們的塞聲，普通標準沒有濁音而有清音兩種。上面舉的外國人的塞聲有清濁音，它們只以清濁分，而我國人流音分的兩種清音在他們是可以混用的；不但混用，而且可以不分的。〔註40〕

葉蜚聲、徐通鏘兩位先生在《語言學綱要》中說：

> 不送氣的[p]和送氣的[p']是漢語和英語裡都有的兩個音素，但是它們的作用大不一樣。[p]和[p']在漢語裡有區別詞的語音形式的作用，比方「標」[piau]和「飄」[p'iau]語音上的不同僅僅在於前者是不送氣的[p]，後者是送氣的[p']。這兩個音素因為有區別詞的語音形式的作用，在漢語裡是對立的，人們對它們的區別十分敏感。認為是完全不同的兩個語音單位。在英語裡，[p]出現在[s]的後面[p']只出現在詞的開頭，比方 sport 的 p 發成[p]，port 的 p 發成[p']。如果你把它們換一下，別人只會感到你發音不地道，卻知道你說的是什麼，不會引起混淆。在英語裡，[p]出現的位置不會出現[p']，[p']出現的位置不會出現[p]，它們的出現環境互相補充，彼此處於互補的關係，而不是對立的關係，也就是說，它們沒有區別詞的語音形式的作用。〔註41〕

葉、徐兩位先生談音位的對立與互補，說到送氣的音素，漢語中是對立，而英語中卻是互補。這是基於語言的差異性。相對的，國語中只有清塞音聲母，沒有濁塞音聲母，只有在方言中仍保存著濁塞音聲母，但和清塞音聲母卻不是對立的音位。

〔註40〕見《魏建功文集》第壹輯，頁 372。

〔註41〕見葉蜚聲、徐通鏘：《語言學綱要》（臺北市：書林出版有限公司，民國八十二年），頁 78。

魏先生〈中國聲韻學概要〉談語音時，談到送氣的清濁。魏先生說：

> 我們極自然的呼氣的音如果緊接在塞聲爆發之後，這個塞聲就和不
> 接呼氣的音的不一樣。我們叫這緊接呼氣的動作做「吐氣」或「送
> 氣」，這呼氣就名之曰「流音」……這個流音就是那「h」。「h」是清
> 的，相對有個「ɦ」濁的。……流音的「清」「濁」又是一重關鍵。……
> 在中國聲韻學上，這個濁音的實質究竟應該是什麼，已經是個假定
> 的虛位了，因為在字音的分類標準裡有這們一種，普通音裡卻沒有
> 了，方音裡頭就有許多不同的讀法。……我們的聲韻學上的「濁音」
> 如果依字面和「清音」相對，就該是「無流」的樂音；例如[p]是清
> 音「邦」母，濁音「並」母便為[b]……我們知道這個純粹濁音卻
> 是次濁音的變換以及其他讀音的改變，似乎不是它的正則價值。我
> 們又看見「次清」的特點一定有個「清流音」，不管是[h]或是[x]；
> 而所謂「濁音」大半也是有個「濁流音」，[x]有用作代替[ɦ]的。從
> 這一個現象上，我們可以說「濁音」是有「濁流音」，但聲母的部份，
> 實在不一定是「濁音」，所以我們說「濁音濁流」雖無不可，現象的
> 廣狹上就不應以此為整個的代表。〔註42〕

在方言的實際音值裡，確實有不少濁音的送氣又分清濁的例證。單就音位來說，既然濁音類型只有一種，而漢語方音中已存有送氣類型，故應存有；而流音的清濁在不影響辨義的情況下，亦屬系統性的存有。

「濁音清化」是漢語音韻史上的重大變化之一。「並定群床從」等母，由濁的塞音、塞擦音，變成清的塞音、塞擦音。從中古音到國語的演變，「並」母平聲讀[pʻ]，仄聲讀[p]，讀如「滂、幫」的音讀。「定」母平聲讀[tʻ]，仄聲讀[t]，讀如「透、定」的音讀。「群」母平聲洪音讀[kʻ]，平聲細音讀[tɕʻ]，仄聲洪音讀[k]，仄聲細音讀[tɕ]，包含了「見、溪」的音讀。「床」母平聲大部分讀[tʂʻ]，深攝讀[tsʻ]，仄聲大部分讀[tʂ]，又讀[ʂ]，少數讀[ts]，包含了「照、穿」的音讀。「從」母平聲洪音讀[tsʻ]，平聲細音讀[tɕʻ]，仄聲洪音讀[ts]，仄聲細音讀[tɕ]，包含了「精、清」的音讀。〔註43〕

〔註42〕見《魏建功文集》第壹輯，頁 374～376。

〔註43〕參見《廣韻研究》，頁 299～301。

（五）鼻通相轉系七

魏先生說：

> 朝鮮語漢字讀音，疑紐聲首皆不作 ŋ，而爲 j，成喻紐。國音的兀聲
> 首不用，轉爲一ㄨㄩ的起首的音，亦是此例，特已非聲，韻本是通
> 而不摩擦者耳。〔註44〕

韓國漢字音對應疑紐的○聲母，位於字音起首時屬於零聲母，作韻尾時才讀 ŋ
音。〔註45〕然而○作爲聲首，對應零聲母的韓漢通用字時，卻不只單一對應喻
紐而已。○聲首對應的零聲母字有影母、喻母、爲母、疑母等。所以鼻聲的○，
位於聲首對應零聲母字，只是一種語音規則，並不是只針對擦音 j。

魏先生說：

> 古唇音明紐與喉音曉紐相通，按實是此例。蓋閉唇自鼻出爲明，開
> 唇自口出爲曉，雖曰兩位，初民實以開閉相對。「海」之於「溟」，「釁」
> 之於「眉」，「萬」之於「邁」，……或以訓通，或以字通，皆音轉而
> 通也。墨默嫼繹皆從黑聲。郵從無聲。〔註46〕

明、曉二母相通的例子，在形聲字中出現了大量的諧聲關係。這類型雙唇鼻音
與喉擦音的相通的諧聲情形，或許有一個共同的來源。李方桂、董同龢先生等，
都肯定上古有清鼻音 m̥-（或是 xm-、hm 等）的存在。董先生說：

> m-的諧聲關係就跟 p-p‘-b‘-不大相同了。有一部分固然是如我們意
> 料的，只是自己諧自己，也偶爾跟 p-p‘-b‘-或別的聲母諧。可是另
> 有一些卻常常專門跟舌根擦音 x-相諧。例如：每 muâi：悔晦誨 xuâi
> 巟 xuâng：縱 məng　瞢 məng：薨 x̣uəng　黑 xək：墨默嫼繹 mək……
> 我很注意這一些現象是有原因的。第一，在這些諧聲系列之中，所
> 有的字都不出 m-與 x-兩母。一方面完全是 m-；一方面完全是 x-。
> 從 m-得聲的不再有 p-p‘-b‘-母的字；從 x-得聲的也不再有 k-k‘-等母
> 的字。……另有幾個例子，如蒿 xâu：薹 mâu 之類的，就是無足輕重

〔註44〕見《魏建功文集》第壹輯，頁 214。

〔註45〕任少英《韓漢聲韻比較》說：「韓語裡的○在初聲（語頭）時零聲母，他在終聲（語
　　　　尾）時發音爲/ŋ/。」頁 11。

〔註46〕見《魏建功文集》第壹輯，頁 215。

的了。因爲「蒿」字本身既從「高」kâu 得聲，同時還諧著「蒿」
kâu，xâu。第二、有幾個轉換互諧的例，如：凵 m-：巟 x-：縊 m-　民
m-：昏：緡 m- 等，愈顯得這一種接合不是偶然的。第三，除去這
樣的系列，諧聲中就再不見 m-母字跟別的舌根音者 x-母字跟別的唇
音發生過如此密切關係的。高本漢似乎也注意到了這種現象。雖然
沒有作任何的解釋，他卻在許多地方把這裡面一些 x-母的上古音寫
作 xm-。如「悔」xmwəg「昏」xmwən 是。他這種作法自然算不得
問題的正式解答。只可以説他在表示有那麼一層關係而已。所以李
方桂先生就以爲寫作 mx-也沒有什麼不可以，或許「悔昏」等字的
聲母更會是個清的脣鼻音 m̥-。〔註47〕

這一類型的清鼻音來源，可以當作明曉二母共通的證據。

魏先生説：

> 舊微母今音皆轉鼻聲爲通聲。蚊、問、亡、無皆爲通聲（或轉爲韻）。
> 蚊本作蟲，問從門聲，亡聲有芒忙諸字，無聲有橅，佛經「南無」
> 亦作「曩謨」，則均是鼻聲。方音中多有仍讀通聲爲鼻聲音，廣東明
> 微不分皆讀 m。〔註48〕

微母在中古時期由重脣音的明母分化而出，經歷了「m—ɱ—v—零聲母」的過
程。在方言中，還保留了雙唇鼻音 m 的讀法。董同龢先生歸納了微母字的現代
音大致分爲幾種：「官話：0、v，廣州：m，吳語：m、v，客家：m、v，福州：
m、0，廈門：b。」論輕脣音時，又説：「三十六字母既以這幾個聲母爲『輕脣』，
那麼脣齒音的讀法已在那時產生了。凡輕脣音字都見於合口韻……微母本與明
母爲一，字母又歸『輕脣』，他是脣齒鼻音當無疑義。現代的 m-或者直接來自
反切，或者是由 ɱ-所變；v-由 ɱ-來是自然的；0-則中間又經過 v-的階段（ɱ-
→v-→0-）。」〔註49〕從雙唇鼻音、脣齒鼻音至脣齒擦音，正是「轉鼻聲爲通聲」
的過程。

魏先生説「日本讀漢字曉匣紐一部與疑紐之轉爲塞濁音者同……按此現象

〔註47〕 見《上古音韻表稿》，頁 12～13。

〔註48〕 見《魏建功文集》，頁 215。

〔註49〕 見《漢語音韻學》，頁 142～143。

與上塞通相轉關聯」，今製成表格如下：

漢　字	日本譯音	羅馬拼音
賀	ガ	ga
亥劾咳孩閡駭害	ガイ	gai
學	ガク	gaku
厂含	ガン	gan
戲義曦犧	ギ	gi
項	ギョク	gyoku
晝	グウ	guu
下夏悔偈	ゲ	ge
幻玄弦法炫痃眩患限現顯	ゲン	gen
后後瑚醐護	ゴ	go
合哈號豪壕濠嚣	ゴウ	gou

日譯對音疑母字多半譯成濁塞音的ギ gi，屬於濁的舌根塞音。曉匣二母屬於舌根擦音，按理說不應該用塞音來對譯，但日語的語音體系中本來並沒有 h-、x-（現代的五十音ハ行讀作 h-，古代卻是唇音音讀，不同於現代讀音）。於是曉匣兩母在沒有 h-、x-可對譯的情形下，採用了カ、ガ行音來配。疑母字譯作ギ，但ガ行音允許 g-、ŋ-兩讀，於是造成了擦音曉、匣二母與鼻音疑母在日譯漢音中相通的現象。〔註50〕

魏先生說：

「鄰」借「許」為之，許本當作「疑古切」。

農從囟聲。硇砂之硇，今譌為硇，本從囟聲，與農例同，腦字即從囟（腦字之韻，如今方言中讀農為奴例）。

璽字從爾聲，與從囟聲例同。

臬從自，李陽冰言非聲，知舊《說文》有聲字。息從自聲。

火滅曰熄，今方音有謂滅如臬者，與熄同義。自本聲轉變臬息鼻通兩方（臬今音由牙音轉舌上音）。

右三例皆舌音鼻通相轉，舊字母端知系無通聲，而齒音照精系無鼻聲，故兩兩相錯。此以位近為同位也。

〔註50〕 本段論述參照史存直先生〈日譯漢音、吳音的還原問題〉。

　　舊日紐之今音與古音爲鼻通相轉。〔註51〕

「鄦」字《說文》大徐本、《說文》段注本、《廣韻》、《四聲篇海》、《字彙》、《正字通》都作「虛呂切」，《玉篇》作「欣呂切」，《集韻》、《類篇》作「喜語切」。「許」字《說文》大徐本、《說文》段注本、《廣韻》、《字彙》、《正字通》都作「虛呂切」，《玉篇》、《四聲篇海》作「虛語切」，《集韻》作「火五切」，《類篇》作「喜語切」，都是曉母。「疑古切」不知來源爲何。

　　農，《說文》：「从晨，囟聲。」《廣韻》奴冬切，泥母。腦，奴皓切，泥母。囟、息晉切，心母。〔註52〕

　　璽，《廣韻》斯氏切，心母。爾，兒氏切，泥母。

　　臬，《廣韻》五結切，疑母；息，心母。自《廣韻》疾二切，從母。這些諧聲例證裡包含了鼻音與擦音的音轉，但也包含了部份的塞擦音。

　　日母今讀爲 z-，中古的擬音爲 nz-，上古音爲 *n-。日母古歸泥母，所以帶有鼻音成份，它又是半齒音，所以又帶有摩擦成份。陳師新雄說：「黃侃…對半齒音的描寫，實際上就是舌面鼻音跟擦音的混合體。從諧聲上來看，屬日母的字，來源多是鼻音，所以日母在上古時期是 *n-，然後在 -ja 類韻母前變作 ŋ-，如此始可在諧聲系統上獲得滿意之解釋。即上古音 *nja→ŋja，其後逐漸在 ŋ 跟元音產生一個滑音（glide），即一種附帶的擦音，跟 ŋ- 同部位，即 *nja→ŋzja，到《切韻》時代，這個滑音，日漸明顯，所以日母應該是舌面前鼻音跟擦音的混合體，就是舌面前的鼻塞擦音 nz-。nzja 演變成北方話的 zja，ŋ 失落了。日

〔註51〕見《古音系研究》，頁 203～205。

〔註52〕古文字若以《說文》之六書體系加以分析，或有不盡相符者。如「農」甲文隸定後作䢍，《甲骨文字典》曰「從辰從林，林或作艸，象辰在艸木叢中。」或者從臼從辰，是爲會意字。至《說文》增聲符囟以作農耕之農，是爲形聲字。就農字而言，《說文》保存從囟得聲之聲符與音讀材料，爲奴冬切，是《說文》較甲文有可分析之材料優點也。然若「鳳」之古文字形，有作增添類似「凡」之聲符記號之例，亦是甲文有近似於六書理論之旁證也。魏先生〈論六書條例不可運用於甲骨文字責彥堂〉曰：「論吾國古音聲之材料，惟溯漢而上至於周秦，差可成其條理；至於殷商以往，文字形體與音聲之關係究若何，尚在疑問……吾人固不能必其聲音毫無關係，但亦無從遽定其爲形聲也。」見《魏建功文集》第肆輯，頁 147。魏先生以爲古文字之材料不可運用六書架構分析，就時代與體系而言爲是，然若出土文獻可明確判判，未嘗不可作爲旁證也。

本漢譯作 z-，國語再變作 ʐ-。南方比較保守，仍保存鼻音 ȵ-，所以在方音中才有讀擦音跟鼻音的分歧。」〔註53〕這段話交待了日母兼有鼻音與擦音的特色。

（六）鼻分相轉系八

魏先生說：

> 舊來紐與泥（娘日）之相轉。今方音 nl 多不分，而以長江流域之安徽兩湖四川爲尤顯著。個人不能辨者，隨地有之，遂使「老子」、「腦子」、「男人」、「藍人」、「輦子」、「碾子」、「梁兒」、「娘兒」……在在無別。讀英文時，net let、need lead、neck lake、night light……也因此誤同。
>
> 朝鮮語詞之音尾音首間爲 n 者皆變爲 l，音首爲 l，音尾爲 n，亦變。又音首 l，在音尾 k，m，p，s，ŋ 後變 n。其在音首之 l 如拼 a、o、u、ɯ 韻時，則變爲 n。〔註54〕

n、l 的混淆是下江官話與西南官話的特色。董同龢在《漢語音韻學・現代方音》一節中提到：

> （1）長江流域：上游包括金沙江與岷江，下游直至江蘇鎮江附近——國語 n-母與 l-母的洪音字都是混而不分的。所以「南」與「藍」，「怒」與「路」都是一樣的音，有些地方細音字還分，如「年」是〔nian〕，「連」是〔lian〕；「女」是〔ny〕，「呂」是〔ly〕；不過有些地方也是不分，他們不是全讀 n-，就是全讀 l-，又或者是鼻化的 l-，又或者這時是 n-那時是 l-而自己以爲是「一個音」。從語言學的觀點說，那個聲母實在是個舌尖塞或部份阻塞的濁音，有或沒有鼻音的成分在内。所以外人聽起來會有許多差異。〔註55〕

董氏進一步的說出了 n、l 之間的變化規律，包括第一、它們與洪音字相配時才出現的混淆，第二、某些地區 n、l 兩者之中只有一種存在，第三、l 有一種鼻化性質的折衷發音方式，第四、n、l 在當地語感上完全沒有分別等等。這些細節規範，能夠補充魏先生尚未提到的部分。

〔註53〕見《廣韻研究》，頁 290～292。

〔註54〕見《古音系研究》，頁 205。

〔註55〕見《漢語音韻學》，頁 35。

　　侯精一先生主編的《現代漢語方言概要》，印證了董氏的看法，並且提出了語言實例與調查報告、方言研究等。從西南官話、江淮官話、徽語、湘語這四種方言的反映中，可以發現 n、l 相混的現象。論西南官話時，他說：

> 鮑明煒《南京方言歷史演變初探》在考定南京方言由六朝時期的吳語後來轉變爲北方話之後，又以胡垣 1866 年《古今中外音韻通例》、勞乃宣 1905 年《增訂合聲簡字譜》、趙元任 1929 年《南京音系》中所記的南京音合稱爲「舊南京話」，跟 1956 年方言普查和鮑先生本人 1957 年、1979 年兩次調查的「新南京話」作了六項語音特徵的比較……（1）nl　舊南京話　nl 不分，都讀 l。〔註 56〕

論西南官話的泥、來母時，侯氏說：「本區有半數以上的代表點 n、l 不分，下表古泥、來母例字的讀音比較略去分 n、l 的各點。」

片	小片	點	南	藍	泥	離	娘	良	奴	爐	農	籠	女	旅
西南官話成瑜等片古泥來母讀音比較表〔註 57〕														
成渝		成都	nan		ni		niaŋ		nu		noŋ		ny	
滇西	姚渼	大理	na		ni		nia		nu		noŋ		ny	
黔北		遵義	lan		li		liaŋ		lu		loŋ		ly	
灌赤	岷江	西昌	nan		ni		niaŋ		nu		noŋ		ni	
	仁富	自貢	nan	ȵi	ni	ȵiaŋ	niaŋ		nu		noŋ		ȵy	ny
	雅棉	漢源	nan	ȵi	ni	ȵiaŋ	niaŋ		nu		noŋ		ȵy	ny
鄂北		鐘祥	nan		ni		niaŋ		nu		nuŋ		ny	
武天		武漢	nan		ni		niaŋ		nəu		noŋ		y	
常鶴		常德	lan		li		liaŋ		lou		loŋ		y	

　　成渝、滇西、鄂北、武天、灌赤都讀作 n，而灌赤某些泥母字略帶有舌面音色彩；黔北、常鶴都讀作 l。

　　論江淮官話的泥、來母時，侯氏說：「本區 n、l 不分的地域不少，下表三片的比較增加孝感一個代表點。」〔註 58〕

〔註 56〕見侯精一：《現代漢語方言概論》（上海：上海教育出版社，2002 年 10 月），頁 16。

〔註 57〕同上注，頁 33。本表專就討論各方言點間 n、l 聲母的異同，聲調則暫不納入考量。以下數表皆是。

〔註 58〕見《現代漢語方言概論》，頁 37。

片	點	南	藍	泥	離	娘	良	農	籠	女	呂
洪巢	揚州	læ		li		liaŋ		loŋ		ly	
泰如	南通	nyø	lā	ni	li	liē	liè	nʌŋ		ny	liø
黃孝	英山	lən		n̩i	li	n̩iaŋ	liaŋ	lən		ŋ̩ʮ	ʮ
	孝感	nan		ni		niaŋ		noŋ		ŋ̩ʮ	

江淮官話古泥來母分混表

洪巢都讀作l；孝感除了女、呂讀作捲舌鼻音之外，其他都讀作n。南通與英山則略為參差不齊。

論徽語時，侯先生說：

> 徽語「泥來」二母逢洪音常有相混現象，各地程度很不相同，混後讀n、讀l也有異。績溪（連i元音韻）都讀l；祁門以讀l為主，鼻尾韻鼻化韻前才讀n。淳安、遂安以讀l為主，鼻類韻有可n、l兩讀，建德鼻類韻以n為主，其他及今-m尾韻以l為主。歙、黟、壽昌n、l對立，但有少數來母字讀n（如歙縣「賴」na，黟縣「論」nuaŋ，「魯」nu≠虜lu，壽昌「冷」nā）或泥母字讀l（壽昌「嫩」）len。〔註59〕

他並引述羅常培對徽語語音n、l特點的描述：「n-l有別，但分類跟切韻不一致。」〔註60〕

論湘語時，侯氏記述湘語的n、l特點為「泥、來兩母一般都是洪音前相混，細音前不混。」〔註61〕例如：

泥來兩母字讀音表

	腦	老	奴	爐	泥	梨
長沙	lau	←	ləu	←	n̩i	li
衡陽	lau	←	lu	←	ni	li
株洲	lau	←	lou	←	n̩i	li
湘潭	nau	←	nəu	←	n̩i	ni

〔註59〕同上注，頁95～96。

〔註60〕同上注，頁112。

〔註61〕同上注，頁125。

益陽	lau	←	ləu	←	ŋi	li
婁底	lɤ	←	lɤu	←	ni	li
邵陽	lau	←	lu	←	ŋi	li
武岡	lau	←	lu	←	ŋi	li
城步	lau	←	lu	←	ŋi	li
漵浦	laʌ	←	lɤɯ	←	ŋi	li

　　湘潭的泥來二母洪音都作 n，細音雖然有舌面、舌尖的差異，但基本上都
是鼻音。其他方言點泥來二母的洪音都讀作 l，細音則有分別。

　　《漢語方音字匯》記錄武漢、成都話時，注解爲「聲母 n 有自由變體 l 或
ĩ。」；記錄長沙話時，注解爲「聲母 l 有自由變體 ĩ或 n。」記錄合肥話時，注
解爲「聲母 l 有變體 n，開合韻前多爲 l，齊撮韻前多爲 n。」記錄雙峰話時，
注解爲「聲母 l 有變體 n，多出現在鼻化韻和鼻尾韻前。」〔註62〕這是屬於概述
性質的說明，實際上依然符合董氏的四點特徵歸納。

（七）鼻清濁相轉系九

魏先生說：

> 漢字音中無清鼻音，此爲語言自然變化而設。勞乃宣《等韻一得外
> 篇·論字母》云：「疑泥孃明微來日七母皆濁聲，無清聲。按今俗音
> 如孃母『黏』字，明母『媽』字，來母『拉』字之類，皆讀清聲。
> 雖無其字，實有其音，故所增配專濁之七清母，皆當如俗音所讀清
> 聲讀之。」章太炎曰，「今音『那』『黏』等字皆作清音」，亦即此例。
> 〔註63〕

魏先生所說的「清鼻音」，並非指明、曉諧聲的 m̥類型清鼻音聲母，而是專就
聲調配合的變化規則，來觀察「清聲鼻音」。尤其是濁鼻音、邊音在國語音變中，
應該變成陽平聲，而非陰平聲。變成陰平聲的這一類型例外，就是魏先生所指
的「鼻清濁相轉」，這裡邊音來母只是附加說明而已。

　　章太炎《國學述聞》說道：

〔註62〕見王福堂等編：《漢語方音字匯》（北京：語文出版社，2003 年），頁 7～24。
〔註63〕見《古音系研究》，頁 205。

> 如收聲之紐多濁音，無清音，泥、娘、來、日皆是。然「黏」本讀
> 泥紐，今讀娘紐而入清音，則多一紐矣。來紐濁音，今有「拎」字，
> 則爲來紐清音，則又多一紐。聲音之道，本由簡而繁，古人只能發
> 濁音，而今人能發清音，則聲紐自有可增者在。〔註64〕

疑、泥、娘、明、微、來、日等七母屬於收聲、濁音（除了來母是邊音以外，
其他六母都屬鼻音）。然而其中聲調亦各自有例外變化，即魏先生所謂「自然變
化」。

中古聲調演變至國語的大致規則：第一、平聲調：中古平聲若是清聲母，
演變爲國語第一聲；濁聲母則演變爲國語第二聲。第二、上聲調：中古上聲若
是全濁聲母，演變爲國語第四聲；次濁聲母、清聲母，則演變爲國語第三聲。
第三、去聲調：中古去聲演變至國語大致皆爲國語第四聲。第四、入聲調：中
古入聲全濁聲母，讀作國語第二聲，全清聲母亦讀作第二聲爲多；次濁聲母讀
作第四聲，次清聲母亦讀作第四聲爲多。

「拉」是來母入聲字，次濁聲母，應讀作國語第四聲。現今多讀作第一
聲。「媽」是明母上聲字，次濁聲母，應讀作國語第三聲。現今多讀作第一
聲。「拎」是來母平聲字，次濁聲母，應讀作國語第二聲。現今多讀作第一
聲。「黏」是娘母平聲字，次濁聲母，現今國語讀作第二聲，然方音口語中
亦有讀作第一聲者，如西安、太原、武漢、成都、長沙、雙峰等地之俗音蘇
州、溫州、潮州、建甌之口語等等〔註65〕，例證甚繁。勞乃宣氏、太炎先生
與魏先生討論例字以國音爲主，但口語相傳間受方音滲透者亦多，故此類字
屬於例外現象。

高本漢《中國音韻學研究·關於聲調的討論》舉出許多濁音字演變的例外，
其中在次濁聲調變化的這一條，他也認爲是受到方音的影響。他說：「各方言中
這兒那兒還有些零碎的應當變陽類而變陰類的例。這也差不多全是次濁聲母的
字。比方 m 母字在北京有時讀陰平而不讀陽平，在上海有時讀陰上陰去而不讀
陽上陽去。」〔註66〕

〔註64〕 見章太炎：《國學述聞》（西安：陝西師範大學出版社，2008 年），頁 91。

〔註65〕 見《漢語方音字匯》，頁 248。

〔註66〕 見《中國音韻學研究》，頁 449。

對照章太炎先生的「多一紐」與魏先生的「鼻清濁相轉系」，人類口語的發音變化繁多，能夠發得出這類音，卻不盡然合於語音演變之大方向。方言影響與發音部位的變化及配合，產生了新的讀音，都是造成例外音變的因素之一。

（八）通分相轉系十

魏先生說：

> 舊來紐與審禪相轉者屬之。此亦以位近爲同位而相轉。
>
> 南通徐亦軒師《聲紐通轉講義》（今印行爲音學四種之一）：
>
> 〔審〕〔來〕纏訓連，讀離矣切；佛纚之纚訓綏，讀鄰知切；皆轉來紐，麗聲本屬來紐。率訓一定之限制，讀如律；又緯省文，亦轉來紐。
>
> 〔禪〕〔來〕上字屬禪紐，今蘇州及崇江蘇崇明海江蘇海門等處方言音如浪，轉來紐。
>
> 〔來〕〔審〕瀧從龍聲，《廣韻》盧紅切，屬來紐；又所江切，轉審紐。數纚二字得聲皆由來紐轉審紐。〔註67〕

魏先生所說「此亦以位近爲同位而相轉」，尚有商榷空間。審、禪二紐，與來紐並不「同位」，也並不「位近」。若是以戴震《聲類表》的排列，審、禪、來三紐算是「位同」。〔註68〕然而，無論是「位近」還是「位同」理論，在此處都不能算是最科學的解釋方法。我們知道流音性質的來紐，與不同部位聲母間頻繁的諧聲關係，是構擬上古帶 l-型複聲母的理論基礎；而來母這種結合性強的特色，也普遍地被證實與採信。

魏先生所引用的審母（包含疏母）、禪母例證，屬於擦音＋l 的結合形式，這種類型的複聲母在他原始的架構裡比較簡略。竺家寧先生《古漢語複聲母研究》對帶-l 的複聲母中構擬了 F.（擦音）+l 類，對於《聲紐通轉講義》所舉的麗、率、龍、婁等聲符的諧聲例子，也能夠相互印證，並列出了構擬的過程。他說：

> 本文的原則是：如果沒有非擬爲複聲母不可的理由，就仍保留它單聲母的形式。……婁力朱切 l- / l-：數所矩切 sr- / ∫：撒蘇后切 s-/s-……

〔註67〕 見《古音系研究》，頁 205～206。

〔註68〕 關於「同位」、「位同」請參閱後文「異位同勢相轉軌研究」，此處不贅述。

麗呂支切 l- / l-：䍤所宜切 sr- / ʃ-：籭山佳切 sr- / ʃ-：躧所綺切 sr- / ʃ-：灑所蟹切 sr- / ʃ-：曬所賣切 sr- / ʃ-……龍力鍾切 l- / l-：瀧所江切 sr- / ʃ-……黃季剛先生所列類篇反切中，「率」字「所類切」s-，又「力遂切」l-。可能是上古*sl-分化而形成。〔註69〕

這些都是擦音與 l-接觸的痕跡。因此「通分相轉系」印證了古來母各種諧聲通轉的假設，補足了擦音＋分聲的複合類型。

（九）通清濁相轉系十一

魏先生說：

國音ㄈ万母之沿革爲此與上鼻通相轉兩系例。

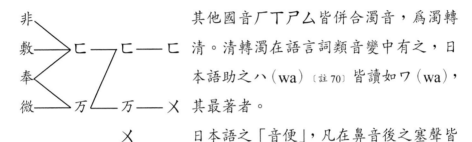

其他國音ㄏㄒㄕㄙ皆併合濁音，爲濁轉清。清轉濁在語言詞類音變中有之，日本語助之ハ（wa）〔註70〕皆讀如ワ（wa），其最著者。

ㄨ　日本語之「音便」，凡在鼻音後之塞聲皆變清爲濁，濁音則變塞爲鼻。朝鮮語先後音尾音首同化，亦有變清爲濁事實。如：〔註71〕

前一音尾	後一音首							
	-k	-n	-t	-l（r）	-m	-p	-s	-tɕʻ
k-	k-k	ŋ-n	k-t（k-tɕʻ）	ŋ-n	ŋ-m	k-p	k-s	k-tɕʻ
n-	n-g	l-l	n-d（n-j）	l-l	n-m	n-b	n-s	n-j
l-	l-g	l-l	l-t（l-tɕʻ）	l-l	l-m	l-b	l-s	l-tɕʻ
m-	m-g	m-n	m-d（m-j）	m-n	m-m	m-b	m-s	m-j
p-	p-k	m-n	p-t（p-tɕʻ）	m-n	m-m	p-p	p-s	p-tɕʻ

〔註69〕見竺家寧：《古漢語複聲母研究》（中國文化大學中文研究所博士論文，1981 年），頁 501～503。

〔註70〕原文作 wa，當作 ha。

〔註71〕見《古音系研究》，頁 206～207。

s-	t-k	n-m	t-t (t-tɕʻ)	n-n	n-m	t-p	s-s	t-tɕʻ
ŋ-	ŋ-g	ŋ-n	ŋ-d (ŋ-j)	ŋ-n	ŋ-m	ŋ-b	ŋ-s	ŋ-j

錢玄同先生《文字學音篇》論「微」母與「万」母的讀音關係，說：

> 「万」母並非舊音的微紐，舊音的微紐，是唇齒組的帶鼻音，相當
> 於發音學字母的 m̩。「万」則是兩唇齒兼舌根阻的摩擦音，其音與『ㄨ』
> （w）最爲相近，不過『ㄨ』是兩唇兼舌根阻的摩擦音，發音時嘴
> 唇的形狀有些不同便了（因爲發音學字母唇齒組的摩擦音中，沒有
> 兼舌根阻的字母……）這個音，當初製造字母的時候，本是用以注
> 舊音微紐的字。而審定字音的結果，只將《音韻闡微》之微尾未三
> 韻中微紐的「微、薇、溦、尾、䃽、娓、亹、浘、未、味、菋、沫、
> 寐、鮇」十四個字注了一個「万ㄟ」音……其他各韻中微紐的字，
> 多從普通習慣，去其僕音，只注「ㄨ」韻母及「ㄨ」與其他韻母結
> 合的韻母，如「無」注「ㄨ」，「万」注「ㄨㄢ」，「文」注「ㄨㄣ」，
> 「亡」注「ㄨㄤ」，皆是。〔註72〕

舊音的微母擬作[m̩-]，是唇齒鼻音。「万」母是與清擦音[f-]相對的唇齒濁擦音，
擬作[v-]。

　　魏先生所繪製之圖表，表示非、敷、奉母與微母有通轉現象，然尚未援引例
證說明。現今國語「万」已廢除〔註73〕，「万」與「ㄈ」，兩者清濁相對，具有獨
立分化之途徑，故未必相通。非[pf]、敷[pfʻ]、奉[bvʻ]三母演變至國語爲[f]；微

〔註72〕見《錢玄同文集》第五卷，頁 125。

〔註73〕錢玄同先生論「万」母廢除之四點原因，說：「（1）此母爲微紐諸字而設，然不
　　　讀舊微紐之音，則本不合於古。（2）既爲微紐諸字而設，而除微等諸字注『万ㄟ』
　　　一音以外，其他的微紐字絕不及用，幾乎等於虛設。（3）唇齒兼舌根阻的摩擦音，
　　　除京津等處以外，能將其音與兩唇兼舌根阻的摩擦音分別的清楚的，很少很少——
　　　——且京津等讀『万』音的字，也不是舊微紐的字。（4）普通讀『微』等諸字，和
　　　『無』、『万』、『文』、『亡』一例，讀爲『ㄨㄟ』音。今國音字典中雖注『微』等
　　　諸字爲『万ㄟ』注『爲』『委』『位』等字爲『ㄨㄟ』，分爲二音，然而事實上，這
　　　兩個音恐怕難於分別。不如一律注『ㄨㄟ』，以合普通的習慣。」見《錢玄同文集》
　　　第五輯，頁 125。

母則由濁鼻音[m]演變爲零聲母，和擦音系的[f]不同，本來國音符號訂有「万」母，也以取消，併入「ㄨ」。「非敷奉」與「微」母演變路徑不同，顯而易見。雖然中古音「非敷奉微」都列於唇音位置，然而文中亦缺少例證說明其清濁相通。

　　關於國音的ㄏㄒㄕㄙ四母，ㄏ的來源是曉、匣兩紐的洪音，一清一濁。國語讀作清的[x]。ㄒ的來源是曉、匣、心、邪的細音，曉心爲清，匣邪爲濁。國語讀作清的[ɕ]。ㄕ的來源是床母仄聲、書、神、審、禪，書審爲清，床神禪爲濁。國語讀作清的[ʂ]。ㄙ的來源是心、邪、疏、床，心疏是清，床邪是濁。國語讀作清的[s]〔註74〕。以上包含了魏先生所說的「濁轉清」。

（十）分清濁相轉系十二

魏先生說：

> 漢字來紐只有濁音，勞乃宣《等韻一得》云，今俗音來母「拉」字讀清聲。此見上系九。〔註75〕

這一系的例證與說明，即和本文上述「鼻清濁相轉系九」的情形相同，故不贅述。

二、異位同勢相轉軌

　　古聲類之研究，基本架構不離正聲十九紐，而關於其中變化的細則，自戴東原《聲類表》將音變的條例開端提示之後，間接影響至章太炎先生利用此類條例，解說語言文字之演進。戴氏《轉語》雖未能成書，今日學者們已考定《聲類表》是《轉語》二十章。《聲類表》於聲韻排列中得出聲母之發音條理；魏先生「音軌」說之「聲類軌部」研究，便承繼了《聲類表》所述，利用聲母之位置安排，辨析聲類軌部之相轉情形。其中聲類軌部的「異位同勢相轉軌」即是戴氏所云之「位同」說，也是魏先生之「音軌」發明《聲類表》理論最有力的根據。故「異位同勢相轉軌」之探討，是探討魏先生音軌整體之關鍵，具有其必然性和重要性。

（一）異位同勢相轉軌與戴震《轉語》之關聯性

　　「異位同勢相轉軌」中，大致可分爲「塞聲相轉」、「鼻聲相轉」、「通聲相轉」、「分聲相轉」四大類型。而此音軌之語音變遷軌跡，魏先生援引戴東原之

〔註74〕　本段論述參考陳師新雄《廣韻研究》，頁297～310。

〔註75〕　見《古音系研究》，頁207。

《轉語》，作爲說解根據。《古音系研究》於「塞聲相轉」類型前先說道：

> 此軌即戴氏轉語位同之例。戴氏每四章爲一限，其每限之第一位第
> 二位即以上各系例。系五漢字音中缺。系一系四當戴氏《轉語》第
> 一章第五章第九章第十三章第十七章清濁兩行。系二系三系六當戴
> 氏《轉語》第二章第六章第十章第十四章第十八章清濁兩行。〔註76〕

魏先生所言「戴氏轉語」，即是戴震《轉語》二十章。《轉語》一書已佚，今已
不傳，然學者對於《轉語》與戴氏《聲類考》兩者間之異同關係，多有辨正。
陳師新雄於《古音學發微》中說：

> 戴氏有《轉語》之著，自謂補《爾雅》、《方言》、《釋名》之闕，俾後
> 人於詁訓疑於義者能以聲求之，疑於聲者能以義正之。惜其書不傳，
> 僅存〈敘〉一篇，見於《文集》，又有《聲類表》之作，其書九卷，
> 列爲九表，書成二十日而卒，未及爲例言，著書之恉，世罕有知之
> 者。……民國以來，謂《聲類表》即《轉語》二十章者，有二人焉。
> 一爲曾氏廣源，著《戴東原轉語釋補》，一爲趙氏邦彥，著《戴氏聲
> 類表蠡測》，皆同聲直指《聲類表》九卷即轉語二十章，余既讀兩家
> 之書，乃反覆紬繹戴氏轉語原敘，而與《聲類表》九卷勘對，深覺二
> 家書言之有據，憬然有悟《聲類表》即《轉語二十章》也。〔註77〕

由此可知，《聲類表》即《轉語》，應無疑義。魏先生所言《轉語》，亦是指現今
所傳之《聲類表》，此處不再贅言。

戴東原〈轉語二十章序〉文中提到：

> 夫聲自微而之顯，言者未終，聞者已解。辨於口不繁，則耳治不惑。
> 人口始喉，下底脣末，按位以譜之，其爲聲之大限五，小限各四，於
> 是互相參伍，而聲之用蓋備矣。參伍之法：台、余、予、陽，自稱之
> 詞，在次三章；吾卬言我，亦自稱之詞，在次十有五章。截四章爲一
> 類，類有四位，三與十有五，數其位，皆至三而得之，位同也。凡同

〔註76〕 見《古音系研究》，頁 207。

〔註77〕 見陳師新雄：《古音學發微》（臺北市：嘉新水泥公司文化基金會，民國六十一年），
頁 243～244。關於《聲類表》即《轉語》之辯證，詳見《古音學發微》頁 243～
273，此不贅述。

位爲正轉，位同爲變轉。……凡同位則同聲，同聲則可以通乎其義；

位同則聲變而同，聲變而同則其義亦可以比之而通。〔註78〕

《聲類表》共分爲九卷，九卷中每卷各包含一韻類；各韻類分別依照等呼不同，立圖並以韻經聲緯方式標明之，總共有 164 圖。其以入聲爲樞紐，配以陰聲、陽聲，共分二十五部。此即戴震古韻系統主張之九類二十五部。《聲類表·校注》云：

圖內直行中之字爲同韻。「歌、哿、箇、鐸」爲《廣韻》同一韻的「平、上、去、入」四聲不同之韻目。重出的韻目，用來表示聲紐清濁，前行爲清音聲母字，後行爲濁音聲紐字。如「訶」屬曉母字，「何」屬匣母字，曉爲清在前行，匣爲濁在後行。……每圖韻目下橫行分五欄，每欄又分爲四個聲位，表示聲紐之異同，一直行中橫看可得二十聲位，前後兩直行可有四十聲位，等韻三十六字母即暗含在其中。〔註79〕

分析《聲類表》與戴氏序文之後，聲類部份可以得出規則，一併加入魏先生所述音軌之相轉系目相互搭配，結果如下表：

横貫全圖二十章	濁	魏先生音軌相轉系	清	魏先生音軌相轉系	章	發聲方法	小限四（位）	大限五（類）
1		4	見	1	一章	發	一	第一類 喉
2	群	（5）、6	溪	2、（3）	二章	送	二	
3	微　喻	8	影	（7）	三章	內收	三	
4	匣	10	曉	9	四章	外收	四	
5		4	端	1	五章	發	一	第二類 舌
6	定	（5）、6	透	2、（3）	六章	送	二	
7	泥	8		（7）	七章	內收	三	
8	來	11、12		9	八章	外收	四	
9		4	照　知	1	九章	發	一	第三類 齒
10	床　澄	（5）、6	穿　徹	2、（3）	十章	送	二	
11	日　娘	8		（7）	十一章	內收	三	
12	禪	10	審	9	十二章	外收	四	

〔註78〕見《戴震文集》，頁 91。

〔註79〕見清·戴震撰、張岱年主編，《戴震全書》（安徽：黃山書社，1994 年），頁 521～522。

13		4	精	1	十三章	發	一	第四類齒
14	從	(5)、6	清	2、(3)	十四章	送	二	
15	疑	8		(7)	十五章	內收	三	
16	邪	10	心	9	十六章	外收	四	
17		4	幫	1	十七章	發	一	第五類唇
18	並	(5)、6	滂	2、(3)	十八章	送	二	
19	明	8		(7)	十九章	內收	三	
20	奉	10	敷 非	9	二十章	外收	四	

　　戴氏之五大限按照喉舌齶齒唇排列，其云「人口始喉，下底唇末，按位以譜之，其爲聲之大限五，小限各四，於是互相參伍，而聲之用蓋備矣。」〔註80〕各發音部位中各分成四種不同之發音方法，即四小限，是爲發聲、送氣、內收聲、外收聲四種。〔註81〕以語音學術語命名之，則是不送氣塞聲與塞擦聲、送氣塞聲與塞擦聲、鼻聲、摩擦聲與邊聲等等。《聲類表》中每一大類中，四小限皆排列順位，故今定之「發聲」，是《聲類表》之第一、五、九、十三、十七章；「送氣」爲第二、六、十、十四、十八章，依此類推。

　　戴震所說的「同位」與「位同」：「同位」指的是雙聲字，或者是同一類的發音部位、發音方式都相同，只是清濁不同的（也就是同一「章」的），例如溪群是喉音送聲的同位、透定是舌音送聲的同位、徹穿澄床是齶音送聲的同位……。「位同」指的是不分部位，只要發音方式相同的聲紐，都是「位同」，例如同樣是「發」聲的「見端知照精幫」是位同，同樣是「送」聲的「溪群透

〔註80〕　見《戴震文集》，頁 91。聲類表的排列方式，如陳師新雄所說的：「《轉語》二十章，即《聲類表》九卷二十位，縱之爲二十位，橫之則一位爲一章，二十位故得二十章也。又云：『人口始喉，下底唇末，其爲聲之大限五，小限各四。』此謂《聲類表》五音之排列，始於喉音，次舌音，次齶音，次齒音，最末爲唇音也。而喉舌齶齒唇五類即所謂『聲之大限五』也，『小限各四』者，謂一類（謂喉舌齶齒唇五類也。按所謂齶音於戴表爲舌上正齒二類，今名爲齶者從曾氏也。）之中又以發聲、送氣、內收聲、外收聲別之爲四位也。」見《古音學發微》，頁 267～268。

〔註81〕　戴震《聲類表》並未對聲紐方發音方法命名，而是由洪榜《四聲韻和表》中得來。洪氏爲戴氏弟子，對聲母之清濁排列等見解幾與戴氏相同，故逕以洪氏之聲紐方發音方法命名。前人對於語音學辨析不如今人精密，以現代觀點而言，其中不免有些許出入。

定徹穿澄床清從滂並」是位同……。〔註82〕對照魏先生所說的：「此軌即戴氏轉語位同之例。」也就是發音方式相同，而不限於發音部位之間的語音通轉現象。

（二）異位同勢相轉軌析論

1、塞聲相轉

本類型中包含「塞塞相轉之一清系一、塞塞相轉之二清氣系二、塞塞相轉之三清音系三、塞塞相轉之四濁系四、塞塞相轉之五濁氣系五、塞塞相轉之六濁音系六」等六種。此六系之相轉，魏先生說：

> 戴氏每四章爲一限，其每限之第一位第二位即以上各系例。系五漢字音中缺。系一系四當戴氏《轉語》第一章第五章第九章第十三章第十七章清濁兩行。系二系三系六當戴氏《轉語》第二章第六章第十章第十四章第十八章清濁兩行。
>
> 以舊字母言之：
>
> 系一即邦端知見照精之相轉，b、t、ṭ、k、tʂ、tɕ、ts 聲轉也，國音之ㄅ、ㄉ、ㄍ、ㄓ、ㄐ、ㄗ。
>
> 系四即邦端知見照精之濁相轉，b、d、ḍ、g、dʐ、dj、dz 聲轉也，漢字中無純粹此音，今音國語區之ㄅ、ㄉ、ㄍ實爲 b、d、g 之輵音與 b〔註83〕、t、k 別異。
>
> 系二即滂透徹溪穿清之相轉，ph、th、ṭh、kh、tʂh、tɕh、tsh 聲轉也，國音之ㄆ、ㄊ、ㄎ、ㄔ、ㄑ、ㄘ。
>
> 系六即並定澄群牀從之相轉，bɦ、dɦ、ḍɦ、gɦ、dzɦ、djɦ、dzɦ 聲轉也，方音中之濁音ㄆ'、ㄊ'、ㄈ'、ㄔ'、ㄑ'、ㄘ'是 pɦ、tɦ、ṭɦ、kɦ、tʂɦ、tɕɦ、tsɦ，依發音實情乃系三例，歷來音韻家皆以爲系六之讀音。

〔註84〕

〔註82〕 戴震的「同位」與「位同」，是對應《聲類表》的排列方法來說的，跟我們今天所認知的「同位」、「位同」不見得完全吻合。例如黃季剛先生的「同位」指的是「不同部位之間，清濁相同」的，例如「影見端知精莊照邦非」都是全清，所以同位；「曉溪透徹清心初疏穿審滂敷」都是次清，屬於同位。這個說法和戴震的「同位」不完全相符。

〔註83〕 原文此處 b 應爲 p 之誤。

〔註84〕 見《古音系研究》，頁 207～208。此處送氣符號之標法參照原書印刷，未加以改動。

若以發聲、送聲、內收聲、外收聲來看，魏先生系一即第一小限之清發聲，系四即第一小限之濁發聲，然漢字中缺少系四類字。〔註85〕系二（系三）即第二小限之送聲清聲母；系六（系五）即第二小限之送聲濁聲母，可參見前表。此處有兩個問題：

第一、兩小限中清濁、音位之分立，理論上應當以四系即可規範之。魏先生爲其擬出六系，是因爲認定送氣應分清濁之故；系三、系五是不存在之虛位。

第二、今日擬定《廣韻》「並、定、澄、群、床、從」六母時〔註86〕，訂爲並 b'、定 d'、澄 ḍ'、群 g'、床 dʒ'、從 dz'，皆爲送氣濁塞音性質。按音理，送氣之清濁爲配合輔音之清濁而有所相對。魏先生認爲方音中保存「濁送氣之清塞音」讀法，實際發聲情形是系三之例，故存其系統，但仍將「並、定、澄、群、床、從」六母歸爲帶有濁送氣性質之系六；又相對而言，必須承認系統性的「清送氣性質之濁塞音（即系五）」。此一擬訂蓋爲系統性之存在。魏先生認爲實際上系五不存，故系五「塞聲相轉之濁氣系」，乃是符合系統架構而已。

音軌理論必須進行實際驗證，而魏先生於聲類軌部之驗證，則採用徐昂〔註87〕《聲紐通轉講義》。故吾人可由此處檢驗魏先生理論。其云：

〔註85〕 陳師新雄云：「戴表中爲分別清濁呼等之故，其空聲空位甚多。所謂空聲？即字母中凡最清者即無濁，無濁者謂有音而無字也，如見、端、知、照、精、幫六母，皆無相應之濁音也，疑、泥、娘、明、微、來、日七母皆無相應之清音也，表中凡當此位，皆以圈圈識之，謂之空聲，以空有其聲而無字也。」見《古音學發微》，頁 273。

〔註86〕 參見陳師新雄，《廣韻研究》，頁 274～293。

〔註87〕 魯國堯先生〈通泰方言研究史胜述〉：「南通人徐昂（1877～1953），晚年將其生平著作匯爲《徐氏全書》，線裝，1944～1953 年間陸續印梓，共十三冊，收其著作三十七種。徐昂是一位治學面甚廣的國學專家，他關於語言學的著作有《馬氏文通刊誤》、《聲韻學撮要》、《詩經聲韻譜》、《說文音釋》、《音說》等。」見《魯國堯語言學論文集》，頁 200。顧啓先生說：「徐昂（1877～1953），字亦軒，又字益軒……清末庠生，南菁書院畢業，與唐文治、丁福葆、蔣維喬等同窗。任教數年後，再赴該校專攻外語，二次畢業。爲通州師範、省立七中、女子師範教員。後爲無錫國專、之江大學等校教授。所授門徒成名者眾，如魏建功、陸侃如、王煥鑣、任銘善、蔣禮鴻、王個移、陳從周等近百人，皆一代學人也。著有《徐氏全書》，由南通翰墨林書局印行，共 30 餘種，三大類。易學類共 12 種，45 卷；音學類共 11 種，22 卷；雜著類共 10 種，27 卷。」見〈《魏建功年譜》早期部分訂補〉《文教

（1）【見】【邦】并從开聲，駁從交聲，皆由見紐轉邦紐。

并，段注《說文》云：「相從也。从从开聲，一曰从持二干爲并。」〔註88〕《廣韻》府盈切，屬重脣幫母。开，《廣韻》古賢切，屬見母。駁，段注《說文》云：「從馬交聲。」《廣韻》北角切，屬幫母。交，《廣韻》古肴切，屬見母。此屬系一相轉。

（2）【端】【見】荅與升合之合通，轉見紐。

荅，段注《說文》云：「小尗也。从艸合聲。」《廣韻》都合切，屬端母。合，《廣韻》古沓切，屬見母。此屬系一相轉。

（3）【端】【照】嵩與專通，轉照紐。《說文》氏，至也；氏屬端紐，
　　　　　　　至屬照紐，轉聲爲訓。剬戰惴證等字得聲皆由端紐轉照紐。

嵩，《廣韻》多官切，屬端母；專，《廣韻》職緣切，屬照母。《字彙》顓專古今通用；嵩專古韻同在元部，而照母古歸端母，故嵩專二字古韻音近。〔註89〕氏、至古聲相同，古韻脂質對轉，故二字異韻同聲。剬、戰、惴、證等字，段注《說文》剬从刀金，戰从戈單聲，惴从心嵩聲，證从言登聲。皆屬系一相轉。

（4）【精】【端】載與戴通，轉端紐。

載，《廣韻》作代切，屬精母。戴，《集韻》：「說文：『分物得增益曰戴。』一曰首戴，或作載。」《廣韻》都代切，屬端母。載、戴二字同韻異類。此屬系一相轉。

資料》2001 年 6 月，頁 67。顧氏又說：「魏建功在省七中隨其學國文五年，收穫良多，啓發極深，並懂得自學語言之門徑。直至暮年，每一言及，感念不已。」見〈魏建功早期語言學習考略〉《南通師範學院學報》2001 年 9 月第 17 卷第 3 期，頁 144。

〔註88〕「并」字依照許慎和段玉裁的解釋，除了「从从开聲」以外，可能還有一個會意字的說法。例如《說文》段注：「二人持二竿，事人持一竿并合之意。」《新加九經字樣》：「從从從开。」《六書正譌》：「二人并合也，从二人竝立，會意。」《字彙》：「从二人竝立，會意。」等等。此處「并」字的例證，似乎可以再商榷，但仍暫從「并從开聲」的主要說法爲基準，會意字的說法則另備一說。

〔註89〕本文古音條件採用古聲十九紐與古韻卅二部。又，論及字與字之間的通轉條件與關係強弱，乃本於李師添富「音韻層次」之說，略作修改，分爲七層遠近次第，參見錢拓：《俞樾《群經平議》訓詁術語研究》（輔仁大學碩士論文，民國九十六年），頁 71。

（5）【照】【見】《說文》，爪，丮也；弄，誰也：爪弄屬照紐，丮
誰屬見紐，皆轉聲爲訓。志訓誌之省，與記通，亦照紐與見
紐相通之證。

爪，《廣韻》側絞切，屬莊紐；丮，《廣韻》几劇切，屬見母。然爪爲古韻幽部，丮爲鐸部，韻部相去較遠。故爪、丮未必可以聲訓方式解釋之。弄，莊眷切，屬莊紐，古聲屬精母；誰，几隱切，屬見母。弄爲古韻元部，誰爲諄部，勉強旁轉，但聲韻條件相去仍遠，亦未必可直接以聲訓解釋之。志、記古韻皆爲之部，二字屬同韻異類，若此條成立，則屬系一相轉。

（6）【照】【端】寔與蒂通，轉端紐。

寔，《正字通・疋部》云：「寔，與蒂通。」《廣韻》陟利切，應屬知母，故徐昂此處有誤。寔，古聲端母，古韻質部；蒂，都計切，屬端母，古韻月部。二字異韻同聲，韻部月質旁轉。此屬系一相轉。

（7）【照】【邦】豹字得聲由照紐轉邦紐。

豹，《說文》从虎勺聲，《廣韻》北教切，屬幫母；勺，之若切，屬照母。此屬系一相轉。

上述論證與字例，可說明塞聲相轉之理論。然而「某，某也」的訓詁術語，不一定都是聲訓，「某某通用」者亦須考慮其聲韻條件，雙聲相轉者，也需配合古韻部條件合併檢視，才能合乎嚴謹的規範。故《聲紐通轉講義》的例證仍可再商榷，不僅此處而已，各節所引用《聲紐通轉講義》處亦然。

2、鼻聲相轉

本類型包含「鼻鼻相轉之一清系七、鼻鼻相轉之二濁系八」兩種。魏先生說：

> 鼻聲清音，漢字無有，口語自然中存之，故系七無字例。戴氏轉語之第三章清特列影紐，影紐非鼻聲，以其整齊安排而位置影喻爲第一類之第三位，乃別置疑紐於第四類第三位即第十五章。系八當戴氏《轉語》第七章第十一章第十五章第十九章濁行，即舊泥娘日疑明微紐相轉者。〔註90〕

〔註90〕見《古音系研究》，頁210。

戴表中影紐、喻紐、微紐與疑紐問題，魏先生以「整齊安排」解釋之，但可以再加以闡述。如李開先生說：

> 綜觀《聲類表》喉音橫三行四行皆列有影母〔註91〕，似不可解，但如果加以系聯而成影喻曉匣，兩列影母字是重要中介。影喻曉匣四母，乾嘉時代屢被視為四母雙聲，此亦可反過來證明喉音橫三行列影喻匣，橫四行列影曉匣有其歷史音韻的背景和依據。四母雙聲，錢大昕最先提出此見解。……戴氏《聲類表》牙喉音橫三、四行多個聲紐並列，正好體現「影喻曉匣四母雙聲」說的。〔註92〕

李開先生以為《聲類表》所收《廣韻》之字中，第四章雜有影母字，故三、四章皆摻有影母，是為「四母雙聲」之根據。錢大昕《潛研堂集‧音韻答問》云：

> 凡影母之字，引而長之，即為喻母。曉母之字，引長之，稍濁，即為匣母。匣母三、四等字，輕讀，亦有似喻母者。故古人於此四母不甚區別。錢氏舉例說，噫嘻、於戲、於乎、嗚呼，皆疊韻兼雙聲，今則以噫、於、嗚屬影母，嘻、戲、呼屬曉母，乎屬匣母矣。于、於同聲亦同義，今則以于屬喻母，於屬影母矣。〔註93〕

曉匣影喻四母於戴表中排列整齊，正好清濁搭配，符合錢氏所言「引而長之則濁，短之則清」的音讀現象。至於「喻母與微母與共佔一格」、「疑母位置下降」等問題，陳師新雄說：

> 表中最亂舊次者，無如降疑於齒，升微於喉。江氏《音學辨微》云：「官音方音呼微母字多不能從脣縫出，呼微如惟，混喻母矣。」戴升微於喉，與喻同位，或取乎此，然亦有辨，夫微雖升於喉，表絕不與喻混，戴意或以喻、微有同而亦有別，故出此歟！以其有同，

〔註91〕李開先生認為「《聲類表》實際上是以等韻離析《廣韻》而構成的旨在上推古音的等韻圖，表內例字依《廣韻》。例如《廣韻‧平歌》收列 135 字，其中小韻領頭字 14 字……全依《廣韻》。《廣韻‧平戈》共收 150 字，其中小韻領頭字 25 字……，全依《廣韻》，甚至其中有些字的排列次序也依《廣韻》未變。」，見李開：〈戴震《聲類表》考蹤〉《語言研究》1996 年第 1 期，頁 76。

〔註92〕見〈戴震《聲類表》考蹤〉，頁 64。

〔註93〕見錢大昕：《潛研堂集》（上海：上海古籍出版社，1989 年），頁 249。

故以微、喻共位，以明後世微、喻之似同，以溯古音微與喉之相通。
〔註94〕……故微、喻終不可混。降疑於齒，純爲借位。戴表五類二
十位中，疑爲收聲，例應列第三位，然牙音之第三位，已列喻母，
疑母無可安插，全表惟齒音之三位屬空位，故借位於此。〔註95〕……
蓋戴表二十位，既統括古音今音聲類韻部於一表，自難處處密合，
偶一變通，亦所難免，且戴氏《轉語》，聲類改變，躓礙尚小，音位
不變，則位同之聲，猶可變之而同也。〔註96〕

根據上述引言，喻、微、疑三紐已有證解。而影母仍有可探討之處。第一，影母本爲塞音，非爲鼻聲，故《聲類表》中四小限之安排，本身即有侷限。第二，洪榜《四聲韻和表》僅用發聲、送氣、內收聲、外收聲等命名發音方法，本來即不能將所有聲母之發音方式照顧完全，況且歷來等韻學家對於發送收等名稱，定義不一，看法亦有出入，不盡相同。此是前清研究之侷限，不必以今律古。第三，戴表爲能將聲母於四小限清濁行列內配對整齊，於表內細微處並未加以區分；洪表本身按照戴表承繼而來，故發音方法命名自是爲《聲類表》列配合而定，故命名時也不免礙於當時舊名稱與安排之限制。〔註97〕今擬定影母上古音〔註98〕爲喉塞音*ʔ-，觀陳澧《切韻考·外篇》云：「影喻當爲發聲，曉匣當爲送氣而無收聲也。」此段話所述，正符合影母之塞音性質。按理塞音不當置於收聲一列，且《聲類表》中清聲母內收聲一格，五大限當中僅列影母而已，是以魏先生將影母置於此處之情形，以「整齊安排」解釋之，應無不妥。

喉音類不僅有影母爲配合整齊排列而已。《聲類表》喉音類兼收喉牙音，戴

〔註94〕 原注小字云：「就諧聲言，微母之字多與喉通，如从無之字有膴鄦，从亡之字有荒肓慌諸字，皆由微而入曉，是其證矣。」

〔註95〕 原注小字云：「疑爲收聲，必須列第三位。」

〔註96〕 見《古音學發微》，頁266～267。

〔註97〕 陳師新雄云：「案發聲、送氣、內收聲、外收聲之名，非戴氏所有，今以爲稱者，乃据洪榜《四聲韻和表》所定之名移稱於戴表者，因洪氏受業於戴氏，其所定名稱，或即受之於戴氏，尤有進者，洪氏字母清濁之排列與戴氏此表幾完全相同，惟移娘與疑同屬齒音爲異耳。」見《古音學發微》，頁268。至於發聲方法，如江有誥以影喻爲收聲，洪榜以影喻爲內收聲，邵作舟以影喻爲揉類等。參見《古音學發微》，頁270。

〔註98〕 上古音擬音可參照陳師新雄《古音研究》。

震並未明言四小限之發音方法是何種情形，且自等韻圖出現以來，喉牙音即分立，此處卻將喉牙音視爲一類，不合舊例。洪榜《四聲韻和表》也並未改動此處之安排。對喉牙音共爲一類之現象，餘杭章君視其爲喉音之深淺區隔。章氏云：

> 今之三十六字母排次亦不整齊。如喉、牙音均可歸喉…故當改爲：
>
> 喉音
>
> （深）影　曉　匣　喻
>
> （淺）見　溪　群　疑〔註99〕

無論戴氏與章君是否將喉牙音視爲一類，對《聲類表》之聲母安排並無影響，諸紐彼此之間並不相混，僅止於發音方法定義出現矛盾而已。章氏重新訂定各字母之清濁發送收之後，將影紐定爲清發聲，曉紐定爲清送氣，匣紐定爲濁送氣，得以明白影母之塞音性質與曉匣之擦音性質。

「鼻鼻相轉之一清系七」音軌，即《聲類表》第十九章之脣音清內收聲一格。此處可以考慮另一重要說法：即字母中雖不存，但從諧聲現象而言，仍可判斷出一類，是爲清鼻音類型聲母。董同龢《上古音韻表稿》指出一部分中古明母 m- 與曉 x- 母諧聲之字例，假定爲上古聲清鼻音類型的脣音聲母 *hm-〔註100〕。李方桂《上古音研究》云：

> 清鼻音聲母的問題，董同龢已開其端，他把中古曉母字與脣音明母
> 互諧的，都認爲是從上古的清鼻音 *hm- 來的。……董的清鼻音聲母
> 的證據十分充足，如每 muâi：悔 xuâi，勿 mjuət：忽 xuət，民 mjiěn：
> 昏 xuən 等。〔註101〕

〔註99〕見《國學述聞》，頁 90。

〔註100〕董同龢曰：「『悔昏』等字的聲母會不會就是李方桂先生隨便提出來的那個清的脣鼻音 m̥ 呢？我以爲那是很可能的。至少我還可以說，用了那個音的話，的確可以使目前所有的現象都得到圓滿的解釋。先從諧聲關係看。因爲他本來是個脣音而不是舌根音，因此就不跟 k- 系字諧聲。m- 跟 p-p'-b'- 諧的已經是很少了，同部位又同是鼻音，就自然常常相諧了。又從音韻演變方面說。在問題之內的差不多都是合口音。說一個 m̥- 因受後面 -w-（或 -u-）的影響後來變作 x-，不也是很自然的嗎？」，見董同龢：《上古音韻表稿》（臺北市：中央研究院歷史語言研究所，民國六十四年），頁 13。

〔註101〕見李方桂，《上古音研究》（北京：商務印書館，1980 年），頁 19。

既已假定了清鼻音聲母存在，則理論上該者不可能僅存在於脣音內，李氏更進一步假定其他類型之清鼻音聲母：

除去清鼻音的脣音聲母，我想仍有別的清鼻音聲母。比方說有些泥母日母跟娘母字往往跟吐氣透母徹母諧聲……這種吐氣清塞音與鼻音互諧，一定有他的緣故。……因此我們也可以想像*hn-變爲*hnth-，再變爲 th-的可能例如態 thâi：能 nəng，灘 thân：難 nân，丑 ṭhjəu：紐 njəu……等。這類透母字徹母字都是清鼻音聲母*hn-，*hnr-來的。……上古清的舌根鼻音*ng-，*ngw-等也可從曉母字跟疑母互諧得其線索，如許 xjwo：午 nguo，化 xwa：貨 xuâ：吪 nguâ，犧 xjě：義 ngjě，餀 xâi：艾 ngâi……等。這類的曉母字不大跟別的舌根塞音互諧，我們可以比較肯定的說他們是從上古*hng-，*hngw-來的。……上古時代來母也應當有個清音來配，這可以從來母字跟透母徹母互諧的例子看出線索，如獺 thât：賴 lâi，體 thiei：禮 liei，蠆 ṭhai：厲 ljäi，离 ṭhjě：離 ljě，寵 ṭhjwong：龍 ljwong……等。這裡也是吐氣的透徹與來母相諧的多，很少是不吐氣的端知。

〔註 102〕

此類型之清鼻音聲母，即帶 h-之複聲母。李氏擬定*hm-、*hng-（另有圓脣性質*hngw-一類）、*hn-、*hl-等數類，此數類只於上古時代對應濁聲相配，至中古音時則演變明曉透徹等母。由此來看，明疑娘日泥來等諧聲字的清鼻音類型系統，若能成立，正好可以補足《聲類表》中清內收聲之空缺。雖然，此類由諧聲字中所擬測之清鼻音類型，因爲位同，而彼此間能夠相互通轉，但實際現象裡卻有待更多資料加以驗證。故此等假定，僅能說明該音軌仍有存在之跡象，並且合乎音理而已。

魏先生援引《聲紐通轉講義》作爲音轉例證，他說到：

（1）【疑】【泥】嬈從堯聲，由疑紐轉泥紐。

堯，《廣韻》五聊切，屬疑母；嬈，奴鳥切，屬泥母。二字同韻異類。此爲系八相轉。

〔註102〕見《上古音研究》，頁 19～20。

（2）【疑】【娘】鐃撓橈等字得聲皆由疑紐轉娘紐。牛凝擬逆硯研
　　　妍倪虐仰孽藥齧臬龅義蟻嚴等字均屬疑紐，今讀娘紐者頗多。

鐃、撓、橈等字，《說文》中皆從堯得聲，堯，《廣韻》五聊切，已見上文；鐃，
女交切，屬娘母；撓，奴巧切，應屬泥母，徐昂此處有誤。橈，女教切，屬娘
母。上列字例屬於同韻異類。此爲系八相轉。

（3）【疑】【日】饒繞二字得聲由疑紐轉日紐。

饒、繞，《廣韻》人要切，屬日母。堯聲爲古韻宵部。此爲系八相轉。

（4）【疑】【微】五伍吾悟我餓莪峨蛾瓦魏巍訛吳誤臥外岸玩午等
　　　字均屬疑紐，今多有讀微紐者。

「今多有讀微紐者」，指上列疑母字今音多有讀脣音聲母者，如五、伍、吾、悟、
我、瓦、魏、巍、吳、誤、臥、外、玩、午等。此爲系八相轉。

（5）【泥】【日】臑與胹通，捼與撋通，捼字一讀儒誰切，皆轉日
　　　紐。《說文》內字與入字轉注，《釋名》、《白虎通》男與南皆
　　　訓任，均泥紐與日紐相轉之證。仍汭二字得聲亦由泥紐轉日
　　　紐。

臑，《集韻》奴刀切，屬泥紐；胹，《廣韻》如之切，屬日紐，臑、胹相通。捼，
乃回切，屬泥母；撋，而緣切，屬日紐。入，《說文》：「內也。」《廣韻》人執
切，屬日母；內，《說文》：「入也。」《廣韻》奴對切，屬泥母。南、男皆那含
切，屬泥母；任，如林切，屬日母。仍，如乘切；汭，而銳切，皆屬日母，得
聲偏旁皆屬泥母。此爲系八相轉。

（6）【娘】【日】女訓汝之省，囁從聶聲，皆由娘紐轉日紐。

女爲娘紐；汝爲日紐。囁，《廣韻》而涉切，屬日紐；聶，尼輒切，屬娘紐。此
爲系八相轉。

（7）【日】【疑】兒姓讀如倪，轉疑紐。倪字得聲即由日紐轉疑紐。

兒爲日紐；倪，《廣韻》五稽切，屬疑紐。此爲系八相轉。

（8）【日】【泥】搙擩之擩讀奴豆切，由日紐轉泥紐。楚人謂乳曰穀，
　　　按「穀」《玉篇》奴豆切，《集韻》乃后切，此即日紐轉泥紐
　　　之證。今或讀穀之原音，非也。乳字吾通方言讀泥紐，北音

> 亦然。……代名字爾而汝若四字皆爲日紐，轉聲假借作乃。
> 今方言你字皆由日紐轉泥紐。若何之若，如何之如，與奈何
> 之奈，意義相通，亦日紐轉泥紐也。「如」，《集韻》人余切，
> 屬日紐；又乃箇切，轉泥紐。猱諾溺忍禰撚煗耨等字得聲亦
> 由日紐轉泥紐。

毂，《玉篇》奴豆切，屬日紐，《集韻》乃后切，屬泥紐；《廣韻》有毂字，訓乳也，切語亦爲奴豆切，該字至《集韻》時改爲泥紐，此或爲一字異體之證，則徵引《廣韻》亦可說明之。猱，奴刀切。諾，奴各切。溺，奴歷切。忍，乃殄切。禰，奴禮切。撚，乃殄切。煗，乃管切。耨，奴豆切。以上皆屬泥母；柔，耳由切；若、弱皆而灼切。忍，而軫切。爾，兒氏切。然，如延切。奭，而袞切。辱，而蜀切。以上皆屬日母，此爲系八相轉。

（9）【日】【娘】糅搦傉匿等字得聲由日紐轉娘紐。

糅，《廣韻》女救切。搦，女角切。傉，內沃切。皆屬娘紐；匿，女力切，屬泥紐，徐昂此處有誤，應歸入第8條。柔、弱、辱、若皆屬日紐，已見上文。此爲系八相轉。

（10）【日】【明】汨羅之汨從日聲，日紐轉明紐也，《說文》謂冥
> 省聲，非也。漢金日磾，日亦讀如汨。彌弭二字得聲皆由日
> 紐轉明紐。

汨，《廣韻》莫狄切，屬明紐；弭，綿婢切，彌爲切語上字，皆屬明紐。爾，兒氏切，耳爲切語上字，皆屬日紐。此爲系八相轉。

（11）【明】【泥】謬字屬明紐，今多有讀泥紐者。

謬，《廣韻》靡幼切，屬明紐，方言中多讀爲舌尖鼻音（如北京、太原、潮州）或舌面前鼻音（如濟南、西安）〔註103〕，此爲系八相轉。故鼻聲相轉之字例如上述。

3、通聲相轉

本類型包含「通通相轉之一清系九、通通相轉之二濁系十」兩軌。傳統說法與《聲類表》之排列，將此兩軌（包含邊聲與擦聲）歸於外收聲，但今時已

〔註103〕見《漢語方音字匯》，頁215。

將邊聲（即魏先生所謂分聲）與擦聲分開討論，故邊聲之來母訂爲系十一、系十二，留待下節討論。此處魏先生云：

> 系九當戴氏《轉語》第四章、第八章、第十二章、第十六章、第二十章清行，系十當濁行。戴氏以非敷奉之今音列位於第二十章，以來位第八章。非敷奉於字母應存原位，同於邦滂並。來母今別列爲下二系。〔註104〕

魏先生主張非敷奉三母於《聲類表》中位置應歸於幫滂並，即古無輕脣音理論。此處和戴震看法略有出入。陳師新雄論《聲類表》脣音排列時，說道：

> 脣音非敷同位並列，然非母於表中之位雖如此，而實非奉母之濁聲，全書非母之字，無與敷母相雜者，故亦不與奉母相對。……脣音四位，前三位屬重脣，後一位屬輕脣，判然不亂，戴氏此表於脣一類，亦主今音，而不採其友錢竹汀古無輕脣之說。〔註105〕

由此可知，戴氏古音系統內，仍主張存有輕脣音。就同位理論來看，曉匣與非敷奉兩類同爲一系。

　　通聲相轉於實際語言變化之最明顯者，當屬方言中脣擦音與喉擦音經常對當的現象。魏先生舉例說：

> 曉匣兼喉脣兩位，湖南人讀湖如夫讀風如烘，故今音非敷奉與曉匣閩方音中往往相轉。〔註106〕

今考《漢語方音字匯》，於方音中喉脣音之對當關係隨處可見，今列舉數例如下表：

	狐	戶	虎	呼	傅	腹	赴	覆	伏
	匣	匣	曉	曉	非	非	敷	敷	奉
北京	xu	xu	xu	xu	fu	fu	fu	fu	fu
濟南	xu	xu	xu	xu	fu	fu	fu	fu	fu
西安	xu	xu	xu	xu	fu	fu	fu	fu	fu

〔註104〕見《古音系研究》，頁211。

〔註105〕見《古音學發微》，頁266。

〔註106〕見《古音系研究》，頁211。

太原	xu	xu	xu	xu	fu	fəʔ	fu	fə	fəʔ
武漢	xu	xu	xu	xu	fu	fu	fu	fu	fu
成都	fu	fu	fu	fu	fu	fu	fu	fu	fu
合肥	xu	xu	xu	xu	fu	fəʔ	fu	fəʔ	fəʔ
揚州	xu	xu	xu	xu	fu	fɔʔ	fu	fɔʔ	fɔʔ
長沙	fu	fu	fu	fu	fu	fu	fu	fu	fu
南昌	fu	fu	fu	fu	fu	fuk	fu	fuk	fuk
梅縣	fu	fu	fu	fu	fu	fuk	fu	fuk	fuk
廈門	hɔ	hɔ	hɔ	hɔ	hu	hɔk	hu	hɔk	hɔk
潮州	hu	hou	hou	hu	hu	hok	hu	hok	hok
福州	xu	xou	xu	xu	xou	xou	xou	xouʔ	xuʔ

　　由表可知，非敷奉母在南方多讀為喉擦音或舌根擦音。曉匣二母亦有讀為脣音者。《漢語方言概要》云：

　　北方話總的趨勢和北京話相同，f-、x-不混，比如北京話「夫」fu、「呼」xu，「房」faŋ、「黃」huaŋ，「馮」fəŋ、「紅」xuŋ。分混不一的現象主要發生在西南方言區。大致分六種情況，而以下面前兩種現象最佔優勢：

　　（1）f-，x-全分，如漢口、昆明。

　　（2）u 韻前全是 f-；其他韻前 f-和 x-不混，如重慶、成都、湖北公安。拿湖北來說，大部地區是 f-、x-全分，小部地區分混不一。情況如下：

　　（3）有 f-無 x-，如麻城。

　　（4）有 x-無 f-，如巴東。

　　（5）u 韻前全是 f-，其他韻前全是 x-，如恩施。

　　（6）oŋ 韻前全是 x-，其他韻前全是 f-，如來鳳。〔註107〕

故從方言中可以明白此種變轉情形。魏先生說：

　　還有[ɸ][β]一對通擦聲。松江讀的「夫」字就是[ɸu]，「附」字就是[βu]。

〔註107〕見《漢語方言概要》，頁 29。

這是把[f][v]的唇齒音讀便成了兩唇音。湖南人讀「湖」字也是[ɸ]

聲。〔註108〕

ɸ清雙唇擦聲與 β 濁雙唇擦聲是一種語音之間自然的變讀。魏先生又說：

> 湖南人讀「湖」是[ɸ]聲，把舌根阻的通擦聲讀成了雙唇阻。又有人
> 把唇齒阻的「夫」「富」可以混讀[fu][ɸu][xu]（江蘇如皋一帶的方音）。
> 這有一個術語叫「喉唇相通」。……在發音的時候，舌面舌後的通聲
> 往往等於張著口，同時嘴唇如果略微斂緊讓氣呼受它的阻而摩擦的
> 話，這個通聲就成了一種雙唇阻位的音了。在讀音者著重於雙重阻
> 位的某一位的時候，便可以將兩個阻位的音倒換過來讀；所以「喉
> 唇相通」的音例隱藏了這種雙重阻位的事實。〔註109〕

魏先生舉例如半母音也是雙重阻位，[w]是舌根兼兩唇阻，[j][ɥ]是兩唇兼舌
面阻。都是因為成阻部位的細微變化，令不同聲母間互相趨近而相通的實際
現象。

　　至於審、禪二母，魏先生說：

> 商邱讀書叔如父，水如匪，黍熟如扶，審禪轉非敷奉。〔註110〕

審禪二母在中古時純屬擦音性質，由諧聲字來看，除了擦音之外，其餘則多半
與塞音、塞擦音諧聲。然而方言中仍雜有唇音性質的讀音，如西安方言：

	屬	蜀	豎	樹	睡	瑞	春
	禪	禪	禪	禪	禪	禪	審
西安	fu	fu	fu	fu	fei	fei	pfʻəŋ

　　上述字例全為合口三等字，其中「春」字尚保留了較早期的 pf-音讀。高
本漢於《中國音韻學研究》中論審母與禪母，舉平陽、太谷，西安、蘭州方言
為例，三等合口音皆讀 f-。高氏說：

> 在溪曉匣三母底下我們已經知道它們由後面 u 音的圓唇（合口）前
> 移作用可以變成唇音聲母。這是中國南部方言的現象。在知──禪

〔註108〕見《魏建功文集》第壹輯，頁381。

〔註109〕同上注，頁418。

〔註110〕見《古音系研究》，頁211。

〔註111〕這一系聲母裡，我們也找到類似的現象，不過現在是在中國北部幾種方言裡罷了……西安方言所有合口字都是脣音，現在代表古聲母的音有的是塞擦音，有的是摩擦音：。……蘭州平陽跟太谷的方言合口字也有脣音，不過在那些地方近代只有摩擦音。……平陽太谷的方言，除去在合口字有脣摩擦音外，都是齒音。〔註112〕

故外收聲擦音系統的音讀通轉，可由方言實際現象中求得；來母屬於邊聲，也就是分聲，故於分聲相轉一節討論之。

4、分聲相轉

分聲即邊聲，本類型包含「分分相轉之一清系十一、分分相轉之二濁系十二」兩軌。魏先生說：

> 漢字聲紐只來紐是分聲，且屬濁音。此兩系備審音隨證歸例。吾師疑古先生定《廣韻》聲類，切一四等之來爲 l，切二三等爲 lj。按 lj 即當國際音標之 ʎ，今國內讀音皆爲 l，爲系十二之相轉關係。朝鮮語讀漢字音及口語凡其字母「ㄹ」(l) 在音首拼齊齒韻時皆變爲「ㅇ」，「ㅇ」在音尾爲 ŋ 聲，在音首如影紐之非聲而爲韻讀前之形式字，其始或即 j 音，但鮮音此等 l- 當是 ʎ->li->ji->I。故《廣韻》來紐兩類，朝鮮猶存分辨。(其 l 不拼齊齒者變 on，音尾則爲 l)〔註113〕

高本漢討論來母與韓國語之間的借音問題時，引用了 Parker 的說法，對高麗的來母借字讀音變化，有以下論述：「當對譯這些（漢語的）借字的時候，他們（就是高麗人）保留這個聲母ㄹ來代表本來的 l，但是他們不把這個字母照純粹高麗語的聲母照例讀作 r，而把它讀作一個清晰的 n（例如『來』）。此外在從漢語借來的字裡要是 l 後面隨著 I 聲母就變成沒有音，並且爲替代清晰的 n，高麗語把重音放在元音的上面，結果漢語的 li，在高麗語僅僅讀得像 i，或者頂多只帶著一個很輕的前綴鼻音（例如：『李，利』不是『ri』而是『i』，有時候或者是『ni，ngi』；『連』不是『rien』而是『yen』）。由此可知，在高麗諺文裡用ㄹ翻譯的來母，在 i 以外的其他元音前面讀 n，在 i 的前面或是失落（這是通常的讀

〔註111〕高本漢將知、徹、澄、照、穿、床、審、禪共爲一系討論之。

〔註112〕見《中國音韻學研究》，頁299～307。

〔註113〕見《古音系研究》，頁213。

法），否則讀作不完全的鼻音 n-或 ŋ-。」〔註114〕由此可知高麗語 l-的複雜性與變化性。

　　任少英《韓漢聲韻比較》論聲母 l 時比較韓語聲母的ㄹ與ㅇ時說：「韓文/ㅇ/聲母和普通話 n/n/聲母的對應也是和兩國語音變化有關的。……疑母字在韓語裡規律的對應是零聲母，所以韓語聲母ㅇ跟普通話 n 聲母互相對應。……『賃』的中古聲母是泥母字/n/，泥母字在韓國漢字音裡對應爲相同的ㄴ/n/，這個字的朝鮮初期的韓國漢字音對應爲ㄴ/n/，而現在韓國漢字音裡讀爲零聲母了，這種變化與韓語的音韻法則有關，即這個字由於韓語裡爲了發音上的方便回避ㄴ/n/、ㄹ/l/頭音的現象（頭音法則）而變化爲零聲母了，一般這種頭音法則在韓語固有語裡比較容易看到，而韓國漢字音每個字的讀音是通過學習獲得的，所以比較穩定，因此韓國漢字音裡的這些ㄹ/l/、ㄴ/n/開頭的讀音雖然爲了發音上的方便會臨時變化爲ㄴ/n/或者/ㅇ/，但來母/l/、泥母/n/等字的原來讀音還是會保持爲/l/、/n/，但這個字比較特殊：由於頭音法則臨時改變的讀音爲全變成固定的讀音了。」〔註115〕又說：「普通話 l/l 跟中古來母（l/l/）對應，來母在韓國漢字裡也對應爲ㄹ/l/，但有的字受到在韓語頭音（聲母）回避ㄹ/l/聲母的語音法則（頭音法則），本來的ㄹ/l/就改變爲零聲母了。但大部分普通話 l/l/跟韓國漢字音ㄹ/l/互相對應。」〔註116〕從韓國語的「頭音法則」裡，可以看到 l 零聲母化的演變規則。

　　來母上古聲的清鼻音類型於「鼻聲相轉」一節已討論過，此類型清鼻音邊音聲母之證據略嫌不足〔註117〕，故僅能存其系統而已。分聲只有一類，即來母，

〔註114〕見《中國音韻學研究》，頁 350～351。

〔註115〕見《韓漢聲韻比較》，頁 57。

〔註116〕同上注，頁 62。

〔註117〕如竺家寧先生便不認同清鼻音邊音説，先生引述龍宇純先生所言，説：「hn 和 hng 本是 hm 説的副產品，本身既沒有必要，又沒有如 hm 説之有足夠諧聲材料爲之扶持，不僅不足援以爲 hm 説的後盾，且適足以自毀 hm 説的藩籬。……與泥娘諧聲的透母爲 hn，那麼，與明母諧聲的滂母不是應該擬爲 hm 了嗎？」，見竺家寧：《聲韻學》（臺北市：五南圖書出版有限公司，民國八十一年），頁 592。然而清鼻音聲母系統説，既已普遍承認 hm 一類，就系統而言，理應有與 hm 相配之其他清鼻音聲母類型存在的可能性，並非沒有必要，只是缺乏大量具體實證而已。故此處針對清鼻音類型聲母之系統配列關係，僅存其説，並提出其可能性而已。

故魏先生所言，即來母內一四等之字與二三等之字，分爲兩類，相互音轉。

從戴震的《轉語》之上建立音軌理論，自然有事半功倍的功效。從今日的角度而言，《轉語》還有不夠周全的地方，在所難免。誠如魏先生〈音韻識小錄〉說：

> 他（指戴震）那時並沒有發音學，他卻知道：人口始喉下，底脣末，按位以譜之，其爲聲之大限五，小限各四，於是互相參伍，而聲之用備矣。……戴氏《轉語二十章》的分配便是二十聲，依他的見解，這就是包羅古今言語的聲音的聲紐。這個錯誤，不說自明！他根本見解錯誤，我們也不必在他分章的是非上去討論了。但是我們可以承認他的定律，另行找條理。所以用戴氏的定律可以整理方言，可以整理古音，但是不可用戴氏的《聲類表》或《轉語二十章》整理方言或古音。這因爲戴氏沒有把「古今聲類究竟是只有二十個不是」弄清楚，便以爲古今音大備了。我們的表格不必整整齊齊的二十格……也不必故意整齊。〔註118〕

此爲魏先生（1925）早期之見解，帶有血氣，道理和勇於追求眞理的精神卻十分明白。《古音系研究》說：「戴氏《轉語》一書尤其是有極密合『音律』學（Sound-law）的創造精神。我們應該了解他著作的原理而不必尼守他的排列，因爲音理上的實在知識現在比他那時要進步得多。」〔註119〕音韻固然有一定的結構，卻不必全然完整。學術研究貴在於前人基礎之上不斷延伸，而魏先生正是身體力行之代表。

三、同位或異位增減變異軌與同位或異位分合變異軌

（一）同位或異位增減變異軌、分合變異軌的性質

「同位或異位增減變異軌」與「同位或異位分合變異軌」，都是指古漢語的複聲母變化現象。魏先生〈中國聲韻學概要〉說：

> 發音時在一個部位上用一種方法起一種動作，音值是單一的，我們叫它「單純聲」，如[p][m][f]之類。發音時在一個部位上或相近的兩

〔註118〕見《魏建功文集》第參輯，頁41。

〔註119〕見《魏建功文集》第壹輯，頁320。

個部位之間，用兩種方法起兩種動作，音值是複雜的，我們叫它「複合聲」。「複合聲」往往把兩個方法連續而至于音讀聽感上分不開了，和先後連接發出兩個單純聲來的一種聲母常不一樣。例如[ts-]固然是塞後擦的複合，可沒有[st-]之先擦後塞爆那樣顯然分辨。因此，我們對於[st]這種形式的「複合聲」就特稱之爲「複聲」──「複輔音」。中國語裡現在就我們知道的漢語已經找不著這種複聲了。近年學者很有些從文字聲讀的分歧現象上推測我們古代語言也有「複聲」的。許多例子裡最顯明的是在「來」母上。〔註120〕

是爲簡要清晰的解釋。

「同位或異位增減變異軌」與「同位或異位分合變異軌」兩軌可以合併討論。「增減變異」、「分合變異」是指聲母的音素在漢語的演變過程中，產生了增減和分合的現象。現今漢語爲單聲母系統，但是從古漢語諧聲偏旁和複音單純詞彙、同源詞……等等，不同的單輔音聲母之間互相頻繁接觸的情形看來，複聲母說無疑是試圖由語言材料歸納出規律與邏輯的辯證方式〔註121〕。魏先生屬於早期研究複聲母的學者，他著眼於古漢語遺留的複聲母痕跡，訂立這兩軌，並且從諧聲現象比較明顯的來母作爲立論基礎。〔註122〕

（二）「單」與「複」的變化規律

在「同位或異位增減變異軌」與「同位或異位分合變異軌」這兩軌之下，魏先生各自分立了「單變複系一」與「複變單系二」。他說：

〔註120〕同上注，頁 425～426。

〔註121〕嚴學宭先生說：「複聲母說認爲中古不同聲母接觸的異常現象，實際上是上古複聲母的正常結構的折射，異常反映了正常，例外蘊涵著規律，這就是辯證法。」見《古漢語複聲母論文集・序》，頁 4。

〔註122〕嚴學宭先生指出魏先生爲早期研究複聲母的學者之一。他說：「二十世紀三、四十年代，是複聲研究的第一個高潮。從事複聲母研究的，除了高本漢外，主要是中國學者。著名語言學家林語堂、吳其昌、聞宥、陳獨秀等人，紛紛撰文論述複聲母的存在與類型：魏建功《古音系研究》（北京大學出版組，1935 年）、董同龢《上古音韻表稿》（史語所單刊甲種 21，1944 年）、陸志韋《古音說略》（燕京學報專號之 20，1947 年）等音韻學經典著作，更進一步對複聲母說進行了闡述。這一階段的研究工作主要是搜尋複聲母存遺的各種證據，並初步探討了複聲母的一些結構類型，主要是嵌 l 複聲母。」見《古漢語複聲母論文集・序》，頁 5。

同位或異位增減變異軌三（凡部一之軌三四五，非必用於疊韻，而
韻之不同者必合部二之各軌同時參證）。

（一）單變複系一

（二）複變單系二

同位或異位分合變異軌四

（一）單變複系一

（二）複變單系二〔註123〕

這裏的「單」與「複」，可以再進一步導論：

第一，由音理來看，複輔音分化與失落，演變成單輔音聲母，是一條單純
化直線演變的進行。先假定本來具有某些音素，在演化過程中，丟失其中之一，
是比較符合規律的。然而諧聲現象及語音演變的過程十分複雜，並非如此單純。
我們不能排斥由「單」變「複」的可能，即使在音理上的解釋較爲困難（尤其
是同位或異位的增音）。周法高先生說：「研究上古聲母的材料，有諧聲、又讀、
假借、異文、聲訓、聯綿字、借貸字、同源語的比較等項。」〔註124〕憑藉著今
日的單聲母系統和這些異常接觸的語料，向前溯源，我們才能比較出不同單聲
母之間分化的源頭，並擬定它們分化的條件，於是才得以假定這些分化的來源，
即是複聲母系統。回到音軌來看，若明白魏先生音軌說的特色是爲了保存整體
的系統性，這裡的「單變複系」，就是一個對比的設定。

第二、魏先生所謂的「單」與「複」的變化及其可行性，在高本漢、董同
龢等先生的研究中，已有更深入的探討。以高本漢的三條複聲母演變公式而言：

A・各 klak：洛 lak

B・各 kak：洛 klak

C・各 klak：洛 glak

各與洛中間的冒號屬於對比說明，不完全是聲符與後起字的順向語音流變
關係。就A、B兩式來說，它揭示的，包括：1、例證的 kl 是如A式丟失了 k
剩下 l，或是如B氏丟失了 l 剩下 k。2、各洛的複聲母是先單後複，或是先複
後單。複聲母的造成是多樣性的，不排斥任何可能。

　　複聲母的Ａ、Ｂ、Ｃ三種公式，在不同著錄中，表現的順序，以及例字和聲母之外的音素，大同小異。如董同龢先生在《上古音韻表稿》中也有引述，董先生說：「高本漢在 W.F.中提出標寫帶 l-複聲母的三種可能的型式：Ａ. 各 klak：洛 lak　Ｂ. 各 kak：洛 klak　Ｃ. 各 klak：洛 glak」〔註125〕這是 1933 年高氏著《漢語詞類》（Word families in Chinese）的說法。高本漢《中國聲韻學大綱》的複聲母公式排列順序是：Ａ、柬 klan：闌 glan；Ｂ、柬 kan：闌 klan；Ｃ、柬 klan：闌 lan。基本上，說明的型式沒有分別，只是式子的位置稍微調整而已。至於例字是柬闌或是各洛，韻尾是 n 或是 k，對論述過程沒有影響。

　　丁邦新先生在〈論上古音中帶 l 的複聲母〉一文中，根據董同龢先生的脈絡，已經論證過Ｂ式的矛盾，kl 不可能同時變成 k 又變成 l。丁邦新先生說：

　　我相信，如果漢語上古音中有複輔音存在，原來造形聲字的人用哪一種方式來表現複聲母自然沒有成規。現在我們用形聲字來逆測語言中的情形，自然也不能用某一種方式來束縛。……現在的問題是：Ａ、Ｂ、Ｃ三種方式能夠同時並存嗎？答案是否定的，他們彼此之間有的有排斥性，不可能同時並存在上古音中。首先，我們來看Ａ、Ｂ兩式是衝突的：

　　Ａ、各 klak：洛 lak　Ｂ、各 kak：洛 klak（glak）

　　我們不可能說 kl-既可以變 k-，又可以變 l-。一定要用括弧中的擬音才能使兩者免去矛盾，因為那樣一來，我們可以說 kl-變 k-，而 gl-才變 l-，換句話說，如果我們把Ｂ式分解為：

　　Ｂ1、各 kak：洛 klak　Ｂ2、各 kak：洛 glak

　　只有Ａ跟Ｂ2 可以並存。

　　其次，Ｂ、Ｃ兩式又是衝突的：

　　Ｂ、各 kak：洛 klak（glak）Ｃ、各 klak：洛 glak

　　因為我們也不能說 kl-既變 k-，又變 l-，那麼也只有Ｂ2 跟Ｃ可以並存。k-保持不變，kl-變成 k-，而 gl-變成 l-。但是Ｂ2 本身卻是有問題的，我們沒有理由認為跟見母 k-諧聲的來母字該是 gl-而不是 kl-。

〔註125〕見《上古音韻表稿》，頁 103。

這可能就是高本漢後來（1954:280）重述他的定論時，把Ｂ式括弧裡的字去掉的原因。他換用其他例字，各式的次序也改變了一下，我們現在為上下文貫串方便，重新安排如下：

Ａ、柬 klan：闌 lan　Ｂ、柬 kan：闌 klan　Ｃ、柬 klan：闌 glan

值得注意的是Ｂ式 klan 的後面沒有再附加（glan）。

既然Ｂ2 本身有問題，這就等於說ＡＢ，ＢＣ兩種配合都是自相矛盾。如果形聲字用一種以上的辦法表現複聲母，絕不是ＡＢ，也不是ＢＣ，剩下來就只有惟一的可能ＡＣ了：

Ａ、各 klak：洛 lak　Ｃ、各 klak：洛 glak

把這兩式跟上文諧聲字的兩類合起來看，很自然地得到下列的原則：

「凡是來母字作為其他聲母字的聲符時，兩者基本的關係是Ａ式，來母字只是 l，其他聲母的字是 pl，kl 等。如果只牽涉一個發音部位，就是Ｃ式；凡是其他聲母的字作為來母字的聲符時，兩者基本的關係是Ｃ式，例如其他聲母的字是 kl，khl 等，來母字就是 gl。如果這種來母字又轉諧其他發音部位的字，就又是Ａ式。」〔註126〕

所以除了考慮魏先生的「單變複」、「複變單」問題之外，裡面有沒有相互牴觸的可能？還需要在例證的細節裡進一步探索。

第三、就現有語料觀察，「單」與「複」，有可能是指音節，或是語法上的單音詞、複音詞格。複聲母的輔音叢性質並不等於「音節」；而複音詞的定義，也不盡然等同於音素的消長。

魏先生的兩兩分立架構只是系統性的分類。何九盈先生在〈關於複輔音問題〉一文中，將複聲母的演變規律，較為清楚簡潔的分成了「一分為二」、「合二為一」、「一存一亡」等三類，並舉例說明：

據現有研究的成果，我們設想遠古漢語的複輔音以二合結構為主，它的消失規律大概有以下三種：

一、一分為二。即一個二合複聲母分化為兩個單聲母，也就是兩個不可分割的單音節聯綿體。如：

〔註126〕見〈論上古音中帶 l 的複聲母〉《古漢語複聲母論文集》，頁 75～77。

pl- ——————— pjəljwət 　（不律）

kl- ——————— kwailwai 　（果贏）

xt- ——————— xwantɔ 　（驩兜）

bd- ——————— bjɣkdɣ 　（復陶）

不律、果贏、驩兜、復陶均為舉例性質。這些聯綿詞均不構成雙
聲關係，所以如果我們知道它們是由複聲母演變而來，就會明白，
它們之所以聯綿在一起，是因為在遠古時代有著非常密切的關係。

二、合二爲一。二合輔音在一定的條件下演變爲一個新的單體輔音。
如上古的照三系本書擬爲 tɕ，tɕ‘，ḑ，ɕ，z，ȵ，但根據諧聲和其他一
些資料，照三在遠古時期應讀舌根音。李方桂的構擬是：

krj- ，khrj- ，grj- ，hrj- ，ngrj-

其中的 grj- 包括跟舌根音諧聲的喻、禪及床三。關於構擬的細節在此
不能詳加討論，我只不過要把這套複輔音由上古推到遠古。也就是
說，在遠古照三是複輔音，而且是以舌根音爲主體的複輔音。這些舌
根音經過舌面化的演變過程，變爲上古的 tɕ，tɕ‘，ḑ，z，ȵ。這是就主
流而言，在當時那麼複雜的方言中，krj- 的演變不可能只有一種途徑。

三、一存一亡。這是二合結構複輔音變爲單體輔音的重要方式。表
現爲兩個輔音在某一方言中有一個脫落，有一個保存；或前者脫落，
或後者脫落。所謂存亡是相對的。如：

kl- 　卵　（盧管切）lwan

　　　　　（讀如管）kwan

　　　綸　（力迍切）ljwən

　　　　　（古頑切）kɪwən

　　　角　（盧谷切）lwɔk

　　　　　（古岳切）kɪɔk

gl- 　鏐　（渠幽切）gjɣ

　　　　　（力幽切）ljɣ

ml-　卯　（莫飽切）mɪɣ

　　　　（古同夘）liɣ

sm-　系　（莫狄切）miæk

　　　　（新茲切）sjə

sɣ-　亘　（須緣切）sjwan

　　　　（胡官切）ɣwan

從古漢語和現代漢語來看，kl-式複輔音脫落的大都是 l，某些方言中的個別詞則脫落的是 k，留下來的是 l。如「裏」字的聲母從上古至今均爲 k-，而筆者的方言中卻讀 lo　（湖南安仁方言），潮州方言有兩讀：ko，lo（《漢語方音字匯》40 頁）。文獻資料也有例子，《周禮‧春官‧龜人》：「東龜曰果屬。」注：「杜子春讀果爲蠃。」《釋文‧周禮音義》：「果，魯火反。」如果不承認遠古有 kl-式的複聲母，這種現象就不能得到圓滿的解釋。〔註127〕

何九盈先生的分類，囊括了「增減變異軌」和「分合變易軌」，也列舉了更多例證。回到魏先生的方法：第一、從「（增）減變異軌」來觀察複聲母問題，在單字的方音、異讀、諧聲字對應等，比較容易凸顯音素的變化和失落。第二、從「分合變易軌」來觀察複聲母，在聯緜詞、複音單純詞等詞彙方面，比較容易看出複聲母的分化。

（三）古音學說對流音複聲母的肯定

複聲母假定因爲諧聲偏旁接觸情況複雜，同語族語、親屬語的借詞經常無法肯定，於是造成複聲母理論的流弊。然而，以-l 型爲主的流音複聲母，較無疑義；在歷來的複聲母研究裡，被討論的也最多，最爲廣泛，並且經常作爲分析的典型。流音複聲母包含舌尖邊音的-l-與閃音的-r-，因爲各家對於來母的見解與構擬音值不一樣，所以-l-與-r-往往放在一起綜合比對；基於同源詞、漢藏語系的方言比較、內部構擬、歷史比較構擬等等豐碩的研究成果中，呈現出上古或遠古複聲母存在的可能，尤其以流音形式的可能性最高。

〔註127〕何九盈：〈關於複聲母問題〉《古漢語複聲母論文集》（北京：北京語言文化大學出版社，1998），頁 395～397。

　　高本漢在《中國聲韻學大綱》裡，徵引了來母的諧聲現象，並以 CL-型的結合形式，作爲複聲母擬測三種公式的說明範例，進而開啓了當代學者一系列對古漢語複聲母的研究及開展。高本漢氏說：

> 無論在中古韻中，或任何現代方言裡頭，我們都從沒看見有複輔音的出現：聲母永遠都是一個輔音（我們自然是把 ts，ts'，tʂ，ńź等塞擦音，視作單輔音）。但諧聲字中常常反映出上古韻中有複輔音的存在。茲舉數例：
>
> 1.柬 Anc.kan：闌 lân；2.莒 kịwo：呂 lịwo；3.屢 kịu：婁 lịu；4.果 kuâ：倮 luâ；5.監 kam：藍覽 lâm；6.兼 kịem：廉 lịäm；7.禁 kịəm：林 lịəm；8.泣 k'ịəp：立 lịəp；9.京 kịɒng，鯨 g'ịɒng：諒 lịang；10.各 kâk，閣 kâk，恪 k'âk；11.鬲 kɛk,liek；⋯⋯上面說過，形聲字的聲母即不相同，亦得音質相近（全是舌根，全是唇音），但這些形聲字和聲符在聲母方面的差異情形，如 kan：lân 正和這通例相牴觸。而且在 1---11 的例子中，一定是有舌根音與 l 結合的情形，餘者類推，現在最大的困難是如何決定到底複輔音並見於聲符及形聲字中呢，還是只見於其中之一呢，換言之，下面的三個可能，到底那一個是眞正的情形呢？
>
> a　柬 klɑn：闌 glân
>
> b　柬 kan：闌 klân
>
> c　柬 klɑn：闌 lân
>
> 同樣的問題亦出現於上述其他的複輔音中：12.稟廩　13.變蠻蠻戀：p 及 l，13.鸞戀　14.埋薶里　15.睦陸　16.窌卯柳：m 及 l　17.蠣離 18.獺剌　19.寵龍　20.豊（禮）體：t'，t̂' 及 l；21.率蟀脺　22.釃麗　23.史使吏　24.數婁：s 及 l⋯⋯雖然我們能找到某一方面證據的情形很少，但是這些證據已經足以說明：上述的數個可能，我們不能一成不變地只循這一個。〔註128〕

〔註128〕見高本漢著、張洪年譯：《中國聲韻學大綱》（臺北市：國立編譯館，民國七十九年七月），頁 101～103。

高氏的舉證其實不限於 CL-型複聲母，但我們關注的焦點仍然在 CL-型。〔註129〕這裡列出了 kl-、pl-、ml-、tl-、sl-等五種，實際上還不只這些。竺家寧先生在評述高氏的複聲母研究貢獻時，曾說：「他所擬訂的複聲母，除了 kl-，gl-，pl-之外，還有：忽 xm-／x-：勿 m-，史 sl-／s-：吏 l-，睦 ml-／m-：陸 l-，螭 t'l-／t'-：離 l-，需 sn-／s-儒 ń-，聶 n-：攝 śń-／ś-，嘆 t'n-／t'-：難 n-，僉 k's-／ts'-：儉 g'l-／g'-：險 xl-／x-：驗 ŋl-／ŋ-，稟 pl-／p-：廩 bl-／l-，卯 ml-／m-：窌 p'l-／p'-，樂 ŋl-／ŋ-，l-：爍 śl-／ś-。我們可以歸納出高氏的系統是這樣的：

　　1．塞音＋l（kl-，gl-，g'l-，pl-，bl-，p'l-，t'l-）

　　2．鼻音＋l（ml-，ŋl-）

　　3．擦音＋l（sl-，śl-，xl-）……」〔註130〕根據整理後的結果，高氏 CL-型複聲母大致上共有 12 種。

　　林語堂先生在〈古有複輔音說〉這篇文章中，建立了四種研究複聲母的途徑：第一，尋求今日俗語中所保存複輔音的遺跡，或尋求書中所載古時俗語之遺跡。第二，由字之讀音或借用上推測。第三，由字之諧聲現象研究，如 p，t，k 母與 l 母的字互相得聲（如「路」以「各」得聲而讀如「路」）。第四，由印度支那系中的語言作比較的功夫，求能證實中原音聲也有複輔音的材料。林氏從古今俗語的例證裡，舉出了「（A）關於 kl-（gl-）音的」、「（B）關於 pl-（bl-）音的」、「（C）關於 tl-（dl-）音的」三種與塞音組合的流音複聲母的類型。（A）類有六條例證：（1）孔曰窟籠，（2）角爲矻落，（3）圈爲窟彎，（4）雲曰屈林，（5）錮爲錮鏴，（6）窟礨子亦名魁礨子。（B）類有六條例證：（1）不律謂之筆，（2）貍之言不來也，（3）風曰孛纜，（4）蒲爲勃盧，（5）蓬爲勃籠，（6）槃爲勃闌。（C）型有五條例證：（1）團爲突欒，（2）螳曰突郎，（3）頂爲滴顚，（4）鐸爲突落，（5）禿說禿驢。〔註131〕竺家寧先生說：「林氏在民國十二年提出『古有複輔音說』一文，成爲本國學者研究複聲母的第一人。」〔註132〕因此林氏的發現具有開創性的意義。

〔註129〕其餘的複聲母構擬類型可參照高氏的相關著作。

〔註130〕見《聲韻學》，頁 637～639。

〔註131〕收錄在《古漢語複聲母論文集》：《晨報六周年紀念增刊》，1924 年……等。

〔註132〕見《聲韻學》，頁 605。

　　陳獨秀先生的〈中國古代語音有複聲母說〉，論證複聲母的產生，追溯至人類語言起源的擬聲詞。他說：「人類語言之起源，或由於驚呼感嘆，或由於擬物之音，日漸演變孳乳，遂成語言。驚呼感嘆多演為韻及影母，擬物之音多演為複聲母。」〔註133〕除了擬聲以外，陳氏也利用聯緜字、形聲字、一字兩讀、複音詞、同源詞、親屬語言等六類證據，考訂了 gl-、dl-、bl-、mbl-、ml-等五類流音性質的複聲母。

　　陸志韋先生在《古音說略・來母的通轉──古複輔音的痕跡》一節裡，利用諧聲字聲首與聲子間的聲母通轉關係，統計出切韻「力盧」（即來母）兩類，與其他聲母相通轉的情形最多，幾乎達到七、八成以上。陸先生說：

> 跟 l 最相諧的是喉牙音 k，k'等，最不相諧的是齶音 tɕ 等。……還有值得注意的，l 不但通破裂音跟破裂磨擦音，又可以通（1）磨擦音 x，s，ʃ，（2）鼻音 ŋ。上面的例子，一看就叫人想到現今暹羅語的 kl，kr，pl，pr。漢台語之間可以找到幾個很特別的同語根的詞，一方面暹羅音還作複輔音，又一方面諧聲 l 通 k，p。……這樣的語根現在知道的不多。用來比擬，多少帶點危險性，然而上古漢語原有牙音加來母，跟唇音加來母的複輔音，我以為確實可靠。困難之點在乎詳細的擬音。〔註134〕

其實在結構上，陸氏已經擬出了幾個類型的 CL-複聲母，只是還沒有辦法斷言實際的音值而已，所以沒有全盤的複聲母系統。陸先生說：

> 我以為擬音的手段又不宜乎太拘執音素的道理。我們單知道「各」跟「路」的上古音都是喉牙音加上來母。至於「各」的中古音何以作 k，「路」何以作 l，簡直沒有法子考查考。暫時只可以把話說的含混一點。諧聲字既然不是一種純粹的方言材料，「各」跟「路」盡可以同是從 kl 變出來的，只是方言假借，變成不同的音而已。我主張凡是 l 通 k、k'、g 的「聲」的上古音全得含混的作 kl。l 通 p、p'、b 的全作 pl。l 通 t、t'、d、ʈ、ʈ'、ɖ 的不能作 tl，只能作 t'l，因為

<hr>

〔註133〕見《古漢語複聲母論文集》，頁 25。此文原收錄於《東方雜志》1937 年第 20、21號。

〔註134〕見《古音說略》，頁 307～308。

表上顯而易見的，l跟送氣音通轉，同時也跟磨擦音 s，ʃ 通轉。上古的 t' 跟其他的送氣音性質不同。他也許作陽調，跟 l 特別相諧。這 kl，pl，t'l 都是代表音。爲什麼叫做代表音呢？因爲我們不知道每一類之下一共有多少個音。例如 kl 可以代表 kl、kr、k'l、k'r、gl、gr。也許可以另用一種寫法，作 KL，PL，T'L。……此外 l 又可以通 ŋ，m，高氏擬成複輔音 ŋl，ml。「僉兼各臼樂」五聲之下，l，ŋ 同時和喉牙破裂音相逢。上文斷定上古的疑母，至少某種方言裡，可以作 ŋk，ŋg。這裡所推擬的複輔音也許竟可以作 ŋkl。爲便利起見，作 ŋl。「緣聲」之下，l，m 也同時跟破裂唇音相逢。……不妨作 mbl，或是簡寫作 ml……我以爲 ml，mbl 的音古時也許是有的，可是諧聲的 l 通 m 不足以證明這複輔音的存在。〔註135〕

他擬的 CL-型複聲母包括：KL-（包含 kl-、k'l-、gl-）、PL-（包含 pl-、p'l-、bl-）、T'L-（包含 tl-、t'l-、dl-、ʈl-、t'l-、ɖl-）、sl-、ŋl-（ŋkl-）、ml-（mbl-）等。

董同龢先生在《漢語音韻學》裡面揭示了複聲母的基本概念。董先生說：

討論到喻四等字的來源，我們已經看出古代當有複聲母存在。現在再看來母字在上古的情形，問題就更顯著了。在諧聲中，後來變 l- 的字可以兩類：（1）不出 l- 的範圍的……這一類來自上古的 *l 很容易決定。（2）與許多別的聲母的字諧的，……更有兼諧好幾種聲母的，……這些都不能視作例外，除去數目多，還有值得注意的幾點：（1）如「各」k- 同時諧許多 l-母字「路、賂、輅、烙、略」的例不能說是偶然。（2）古語「不律爲筆」，「不來爲釐」；古字「麥」與「來」不分，「命」與「令」無別；正是和諧聲平行的現象。（3）與漢語關係最近的台語，現在仍有保持 pl-或 kl-等聲母的，而且如果我們膽子大一點，還可以找出一些複有啟示性的例作爲參考，如：「藍」l-從「監」k-聲，暹羅語今爲 k'ram 「烙」l-從「各」k-聲，暹羅語今爲 klak（4）高本漢氏曾經引到考古家史坦因的說法，漢代西域的「樓蘭」，某中亞語稱 kroraimna，而「樓」從「婁」聲，「婁」又諧「窶」g'-。由此，我們可以相信先秦（甚至漢）還有 pl-，tl-，

〔註135〕見《古音說略》，頁 307～310。

kl-等型的聲母存在。進一步探討這個問題，我們覺得古代帶 l-的複聲母的出現，當有三個可能的型式，茲以「各」與「路」爲例，表達如下：（A）各 kl-：路 l-（B）各 k-：路 kl-（C）各 kl-：路 gl-　至於我們古語中究竟是哪一種型式，或者是不是三種型式都有，就現有材料，則又無法決定。〔註136〕

董先生從來母字的諧聲現象（同部位與不同部位之間的）、古語、台語等，看到了一些足以構擬複聲母的材料，並列舉了高本漢的三種構擬形式，但仍然沒有定論。

另外，董先生在《上古音韻表稿》中的〈帶 l 的複聲母的問題〉一節，也討論了高本漢三種構擬形式的問題，主要是提出這三種形式的可能性與衝突。他對 CL-型複聲母還是採取保留的態度。董先生說：

高本漢在 W.F.中提出標寫帶 l-複聲母的三種可能的型式：A. 各 klâk：洛 lâk　B. 各 kâk：落 klâk　C. 各 klâk：落 glâk　又由一兩個台語字音以及某古中亞語中一個譯音的啟示，他就以爲 C 式是最合宜的……。並且在後來 Grammata 裡他就把 C 式大量的應用起來。但是 C 式是不是眞能用得如他所用的那麼廣呢！只要在 Grammata 中檢查一遍，就會發現其中確是有些問題。第一，有一部分 l-母字是同時並諧兩個或兩個以上聲母系統的。他們的情形原來不像「洛」只諧 k-系「離」只諧 t-系或「彔」只諧 p-系那麼簡單。例如：䜌 luân：變 piwän，蠻 mwan —— 孿 ṣwan —— 彎·wan　翏 lieu：謬 mi̯əu —— 瘳 t̑'（←*t）i̯əu —— 膠 kau　龍 li̯wong：龐 b'ang —— 寵 t'（←*t-）i̯wong —— 龔 ki̯wong　在這樣的情況下，將以「䜌翏龍」的聲母是 bl-呢，dl-呢，還是 gl-呢？無疑的，顧此必又失彼。所以，當高氏以「䜌」爲 bl-以及「翏」爲 gl-的時候，……他就是忽略了「䜌」與「翏」對所有跟他們接觸的各系字的關係應該是平等的。「䜌」與「變」的關係是 bl-：pl-，「翏」與「膠」的關係是 gl-：kl-；但是「䜌」與「孿」則不過如 bl-：sl-，「翏」與「謬」又不過如 ml-：gl-。他是何所據而作此輕重之分呢？到了「龍」這個例，他到底被迫放

〔註136〕見《漢語音韻學》，頁 299～300。

棄了Ｃ式。但是我也不知道他爲什麼又只承認「龍」與「寵」的關
係。「龐」既誤認爲 l-母字，「龏」又是無緣無故的擺在「廾」k-的
系統之中去了。……我覺得凡是這一類的現象當然是用Ａ式最爲合
宜。例如：翏 l-：謬 ml-──瘳 tʻl-──膠 kl- 龍 l-：龐 bl-─
─寵 tʻl-──龏 kl- 第二，如果碰到 l-母字跟喻母字諧聲的例，
Ｃ式也是不能用的。例如樂 lâk：藥 i̯ak 立 li̯əp：翊 i̯ək 如果沒有
對 l-的關係，我們自然可以把「藥」與翊當普通的喻母字看待，認
爲他們的聲母是 g-或者是 d-就夠了。但因所有跟 l-接觸的字依Ｃ式
都得是 pl-，tl-，kl-等，那麼事實上又非進一步的以爲它們是 gl-或
dl 不可。好了，再依Ｃ式把「樂」與「立」擬作 gl-或者 dl-，兩方
面豈不是就衝突了嗎？在 Grammata 中，高氏因「樂」字廣韻又有
ngau 一讀，就很巧妙的把他寫作 ngl 來避免這一層困難……。但是
對「立」與「翊」他只好不理會他們的諧聲關係，僅以「立」爲 gl-
（又諧「泣」kʻ-等），「翊」則爲 g-而已……。這當然是很勉強的處
置。我以爲無論是應用Ａ式作 樂 l-：藥 gl-（「樂」又讀 ngl-） 立
l-：翊 gl-（：泣 kʻl-） 或者應用Ｂ或作 樂 gl-：藥 g-（「樂」又
讀 ng-或 ngl-均可） 立 gl-：翊 g-（：泣 kʻ-） 都比他的辦法好。
第三，把Ｃ式用的太過了，又會抹殺許多可能性更大的事實。……
我們看這裡面 l-母的「露」字實在是簡簡單單的從本母的「路」字
得聲，跟「路」字原來所從的 k-母「各」字可以是風馬牛不相及。
如此，又何必毫無把握的也給他加上一個 g 呢？這個字極可能本來
就有個單聲母 l-。他跟「路」以 gl-：l-的關係相諧。〔註137〕

董先生認同上古有複聲母的存在，但是他的上古聲母系統依然以單聲母爲主，
並且對複聲母及其諧聲類型暫且擱置。

雅洪托夫（Yakhontov）的〈上古漢語的複輔音聲母〉（中文版由葉蜚聲、
陳重業、楊劍橋翻譯，伍鐵平教正），對於古漢語二等字的問題產生了一些具有
啓示性的討論。雅洪托夫氏從來母字與二等韻拼合數量極少的現象，推斷出古
漢語二等字都具有介音-l-，因爲帶 l-的 CL-型複聲母之後不可能再接上-l-介音，

〔註137〕見《上古音韻表稿》，頁 38～40。

所以來母基本上不與二等相配。他的說法，學者們多有修正。雖然這裡的-l-介音不等同於 CL-型複聲母輔音叢其中之一的音素，但少部分來母二等字問題，以及二等字的介音問題，在之後的延伸討論中，引起了相關的啓發與考量。李方桂先生將二等字介音擬成-r-，周法高、丁邦新諸位都引述了這個說法。龔煌城先生〈從漢藏語的比較看重紐問題〉這篇文章中，也依循雅洪托夫的說法主張來母沒有二等字。無論有沒有來母二等字，反映在文獻上的少數材料，使得Cr-型的來母諧聲，成爲了一個必須配合系統性的擬測。〔註 138〕而後從漢藏語系、藏緬語族的比較研究中，學者們日益趨向將來母的上古音擬成 r，來母的諧聲字變成帶 r 音的*Cr-型，更加擴張了對上古來母音值擬測的可能性。〔註 139〕

李方桂先生《上古音研究》對來母字的諧聲問題，基本上沿用了高本漢的作法，只是將二等諧聲的字改擬成 Cr-。李先生說：

> 最爲一般人所注意的就是來母字常跟舌根音及唇音互相諧聲的例子。大體上我們仍採用高本漢的說法，不過稍有更訂的地方。比方說二等字裏高寫作*kl-，*khl-的，一律改爲*kr-，*khr-等，如各*klak > kâk，洛*glak > lâk，略*gljak > ljak，格*krak > kɐk，客*khrak > khɐk 等。極少數的例外，如貉*glak > ɣâk 原因不詳。高對於來母字跟唇音諧聲的，他的辦法就不同了，大多仍擬作-l-，如里、柳等，少數擬作 bl-，如戀、律等。如果照他擬定 gl-的辦法，那就有許多他擬作 l-的字應當有不少是可擬作 bl-的。我們也暫時照他的辦法存疑，只有二等字改用 r，如埋寫作*mrəg，蠻寫作*mran，麥寫作*mrək（與來諧聲），剝寫作*pruk 等。〔註 140〕

李先生確立的其他和來母諧聲的發音部位，除了舌根音與唇音，還有與透母、徹母諧聲一類的舌尖音的字，只是透／來母等在李先生的系統中，被拿來與上

〔註 138〕雅洪托夫的文章請參見《古漢語複聲母論文集》，頁 298～306。龔煌城先生的說法，參見《聲韻論叢》第六輯。

〔註 139〕來母音值擬作 r 的理論，如張世祿、楊劍橋兩位先生〈論上古帶 r 複輔音聲母〉（《古漢語複聲母研究論文集》，頁 286～297）和龔先生〈上古漢語與原始漢藏語帶 r 與 l 複聲母的構擬〉（《漢藏語研究論文集》，頁 183～212）的說法，是爲代表性理論。

〔註 140〕見《上古音研究》，頁 24。

古的清邊音相配，所以李先生並沒有主張 Tl-型的複聲母。〔註141〕

　　周法高先生〈上古音的聲母〉這篇文章中，針對雅洪托夫上古二等韻的介音爲*-l-的說法，作了修正，並引用李方桂先生對二等韻採取介音*-r-的假定進行論述。周法高先生說：

> 雅洪托夫曾指出二等韻缺少來紐字（在《上古音韻表稿》中，只出現了三個字，即「冷」，「犖」「醶」），並且指出二等韻中有一些字和來紐發生關係，因此他假定上古音中二等韻字的介音爲*-l-。至於一等韻中和來紐發生關係的字，他認爲本來應該讀入二等，例如：一等韻的「各」字，在周代金文中用來代替二等韻的「格」字的。不過他的說法也有毛病，其他的一等字和來紐發生關係的，例如「果」*klwa（諧聲字有「祼」*lwa），是不是本來也是二等字和「咼」同音呢？李方桂師假定二等韻上古具有*r 介音，我在《論上古音》一文中曾遵用，因爲 r 與 l 都是流音（liquids），可以相通；另一方面，也可以和一等韻的 l 複輔音表示區別，例如：「各」*klak，「格」*kr-ak，「洛」*lak。〔註142〕

如此一來，*-l-與*-r-都是流音性質，也仍能保留*CL-型複聲母的界線，不至於與介音混淆。周氏構擬的*CL-型複聲母有*pl，*p'l，*bl，*ml，*tl，*t'l，*dl，

〔註141〕李先生清邊音的說法在本文前一節〈異位同勢相轉軌研究・鼻鼻相轉之一清系七〉已經略作說明。李氏先生利用藏語特徵及唐代譯音來假定清邊音，他說：「另外有一個可以討論的，就是部分的來母字時常跟 th-一類字諧聲，這也是個很特殊的現象，……比方：獺 th-：賴 l-　體 th-：禮 l-　綝 th-：林 l-　擂 ṭh-：留 l-　……古代可能有個不帶音的 l-，像現在廣東四邑方言裏也有不帶音的 l-聲母存在。我們可以寫成 hl-，到後來的切韻時代，這個音就變成送氣的 th-了。這個 hl-聲母跟 th-聲母相近，我們也可以舉出唐朝人翻譯藏語 lh-的例子作證。我曾經作過唐蕃會盟碑的研究，發覺唐朝人用漢字翻譯西藏人的名字的時候，把西藏文的 lh-音都譯成了 th-了，例如一個西藏人的名字 lha-mthong，唐朝人用『貪通』來翻譯它。還有一個西藏人名字 lho-gong 翻譯成『土公』。唐朝沒有清音的 lh-，只好拿一個最相近的音（th-）去翻譯它。」見《上古音研究》，頁 103。因此李氏訂定了上古*hl-（一、二、四等字）＞中古透母 th-：上古*hlj-（三等字）＞中古徹母 ṭh-等兩條演變路線。

〔註142〕見《古漢語複聲母論文集》，頁 44。

*st'l，*sl，*kl，*k'l，*gl，*ngl，*xl，*ɣl，*·l 等十六種。在唇音部分，周先生說：「來紐字和唇音相通的，高本漢擬作*pl-，*p'l-，*b'l-，*ml-。我的擬音大致相同，只不過把*b'l-寫作*bl-而已。」〔註143〕可見濁塞音的送氣問題，無論書寫與否，或者是無論有無區分送氣性質的必要，至少在擬測的概念上，周氏是暫擬爲不送氣的。

丁邦新先生〈論上古音中帶 l 的複聲母〉一文中，沿襲了林語堂先生研究複聲母的四條途徑。他認爲利用第三項「由文字諧聲現象來研究」是最可靠的。從高本漢的三種擬測類型公式出發，文章中引用了董同龢、周法高、李方桂等諸位先生的見解，對高氏的學說進行了討論。藉由李方桂先生的擬音系統和高氏的Ａ（各 klak：洛 lak）、Ｃ（各 klak：洛 glak）公式，丁先生列舉了兩種來母諧聲方法：

1·來母字爲其他聲母字的聲符：

Ａ式：龍 l- > l-：龐 br- > b-，寵 hl- > ṭh-，龔 kl- > k。

　　　絲 l- > l-：蠻 mr- > m-，彎 ṣr- > s-，變 pl- > p-，彎 kl- > k-。

Ｃ式：呂 gl- > l-：莒筥 kl- > k-。

　　　囪 bl- > l-：稟 pl- > p-：廩 bl- > l-。

2·其他聲母字爲來母字的聲符：

Ａ式：虍 xl- > x-：虘、盧 l- > l-：膚 pl- > p-。

Ｃ式：品 phl- > ph-：臨 bl- > l-。

　　　薑 thr- > th-：厲 dl- > l-。

　　　各 kl- > k-：路 gl- > l-，格 kr- > k-，客 khr- > kh-，洛 gl- > l-。

Ａ、Ｃ式的差異在於若來母字及其諧聲只接觸一個發音部位，即是Ｃ式；若接觸兩個以上的發音部位，即是Ａ式。此外關於 Yakhontov 與 Pulleyblank 的上古二等韻有-l-介音的說法，丁先生亦提出了駁正，採取李方桂氏的擬測，將二等韻介音擬爲-r-。〔註144〕最後丁先生提出了他所擬測的

〔註143〕同上注，頁 45。

〔註144〕丁先生說：「Yakhontov(1960)提出上古二等韻有-l-介音的說法，Pulleyblank(1962)也得到相同的結論。主要的論證有二：一是中古的二等韻在上古音中只有三個例外字有 l-聲母，換句話說，這一類的韻母不接來母，顯示有共同的特徵。另一個論證是跟 l-聲母有諧聲關係的字都是二等字，這些字很可能都有帶 l-的複聲母，可

CL-複聲母的演變。〔註145〕

　　嚴學宭先生在〈原始漢語複聲母類型的痕跡〉這篇文章當中，舉出漢藏語系的各種親屬語言，都具有複聲母的類型和結構規律。抓到他們的通則和特點之後，以《說文》諧聲字的關係爲基礎，擬定了所有的拼合類型，總數多達兩百多種。CL-型的複聲母，組合方式包括二合、三合與四合等等。二合CL-複聲母有：*pl-、*phl-、*bl-、*ml-、*tl-、*thl-、*dl-、*nl-、*tsl-、*tshl-、*sl-、*kl-、*khl-、*gl-、*ngl-、*xl-、*ɣl-、*ʔl-。三合CL-型有：*btl-、*mbl-、*npl-、*ndl-、*ktl-、*gtl-、*ngkl-、*xbl-、*xml-、*xkhl-、*ɣkhl-、*ʔpl-、*ʔkl-、*stl-、*sdl-、*sml-、*zml-。四合CL-複聲母有：*ɣkdl-。〔註146〕這種拼合型式的可行性，必須照顧到音理問題。竺家寧先生說：

　　以上的系統中，後兩類比較有問題，嚴氏的方法是看到有幾類不同的聲母相接觸，就把這些聲母連結起來，未及考慮輔音相結合的局限性。從語音的性質上說，不是任何音都能結合成複聲母的，特別是三個或四個輔音的結構，在語言裡限制更大。此外，嚴氏也未及

　　見-l-是二等韻字的一個通性。尤其 Yakhontov(1960:5-6)認爲沒有一等字跟來母字有諧聲關係，他說『各』本來是『格』的本字，表示『來』的意思，『裸』跟『骨』（讀 luk）都是後起字。這幾個字的解釋雖然言之成理，但是我們還有以下這些無法解釋掉的一等字：

　　各 kl->k：絡 gl->:l

　　虍 xl->x：膚 l->l

　　趕 ɣl->ɣ：里 l->l

　　……左邊的一行字都是一等字，都跟來母的字有諧聲關係，非要擬成帶-l-的複聲母不可，由此可見 Yakhontov 和 Pulleyblank 的論證是有問題的。再進一步，如果這些一等字擬成帶 l-的複聲母的話，-l-就不可能是二等字的介音了。那麼二等字的介音又是什麼呢？我覺得李方桂先生的擬測是可信的，他認爲是-r-。一方面使前面的舌尖聲母捲舌化，一方面使元音發生央化的作用。同時也能解釋何以上古不接-l-聲母，因爲 l-跟 r-相連在發音上是很不自然的。」見《古漢語複聲母論文集》，頁 81～82。

〔註145〕丁先生擬定的 CL-型複聲母爲：pl>p　phl>ph　ml>m　bl>b/-jiv;l/-其他　tsl>ts　tshl>tsh　sl>s　dl>d/-jiv;l/-其他　dzl>dz/-jiv;l/-其他　tlj>tś　thlj>tśh　kl>k　khl>kh　ngl>ng　xl>x　ɣl>ɣ　gl>g>-jiv;l-其他。

〔註146〕例證詳見〈原始漢語複聲母類型的痕跡〉《古漢語複聲母論文集》，頁 124～147。

考慮所擬複聲母本身所構成的系統性，和它們演化的問題。〔註 147〕

因此嚴氏的方法雖然著眼在複聲母結合形式的全面性，卻也僅是一種系統性的假定。

竺家寧先生在他的博士論文《古漢語複聲母研究》中，將帶舌尖邊音 l 與帶閃音 r 的複聲母放在同一個 Cl- / Cr-型討論歸類，列舉出六大類型：第一、P+l（r）類：pl、pr、p'l、p'r、bl、br、b'l、b'r。第二、T+l（r）類：tl、tr、t'l、t'r、dl、d'l、d'r。第三、K+l（r）類：kl、kr、k'l、k'r、gl、gr、g'l、g'r（附 ʔr）。第四、ts+l（r）類：tsl、ts'l、ts'r、dzl。第五、N.+l（r）類：ml、mr、ŋl、ŋr。第六、F.+l 類：sl、sr、xl、xr。〈上古漢語帶舌尖流音的複聲母〉一文，則廣泛的討論了 l 與 r 兩種舌尖流音，引用了形聲字以外的音訓、讀若、重文、假借、異文、聯緜詞、一字兩讀、同族語言等資料，歸納出兩條演化規律：第一、不送氣濁塞音、塞擦音+l > l。第二、其他+l > 其他。〔註 148〕

陳師伯元於《古音學發微・古聲總論》當中，〈複聲母之問題〉這一小節裡肯定了 CL-型複聲母的存在必要性。伯元師說：

> 余於上古有無複聲母之問題，認為在諧聲字之表現上，既顯出 k-、
> t-、p-諸系之字與 l-母之字關係密切，數量頗多，似非偶然。而從
> 同諧聲必同部位之觀點觀之，似有假定 kl-、tl-、pl-等複聲母之必
> 要，否則於 k-、t-、p-諸系與 l-母諧聲之情形則不易解釋。但雖假
> 定古有 kl-、tl-、pl-諸複聲母，亦僅如陸志韋氏所說者為代表音。

〔註 149〕

此外，伯元師在〈酈道元水經注裏所見的語音現象〉一文中，第十五章〈複聲母的啓示〉裡，發現了數條複聲母的例證，並且揉合了班尼迪與楊福綿的理論，從《水經注》裡的 CL-型複聲母，發現了*gl-（慮）、*tsl-（子）、*pl-（崩）、*kl-（棘）、*skl-（薑）等等類型。〔註 150〕在《古音研究》的第三章〈古聲研究〉

〔註 147〕見《聲韻學》，頁 633。

〔註 148〕見《古漢語複聲母論文集》，頁 368～394。

〔註 149〕見《古音學發微》，頁 1244。

〔註 150〕見陳師新雄：《鍥不舍齋論學集》（臺北市：臺灣學生書局，民國七十九年），頁 387～395。

裡，伯元師已全面性的討論了複聲母存在的類型與前賢的綜合說法。〈帶 l-之複聲母問題〉這一節，伯元師說：

> 吾人討論及單純聲母時，已無可避免涉及複聲母問題，例如在舌音一節，將審母、禪母之上古音擬作*st'j-、sd'j-等，已具複聲母之型式。……今專門討論帶 l-之複聲母，因爲此類複聲母討論之歷史最爲悠長。〔註151〕

文章中討論了林語堂、高本漢、陸志韋、董同龢、李方桂、龔煌城諸位先生的 CL-型複聲母研究，在複聲母的研究歷程中，呈現了完整的推論。

　　魏先生在聲母的同位或異位增減、變異等音軌中，說明了音素的單複互變，即以流音複聲母爲說明之例，就時代而言，是早期論及複聲母理論之先驅，具有相當之重要性。

（四）流音複聲母

　　魏先生對於諧聲接觸的現象觀察，以至於音值構擬，不若後期研究那般深入，所以仍然屬于複聲母理論的初始類型。魏建功在這裡以最明顯的來母諧聲類別（擬定爲 l-）作爲模型，相諧的複聲母即假設爲帶有基本輔音的 CL-形式。魏先生說：

> 此二軌於推求古語時所需。漢字今皆爲單音，無由見其複聲，爲自諧聲系統與聯綿語組織中可以窺其消息。如

里貍	霾薶埋		悝		
厲礪	邁勵萬（萬邁通）			蠤	蠆
盧虜廬			虍膚（盧膚通）		
絲鷥孿	蠻		變	言喑	信
麞	文				吝
令	命（古文字命令即一字）				
六陸稑	睦				
聊	卯				

〔註151〕見《古音研究》，頁 657～658。

右列諸字皆明來紐諧聲相通者，其讀曉匣及邦滂皆明紐轉變，其他諸讀或由來紐轉變，或由既變之聲再變。來紐所有字與各紐頗多相通，明紐最多，凡此之類蓋初時造文從諸諧聲聲母之字本讀複聲，及一文一音之條件定，乃成分裂互用現象。與來相通諸紐，以最古聲類擬之，或有十類：

（1）並來　來並　bl lb—pl lp

（2）明來　來明　ml lm

（3）從來　來從　dzl ldz—tsl lts

（4）邪來　來邪　zl lz—sl ls

（5）定來　來定　dl ld—tl lt

（6）泥來　來泥　nl ln

（7）羣來　來羣　gl lg—kl lk

（8）疑來　來疑　ŋl lŋ

（9）匣來　來匣　ɦl　ɦl—hl　lh

（10）影來　來影ʔl　lʔ--l

十類之中，第十類當爲今來紐音不與他紐音互通者之本，其餘來紐在前者來紐消失，來紐在後者來紐存在。古複聲之以來紐組織成者，乃其中之一大部。但複聲未必只有來紐所組織者，又不可不察。故來紐可視爲古複聲之遺跡，而古複聲遺跡不特來紐一母也。按此兩軌若以單字爲本，則用前兩軌釋之已足。大抵於訓詁中聯綿語及古成語既爲兩字相聯，而又別有一字與之同義，且可知其音亦相同者，得以此兩軌説之。〔註152〕

爲了兼顧系統的可能性，以及少數資料的反映，魏先生除了擬訂 CL-型複聲母，

也擬訂了 LC-的形式。例如〈中國聲韻學史綱〉中，即以聯綿詞的語音組織爲證，解釋《說文》中數個可能有 LC-形式的語詞，如：「來，周所受瑞麥『來麰』……《詩》曰：『詒我來麰。』」「來麰」便擬成了 lm-。魏先生說：

> 這「來麰」是綺錯格的聯綿詞，「麥」字的語音與之相關。照三個字的聲韻在《切韻》系統裡的情形是：來明母咍韻 lâi　麰明母尤韻 meu　麥明母麥韻 muek　我們只看見麥麰雙聲，其餘就沒有什麼特別了。如果向更古的系統裡推求，就知道咍韻和尤韻裡有些字同在早先的之部裡　，這來麰兩字原來疊韻；「來麰」便是「ləmə」，按照李方桂 ARCHAIC CHINESE　*-iwəng，*-iwək　AND　*-iwəg 的論文所構擬就是*ləgmuəg。由這個聯綿詞相同的音素和不相同的音素可以給組織成*lmueg 的面目。這個詞與「麥」字的音我們可以知道是相似的，而麥當是複聲：*lmuəg 來麰 *lmuăk。〔註153〕

除了「來麰」之外，魏先生還舉了「奎瓚」、「萊蔓」等例說明 LC-的組合。

擬測 LC-型複聲母的方式，多半不爲人採用。承上節，從高本漢的三個複聲母演變公式來看，由複聲母進入單聲母的過程，不會只是單純的「單變複」或是「複變單」；也不能因爲是聯綿詞，就直接按照先後順序拼合兩字聲母「由單變複」。又如董同龢先生說：

> 談到帶 l-的複聲母，我們還是處在兩個比較清楚的地位：（1）l 總應當是那些複聲母的第二個成分，不至於他在另一個輔音前面；（2）在配合的雙方，一面固然是許多可能的音，如 p-，t-，k-等，另一面則不過是一個 l，配合的總數究竟還有限。然而在現在的情況下，p-，t-，k-諸音之孰先孰後既然無法決定，而配合的雙方在數量方面又是同樣的多，倘若用數學方法推算起來，可能的配合就實在多的可觀了。〔註154〕

董氏這段話同時提到兩個問題，此處我們先就（1）說加以探討。關於 CL-的組合形式，張世祿與楊劍橋兩位先生的說法既深入，且具有代表性。二位先生說：

〔註153〕見《魏建功文集》第貳輯，頁 92。

〔註154〕見《漢語音韻學》，頁 302。

我們爲什麼總是把流音 r〔註155〕置於基本輔音之後，按照排列組合來説，構擬成 rmk-或是 mrk-也未嘗不可；而在藏文中，正是有 rd-、rg-這樣的形式。我們之所以如此，是基於以下認識：第一，李方桂先生曾經假設藏語有 rgy-＜*gry-的移位音變，如「鹽」，藏文 rgyam＜*gry-；第二，包擬古先生曾經指出，藏語*r 和央後元音之間會產生一個塞音成分，如『馬』，藏文 rta＜*ra。以上兩説雖然尚須繼續證明，但看來藏文 rd-、rg-的形式並方上古就有的。第三、漢語有相當一部分的聯綿詞來自於上古帶 r 複輔音的音節，其中大多是來母置於其他輔音之後，例如「朦 m-朧 l-」、「傀 kh-儡 l-」；雖然也有一些是來母置於其他輔音聲母之前，但它們並不是最早的形式。例如「螻 l-蛄 k-」源於「果 k-蠃 l-」，是腰細而腹圓垂之意，《方言》十一「或謂之蛞螻」可證；又《左昭二十五年傳》寶龜名「僂 l-句 k-」，實源於背曲之「病 k-僂 l-」；又車蓬名「隆 l-屈 kh-」源於「枸 k-簍 l-」，《方言》九「車枸簍，……南楚之外謂之蓬，或謂之隆屈」可證；又「蘿 l-菔 b-」，王國維《爾雅草木蟲魚鳥獸釋例》認爲系「苻 b-婁 l-」、「蒲 b-盧 l-」之倒語。〔註156〕

並非每一種輔音都可以任意連接組合。竺家寧先生說：

輔音的發音性質各有特色，使得某些輔音適合連接，某些輔音不適合連接。例如流音 r、l 往往出現作第二個成分，前面可以很自然的接上一個塞音、鼻音、擦音、或塞擦音。塞擦音就很少和另一個塞擦音接合，同部位的塞擦音和擦音也很少接合。因此，我們不能任意的把兩個中古聲母拼合起來，説那就是上古的複聲母，還得考慮這兩個輔音是否有接合的可能，它的先後位置如何。如果是三個輔音的接合，它的限制就更大了。例如英語三個輔音的複聲母只允許有一種狀況：第一個音素必須是 s，第二個音素是塞音，第三個音素是流音。因此，對於上古漢語三合複輔音的

〔註155〕引文中將來母上古音值擬成 r-。此處暫不討論漢藏語比較中 l-與 r-的擬定相關學説討論，r-與 l-都是流音來母的一種呈現方式。

〔註156〕見〈論上古帶 r 複輔音聲母〉《古漢語複聲母論文集》，頁 289～290。

擬定就應當更爲愼重。〔註157〕

這段話說明了流音與其他輔音的接合規則。他在《古漢語複聲母研究》中，把帶l的複聲母分成了六大類型：

一、P＋l（pl＞p　pʻl＞pʻ　bl＞l　bʻl＞bʻ）

二、T＋l（tl＞t　tʻl＞tʻ　dl＞l　dʻl＞dʻ）

三、K＋l（kl＞k　kʻl＞kʻ　gl＞l　gʻl＞gʻ）

四、TS＋l（tsl＞ts　tsʻl＞tsʻ　dzl＞l　dzʻl＞dzʻ）

五、N.＋l（ml＞m　ŋl＞ŋ）N.表鼻音

六、F.＋l（sl＞s　xl＞x）F.表擦音

值得注意的是，塞音雖然可以和l接合，但喉塞音ʔ卻沒有大量來母諧聲的證據，在諸家的擬音中，ʔl型複聲母也極爲罕見。竺先生說：「喉塞音跟舌根塞音、舌根擦音是可以互相諧聲的，除此之外，就屬異常，就需考慮複聲母的可能性。」〔註158〕喉塞音ʔ與舌尖塞音t、d，雙唇塞音b、p都有相當數量的諧聲材料，唯獨缺乏ʔl類型的證明。所以魏先生的第十類「影來　來影　ʔl　lʔ--l」就有了再商榷的空間。竺先生說：「魏先生的擬音只是把接觸的兩母拼合起來，未免粗疏，且未盡合音理（如既有 zl、sl，又有 lz、ls），但在複聲母的觀念才剛出現的時代，他只能做到肯定這個構想，至於音值的是否合適，當然是無法奢求的。」〔註159〕這段話無非是爲魏建功先生假定的流音複聲母作了公允的評論。

四、韻化軌

本軌包含「塞聲韻化系一」、「鼻聲韻化系二」、「通聲韻化系三」、「分聲韻化系四」。魏先生說：

此軌指凡聲母轉變爲半母，或由半母更完全變爲韻母者。前列四十七聲類表之「以」、「云」上古音皆爲塞聲，今變爲韻；「日」、「微」、「五」、「玉」古音鼻聲，今變爲韻；「匣」古音通聲，今變爲韻。朝鮮讀 n 聲齊齒，變爲韻。來紐爲分聲，朝鮮拼齊齒呼時，變爲韻。

〔註157〕見《聲韻學》，頁649。

〔註158〕見《古漢語複聲母研究》，頁611。

〔註159〕見《聲韻學》，頁609。

等韻家以喻母與影母相配成爲清濁一對者，蓋即以 jųw 與 iyu 相比

匹。喻母今讀實爲韻化軌之中心，影母爲韻。〔註160〕

「半母」即是帶有輔音性質的「半元音」。陳師新雄論「半元音」，說：

> 從高元音之地位，再將舌頭向上移動，所發出之音，即略帶摩擦性，
> 稱爲半元音。不過，只有高元音才有相配的半元音。茲分述之如下：
> （1）與〔i〕相配的半元音爲〔j〕，如英語 year 之 y 音。（2）與
> 〔y〕相配之半元音爲〔ɥ〕，如法語 huit 之 u 音。（3）與〔u〕相
> 配之半元音爲〔w〕，如英語 west 之 w 音。〔註161〕

「半元音」在漢語由輔音聲母變爲零聲母的過程裡，扮演中介的過渡角色，「以」（喻母）、「云」（爲母）上古音分別爲塞聲*gr-、擦聲*ɣj-〔註162〕，中古音時演變成零聲母與 j，國語時都變成了元音起首，沒有輔音起頭的零聲母。「日」（日母）上古音爲*nj-，「微」（微母）上古音爲*mj-，「五」（疑母）、「玉」（疑母三等）〔註163〕上古音爲*ŋ-，都屬於鼻音，中古時分別演變成 nʑ、ɱ、ŋ，到了國語則成爲零聲母。匣母古聲讀作擦聲的*ɣ-，國語讀作 x-，不是零聲母，但現代某些方言裡已有演變成零聲母的現象，如「匣」字廈門文讀讀作 ap，白讀讀作 aʔ，潮州讀作 ap，福州讀作 aʔ；「胡」字廈門白讀讀作 ɔ，潮州白讀讀作 ou，建甌讀作 u;「黃」字長沙白讀讀作 uan，雙峰白讀讀作 ɒŋ，南昌白讀讀作 uɔŋ，福州讀作 uɔŋ，建甌讀作 uaŋ;「韓」字建甌讀作 uiŋ;「後」字潮州白讀讀作 au，福州白讀讀作 au;「淮」字建甌讀作 uɛ……等等。

韓語受到「頭音法則」影響，泥母字出現了音變上的例外，例如「貢」字。任少英先生說：「大部分泥母字從中古到現代都對應爲 n 聲母，而這個字的普通話讀音是個例外。泥母字的韓國漢字音對應爲ㄴ/n/，但這個字由於韓語裡由於語流音變的原因就讀爲零聲母，但這種頭音法則現象一般只在韓國固有語裡出現，而這個字的韓國漢字音例外的受到這個頭音法則的影響。」

〔註160〕見《古音系研究》，頁 215。

〔註161〕見陳師新雄：《聲韻學》（臺北市：文史哲出版社，民國九十四年），頁 198。

〔註162〕以、喻二紐上古音值，不同於魏先生所言「皆爲擦聲」者，擬音過程詳見陳師新雄之《古音研究》，此處略。然無論是何種類型之輔音，不影響本節「韻化軌」之論述主題。

〔註163〕魏先生之聲類乃將牙音一二四等與三等分開。

〔註 164〕來母字同樣受到「頭音法則」的影響而產生了零聲母的變化。

第二節　韻類軌部

一、同位異勢相轉軌

（一）前升降相轉系一等七系

系一至系七包含「前升降相轉系一、後升降相轉系二、中升降相轉系三、升前後相轉系四、半升前後相轉系五、半降前後相轉系六、降前後相轉系七」，主要說明舌位的元音移動變化。魏先生說：

> 右七系以韻位圖之位置同在一線者爲標準，其同在一位之開合（如 ɤ、o）平撮（如 i、y）不細列，一併括入。如今音「地、也、他」爲系一例，即以 i、e、a 同是舌前之韻爲一位。其中「地、他」雙聲已有濁與次清之不同，「也」字聲已變失。「他」本「佗」之異體，「佗、地」皆爲濁聲。「也」，喻紐之古爲定紐者，故亦爲濁聲。此皆須得音史的解釋而定其爲雙聲與否。

> 《爾雅・釋詁》「卬、吾、台、予、朕、身、甫、言、我也」。台、予依今音是系一前升韻之平撮相轉。吾、我爲系二例。

> 漢字今音讀絲、斯、思一類的韻爲舌中升韻作 ɿ，朝鮮讀音原是ㅇ，今併入아。아是 a，ㅇ本與之有別，疑當是 ɐ 或 ə。故一面漢音 ɿ 韻可以按系三例讀入，而一面又得變與舌降之 a 相混同。

> 「魚」之一詞，方音中只讀 ŋ 聲者有之，聲變爲 i 以至於消失而韻讀 u 者有之，讀 i 者有之，讀 y 者有之。

> 由 u 變 i 若 y 是系四例。吾與余、台同訓我。汝、你、爾古聲同紐，韻前後相轉。

> 《廣韻》歌戈韻字，今音一部分讀ㄛ，一部分讀ㄝ，是系五例。

〔註 165〕

〔註 164〕見《韓漢聲韻比較》，頁 22。
〔註 165〕見《古音系研究》，頁 216。

「同位異勢相轉軌」是配合著元音舌位圖的元音移動來說明的。元音舌位圖與
「同位異勢相轉軌」各系的配合情形如下：

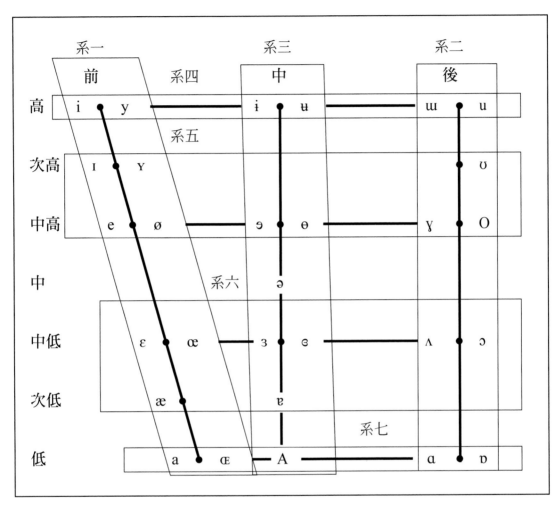

　　「前升降相轉系一」就是舌面前的不同高低元音的音變，「後升降相轉系二」
就是舌面後的不同高低元音的音變，「中升降相轉系三」就是舌面中的不同高低
元音的音變，「升前後相轉系四」就是舌面前後高元音的音變，「半升前後相轉
系五」就是舌面前後中高、次高元音的音變，「半降前後相轉系六」就是舌面前
後中低、次低元音的音變，「降前後相轉系七」就是舌面前後低元音的音變。元
音移動的變化，在口語中是非常自然的。如魏先生在〈古音學上的大辯論〉，探
討古今韻變時說：「凡是嘴張的大時，舌的部位就落下；嘴閉的緊，舌的部位就
升高。在同樣的開閉和升降程度時，舌又可以變動他的狀態，使口腔變成種種
形狀，而發出舌後舌中舌前的韻。譬如唱《賣馬》的『帶過了黃驃馬』的『馬』
字，唱時嘴的開閉程度是全張，舌是全降。但是下面『兩淚如麻』的『麻』字，

也是同樣程度，不過『馬』字是舌後的，『麻』是近舌前的。」〔註 166〕民間歌謠取決於音感，是為最自然的印證。

　　系一至系七包涵了語音變化的同化、弱化作用。當兩個不相同的、鄰近的音，互相影響，造成其中一方的音素向對方趨近與移動，便造成了同化作用。李師添富〈談語音的變化〉說:「顯而易見的,同化作用乃是由於兩音互相影響、互相適應所造成的語音變化,因此他的形成應該是逐漸而且規律的。」並舉出元音移動的例子,如:（國語）煙[ian]→[ien]元音由低變高、（國語）天[t'ian]→[t'ien]元音由低變高、（國語）安[An]→[an]元音由後變前、（國語）卬[Aŋ]→[aŋ]元音由前變後。弱化作用,李師添富說:「所謂弱化是指音素在非重讀音節裡頭,改變原來音值的一種變化現象,而且這一種變化主要是表現在元音上面的。」例如:溜達[liou][ta]→[liou][tə]（前→央）、棉花[mian][xuɑ]→[mian][xuə]（後→央）,〔註167〕都是系一至系七,元音移動的例子。

　　王力先生《漢語語音史》提到了語音的高化或低化問題時,說:

> 一切音變都是漸變,沒有突變。這就是說,一切音變都是向鄰近的發音部位轉移,一步步向前走,或一步步向後走,或是一步步高化或低化,決不會越級跳躍。……魚部開口一等字（「姑」類）在上古的讀音是〔a〕,現代北京話讀〔u〕,這不是從〔a〕一步跳到〔u〕的。它的發展過程是元音逐步高化。由先秦的〔a〕高化為和代的〔ɔ〕,再高化為南北朝的〔o〕,再高化為隋唐的〔u〕,然後停止下來。它停止下來,是因為高化到頂了。〔註168〕

王力先生這裡揭示了元音高化的一個發展方向,事實上,元音的變化受到聲母、介音、聲調……等因素牽連,不斷地偏移變動。一般說來,語音的變化不走回頭路,然而王先生也舉出了月部曷類字為例,由〔at〕（秦）→〔ɑt〕（兩漢至五代）→〔at〕（宋）→〔ɔ〕（元至清）→〔ə〕（國語）,不斷地進退,然而這種情況仍然是少見的。

〔註166〕見《魏建功文集》第參輯,頁 123。

〔註167〕見李師添富:〈談語音的變化〉《輔仁學誌（文學院之部）》民國八十一年六月第廿一期,頁 123～126。

〔註168〕見王力:《漢語語音史》（北京:中國社會科學出版社,1986 年）,頁 530～531。

除了「高化」、「低化」以外，按照王力先生對元音變化的分類，尚有「央元音的前後化」與「前後元音的央化」等。他說：

（１）高化

元音高化是常見的事實。……魚部一等（「模圖孤」）的發展是後高化，即[a]（先秦）→[ɔ]（漢）→[o]（南北朝）→[u]（隋至現代）。……支部三等開口「斯」類的發展是前高化，即[e]（先秦至南北朝）→[i]（隋唐五代）→[ʅ]（宋至現代）。

（２）低化

元音低化也不少見。……宵部開口一等（「豪」），二等（「交巢」）的發展是後低化，即[o]（先秦兩漢）→[ou]（南北朝）→[ɑu]（隋唐五代）→[au]（宋至現代）。……支部二等「佳卦」類的發展是前低化，即[e]（先秦兩漢）→[ɑi]（南北朝）→[ai]（隋至宋）→[a]（元至現代）。

（３）央元音的前後化

央元音的發音部位在舌頭的中部……所謂前後化，指的是央元音發展爲前元音或後元音。……之部開口一等「該」類的發展是央元音前化，即[ə]（先秦兩漢）→[ɐi]（南北朝）→[ɑi]（隋唐五代）→[ai]（宋至現代）。……蒸部合三「弓」類的發展是央元音後化，即[ŋ]（先秦兩漢）→[oŋ]（南北朝，隋唐）→[uŋ]（五代至現代）。

（４）前後元音央化

幽部合三「求周搜幽」類的發展是後元音央化，即[u]（先秦至南北朝）→[ou]（隋唐）→[əu]（五代至現代）。鐸部開四（「昔石」）從先秦到五代的發展是前元音央化，即[ak]（先秦兩漢）→[ek]（南北朝）→[ɐk]（隋唐）→[ək]（五代）。[註169]

魏先生的分類法與王先生的分類法，大致相同，只是魏先生的分類較細。魏先生先以各個部位爲基準，訂出變化系之後，再說明各系的音變情形。從「系一」到「系七」，若非縱向的元音高低升降，就是橫向的元音前後進退。然而音變的

〔註169〕見《漢語語音史》，頁 543～547。

實際狀況裡，也有斜向發展的〔註170〕，這樣子的情況，魏先生結合了「不得兩兩相轉」的例外狀況，另立出「同位異勢變異軌」與「同位上下變異軌」等兩類「變異」的音軌，除了說明主要元音的前後、上下、斜向移動之外，還有不能以通轉解釋的變異。魏先生區分過細，王氏的分法較為簡單，著重變化方法的概念性質，強調「前、後」或者「高、低」，不像魏先生的分類切割的這麼瑣碎，反而單純的強調漢語元音變化的實證和邏輯。

此外，魏先生在此處舉出同諧聲部位的「地、也、他」，以及《爾雅·釋詁》「卬、吾、台、予、朕、身、甫、言、我也」等為例，並不理想。第一、同諧聲偏旁的字串，牽涉層面太廣，用作例證，限得太過浮泛。不如以王氏的舉證方式，專門就單字，或是特定某類（相同的部（韻）、開合口、等第），討論歷時性的發展，是比較精細可靠的。第二、《爾雅·釋詁》的解釋文字，即便有可能是方言音轉，但同義詞或近義詞的成份也佔了不少，用來作為音轉的佐證，並不是那麼恰當。

（二）平入相轉系八等六系

系八至系十三包含「平入相轉系八、平上相轉系九、平去相轉系十、上入相轉系十一、上去相轉系十二、去入相轉系十三」，主要探討聲調之間的變化。此處的平上去入，概指中古音至現代音的調類、調值發展，而不是上古音韻尾增減、陰陽對轉的討論。魏先生以《中原音韻》入派三聲的現象為例：

> 聲調本自為一事，以向例與韻讀同論，故列於此。凡聲母韻母全同而以調別者均屬上六例。入聲在此所示非論古音之附聲隨韻，然其字例則與附聲隨之韻無甚區別，故音韻史上入韻之意義每多混沌，莫辨其為聲調的抑為音素的。

> 《中原音韻》入派三聲，乃將音素的入聲按之聲調實際所分劃，皆系八、系十一、系十三例。今國音入聲演化情形如次：

〔註170〕例如王氏舉蒸部合口一等「肱」字為例，從先秦至宋的[ɡʷə]→[uŋ]，即是斜向的變化。雖然我們不能排除過程中間[ə]可能有先水平後退，再垂直向上高化成[u]的可能性，但事實上這裡說明了元音變化的確有斜向的情形存在。

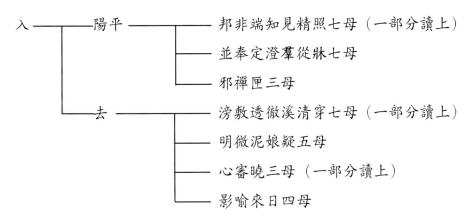

《中原音韻》「鼻」字去作平讀，爲惟一之系十例。〔註171〕

陳師新雄分析中古音入聲字，變入國語聲調時的大致規律時，說道：

> 《廣韻》入聲變字變入國語聲調，比較複雜。如果聲母屬次濁，國語
> 一定讀第四聲，如果聲母是全濁，國語以讀第二聲爲最多，偶爾也有
> 讀第四聲者。清聲母最爲複雜，沒有條例。一、二、三、四聲都有。
> 但就總數量說，仍可以全清、次清作爲分化之條件，全清聲母以讀國
> 語第二聲爲最多，次清聲母以讀國語第四聲爲最多。因此，凡清聲
> 母讀第一聲跟第三聲就可視作例外。……《廣韻》入聲清聲母，所以有
> 第一聲與第三聲之讀法，很可能受口語音影響。例如「得，多則切」，
> 今國語讀 tɤˊ，合於入聲全清聲母讀第二聲之規範。但語音讀 teiˇ，
> 乃不合規範矣。又如「切，千結切」，清母次清，今國語於「密切」
> 時讀 tɕʻieˇ，合於入聲次清聲母讀第四聲之規範。但國語於「切斷」
> 時讀 tɕʻieˉ，爲第一聲，很可能受口語音之影響。……因爲現代國語
> 口語音常有趨向於讀第一聲之傾向。例如微妙、危機、中庸等詞中之
> 微、危、庸本來都是讀第二聲，現在亦有讀第一聲之讀法。至於谷、
> 葛、鐵、尺、骨、筆等讀第三聲，則很可能是較早官話之遺留。因爲
> 在《中原音韻》中，入聲派入三聲，無論全清次清，均以派入上聲者
> 爲最夥，所以此類字很可能爲早期官話之遺留。〔註172〕

這段話說明了入派三聲的大致規律與實際現象。

　　黎新第〈普通話古清入字歸調條理探索〉一文，對於古清入字歸入國語時，

〔註171〕見《魏建功文集》第壹輯，頁 227～228。

〔註172〕見《廣韻研究》，頁 632～633。

一部分讀成上聲，一部分讀成陰平的讀音，增列了幾種輔助說法：「口語常用性是使一部分古清入字在普通話裡保留上聲讀法或歸入陰平的原因。……有文白讀的普通話古清入字，如果一個讀上聲或陰平，另一個讀別的聲調，那麼，讀上聲或陰平的，一般都是白讀。〔註173〕……用作姓氏的古清入字，普通話也大都讀陰平或上聲。〔註174〕」這兩大類可以補充入聲清聲母字的例外規則。

「鼻」字的來源問題，金師周生於〈《中原音韻》「鼻」字的音韻來源與音讀〉這篇文章中，已經做了詳細的考證與說明。《中原音韻》的「齊微」韻中，有「去聲作平聲‧陽」這一類，只有單獨收錄「鼻」字。金師認為，第一，「鼻」字在《廣韻》中屬於去聲至韻，但在現代方言裡，還有讀成陽平、去聲、入聲的。無論是去聲或入聲的讀法，都表示「鼻」在王力先生的上古聲調舒、促兩大類中，有促聲讀法的證據（雖有長入、短入的區別，但都屬於促聲）。第二，《中原音韻》「入聲作平聲‧陽」的歸派術語，以及此類全濁聲母的特性，與「鼻」字的全濁聲母恰好呼應。「鼻」字應由入聲變來，而非去聲。第三，在元曲的韻腳字中，「鼻」屬於去聲韻腳。倘若不限韻腳字，在實際的元劇作品表現中，「鼻」都讀作陽平。所以「鼻」在當時已不是入聲，元曲音系中屬於陽平讀音，但周德清在言語之間還讀成去聲。〔註175〕

魏先生說：

陽聲之平上去韻字諧聲一類。例如：

諧聲聲母	平	上	去
東	凍崠	崠	棟凍
工	江紅虹	項	虹
眞	禛稹縝	縝稹	鎮瑱
方	防坊妨	紡放仿	仿妨放
壬	篤恁紝	恁衽餁	紝妊篤
凡	帆仉	軓	凡仉

〔註173〕例如：百柏北雀窄郝血角腳冊色縮拆摘叔削黑。

〔註174〕例如：卜戚薛索粟宿薩奭束郭葛古闕乞赫霍沃郁……等。見〈普通話古清入字歸調條理探索〉《音韻學研究》第三輯，頁383～386。

〔註175〕見金師周生：〈《中原音韻》「鼻」字的音韻來源與音讀〉《聲韻論叢》第八輯（臺北：臺灣學生書局，民國九十年五月），頁321～329。

陰聲上韻字，按段玉裁《六書音均表》第一部（之）、第三部（幽）、第四部（侯）、第五部（魚）、第十五部（脂）五部諧聲，獨立一類。

陰聲平韻字，按段玉裁《六書音均表》第二部（宵）諧聲與入韻一類。

陰聲去韻字，按段玉裁《六書音均表》第十五部（脂）諧聲與入韻一類，即《廣韻》所存無平上入之四去聲韻字。陰聲除上三則所言，平上去韻字諧聲一類。例如：

諧聲聲母	平	上	去
牙	芽枒鴉	雅庌	迓枒
我	莪譺	我騀	餓
可	歌軻河何	哿荷何坷	坷軻呵
只	只	只軹	伿
支	岐蚑伎	技妓伎	芰汥伎
召	韶軺	紹佋	邵召 〔註176〕

中古音的四聲與諧聲時代的四聲不同，諧聲時代的聲調，在陰陽入的三分的基本架構下，配合以舒促兩大類，作為區分的基準。王力先生《漢語史稿》說：

> 先秦的聲調除了以特定的音高為其特徵外，分為舒促兩大類，但又細分為長短。舒而長的聲調就是平聲，舒而短的聲調就是上聲。促聲不論長短，我們一律稱為入聲。促而長的聲調就是長入，促而短的聲調就是短入。〔註177〕

陳師新雄將王力先生的理論做了更清晰的闡述。陳師說：

> 王氏所謂舒促，即段氏所謂平入也。〔註178〕王氏所謂舒而短即段氏所謂平稍揚，王氏所謂促而長即段氏所謂入稍重也，雖措詞不同，而旨意無殊。不過王氏為顧及後世聲調不同之演變，而為上古聲調先作

〔註176〕見《魏建功文集》第壹輯，頁228。

〔註177〕見《漢語史稿》，頁65。

〔註178〕段玉裁〈答江晉三論韻〉：「古四聲之道有二無四，二者平入也，平稍揚之則為上，入稍重之則為去，故平上一類也，去入一類也，抑之揚之舒之促之，順逆交遞而四聲成。」

> 舒促長短之推測，在理論上、觀念上自較段氏為進步。……以王力前
> 後所說加以對照，則王氏所謂陰陽，實則所謂舒聲，其所謂入聲，即
> 則促聲。……王氏既以去入同為促聲，而證促聲之長調後失輔音韻尾
> 而變去聲；平上既同為舒聲，且以偏旁言之，聲母聲子同在上聲者少，
> 與平聲諧者多，故吾人亦可謂舒聲之短調後世變上，因上聲只是由於
> 短讀，而非失去韻尾，古上聲之成，遠早於去。或者又謂長入因元音
> 長讀而失輔音韻尾，則其所變者當為陰聲之去。〔註179〕

無論舒促或平入，即是元音的長與短，決定了長讀、短讀兩大類，再細分為長讀、短讀，以至於形成後世的四聲。

此外，根據王力的說法，在陽聲韻的去聲部份尚有一塊空缺。王氏主張去聲大部份是由平上聲（特別是上聲全濁）的濁聲變來的。但考察《廣韻》的平上聲，多半還保留了全濁聲母。因此，陳師採取了「長短元音與韻尾共同決定說」，為這個問題做了周全的解釋。陳師引用奧德里古、雅洪托夫、鄭張尚芳的說法，認為去聲字最初曾存在具有構詞後綴作用的輔音韻尾*-s，*-s能跟任何字，甚至帶-p、-t、-k韻尾的字合在一起，*-s前的輔音產生變化或脫落，帶*-s的字變成去聲。故帶輔音韻尾（包含-p、-t、-k、-m、-n、-ŋ）的字，中古變為去聲一類的，都綴有*-s尾。此說並可補足王力先生的空缺。〔註180〕

回到魏先生所說的「平上去韻字諧聲一類」，其實是在同樣的韻尾架構下，諧聲偏旁同類，而元音長短有別；到了中古音，產生了聲調的變化。陽聲韻平上去韻字一類，是因為他們有同樣的陽聲韻尾，這是涵蓋在韻尾說的系統裡；到了中古，聲調有所區分，則是元音長短的緣由。「元音長短說」與「韻尾說」兩者可以相互依存。「陰聲去韻」字的「《廣韻》所存無平上入之四去聲韻字」，即是「祭泰夬廢」。王力先生認為這四韻不與平聲相配，本來就是入聲。孔仲溫先生〈廣韻祭泰夬廢四韻來源試探〉一文，利用詩經韻讀相諧的統計數據，發現這四韻與入聲押韻的的比例，是與去聲押韻的兩倍半，說明了他們與《廣韻》入聲字的關係，遠大於與去聲字的關係。從兩漢開始，這四韻才從原本歸屬的月部中分化出來，漸漸變為去聲。

〔註179〕見《古音研究》，頁761～764。

〔註180〕詳細擬測過程可參見《古音研究》，頁764～768。

（三）平陽陰相轉系十四等四系

系十四至系十七包含「平陽陰相轉系十四、上陽陰相轉系十五、去陽陰相轉系十六、入陽陰相轉系十七」，相較於系八至系十三主要討論入派三聲的聲調發展，本組探討清濁對應調值的變化。魏先生說：

> 聲調歧異的況狀在「自然四聲」中比「標準四聲」複雜，系八至系十三除《中原音韻》及諧聲系統等標準字音而外，在方言活語中隨處可徵，其例不贅。系十四至系十七亦「標準四聲」演化於「自然四聲」中所有之例。凡濁聲母讀變成清聲者，聲調往往陰轉成陽。惟上聲不變的多，却或有的變成陰去聲。〔註181〕

首先，國語的聲母經過了濁音清化的過程，屬於「弱化」的一種。何大安先生說：

> 「弱化」也有好幾種情形。第一種是「清化」（devoicing）。清化就是把濁音發成清音。清音比濁音少了聲帶的振動，使得語音的特點比較不明顯，也比較缺少響度，是一種典型的弱化。輔音的清化，在漢語音韻史上，尤其是相當重要的演變。〔註182〕

在清化的過程中，影響了聲調的讀音變化。平聲根據《廣韻》的清濁，濁聲母變成了陽平聲；原來的清聲母則讀作陰平聲。此外，上聲字全濁的讀作國語第四聲；清聲母或次濁聲母仍然讀第三聲。去聲則一律讀第四聲。

由《廣韻》平上去入四聲，以至於國語聲調四聲的演變，大致有規律可尋。平聲字若爲清聲母，國語則讀第一聲；若爲濁聲母，國語則讀第二聲。上聲若爲全濁聲母，國語則讀第四聲；次濁或清聲母，國語則讀爲上聲。去聲至國語則一律讀作第四聲。入聲字則較爲複雜。陳師新雄說：

> 入聲字變入國語聲調，對應上較爲複雜，如果聲母屬次濁，則一定讀第四聲；如果聲母屬全濁，以讀第二聲爲多，間亦有讀第四聲者；清聲母最無條理，一、二、三、四聲皆有，但就總數說來，仍可以全清、次清作爲分化條件，全清聲母以讀第二聲者爲最多；次清聲母則以讀第四聲者爲多。〔註183〕

〔註181〕見《古音系研究》，頁218～219。

〔註182〕見《聲韻學中的觀念和方法》，頁87。

〔註183〕見《聲韻學》，頁154。

故《廣韻》至國語四個聲調的清濁變化大致如此。

方言的四聲與清濁的變化則十分複雜，如閩方言有七聲，吳方言有七至八聲，粵方言有八至十聲，此為調類的分別。就古音發展的脈絡而言，八聲是最為符合語音發展結構的，即平上去入，各分陰陽兩類。袁家驊先生說：

> 中古音系的調類有四個：平上去入。從中古發展到現代，各方言的調類有了不同的分化和合併。平上去入各分化為陰陽兩個調，決定於聲母的清濁。以後的分合，也與聲母的清和濁，送氣和不送氣有密切的關係。〔註184〕

袁先生又舉出粵語為例，陰入聲依照元音的長短而分化為二類，吳語在少數幾個地區起了變化，都是比較特殊的例子。然而不同地區之間，相同的調類，調值卻有所區別。此為魏先生所論之「自然四聲」。

調值、音高的高低，多少受到聲母清濁的影響。王力先生《漢語史稿》說：

> 聲調的陰陽和聲母的清濁雖有關係，但是不能混為一談。這裡有兩種情況：第一種情況是清音念陰調，濁音念陽調，如吳方言；第二種情況是古清音今念陰調，古濁音今念陽調，如粵、閩、客家方言。
>
> 北方話屬於後一種：陽調的字並不表示保存全濁聲母，只表現著古濁音的系統而已。〔註185〕

若以調類和調值之間的實際比較而言，北京陰平讀為⌐55調，陽平讀為⌐35調；開封陰平讀為⌐24調，陽平讀為⌐41調；溫州陰平讀為⌐44調，陽平讀為⌐31調；潮州陰平讀為⌐33調，陽平讀為⌐55調，同一調類，調值各有差異。

聲調調值經過統計平均，可以觀察各調類的大致音高情形。陳振寰先生認為，構成聲調的要素可分為音高、音曲（音節延續過程中音高曲線的變化）和音長。音曲（平調、升調、降調、曲調）最容易判別，而音高則最難區別。假設同大類陰陽調的音曲、音長相同或相近，而區別在於音高，用統計的方式，或許可平均計算出各調值的音高平均數值。陳先生統計了《漢語方言概要》中的各方言點，推算出各聲調音值平均數：陰平為 44，陽平為 33，陰上為 45，陽上為 23，陰去為 322，陽去為 211，陰入為 44，

〔註184〕見《漢語方言概要》，頁 315。
〔註185〕見《漢語史稿》，頁 195。

陽入爲 22。〔註186〕由此統計數值，可以觀察出陰調偏高、陽調偏低的概略呈現。

二、異位同勢相轉軌

（一）開開相轉系一等四系

系一至系四包含「開開相轉系一、合合相轉系二、平平相轉系三、撮撮相轉系四」。「開、合、平、撮」的異位同勢，指的是「舌的狀態非在相同位置（前後或升降）而脣的狀態相同者」。不同方言點，有不同的實際狀況。魏先生說：

> 魚今音爲-y，朝鮮讀-ɔ，日本讀-o。y 與 ɔɔ 異位，ɔɔ 若以舌後言爲一位，而以舌升降言則亦爲異位，y 雖撮脣，與 ɔɔ 圓脣性質相同。此以無介音而視爲開開相轉例。車之書音爲-y，語音有-e 或-ɛ（揚州話及藍青官話）、-ɑ（江北話）、-ɒ（南京話）、-ɔ 江南話、-ɤ（北平話及官話），亦屬此例。娃挂與桂奎，傀塊與魁，訛譌異文，是系二例。家北平讀-iɑ 爲-ie（在「張家」「李家」諸詞中），耶爺有-iɑ、-ie〔註187〕兩讀，是系三例。日北平讀 ye〔註188〕，江蘇南通如皋一帶讀 yɑ，是系四例。按之等韻關係，系一、系三常相涉，系二、系四常相涉。大抵開合齊撮四等呼在字音變遷上成下列先後關係。〔註189〕

魏先生又以圖示說明如下：

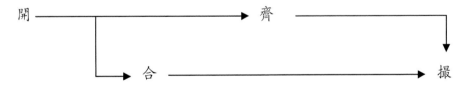

系三「平平相轉」的「平」，指的是齊齒呼，配合系一「開開相轉」、系二「合合相轉」與系四「撮撮相轉」，正好是開、合、齊、撮四種等呼。錢玄同先生《文字學音篇》說：

〔註186〕見陳振寰：〈關於古調類調值的一種假設〉《音韻學研究》第貳輯（北京：中華書局，1986 年 7 月），頁 27～36。

〔註187〕中華書局版作「ie-」，應爲誤植，當從江蘇版作「-ie」。

〔註188〕中華書局版作「yɔ」，應爲誤植，當從江蘇版作「ye」。

〔註189〕見《古音系研究》，頁 219～220。

今人用羅馬字表中華音，于「開口呼」之字，但用子音母音字母拼
切，「齊」「合」「撮」三呼，則用 i，u，y 三母，介於子音母音之間，
以肖其發音口齒之狀。〔註190〕

這表示了開齊合撮的概分法，是以無介音、i 介音、u 介音、y 介音當作基本劃分。

魏先生此軌指的「異位」是指舌位相異；「同勢」，主要是指相同的圓脣與
展脣。範例中，系一以「魚」與「車」作爲說明，這兩個字都沒有介音，方言
音讀遍及舌尖與舌面後的圓脣音，但魚的今音與車的讀書音卻屬於撮口，雖然
y 作爲元音韻尾，但嚴格說來，y 的性質屬於 i+u，即魏先生上述圖說之意。魚、
車在音讀上有細音化的趨勢；再者，y 讀音容易跟系四撮口呼的相轉混淆，所
以這一系以「魚、車」作爲例證，說明上較爲複雜。系二、系三、系四則都符
合 u、i、y 等保留介音相同，整體音值不同的讀法。

（二）平陽陽相轉系五等八系

系五至系十二包含「平陽陽相轉系五、平陰陰相轉系六、上陽陽相轉系七、
上陰陰相轉系八、去陽陽相轉系九、去陰陰相轉系十、入陽陽相轉系十一、入
陰陰相轉系十二」。魏先生說：

以上八系適用於釋詞類聲音組織時。例如琵琶一詞，即由系五之例
相組而成。〔註191〕

「詞類聲音組織」就是聯綿詞組成的聲韻配合關係。聯綿詞由較古的單音詞
源頭衍音爲複音形式的單純詞，在書面格式上，受到漢字單音節的限制，所
以由兩個或兩個以上的單字來紀錄這種聲音的分化，也標誌著聯綿詞不可分
拆解析的特色。關於詞類與聯綿詞的關係，可參照本文第四節〈詞類軌部研
究〉。

系五至系十二，魏先生以平、上、去、入四聲當中，調類的陰、陽作爲區
別，分出八種相轉系。舉例來說：「琵琶」，屬於系五的「平陽陽」相轉。「依稀」，
屬於系六的「平陰陰」相轉。上去兩聲，現今國語無別；入聲則歸納至其他三
聲中。依照方音的不同，上去入三聲的陰陽調值，也有差異。

〔註190〕見《錢玄同文集》第五卷，頁 16。
〔註191〕見《魏建功文集》第壹輯，頁 230。

三、同位上下變異軌與同位異勢變異軌

「同位上下變異軌」包含了「升變降系一、降變升系二、半升變降系三、降變半升系四、升變半升系五、半升變升系六、半降變降系七、降變半降系九〔註192〕、半降變升系十、半升變半降系十一、半降變半升系十二」。魏先生說：

> 此軌與軌一系一至系三相表裏，軌一言相轉，此言變異。變異者只
> 有一方的變化，通常不得兩兩相轉之證時，以用此軌為宜。〔註193〕

「同位異勢變異軌」包含了「升前變後系一、升後變前系二、半升前變後系三、半升後變前系四、半降前變後系五、半降後變前系六、降前變後系七、降後變前系八、升中變前後系九、升前後變中系十、半升中變前後系十一、半升前後變中系十二、半降中變前後系十三、半降前後變中系十四、降中變前後系十五、降前後變中系十六」。魏先生說：

> 此軌與軌一系四至系七相表裏。其性質同上一軌。
> 以上四軌皆為整理單字及歸納聯綿詞類所需。〔註194〕

這兩組音軌基本上架構與「同位異勢相轉軌」（即軌一）相同，但變化範圍更廣。這兩軌的基本架構，仍然圍繞著元音舌位圖，元音歷時性移動的前後、上下走向作分析，包括在本文第一小節〈同位異勢相轉軌〉中論述的「斜向」的變化。如果不依照魏先生所區分的那麼地細，原則上，即是從複音詞、異讀、異文、諧聲、讀如讀若……等等聲音材料中，整理出元音的移動。與軌一不同的是，「同位上下變異軌」與「同位異勢變異軌」這兩軌偏重在不規律的、舌位距離更廣的元音變動，並不單純限於直線式，或變動至鄰近的元音，也就是企圖把變異的例外，都納進音軌系統中。

四、異位同趨衍變軌

本軌〔註195〕包含了「前後同趨系一」與「上下同趨系二」。魏先生說：

> 漢字韻讀往往由兩不相同之部位各自轉變而成為一相同之韻。例

〔註192〕江蘇版注云：「原稿如此，缺『系八』。」

〔註193〕見《古音系研究》，頁220～221。

〔註194〕見《古音系研究》，頁221。

〔註195〕魏先生此處注明：「凡部二之軌五六七，必用於變聲。聲之不同者，必合部一之各軌同時參證。」

如，廣韻江韻之音，本是東冬鍾韻所變，今陽唐韻已與之無別；東陽韻古雖有相通者乃一時一地之現象，其音固在兩位者也。此例屬系二。〔註196〕

黃季剛先生《黃侃國學講義錄·聲韻學筆記》中，「廣韻可分十五組」條下，把「東冬鍾江」歸爲一類，但又說「江韻六朝人混入東，唐人混入陽。」〔註197〕東冬等韻與陽唐等韻，本來並不是一類；而江韻古音與東冬韻是同一類，並且同部。自從黃季剛先生定古聲爲十九紐之後，而聲分爲古本聲、今變聲；韻亦隨聲而有正變。

陳師新雄論《廣韻》二百六韻之正變時，說：

陸氏《切韻》之定，首以論「南北是非，古今通塞」爲其要旨，故其分韻，除四聲、等呼、陰陽之異者外，又因古今沿革之不同，而有正韻（古本韻）與變韻（今變韻）之別，正爲古所本有，變則由正而生。法言酌古沿今，剖析毫釐。（案：法言古今沿革之分析，約而言之，可得四端：一、古同今變者，據今而分。二、今同古異者，據古而分。三、南同北異者，據北而分。四、北同南異者，據南而分。）〔註198〕

東、江韻的正變與分別，屬於第一類「古同今變者，據今而分」。伯元師說：「古在今韻之字，今變同彼韻之音，而特立一韻者。如古『東』韻之字，今變同『唐』韻者，因別立『江』韻，則『江』者『東』之變韻也。」〔註199〕江韻的諧聲偏旁來源，分屬於古韻東、多兩部，與陽部無關。

江韻在《切韻指南》中單獨爲一攝，即江攝。然而江攝在高麗、日本漢音與南方方言的變化中，近似於宕攝唐韻的-aŋ；在上海話與官話的變化中，卻又近似於宕攝陽韻的-ĭaŋ，兩者讀音都接近宕攝，卻必須與宕攝有所區別。伯元師根據四點理由，將江攝主要元音擬爲介於 a、o 兩種性質之間，稍微開口的 ɔ 元音：第一、《切韻》江、陽、唐分成三韻，則必有分別。第二、《切

〔註196〕見《古音系研究》，頁 222。

〔註197〕見黃侃：《黃侃國學講義錄》（北京：中華書局，2006 年），頁 165。

〔註198〕見《廣韻研究》，頁 392。

〔註199〕同上注，頁 568。

韻》四江韻緊鄰在 o 元音的通攝之後，距離 a 元音甚遠。第三、《詩經》江攝字不與陽、唐諧韻，而是與東、冬、鍾諧韻。第四、江攝的諧聲偏旁與通攝互諧。因此江攝的主要元音不爲 a。此外，江攝今天國語讀作-iaŋ 的過程，由高本漢氏假設的元音分裂作用，使江產生 kɔŋ→kɔaŋ 的變化；舌根音之後的 a，把 ɔ 同化爲 a，於是變成了 kaŋ。異化作用的分裂，讓 kaŋ 的主要元音分裂成 ia，即成爲了 kiaŋ；而 k 受到了顎化，變成 tɕ，最終演變成 tɕiaŋ 的讀音。〔註 200〕

回到魏先生的主張，通過江韻的今音音讀，使得東、陽得以溝通，但卻是經過演變的過程，古音並不相同，是所謂「前後同趨」與「上下同趨」。

五、同位異趨衍變軌

本軌包含了「前後異趨系一」與「上下異趨系二」。魏先生說：

> 此軌與上軌相反。例如麻韻初與歌戈韻同爲-ɑ，今歌戈爲-o 或-ɤ，
> 麻爲-a，而《中原音韻》以來別分車遮韻讀-e，自 ɑ 分割二途，爲
> 系一例。〔註 201〕

車遮韻是《中原音韻》根據當時實際的語音情形，從麻韻畫分出來的新的韻部。王力先生說：

> 元泰定元年（1324 年），周德清著《中原音韻》，這是韻書的重大改
> 革。《中原音韻》與「平水韻」的分別主要有三點：第一，「平水韻」
> 只是把《廣韻》的韻部合併了一下，而《中原音韻》則是進一步把
> 「平水韻」的韻按照大都（即今北京）的實際語音系統重新分合，
> 有些新的韻部（如車遮）獨立出來了。〔註 202〕

王先生在《中國語言學史》也說：「從聲母方面看，《中原音韻》的最大特點是把支思從齊微分出來，把桓歡從寒山分出來，把車遮從家麻分出來。這當然是反映了實際語音的發展。」〔註 203〕《中原音韻》的車遮韻，當然是確立了從 a 到 e 主要元音分化的其中一類，但在《中原音韻》之前，已經是前有

〔註 200〕擬音過程可參照《廣韻研究》，頁 603～606。

〔註 201〕見《古音系研究》，頁 222。

〔註 202〕見《漢語音韻》，頁 62～63。

〔註 203〕見王力：《中國語言學史》（臺北縣：駱駝出版社，民國七十六年），頁 98。

所承的了。〔註204〕

　　陳師新雄《中原音韻概要》假定車遮韻的讀音是「-ie、-iue」。伯元師說：

> -ie：遮者（哲）柘ʧ-，車撦（轍）ʧˋ-，奢蛇（折）捨（設）舍ʃ-，
> 惹（熱）ʒ-。國語讀-ɤ，現代官話方言仍讀-ie，中原音韻與「別、
> 爹、姐、謝」同屬一韻，所以我們假定他們是-ie。-iue：本類國語
> 讀-ye。（拙）ʧ-，（啜）ʧˋ-，（說）ʃ-，（爇）ʒ-。國語讀-uo。〔註205〕

按照《廣韻》之後，整體的流變如下：

《廣韻》	平水韻	《切韻指南》	《中原音韻》	現代國語
麻	麻	假攝三、四等	車遮	ie、ye、ə
		假攝二等	家麻	a、ia、ua

六、分合軌

　　本軌包含了「複分爲單系一」、「複合爲單系二」、「單合爲複系三」、「單分爲複系四」。魏先生說：

> 國音之ㄞㄟ〔註206〕ㄠㄡ，方音中往往讀單韻，皆主音在前之複韻分
> 讀其音素或略省輔音而成，或發其兩音素折衷之音。
> ㄞ　ai　江浙語多作a，淮海語多作ɛ或e。
> ㄟ　ei　江淮語有作i的。
> ㄠ　au　江淮語有作ɔ的，大河流域有作o的。

〔註204〕趙陰棠《中原音韻研究》認爲在周德清《中原音韻》前，車遮韻已經有獨立的趨勢：「世人俱知車遮韻之獨立是周氏的特識：不知其來已舊。《毛註禮部韻略微》韻後案語云：……所謂一韻當析爲二者，如麻字韻自奢以下，馬字韻自寫以下，禡字韻自藉以下，皆當別爲一韻，但與之通可也。蓋麻馬禡等字皆喉音，奢寫藉等字皆齒音：以中原雅音求之，夐然不同矣。韓道昭《五音集韻》麻韻迦字下注云：居迦切，出釋典又音加，此字元在戈韻收之，今將歌韻等三等開合共有明頭八字使學者難以檢尋，今韓道昭移於此麻韻中收之，與『遮』『車』『蛇』者同爲一類，豈不妙哉。達者細詳，知不謬矣。毛書產生於紹興三十二年或三十三年，韓書作於泰和戊辰，即嘉定元年。是在南宋時代，車遮韻已有獨立之趨勢。」見趙陰棠：《中原音韻研究》（上海：商務印書館，民國二十五年二月），頁107〜108。

〔註205〕見陳師新雄：《中原音韻概要》（臺北：學海出版社，民國七十四年），頁46〜52。

〔註206〕中華本作「ㄟ」，應爲誤植。今依江蘇本作「ㄟ」。

又　ou　吳語有作 ø 的。

複韻字衍分其所含音素各爲主音，如是者爲複分爲單。漢字之輔
音在前的複韻乃是一種結合韻幾等於單，當輔音變讀爲主音時，
方成純粹之複韻，如是者爲單分爲複。有本爲先後音素獨立之韻，
以其在語言自然情形中，合爲複韻。吳語系統之蘇州話往往常見。

〔註 207〕

系一、系二爲語音弱化作用的一種，複元音變單元音也是一種元音的弱化。李
師添富〈談語音的變化〉列舉數例，如：（國語）回來[xuei][lai]→[xue][lɛ]（複
變單）、（國語）買賣[mai][mai]→[maimɛ]（複變單），〔註 208〕都是系一、系二因
爲弱化作用產生音值變化的例子。

　　何大安先生在討論漢語韻母的複元音化與單元音化時，提到「在漢語韻
母的發展上，有一些下降複元音的產生，可以說也是弱化的結果。」並列表
如下：

	客　語	國　語
百	pak	pai
拍	phɔk	phai
北	pɛt	pei
黑	hɛt	xei
熟	suk	ʂou
粥	tsuk	tʂou
烙	lɔk	lau
薄	phɔk	pau

　　何先生說：「這些例字，原本都是收-k 尾的入聲字。客家話雖然把『北、
黑』的-k 變成了-t——這是受前元音 ɛ 的同化而移前——但是塞音韻尾還保持
得很完整。但是國語就不一樣了。相當於客語塞音韻尾的部位，國語都是元音
韻尾。如果從歷史發展的先後來看，客語反映的是早期的狀況，國語的是後來
的演變。這也就是說，國語的 i、u 韻尾，是從塞音韻尾變來的。這種演變是一

〔註 207〕　見《古音系研究》，頁 222〜223。

〔註 208〕　見〈談語音的變化〉《輔仁學誌（文學院之部）》第廿一期，頁 125〜126。

種弱化：由完全成阻的塞音，弱化為響度非常低的非接觸成阻的 i、u。……有的語言或方言會把複元音『單元音化』。例如吳語的例子：

	吳語	國語
飽	pɔ	pau
寡〔註209〕	ko	kua
派	pha	phai
黑	xẸ	xei

這些字在早期都有複元音，吳語溫州方言都單元音化了。其中『飽、寡』是把複元音的起點和終點，集中在一個中點上。『黑、派』則是把韻尾元音丟掉。無論是哪一種情形，都可算是『弱化』。」〔註210〕語音的弱化結果，造成了單元音化的現象。

魏先生說：

疑古先生曾因顧頡剛先生口語中稱「門牌七號」如「門牌俏」，而於與趙元任先生通信時記日應用其例書「七號」以「俏」字代之。

一號－要　二號－嫋　三號－笑

四號－燒　五號－傲　六號－老

七號－俏　八號－報　九號－教

十號－紹

這是因為「號」字匣母，蘇州音是讀與韻母ㄜ相關的（ㄜ母帶舌根摩擦就是ɣ聲，不摩擦便成為ㄜ母），發音先後連帶關係，也就往往讀成韻母，因此好像所有的「某號」都是前一字的韻母與他拼成一個複合的韻了。這種例子與詞類軌有些相通。漢字單韻複韻的音值有許多未能確定的問題，故暫不具體舉例。〔註211〕

〔註209〕「寡」字的例子屬於上升型的複合元音，嚴格的說應該屬於介音＋主要元音，不同於ㄞ、ㄟ、ㄠ、ㄡ等「主要元音＋元音韻尾」的下降型複合元音，因此「寡」字的例證應可再商榷。

〔註210〕見《聲韻學中的觀念與方法》，頁89～91。

〔註211〕見《古音系研究》，頁222～223。

錢玄同先生為人幽默，在周遭親近的師友的往來書信中，經常使用雙聲疊韻、注音拼音、諧音、國語羅馬字、隱語⋯⋯等，使得這些紀錄口語的書面材料，多了幾分反應實際語言現象的趣味。〔註212〕文中所述的「一號」至「十號」，比較接近於民間使用的秘密語、反切語或是俗語。趙元任先生在〈反切語八種〉這篇文章裡，論述這種民間俗話的反切語時說：

> 反切語是一種秘密語。秘密語的種類很多。比方蘇州（跟別處）有所謂「縮腳語」，取成語一句，只說到末字不說，就算代表那個末字。⋯⋯還有根據字形而定出各種叫法的⋯⋯還有一種差不多人人都用的秘密語，就是在小團體的範圍之內，例如在家庭，或幾個常在一塊兒的同伴中，往往事物都得了外號；起初不過是為說著頑兒說的，但既是外人聽不懂的，就自然有了秘密語的功用了。⋯⋯最有系統，在音韻上也最有意思的是用反切的秘密語。真的反切語必須把字拆開成為聲母韻母兩部份，例如媽 m-a，在聲母後加一個韻母如 ai，成為 mai，在韻母前加一個聲母如 k 成為 ka，於是媽就說成買旮 mai-ka。〔註213〕

反切語的規則等同於反切，例如《鏡花緣》第十七回著名的「吳郡大老倚閭滿盈」一句，就是指「問道於盲」。「一號－要，二號－嫋⋯⋯」的構成規則也是如此，上字取聲，下字取韻。這種變化方式屬於「複合為單」，與上述秘密語的衍生方式「單分為複」不同，然而構成的特性卻是相近的。

七、增減軌

　　本軌〔註214〕包含了附聲隨系一、失聲隨系二、變聲隨系三。「聲隨」即是

〔註212〕如劉思源等編輯的《錢玄同文集・書信卷》編輯說明也提到：「錢玄同的信出名的不好懂，寫給親近的朋友如魯迅、周作人、魏建功等人的信尤其如此。他善造新典，善用新典，稱人也多用外號（如對胡適的稱呼竟多至十數種），有時還生造字詞，再加上戲謔和諷刺的成份，所有這些使局外人看來如猜謎語，如讀天書。」見《錢玄同文集》第六輯，頁 29。較為可惜的是，《錢玄同文集》書信卷並未收錄與趙元任先生的往來書信。

〔註213〕見《趙元任語言學論文集》，頁 362～364。

〔註214〕魏先生說：「凡部二之軌八（即增減軌），必於聲隨韻用之：有時必與前七軌及部一各軌同時參證。」意指對轉理論中，兩個字之間，因為音近的層次有遠近之份，

指輔音韻尾。魏先生說：

> 舊說之陰聲韻讀爲陽聲或入聲者，即系一例。
>
> 舊說之陽聲或入聲韻讀爲陰聲者，即系二例。
>
> 舊說之陽聲或入聲韻讀爲入聲或陽聲者，即系三例。
>
> 舊說之陽聲或入聲韻讀中由甲變乙者，即系三例。
>
> 以上四項總釋。前三項爲古音家所稱之「對轉」：陰陽對轉，陰入對轉，陽入對轉。第四項爲「通轉」。〔註215〕

本節闡述關於古語中的陰陽對轉與旁轉。如戴震所說：「僕審其音，有入者，如氣之陽、如物之雄、如衣之表；無入者，如氣之陰、如物之雌、如衣之裡。又平上去三聲近乎氣之陽、物之雄、衣之表；入聲近乎氣之陰、物之雌、衣之裡。故有入之入，與無入之去近，得其陰陽、雌雄、表裡之相配。」孔廣森說：「入聲者，陰陽互轉之樞紐，而古今遷變之原委也。舉之咍一部而言，之之上爲止，

故元音、聲母也依實際情形而有所不同。主要元音相同，即是關係最密切的基本對轉原則，其他則是較爲疏遠的變例。

〔註215〕魏先生引證曰：《說文》「適，之也，宋魯語。」之，常語，陰聲；適從商聲，與之聲同，韻轉入聲，系一陰入對轉。《水經注》引《風俗地理記》「燕俗謂『亡』爲『無』」。亡，陽聲；無，陰聲，系二陰陽對轉。按以「亡」爲「無」，殷商甲骨文字已然。《說文》，「關東曰『逆』，關西曰『迎』」。逆，入聲；迎，陽聲，系三陽入或入陽對轉。《釋名》「青州謂『癬』爲『徙』」。《詩·匏葉·箋》，「俗語『斯白』之字作『鮮』，齊魯之間聲近」。徙、斯皆陰聲，癬、鮮同爲陽聲，系一、系二陰陽及陽陰對轉。《禮記·中庸·注》「齊人言『殷』聲如『衣』」。殷，陽；衣，陰，系二。《周禮·司尊彝注》「『獻』讀爲『摩莎』之『莎』，齊語」。獻、莎，系二陽陰對轉。《爾雅·釋天·郭注》「江東呼『獵』爲『獠』」。獵，入；獠，陰，系二入陰對轉。《方言》「自關而西，凡美容謂之『奕』，或謂之『僷』。宋、衛曰『僷』，陳、楚、汝、穎之間謂之『奕』」。按：奕入聲收-k，僷入聲收-p，系三入聲通轉。又，「江沅之間謂之『迹迹』；秦晉謂之『屑屑』，或謂之『塞塞』，或謂之『省省』，不安之語也」。屑收-t，迹、塞收-k，系三入聲通轉，與省爲系三陽入對轉。《廣韻》收-m諸韻今音皆爲-n，系三陽聲通轉。國音之ㄣ收-n，ㄥ收-ŋ，方音多混ㄥ爲ㄣ，亦同此例。蒯光燮《同聲韻學便覽》中載皖北讀音，此類不少。安徽徽州黟縣方音讀漢字很多部分屬於此軌，例見北大《國學季刊》二卷四號《古陰陽入三聲考》中。寧波話呼「伯」爲「阿pang」，呼「叔」爲「阿song」，是系三之例。

止之去爲志，志音稍短則爲職，由職而轉則爲證、爲拯、爲蒸矣；咍之上爲海，海之去爲代，代音稍短則爲德，由德而轉則爲嶝、爲等、爲登矣。……期間七音遞轉，莫不如是。」陳師新雄說：「夫所謂陰陽對轉者，乃指陰聲韻部之字與陽聲韻部之字，相與諧聲、協韻、假借等而言，而其相諧協之韻部，必彼此相當，亦即主要元音相同。」〔註216〕陰聲、陽聲之間產生了音變，透過入聲作爲樞紐，增加或丟失了輔音韻尾，時而相通。林景伊先生說：

> 蓋「入聲」者，介於「陰」「陽」之間，本音出於「陽聲」，應收鼻音。但「入聲」音至短促，不待收鼻，其音已畢，頗有類於「陰聲」。然細察之，雖無收音，實有收勢，（凡「陽聲」收 ng 者，其「入聲」音畢時，恆作 k 聲之勢。「陽聲」收 n 者，其「入聲」音畢時，恆作 t 聲之勢。「陽聲」收 m 者，其「入聲」音畢時，恆作 p 聲之勢。……）則又近於「陽聲」。故曰介於「陰」「陽」之間也。因其介於「陰」「陽」之間，故可兼承「陰聲」「陽聲」，而與二者皆得通轉。〔註217〕

正是此理。

語音的陰陽對轉雖然是一種變化，但在古籍中卻並不罕見。此外，也有一字同義而產生了陰聲、陽聲的不同讀音。李師添富以《廣韻》爲例，說：「歷來學者以爲一字所以多音，或由於別義，或肇因語音之變遷，再者，則或由於方言之歧異。」由《廣韻》兼包古今方國之音的性質而言，考察多音字的形構和古音來源等，同一個字有了陰聲、陽聲的異讀現象，和音轉有關者，可歸納爲

〔註216〕見《古音研究》，頁 110。錢玄同先生說：「自戴孔以來，言古韻之通轉，有『對轉』之說，謂陰聲、陽聲、入聲互相通轉也。夫陽聲、入聲之異於陰聲，即在母音之後，多 n、ng、m 及 t、k、p 等收音之故，陽聲入聲失收音，即成陰聲，陰聲加收音，即成陽聲、入聲，音之轉變，失其本有者，加其本無者，原是常有之事，如是則對轉之說，當然可以成立。」王力先生說：「古音中常有陰聲字變成陽聲字，或是陽聲字變成陰聲字的例子，這是語音變化中常有的現象，中國音韻學家叫做『陰陽對轉』。所謂陰陽對轉，並不是一個陰聲字可以隨便變成一個陽聲字，或是一個陽聲字，可以隨便變成一個陰聲字。對轉之間，是有一定的規則和條例的，陽聲變爲陰聲時，牠所變成的，必是與牠相當的陰聲；而陰聲變爲陽聲時，牠所變成的，必是與牠相當的陽聲。」錢、王二位先生的說法清晰而明確。

〔註217〕見《中國聲韻學通論》，頁 121。

「兩音多屬正紐雙聲而又正對轉」、「兩正對轉音讀以本屬陽聲韻部，其後失落鼻音韻尾轉入陰聲韻部者」、「陰聲轉入陽聲韻」、「經典假借」、「學者謂之形訛，卻可解之以音理」……等等，〔註218〕可見得音讀的陰陽聲的聲轉變化，排除了形體的訛誤等其他因素之外，的確是古音中具有的獨特關係。

陰陽對轉之理，引魏先生之論述而言：

> 陽聲的尾巴——附的聲——截去便是陰聲；陰聲加上一段尾巴便是陽聲。這叫「對轉」。若陽聲短讀，尾巴等不得說出來，便有些像陰聲，而發音的實在情形並不是截了尾巴，不過尾巴的音沒有出來，尾巴音的發音勢子卻已做出了，這是入聲；所以尾巴是 m，入聲就做成 p 的式子，n 就做成 t 的勢子，ŋ 就做成 k 的勢子。陰聲依《廣韻》沒有入聲，依古音學便是與對轉的陽聲同一入聲。〔註219〕

漢語同發音部位的入聲與陽聲，韻尾一個是塞音，一個是鼻音，但塞音韻尾僅保留了成阻與持阻階段，並不除阻，響度比較弱；而語音流變之間，因為弱化，導致入聲韻部，語感上接近它所相承的陰聲，可是相對的，發音方法又比較接近陽聲，造成了陰聲、陽聲，透過了入聲作為中介，形成對轉的語言變化現象。旁轉，則是相同韻尾的韻部，因為張口度大小稍微改變，造成主要元音變動，使得鄰近的陰聲韻與陰聲韻、陽聲韻與陽聲韻、入聲韻與入聲韻之間得以溝通。

若以古韻部相同的主要元音，不同韻尾的「陰入陽」（例如歌 ai－月 at－元 an）為一組，陳師新雄歸納並發明了共十二類組合，以說明古韻部的對轉旁轉。製成表格如下：

元音＼韻尾	ə		部	ɐ		部	a		部
-0-	ə	之	24	ɐ	支	10	a	魚	13
-k	ək	職	25	ɐk	錫	11	ak	鐸	14
-ŋ	əŋ	蒸	26	ɐŋ	耕	12	aŋ	陽	15
-u	əu	幽	21	ɐu	宵	19	au	侯	16

〔註218〕見李師添富：〈《廣韻》一字同義陰陽異讀現象研究〉《輔仁國文學報》民國九十一年十一月第十八期，頁1～34。

〔註219〕見〈古音學上的大辯論——〈歌戈魚虞模古讀考〉引起的問題〉《魏建功文集》第參輯，頁158。

-uk	əuk	覺	22	ɐuk	藥	20	auk	屋	17
-uŋ	əuŋ	冬	23				auŋ	東	18
-i	iə	微	7	iɐ	脂	4	ai	歌	1
-t	tə	沒	8	tɐ	質	5	at	月	2
-n	nə	諄	9	nɐ	眞	6	an	元	3
-p	pə	緝	27	pɐ	怗	29	ap	盍	31
-m	mə	侵	28	mɐ	添	30	am	談	32

伯元師說：

> 主要元音相同，則爲對轉之韻部……至於收-p 之入聲韻部與收-m 之
> 陽聲韻部，因無適當相配之陰聲韻部，故僅有陽入對轉之韻部。至
> 於旁轉，在上表中，凡主要元音相同，皆有旁轉之可能，主要元音
> 不同，若韻尾完全相同，亦有旁轉之可能。〔註220〕

從上表可以歸納出古韻分部至三十二部之後，所有韻部之間的通轉。

回到魏先生所說的「附聲隨、失聲隨、變聲隨」，陰入或陽入對轉即是附聲
隨、失聲隨的音變，變聲隨即是旁轉。若以中古音到現代音來看變聲隨，則中
古深、咸兩攝的平上去韻字 m 尾都變成了國語的 n 尾；方言中舌根鼻音韻尾
ng 與舌尖鼻音 n 經常有混淆的現象。

魏先生說：

> 段玉裁《六書音均表》四，《詩經韻分十七部表》所列「古本音」及
> 「古合韻」，多屬此軌之例。……按段氏分部，入聲合於陰聲，故上
> 舉本音陰聲轉入聲諸例，疑皆當屬此種。研究古音學者因陰聲入聲
> 相合，其初多不別立入聲。今依音素價值分別言之，凡與本音陰聲
> 轉入聲之字相叶的當是本音入聲轉陰聲。新近國外學者如高本漢及
> 西門華德都討論到這類例子的音值。拙著《古陰陽入三聲考》也有
> 一個假設來解釋過，但還待詳細討論。〔註221〕

陳師新雄論段玉裁「古本音」與「古合韻理論」，說：

> 段氏之所謂古本音者，乃古與今異部。蓋段氏於古韻既析爲十七部，

〔註220〕 見《古音研究》，頁 436。

〔註221〕 見《魏建功文集》第壹輯，頁 234～237。

而每部之中，又認定今韻若干韻爲其本韻，倘《詩經》韻在同一部，而此字卻不在其指定之本韻中者，則稱之爲古本音。例如段氏第一部以之、咍、職、德爲本韻，亦即周秦韻屬第一部，今韻在之、咍、職、德諸韻之內者，則爲本韻；而今在之咍職德諸韻之外者，如所舉「尤」「牛」「丘」等字，周、秦韻在第一部，而今韻則非屬之、咍諸韻者，而出之尤韻，依段氏條例，稱之爲「古本音」。……至於段氏所謂古合韻，則是周秦韻本不同部，而互相諧協者當之。亦即古與古異部而相合韻者。……蓋段氏所謂古合韻者，原與古韻部有別，而互輸移轉者也。〔註222〕

魏先生所說的「本音陰聲轉入聲」，若是用早期考古派音韻學家的看法，並未將入聲韻部由陰聲中獨立出來，仍舊採用陰入相配的分部方式，於是入聲韻部歸在陰聲中，「陰聲轉入聲」只是一種基本的變例。審音派將入聲韻部獨立之後，時至今日，吾人爲其作音值構擬，便要照顧到諧聲或叶韻變化的緣由。「陰入對轉」這一類，魏先生另有看法。至於「本音陰聲轉陽聲」、「本音陽聲轉陰聲」，屬於陰陽對轉的一種，或是合韻。如魏先生舉的例子：「來在之部，《女曰雞鳴》與贈字叶韻，贈在蒸部。」之蒸正好是同一組的陰陽對轉。「調在幽部，《車攻》與同字叶韻，同在東部。」幽東是合韻。「顒在侯部，《六月》與公字叶韻，公在東部。」侯東是同一組的陰陽對轉。無論是合韻還是對轉，都是一種變例。

「增減軌」意在討論韻尾的增、減，以及變化，魏先生對於陰聲主張有兩類，即「純韻」與「古陰聲」，並且爲「古陰聲」構擬了半元音的韻尾。所以依照這個概念，「陰入相轉」的例子反而是「變聲隨」，即韻尾變化，而非「附聲隨」，與舊說不同。此外這裡也帶出了韻尾音值構擬的問題。魏先生說：

以上都是附聲隨和失聲隨的兩條軌則，但如入聲轉陰聲之所列諸例，依愚見以爲是變聲隨的軌則。即此類陰聲之定義當非向來所指不附聲隨的，然後才可以說通與那些入聲相轉的原故。高本漢主張屬於一種與-p、-t、-k相對的濁聲隨，就是另一類入聲因爲變降調（去）的關係成爲陰聲。西門華德主張原有的一種入聲不是-p、-t、-k，而是高說的-b、-d、-g，這類轉陰聲的入聲是一種附-ß-ð-γ的。愚以爲

此種兩叶的字西門主張的讀法有相當價值，而被叶的陰聲字應該是
一種附半母的，才會成功入聲陰聲相通的現象，故陽聲所對入聲是
一種，陰聲所對入聲是一種，陰聲又不是不附聲隨的。於是入聲轉
陰聲之例，在此意義上便應與下一項同在一條軌則之中。

本音陽聲轉入聲〔註223〕

陽聲轉陽聲〔註224〕

入聲轉入聲〔註225〕

以上為變聲隨的軌則。〔註226〕

上古陰聲韻「侯、宵、幽、魚、支、之、歌、脂、微」九部，舊說為元音韻尾。
但因為陰聲九部與入聲關係密切，於是學者開始假設這九部亦有輔音韻尾。西
門華德主張擦音-ß、-ð、-γ，高本漢、李方桂、董同龢、陸志韋主張塞音-b、
-d、-g，甚至歌部與一小部份的脂部字擬成-r 尾。魏建功不主張陰聲韻部的輔
音韻尾，但卻擬了另一種的半元音韻尾-ɥ、-j、-w 相配，可參照本文第一章。

　　李方桂先生《上古音研究》說：「其實陰聲韻就是跟入聲相配為一個韻部的
平上去聲的字。這類字大多數我們也認為有輔音韻尾的，這類的輔音韻尾我們
可以寫作*-b、*-d、*-g 等，但是這種輔音是否真的濁音，我們實在沒有什麼很
好的證據去解決他。現在我們既然承認上古有聲調，那我們只需要標調類而不
必分這種輔音是清是濁了。」〔註227〕相對於清塞音-p、-t、-k 韻尾，濁塞音韻
尾變成更強調它的系統性，至於實際上是否是濁的塞音，則有待商榷。

〔註223〕例證如下：滕蒸部字，《大田》叶賊字，為之部之入，假借為蟘。生青部字，《綿》
　　　叶胝字，為真部之入。怛寒部字，《甫田》叶桀字，《匪風》發偈字，為脂部之入。

〔註224〕例證如下：音收-m，《小戎》叶膺弓滕興，轉收-ŋ。綏收-m，《閟宮》叶崩騰朋陵
　　　乘騰弓增膺懲承，轉收-ŋ。興收-ŋ，《大明》叶林心，轉收-m。諴收-ŋ，《殷武》叶
　　　監嚴濫，《桑柔》叶瞻，轉收-m。驂收-m，《小戎》叶中，轉收-ŋ。陰收-m，《七月》
　　　叶沖，轉收-ŋ。飲收-m，《公劉》叶宗，轉收-ŋ。諶收-m，《蕩》叶終，轉收-ŋ。臨
　　　收-m，《雲漢》叶蟲宮宗躬，轉收-ŋ。瞻收-m，《桑柔》叶相臧狂，轉收-ŋ。

〔註225〕例證如下：急收-p，《六月》叶飾服熾國，轉收-k。業收-p，《常武》叶作，轉收-k。
　　　葛收-p，《旄丘》叶節日，轉收-t。

〔註226〕見《古音系研究》，頁223～231。

〔註227〕見《上古音研究》，頁33。

董同龢先生《漢語音韻學》認爲：「濁輔音韻尾容易消失或變元音，清輔音韻尾則容易保持不變。」〔註228〕這個說法與陸志韋先生說相同。相較於短音入聲字-p、-t、-k，-b、-d、-g等於是帶音的長音，容易演變成元音韻尾。

陸志韋先生的《古音說略・陰聲字的收聲》，認爲：

> 上古漢語沒有開音綴的結論有的人一定以爲怪誕不經，世上哪裡會有這樣的語言呢？……這些現象我們不可以看得過份嚴重。我們斷不能從《詩》韻諧聲劃出一部分來，把他們跟入聲割裂，絕對證明他們是上古的開音綴。我們的結論儘管是不近情的，然而這樣的材料只可以教人得到這樣的結論。擬音的結果必得遵照擬音的方法。不論古人今人，直到現在只發明了這一種方法，此外沒有比較語言學的現象可供參考的。……就事論事，就材料下結論，上古的收聲好像只有-p，-t，-k，-b，-d，-g（或是-b，-d，-g）；-m，-n，-ŋ。心裡不妨存一疑問，上古語是有開音綴的，可是不知道哪些字是的。〔註229〕

這是純粹就材料來擬測音值，但擬音總是必須顧及實際語言現象的眞實性。

王力先生曾經批評過這種所有音節都擬測輔音韻尾的作法，並認爲世界上沒有任何一種語言是開音節如此貧乏的，這將形成一種虛擬的語言。入聲字的塞音韻尾都是一種唯閉音，屬於不爆破的，因此沒有辦法實際區別-p、-t、-k與-b、-d、-g的差異。

陳師新雄《古音學發微》也認爲陰聲韻部不應有-b、-d、-g、-r收尾：

> 因爲陰聲諸部若收濁塞音韻尾-b、-d、-g，則與收清塞音-p、-t、-k韻尾之入聲相異，不過清濁之間，則其相差實在細微，簡直可將陰聲視爲入聲，如此則陰入之關係當更密切……然而不然，陰入之關係並不如此密切。《廣韻》陰聲之去聲，爲古韻入聲部所發展而成，關係密切除外，《廣韻》陰聲之平上聲與入聲之關係，實微不足道。若陰聲收有-b、-d、-g韻尾，平上去與入之關係，當平衡發展，相差不至如此之大，易言之，即陰聲之平上聲與入聲之關係，亦當如去聲與入聲關係之密切。今既不然，可見收-b、-d、-g韻尾一說，

〔註228〕見《漢語音韻學》，頁268。

〔註229〕見《古音說略》，頁106～109。

尚難置信。前代古韻學家向以入聲爲陰陽對轉之樞紐，今若陰聲收
-b、-d、-g 韻尾，則陰聲當爲陽入對轉之樞紐，因-b、-d、-g 與入聲
之-p、-t、-k 同爲塞聲，又與陽聲之-m、-n、-ŋ 同爲濁聲。易言之，
即陰陽之關係遠較陽入之關係密切，然而事實上不然，陽入對應之關
係遠較陰陽對應之關係爲密切，何以言之，從上古到中古，入聲韻部
多與陽聲韻部相配整齊，而陰聲韻部相配則較參差。近代方言中，凡
入聲失去韻尾後，其聲調多轉入其他各類聲調。以是言之，若陰聲有
-b、-d、-g 韻尾，則其失去韻尾，當起聲調變化，今陰聲聲調之調類
既仍未變，則陰聲有輔音韻尾之説，似亦難以採信。〔註230〕

魏先生將古韻韻尾分成五大類：（1）陽聲類，（2）入聲甲類，（3）入聲乙類，
（4）陰聲類，（5）純韻類。〔註231〕其中陰聲分成有半元音韻尾的「陰聲類」
與純元音收尾的「純韻類」。半元音 j、w、ɥ 收尾的配對方式，介於輔音與元音
之間，同時具有兩者的特徵，是魏先生之創見。王力《類音研究》說「摩擦音
與元音很相近，只要把摩擦音取消了摩擦性，就成爲元音，所以他（指潘耒）
把元音與摩擦音爲同類是有相當理由的。」陳師新雄的構擬原則說：「既然摩擦
音減其摩擦性，就與元音無別，則吾人以元音之-i 及-u 作爲韻尾，既照顧到高
氏等之區別，又能照顧上古漢語開音節不致缺乏問題。」〔註232〕王力先生、龍
宇純先生、陳師新雄均採用 i、u 元音韻尾說。平心而論，魏先生建構之古陰聲
半元音韻尾，是系統性的假定，就是取其能兩全的特色而賦予中介之過渡性質，
若具有系統上的辨義作用，站在「書寫系統」之立場，純爲音理推論並賦予其
合理之假設，亦是自成一說。本節內容可與第一章參照。

增減軌之內容亦與魏先生之古音學說互相配合。如〈古陰陽入三聲考〉說：

對轉便是〈音軌〉部二軌八增減軌的事實。陽聲與入聲甲的對轉是
〈音軌〉部一系一軌一塞鼻相轉的道理應用在聲隨上的解釋，由韻
說即是部二軌八系三的變聲隨。陰聲與入聲乙的對轉是〈音軌〉部

〔註230〕見《古音學發微》，頁 984～985。
〔註231〕（1）陽聲類：-m、-n、-ŋ（2）入聲甲類：-p、-t、-l、-k（3）入聲乙類：-F、
-f、-θ、-ç、-cç、-s、-t͡s、-h（4）陰聲類：-ɥ、-j、-w（5）純韻類：-ʔ、-ɸ。
〔註232〕見《古音研究》，頁 404。

一軌一系二塞通相轉的道理應用在聲隨上的解釋，由韻說即是部二軌八系三的變聲隨。純韻與陰、陽、入對轉（即舊說的陰陽入），是〈音軌〉部一軌五韻化和部二軌十聲化的道理應用在韻讀末尾的解釋，由韻說即是部二軌八系一的附聲隨和系二的失聲隨。陰聲、陽聲、入聲之同類對轉是〈音軌〉部一軌二系一、系八、系九的塞塞、鼻鼻、通通相轉的道理應用在聲隨上的解釋，即是部二軌八的系三變聲隨。〔註233〕

上述內容把聲類軌部和韻類軌部混合著說，只是為了要取其發音方法的描述（塞、鼻、通），事實上就是說明韻尾的音素變化而已。此為音軌理論之實際應用。

八、鼻韻化軌

本軌〔註234〕包含了「單韻鼻韻化系一」、「複韻鼻韻化系二」、「聲隨韻鼻韻化系三」。魏先生說：

軌八三系相轉之間，其中可以有一仲介之因，故凡軌八之現象欲加以解釋時，即在鼻韻之關鍵。關於音理的說明，別見《陰陽橋》（《北大學生》創刊號）及《古陰陽入三聲考》下篇，（北大《國學季刊》二卷四號）《科斗說音》。〔註235〕

魏先生重視鼻化韻理論，以此解釋陰聲與陽聲、陽聲與陽聲之間的音轉與過度。如魏先生〈陰陽橋〉說：

曷謂「陰陽之橋」？鼻韻是也。鼻韻者何？並純韻之主讀同時收音於鼻，所謂弇侈軸音混沌如一也。日本語之ン，時有相似之點，在「音便」中可為 m，可為 n，可為 ng 也。鼻韻何以為「陰陽之橋」？陽聲之主讀為鼻韻，收音則以鼻韻而浼泯。陰聲之收音習以為同於純韻，主讀為鼻韻，則又往往涉似陽聲之為鼻韻者。陽聲之收音及其主讀之鼻韻，若均消失，輒為陰聲。陰聲主讀之鼻韻，影響收音，

〔註233〕見《魏建功文集》第參輯，頁254。

〔註234〕魏先生說：「凡部二之軌九，必於非聲隨韻與聲隨韻之相轉變者用之，而與軌八有直接因果關係，與前七軌及部一各軌有時必同時參證。」

〔註235〕見《古音系研究》，頁231。

若歸於顯著，輒爲陽聲。故曰，鼻韻者陰陽之橋也。〔註236〕

〈古陰陽入三聲考〉說「鼻韻」是一種「過渡的音」：

> 我們覺得一切各自爲類的陽聲、陰聲、入聲皆與純韻起對轉，以及
> 互相通轉；以純韻爲主，期間又該有過渡的音。我所謂「過渡的音」
> 是純韻與陰陽入之間的橋。韻書中字聲母穿錯互收的音，如照前說
> 非腌合而相似，便應是這種「過渡的音」。我有一篇〈陰陽橋〉，在
> 《北大學生》創刊號上發表了。內容就是論這純韻（舊所謂陰）與
> 陽聲中間的過渡的音。這裡要講的不是僅僅「陰陽橋」，而是「音的
> 通轉的橋」。我們講這音的通轉的「橋」，是對一種音變現象所下的
> 解釋。這種現象在韻書裡表現的是穿錯變化已定之後的文字記載；
> 方音中所見的例子是給我們說明這文字記載穿錯變化的音的實證。
> 籠統的說來，過渡的「橋」是純韻的鼻化，我們叫這種韻做「鼻韻」。
>
> 〔註237〕

〈與陳仲甫先生論學書〉分析「鼻韻」、「半鼻音」和陰陽對轉的關係，說：

> 鼻韻是指鼻音以外之半鼻音，例如上海讀「三」爲純粹陰聲，正則
> 韻書傳統讀法附-n者即先生所云附鼻音之陽聲，乃如江北一帶之讀
> 「三」爲 sã（南通）sẽ（如皋）及江淮間寒桓韻讀 æ̃者亦爲通常視
> 同陽聲之價值，然并非鼻音而爲半鼻音與元音同時發出也。此種陽
> 聲讀法爲寫韻家所不細分，西人如高本漢于方音字匯中附錄而不言
> 其理。……循是以求，大抵蘇皖東楚吳越故地晉秦隴界及古滇之 m
> 變 n，三字陽聲多爲半鼻音。我前賢論陰陽對轉而不及知此半鼻音，
> 今西人知此半鼻音而不論陰陽對轉，一奇蹟也！〔註238〕

〈科斗說音〉則指「斗」、「東」二字，古音侯東對轉，而中間存有鼻韻之過渡
音讀。此類皆倡言半鼻音之性質，以及爲陰陽對轉之樞紐。

　　魏先生又引金文丳氏編鐘韻例以證明聲隨的鼻化。魏先生認爲，該文以
「戎、宗、秦、墜、隥、京、宗、公、銘、忘」等陽聲韻字合韻，同樣收音於

〔註236〕見《魏建功文集》第參輯，頁 290。

〔註237〕見《魏建功文集》第參輯，頁 266。

〔註238〕見《魏建功文集》第參輯，頁 404。

鼻化韻尾，並以日音對譯：

> 今日本人譯華音之陽聲概以ン收韻，是其已不能分辨 m、n、ng 之故。這些字之叶韻，與此類似。仔細分開來，我們再審慎一步，只以在偶數的句尾看他的叶韻情形，試以日本吳音所暗示的，可以更無疑的分成兩組。
>
> （甲）戎＝ジウ　秦＝シン　陰＝イン　都有イ音含著。
>
> （乙）京＝キヤウ　公＝ク　銘＝ミヤウ　忘＝マウ　都有ア音含著。
>
> （甲）組在等韻裏都三四等字（秦四，其餘三）。（乙）組在等韻裏除了公字，也都是三四等字（銘四，公一，其餘三）。我們望前推到戰國時候，承《三百篇》的遺韻，可以見到《秦、豳風》合上《大、小雅》所在的地點與這鷹鐘作器的時地人相去不遠，他們那時那地大約讀古音家所分冬眞侵部的韻有些字是作爲一類如 e-ə 或-γ 的鼻韻。至於東陽部的韻也是一種-u、-o 與-ɔ、-ɑ 之間的鼻韻。日本音的公已然是東陽不相通的的聲音了。這兩種臆想，我們還要另行作一番研究才能十分確信。「鼻韻」之名不過是粗説，細説起來，或者是種種鼻音，如「鼻聲隨變鼻摩擦音」等等。〔註239〕

魏先生引日譯漢音說明這種鼻化韻：

> 日本假名五十音圖在五十之數以外有個「ン」，他們名之曰「撥音」。日本語沒有附聲韻……撥音特別用來對寫外國語的附聲韻（案此處指陽聲）……ン音是 m、n、ŋ 共同相似的鼻音。因爲發音地位與 m、n、ŋ 共同相似，所以這鼻音才可以依著他後面連綴的音而明定其爲 m 或 n 或 ŋ 任何一音。這樣，我們知道是一個鼻化純音。……那漢字原來分別很嚴的 m、n、ŋ 音，在日本語特別影響中全混變成純韻鼻化的音。〔註240〕

魏先生之引證從金文，過渡到日本譯音，未必有直接關係，且稍嫌迂迴，並增

〔註239〕見《古音系研究》，頁 231～234。
〔註240〕見《魏建功文集》第參輯，頁 266～271。

添了古今南北之時地差異。平心而論，鼻韻現象確實爲實際之語音變化，但魏
先生所引述之例證卻是作爲一種解釋鼻韻的方便説。

何大安先生解釋鼻化元音爲：

> 一般發元音的時候，軟顎上升，氣流並不通過鼻腔。如果軟齶不上
> 升，讓氣流同時從口腔和鼻腔通過的話，所得到的，就是鼻化元音。
> 鼻化元音的記法，是在「口部元音」（oral vowel）──也就是氣流
> 只通過口腔的元音──之上加一個「～」記號。〔註241〕

魏先生以方言中「純韻的鼻化」，也就是元音韻尾的鼻腔化，稱爲鼻韻，做爲陰
陽對轉的關鍵。

日語裡鼻音韻尾只有一種 n，而且是後來才產生的，對應漢語的-m、-n 韻
尾。-ng 韻尾ウ（-u）與イ（-i）代替。史存直先生説：

> 漢語的三種鼻音韻尾「-m、-n、-ŋ」古代日本人是怎樣處理的呢？
> 現代日語中的「ン」這個字母在五十音圖中就沒有它的地位，可能
> 是後來才產生的，所以古代日本人在譯音時就用「ム」（mu）和「ヌ」
> （no）來對當「-m」和「-n」。到後來日語中產生了「ン」，而漢語
> 中的閉口韻也消失了，「-m」變成了「-n」，所以日本人也就用「ン」
> 來對當漢語中的「-m、-n」兩個韻尾了。古代日本人處理「-ŋ」的
> 方法最爲特別，如果仿效「ム、ヌ」來對當「-m、-n」的辦法，他
> 們似乎也可以用「グ」來對當「-ŋ」，可是他們並沒有這樣做（這可
> 能與ガ行音有兩種讀法有關）。他們倒是用「ウ」或「イ」來和「-ŋ」
> 對當，就是説，對元音 a、o、u 後面的「-ŋ」用「ウ」，對元音 e、i
> 後面的「-ŋ」用「イ」。這樣的對應就不免在我們的思想上引起了雙
> 重問題：漢語的韻尾「-ŋ」究竟是不是鼻音？是一類還是兩類？經
> 過考慮，我們只能推測，這種特殊的對音乃是由於日語五十音圖中
> 沒有表示「-ŋ」音的字母，所以只得采用他們憑音感認爲近似的音
> 來對音。〔註242〕

日語中有日語特殊的規則與變化過程，不見得日語中 m、n 混同，就表示古漢

〔註241〕見《聲韻學中的觀念與方法》，頁 34。

〔註242〕見〈日譯漢音、吳音的還原問題〉《音韻學研究》第二輯，頁 181～182。

語中也有 m、n 混同，甚至是視爲共同一個鼻化韻來源。對於古漢語的韻語材料，面對複雜的押韻現象，必須更謹愼處理。有時也許只是合韻，未必是韻尾相同。吳音的歷史較早，對應漢語 m、n 的韻尾，在吳音中已經混同。吳聖雄先生《日本吳音研究》，以歷史假名遣、心空《法華經音義》、《大般若經字抄》、《新譯華嚴經音義私記》等材料中日漢對音 m、n 韻尾的研究指出，-m、-n 韻尾，只有兩種對應法：第一、同樣都以單獨的，不作聲母的ン-n 收尾表示。第二、雖然沒有-m 韻尾，但同樣采用聲母系統的 mu 來表記。兩種標示法都有共時的系統性。漢語方言中，-m、-n 韻尾都完整保存了下來。因此不代表日文中-m、-n 混同，漢語就也同樣的混同成了-m、-n 不分的鼻韻。

　　魏先生又舉《老子》爲例，將同一章裡鄰近但不同部的陽聲韻韻腳，都視爲具有鼻化性質而相叶。魏先生曰：

> 此兩者同出而異名，同謂之玄，玄之又玄，眾妙之門。我以爲「名」、「玄」、「玄」、「門」四句相叶，是共同讀爲 ei 的鼻韻。第四章：道沖而用之或不盈，淵兮似萬物之宗。挫其銳，解其紛，和其光，同其塵，湛兮似或存。吾不知誰之子，象地之先。「盈」、「宗」、「紛」、「塵」、「存」、「先」六句相叶，與前例同。第六章：谷神不死，是謂玄牝。玄牝之門，是謂天地根，緜緜若存，用之不勤。「死」、「牝」、「門」、「根」、「存」、「勤」六句相叶。《經典釋文》「牝，頻忍反，舊音扶死反，簡文伏緊反」。是舊音與「死」字叶，而後改音與「門」、「根」諸字叶，其初當全相叶可知。第二十一章：窈兮冥兮，其中有精；其精甚眞，其中有信。「冥」、「精」、「眞」、「信」說是兩句一叶固然平妥，不過我們可以注意四句相叶的可能，正如「名」之與「門」叶，「盈」之與「塵」叶。第三十五章：道之出口，淡乎其無味，視之不足見，聽之不足聞，用之不足既。「味」、「見」、「聞」、「既」四句相叶。這些都是古音家青部眞部、諄部、冬部、脂部的合韻，也都是《老子》裏頭這些部有些字是鼻韻化了而相叶音的證據。凡此之類，《老子》中間還有些其他的條例，也待學人探究。〔註243〕

江有誥《音學十書・先秦韻讀》引述《老子》：第一章「此兩者，同出而異名，

〔註243〕見《古音系研究》，頁 233～234。

同謂之玄，玄之又玄，眾妙之門。」「名」不入韻，「玄、門」文真通韻。第四章「道冲而用之或不盈，淵兮似萬物之宗。挫其銳，解其紛，和其光，同其塵，湛兮似或存。吾不知誰之子，象地之先。」「盈、宗」不入韻，「紛、塵、存、先」叶文部。第六章「谷神不死，是謂玄牝。玄牝之門，是謂天地根，緜緜若存，用之不勤。」「死、牝」叶脂部，「門、根、存、勤」叶文部。二十一章「窈兮冥兮，其中有精；其精甚真，其中有信。」「冥、精」叶耕部，「真、信」叶真部。第三十五章「道之出口，淡乎其無味，視之不足見，聽之不足聞，用之不足既。」「味、見、既」脂元合韻，而非同韻；「聞」不入韻。就江有誥的歸類，即使是鄰近的陽聲韻，不同韻部之間，界線仍然十分清楚，即使是合韻，也已經加以注明。並非全為相叶。此為不同觀點之下，寬嚴標準的差別。

　　魏先生鼻韻化的說法，就長期歷時性的語音發展中，的確是有的；而文章中所列舉的金文、先秦諸子、中古音、日本譯音……等材料，時地錯綜；以此互相佐證並解釋鼻韻化的現象，則材料的選擇與取捨，仍有再商榷的餘地。

九、聲化軌

　　本軌包含「單韻聲化系一」、「複韻聲化系二」、「附聲隨聲化系三」〔註244〕。魏先生說：

> 聲類軌的末了說過一種將聲母讀音遺失掉的現象，大部分是今日喻母的字，以及微母、疑母、日母的今讀。其中喻母乃是古匣群定三母的遺失的痕跡。現在這一軌正與那種例子相反。我們明顯的說明，若將喻母復歸本原和今微疑日母改成暨古的讀音，正是韻母聲化。在各家的意見裏，大致承認影母字原無聲母只是韻母，然而從諧聲系統裏看來，卻有許多套影母諧聲字的諧聲偏旁都是有聲母的字。我們這樣說是可以的，大概漢字很少不含有聲母的，諧影母無聲母的音沒有恰當的字，於是取了些與影母發音部位相近的別的聲母的字來表示，結果使得影母的許多字相沿依了諧聲偏旁的聲母讀音而成為聲化了。例如委聲是影母，而魏字是從委得聲的疑母字，捼字是從尾得聲的泥母字，痿字是從委得聲的日母字。我們單就《廣韻》

〔註244〕原標題下注云：「凡部二之軌十，與部一之軌五有直接因果關係，與兩部各軌有時必同時參證。」

陰聲及入聲韻的影母來看，諧聲聲母純粹不讀他母的有：

天聲　要聲　烏聲　於聲　衣聲　畏聲　幼聲　尉聲

應聲　幽聲　悥聲　医聲　意聲　益聲　壹聲　屋聲

奧聲　亞聲　乙聲

在有些方言裏影母字都讀成疑母，那都是這一軌的例子。朝鮮諺文的韻母單寫的時候，一定要用一個相當於疑母聲隨的ㅇ字，例如아是ɑ，而앙是 ang 並不是 ngang。這種元音前面的根號，和我們讀影母變爲疑母，以及影母諧聲聲母是有聲母的字，可以參考對照。〔註245〕

所謂的「聲化」，即是在韻的前面加上輔音聲母，或是依照魏先生所說的，將微疑喻母等恢復到較古的讀音，其實主要是反應出聲母消失的相反情況而已。魏先生並舉出影母及其諧聲字與影母方言爲例說明。〔註246〕影母的「聲化」，較爲明顯的例子是方言中的借用疑母字音讀。高本漢認爲這是一種「類推現象」，他說：

我們一考察到從前歸到這兩個聲母（影喻）的字的現代讀音，就可以發見在中國南部，域外方言，以及在中國北部不少的地方它是完全沒有口部聲母的。就是實在有口部聲母的時候，它也跟疑母（古代 ŋ）顯然相合。我們既然不能假設兩個不同的音依著音律的演變會得到像在這裡這樣既複雜而又一致的結果，我們就得要承認在這許多方言中它是由一種類推（anaogie）作用而構成的。所以我就假定在某一個時期中所有這些方言都像南部的方言那樣沒有口部聲母，到後來因爲有一種反對拿 i，y，u 以外的其他元音作聲母的傾向，它們就拿疑母（ŋ）的同樣音素來作聲母。〔註247〕

這種類推現象在韓語中是有跡可尋的，韓文的 o 在韻尾時讀作-ŋ，而在聲首時卻是零聲母。而影母字不論與其他聲母字或是單純與影母諧聲的例證頗多，影母字並非不帶聲母，而是帶有喉塞音ʔ聲母。

〔註245〕見《古音系研究》，頁 231～235。

〔註246〕此處的「無聲母」其實應該是針對國語的一種方便說明而已。魏先生在＜音軌＞其他各節中，已經明顯的指出影母古音屬於喉塞音，此處不至於混淆或誤認影母爲「無聲母」，嚴格說來應該仍是帶有喉塞音聲母的。

〔註247〕見《中國音韻學研究》，頁 271。

第三節　詞類軌部

　　「詞類軌部」，是「音軌」的第三部份。魏建功先生建立了系統性的五個詞彙與聲韻互相配合變化的音軌，即「聲同軌」、「韻同軌」、「聲韻皆同軌」、「聲韻均異軌」和「聲韻混合軌」。第一，「聲同軌」是就「雙聲」形式的複音詞作為分析對象。第二，「韻同軌」是就「疊韻」形式的複音詞作為分析對象。第三，「聲韻皆同軌」是針對既雙聲又疊韻，但介音不同，或是古音音值不同的複音詞作為分析對象。第四，「聲韻均異軌」是分析聲和韻都不同的複音聯綿詞，其中包括「綺錯格」與「二合格」。第五，「聲韻混合軌」是專就合文形式的「切音格」進行探索，並且反映了漢語的「自反」現象。

　　本軌主要探究詞類的音變，所以聯綿詞是主要的分析重點。王寧先生說：「在聯綿字中百分之九十以上都有雙聲疊韻關係。」〔註248〕正因如此，複音形式的單純詞，和單詞比較，多了一個以上的音節，也增添了許多音素，所以最容易看出聲韻配合的變化，以及對應至單字的古音痕跡。

一、聯綿詞與「詞類軌部」的關聯性

　　聯綿詞在漢語的發展歷程中實為久遠。柯師淑齡說：

> 先民造字，首重獨體之初文，一形一音一義，與西方各國複音節之語言不同。然單音節以表義，留音甚短，瞬間消失，再者，單音詞也較不能滿足人們之思維能力及不易表現複雜之概念。另外音節由奇變偶也易於上口，駢詞於是生焉。〔註249〕

聯綿詞之產生有其必然，考諸劉勰《文心雕龍・物色》篇云：「是以詩人感物，聯類不窮。流連萬象之際，沈吟視聽之區；寫氣圖貌，既隨物以宛轉；屬采附聲，亦與心而徘徊。故灼灼狀桃花之鮮，依依盡楊柳之貌，杲杲為出日之容，瀌瀌擬雨雪之狀，喈喈逐黃鳥之聲，喓喓學草蟲之韻；皎日嘒星，一言窮理，參差沃若，兩字窮形，並以少總多，情貌無遺矣。」〔註250〕這一段話當中即使用了雙聲、疊韻以及疊音的形式。

〔註248〕王寧：《古代漢語》（北京：北京出版社，2002年），頁154。

〔註249〕見柯師淑齡：〈論駢詞同音同用〉《中國文化大學學報》民國八十三年六月第二期，頁35。

〔註250〕見黃霖編：《文心雕龍彙評》（上海：上海古籍出版社，2005年），頁150。

　　「聯綿字」與「聯綿詞」，基本上沒有太大的差異。例如魏先生說：「我們現在稱這種聯綿字為聯綿詞，以明其都具有文法上的獨立成意的詞類作用。」〔註251〕只是基於漢字單音節孤立語的本位，學者多半將雙音結構的單純詞歸屬至「字」的範疇而已。聯綿詞的最大特點是字義與詞義毫無關係，在聯綿詞構成的兩個音節裡，任何一個字都不具備單獨的意義，所以不允許拆開來個別解釋。古人研究時不明白這個道理，強行將聯綿詞拆解逐一分析，往往得到錯誤的結果。

　　聯綿詞在音節形式上，除了雙音節之外，也保存了多音節的形式。張世祿先生《古代漢語教程》說：

> 由一個詞素構成的詞叫單純詞。單純詞的意義構造很單純，但其語音形式較多，……兩個音節的單純詞如「參差、蝴蝶、婆娑」等，三個音節的單純詞如「波羅密」，……佛教中有一個羅漢的名稱是「賓度羅跋囉惰闍」，則是一個七音節的單純詞。單音節的單純詞中，三個和三個以上音節的單純詞以譯名、人名、地名為多，而最值得注意的是雙音節單純詞。這種單純詞也叫做「聯綿詞」、「聯綿字」。聯綿詞讀起來是兩個音節，寫出來是兩個字，這兩個字在紀錄聯綿詞時成了純粹的語音記號，字義與聯綿詞的詞義無關。聯綿詞的詞義寓於兩個音節緊密結合的語音組織之中，兩個音節共同表示一種意義，不能拆開解釋，更不能分開運用。王念孫在《讀書雜志·漢書第十六》中說：「凡連語之字，皆上下同義，不可分訓。說者望文生義，往往穿鑿而失其本指。」王念孫說的「連語」，並不全是聯綿詞，但這段話卻很好的道出了聯綿詞的特徵。……聯綿詞以其語音形式特點為標準，可分為雙聲、疊韻、雙聲疊韻、疊音、既非雙聲也非疊韻等幾類。聯綿詞的語音上的「雙聲」、「疊韻」以古音為標準，這點是必須注意的，因語音的發展使古代的雙聲、疊韻，在今天讀來有的已不是雙聲、疊韻了。〔註252〕

此段說法給了聯綿詞一個很好的說解與定義。李師添富說：「就詞義而言，由於

〔註251〕見《古音系研究》，61頁。

〔註252〕見張世祿：《古代漢語教程》（上海：復旦大學出版社，2000年），頁111～113。

不論聯綿詞的產生屬於義合式、衍音式或是摹聲式，都只能算是一個單純詞，因此只有一個語素……但在語音上，是否必須具備聲韻關係，學者說法並不一致。」〔註253〕聯綿詞的呈現形式，固然以具有部份重疊的兩個音節爲主，但「非雙聲疊韻」的，或者也仍可考求出語音的聯繫。魏先生爲陳獨秀《古音陰陽入互用例表》序說：「聯綿詞音之形式有雙聲，有疊韻，有非雙聲疊韻者。非雙聲疊韻者往往可以與雙聲或疊韻者證驗，於字與字間音之同異離合，及義類語根之條理，皆足發明，且尤有助於近時趨向之漢藏語系比較研究。」〔註254〕；《古音系研究》也說：

> 聯綿詞的音讀，我們不應當作單字的音的連書，中間至少有幾種事實可以設想的。
>
> （1）雙聲聯綿的可以有複韻和複聲隨的存在。
>
> （2）雙聲聯綿的可以有對轉或通轉的異字重言的存在。
>
> （3）疊韻聯綿的可以有複聲的存在。
>
> （4）疊韻聯綿的可以有同音的異字重言的存在。
>
> （5）非雙聲疊韻聯綿的可以有複聲的存在。
>
> （6）非雙聲疊韻聯綿的可以有複韻和複聲隨的存在。
>
> （7）非雙聲疊韻聯綿的可以有自雙聲疊韻方面變來的。
>
> （8）雙聲聯綿與非雙聲聯綿一詞兩音之間，可以證古代聲隨的遺跡。
>
> （9）疊韻聯綿與非疊韻聯綿的兩詞互相間，可以證古代韻變的樞紐。
>
> （10）無論何種聯綿的詞經過以上的檢討，可以推定其語根所指及所屬，也就是從而推定古語的狀況，假設古語之音的組織。
>
> 〔註255〕

〔註253〕見李師添富：〈《詩經》中不具音韻關係的聯綿詞研究〉《先秦兩漢學術》2009年3月第11期，頁7。

〔註254〕見《魏建功文集》第貳輯，頁487。

〔註255〕見《魏建功文集》第壹輯，頁167。

無論是從魏先生建立系統的角度來看，或是聯綿詞確實存有「非雙聲疊韻」者，以魏先生的理論而言，此處必須以存有「非雙聲疊韻」之形式或性質爲先行考量；而吾人也必須從各種角度探討聯綿詞的語源形式和變化程度。這都是值得再三細索的。

　　魏先生在「詞類軌部」中，已經明白指出了，聯綿詞就是本軌部的討論關鍵。魏先生說：「部一部二是用來解釋單字閒的聲音關係，部三〔註256〕是用來解釋由幾個單字聯綴成的詞的聲音組織。前人的『轉語』、『讔語』、『聯綿字』都是這一部份條例所要包括的材料。」基於此，首先應該釐清聯綿詞（字）的定義。趙克勤先生說：

> 我們可以給聯綿字下一個科學的定義：聯綿字是由只代表音節的兩個漢字組成的表示一個整體意義的雙音詞。這裡有三個要點：第一，必須由兩個漢字組成；第二，必須是單語素；第三兩個漢字都只起表音作用，沒有意義。如果沒有第一條，不能稱爲「聯綿」；如果沒有第二條，就可能與合成詞相混淆；如果沒有第三條，就可能與合成詞中的某些類型（如偏義複詞、附加類複音詞）相混淆。〔註257〕

本節就魏先生「詞類軌部」之內容所分類的雙聲、疊韻規則和字音關係，逐項討論，以期釐清，並發明其中之眞知灼見。

二、聲同軌

　　魏先生「詞類軌部」中所指詞的聲韻變化，是複音形式的單純詞，即聯綿詞、疊字一類。「聲同軌」即是針對聲母相同的、雙聲形式的複音詞作爲分析對象。關於雙聲，《語言學辭典》云：「一個多音節詞語的聲母相同叫做『雙聲』。雙聲的構成，一般以雙音節的詞語爲常見，如：『紅花、玲瓏、豐富、冷落、呼喚』；也有些雙聲的結構是多音節的，如：『光怪陸離』。」〔註258〕魏先生說：

> 部一部二是用來解釋單字閒的聲音關係，部三是用來解釋由幾個單字聯綴成的詞的聲音組織。前人的「轉語」、「讔語」、「聯綿字」都是這一部份條例所要包括的材料。我想要完成一個工作，其名爲「中

〔註256〕部三即是詞類軌部。

〔註257〕見趙克勤：《古代漢語詞彙學》（北京：商務印書館，1994年），頁49。

〔註258〕見陳師新雄：《語言學辭典》（臺北市：三民書局股份有限公司，2005年），頁231。

國語聯綿格」。這軌──就是「雙聲格」。雙聲格裡含有複聲尾的痕

跡。〔註259〕

　　儘管從語音上看是兩個以上不同的音節，從書寫形式看是兩個以上不同的字，但從意義上看則只包涵一個詞素，而非兩個詞素。由於這種詞由兩個以上的音節聯綴成義，不能分割，故前人稱之爲「聯綿詞」。

　　對於魏先生所說「雙聲格裡含有複聲尾的痕跡」中的「聲尾」一詞，應該加以說明。首由於複輔音聲母至少含有兩個以上的輔音音素，《語言學辭典》「複輔音」條下云：「兩個或兩個以上的不同輔音結合在一起的，叫『複輔音』或『輔音叢』。它必須在同一音節之內，處在同一增強的緊張上或同一減弱的緊張上。」〔註260〕 又，「複聲母」條下云：「一個音節的開頭具有一個以上的輔音組成，叫做複聲母。……先秦時代的複聲母，已經確定的有『帶舌尖邊音 l-的複聲母』、『帶舌尖輕擦音 s-的複聲母』。前者例如『風』的聲母是 pl-，『廉』的聲母是 gl-，『李』的聲母是 dzl-……」〔註261〕 文中所引述的*pl-、*gl-是二合形式的複聲母，演變至中古音時期的單聲母時，不見得是處於複聲母末尾的音素失落而消失，是各別有其分化的不同形式。如同高本漢《中國聲韻學大綱》中，針對形聲字聲母的諧聲現象所擬訂的三個式子〔註262〕：

　　a　柬　klan　：　闌 glân

　　b　柬　kan　：　闌 klân

　　c　柬　klan　：　闌 lân

　　上古複聲母演化並非只是末尾的音素丟失如此單純而規律，也正因如此，漢語的複聲母痕跡才得以被發現。魏先生用「複聲尾」一詞來表示複聲母的形態，或許是受到漢語單純輔音韻尾-p、-t、-k、-m、-n、-ŋ的影響，加以命名，實際上卻可能會讓語音演變概念中的「塞音韻尾失落」和「複聲母分化爲單聲母」中間的概念混淆重疊，產生誤會。因此仍然以「複聲母」一詞來統稱複輔音聲母中多音素的現象，較爲妥當。

〔註259〕見《古音系研究》，頁 236。

〔註260〕見《語言學辭典》，頁 84。

〔註261〕同上注，頁 87。

〔註262〕見《中國聲韻學大綱》，頁 102。

然而，「雙聲」格當中的複聲母，屬於一種系統性的擬定，必須建立在複聲母存在的基礎上，才能成立。因爲按照邏輯來看，既然「雙聲」，必定是聲母相同，所以不能表示出它們的聲母不同；而透過了不同聲母的同源詞、聯綿詞比較之後，找出了相對應的諧聲與發音部位關係，才能判斷出複聲母的存在。於是，先找出了複聲母痕跡，再回過頭來，爲雙聲格也安排了「聲同軌」，其實是一種完整的措施。魏先生此處的擬定，是全面性並且系統性的。

三、韻同軌

「韻同軌」即「疊韻格」，是由疊韻〔註263〕形式的複音聯綿詞中，觀察兩個音節中可能構成的複聲母形式，及其存在過的痕跡。《古音系研究》說：

> 這是聯綿格的「疊韻格」，疊韻格裏含有複聲的痕跡。〔註264〕

關於漢語上古音的複聲母假定，歷來已經進行過許多討論，有支持此說，也有不贊同此說者。支持者例如依特金斯、林語堂、陳獨秀、羅常培、陸志韋、李方桂、嚴學宭、周祖謨、董同龢、周法高、張世祿等，都認爲古有複聲母〔註265〕；而唐蘭等卻不認同上古有複聲母〔註266〕。針對於這個主題，討論的文章不勝枚舉。然而從漢語同語系的方言、同源詞比較的結果，學者們漸趨於採信上古漢語存在過複聲母。〔註267〕張世祿先生舉出了驗證古有複聲母的七條途徑，即：

〔註263〕關於疊韻，《語言學辭典》云：「指兩個韻母相同的字組成一詞。例如國語的『稀奇』『ㄒㄧ ㄑㄧˊ』、『螳螂』『ㄊㄤˊ ㄌㄤˊ』、『徘徊』『ㄆㄞˊ ㄏㄨㄞˊ』、『荒唐』『ㄏㄨㄤ ㄊㄤˊ』。古今南北的讀音不同，兩字是否疊韻，必須依憑時間、地點的條件而定。」見《語言學辭典》，頁59。

〔註264〕見《古音系研究》，頁236。

〔註265〕關於複聲母的討論，具有代表性之相關重要論文，參考趙秉璇、竺家寧先生合編之《古漢語複聲母論文集》。

〔註266〕見唐蘭：《中國文字學》（臺北市：樂天出版社，民國六十四年），頁32～45。

〔註267〕例如《語言學辭典》「複聲母」條下云：「這項研究早在十九世紀末，英國漢學家艾約瑟（Joseph Edkins）提出，二十世紀前半，是『懷疑與論辯』的階段，這個階段的學者有林語堂、陳獨秀、陸志韋、董同龢、周法高、李方桂、丁邦新、楊福棉等。到了二十世紀後半，是『確立與系統』的階段，學者累積了大量而充分的證據，證明了上古音複聲母的存在，並且進行了複聲母系統的研究。這個階段的學者有嚴學宭、竺家寧。……國外漢學家參與複聲母研究的有高本漢、蒲立本、白保羅、包擬古、柯蔚南等。」見《語言學辭典》，頁87。

1、諧聲異常。2、重文。3、讀若。4、異讀。5、古語。6、方言。7、漢藏語系諸語言。按照魏先生《古音系研究》之論述，此處應可再增添「聯綿詞」一項，作為驗證途徑。〔註268〕

　　在許多討論的過程中，帶*-l-型的複聲母，是最沒有爭議的。徐振邦先生在《聯綿詞概論》中舉出了幾組例證〔註269〕，說明了一部分聯綿詞中，前後兩個字都屬於可能的複聲母結合條件，它們來自於上古複聲母的分立，並演變成兩個不同的單聲母。從疊韻的類型裡，更可以明顯看出這種變化的可能性，如：

第一、古聲母為*p-/*l-式，義根為「分離」的聯綿詞群。

聯綿詞	詞　意	出　處	古韻部特徵〔註270〕
披离	離散之貌。	宋玉〈風賦〉	歌部疊韻
撥攦	以手分披。	《廣韻·曷韻》	月部疊韻
敷與	開舒四布。	《漢書·禮樂志》	魚部疊韻
劈歷	疾雷。	《釋名·釋天》	錫部疊韻
辟歷	鈹。	《方言》郭璞注	錫部疊韻
辟易	避開。	《史記·項羽本紀》	錫部疊韻

第二、古聲母為*tsh-/*l-式，義根為「青色」的聯綿詞群。

聯綿詞	詞　意	出　處	古韻部特徵
滄浪	水清。	《孟子·離婁上》	陽部疊韻
蒼筤	竹青色。	《易·說卦》	陽部疊韻
倉浪	天青色。	《宋書·樂志·古詞東門行》	陽部疊韻
蒼琅	銅青色。	《漢書·五行志上》	陽部疊韻
蒼狼	禾青色。	《呂氏春秋·審時》	陽部疊韻

〔註268〕關於劉又辛先生指出聯綿詞不能作為構擬複聲母的證據等，學者們已多有評論，故尚不能作為定說。例如不認同複聲母的龐光華先生云：「劉又辛還論述了不能利用聯綿詞來作為構擬複輔音的根據，他認為雙聲聯綿詞、疊韻聯綿詞、調聲聯綿詞都是由重言詞演變而來。劉又辛的這個觀點可以是一家之言，我們對此不打算加以討論。」（見《論漢語上古音無複輔音聲母》，頁63。）

〔註269〕以下例證根據徐振邦《聯綿詞概論》中所引據增補而成。見徐振邦：《聯綿詞概論》（北京：大眾文藝出版社，1998年），頁114～129。

〔註270〕本文所採用之上古聲、韻系統為陳師新雄之古韻卅二部與古聲十九紐。

蔥蘢	草木青翠盛貌。	《文選·江賦》	東部疊韻
瓏玲	青玉明潔貌。	杜牧《街西長句》	東部疊韻

第三、古聲母為*ʔ-/*d-式，義根為「昏暗不明」的聯綿詞群。

聯綿詞	詞　意	出　　處	古韻部特徵
黯闇	蒙昧，糊塗。	《莊子·齊物論》	侵部疊韻
靉靆	雲盛貌。	《玉篇·雲部》	沒部疊韻
曖曃	雲霧障蔽天日。	《古文苑·終南山賦》	沒部疊韻
僾逮	凸光鏡、眼鏡。	清歷荃《事物異名錄》	沒部疊韻

第四、古聲母為*k-/*l-式，義根為「圓」、「圓轉」的聯綿詞群。

聯綿詞	詞　意	出　　處	古韻部特徵
果蓏	瓜果之實的總稱。	《周易·說卦》	歌部疊韻
果蠃	鶺鴒、巧婦。	《廣雅·釋鳥》	歌部疊韻
果蠃	細腰土蜂。	《詩經·小宛》	歌部疊韻
果蠃	又稱栝樓、瓜樓。	《爾雅·釋草》	歌部疊韻
轂轆	車輪。	五代譚用〈貽費道人〉	屋部疊韻
瘑痨	疥瘡疙瘩。	《集韻·皓韻》	宵部疊韻
橄欖	因其圓而得名。	《三輔黃圖》	談部疊韻

第五、古聲母為*m-/*l-式，義根為「模糊不清」的聯綿詞群。

聯綿詞	詞　意	出　　處	古韻部特徵
蒙蘢	不清晰。	《漢書·揚雄傳》	東部疊韻
曚曨	日不明。	《玉篇·日部》	東部疊韻
朦朧	月不明。	《廣韻·東韻》	東部疊韻
幎歷	分布覆披。	《文選·吳都賦》	錫部疊韻
摹略	大約。	《墨子·小取》	鐸部疊韻
魍魎	木石精怪。	《文選·西京賦》	陽部疊韻
冥靈	大樹。	《莊子·逍遙遊》	耕部疊韻

　　這些聯綿詞的兩個音節韻部都相同〔註271〕，說明了疊韻的聯綿詞中複聲母的痕跡。這些複聲母分立的聯綿詞，大致上可以分為幾種來源，即：第一、單

〔註271〕其中一部分材料屬於旁轉或對轉關係的，因關係稍弱，所以姑且不採用。

音詞的緩讀〔註272〕。第二、單音詞衍音〔註273〕。第三、同義近義單音詞的連用〔註274〕。相較於較早的諧聲時代，甚至更早以前的古漢語，這幾種較晚的現象，反映出古複聲母所殘存的根源痕跡。〔註275〕

四、聲韻皆同軌

這一軌是以既雙聲且疊韻，然或為疊字，或為異字的複音聯綿詞，做為整體架構的一部分，並指出單純詞的疊音現象。然而魏先生在原文中缺少相關佐證，或是進一步說明。魏先生說：

> 這是聯綿格的「重言格」。重言格最普通是疊字重言。有許多文字不相同，細細推究卻是異字而重言的。這種異字重言的多半埋藏在雙聲或疊韻裡。〔註276〕

就魏先生提出的兩種類型看法，以下概分為「疊字重言」、「異字重言」兩點，並加以舉例說明：

（一）疊字重言

「疊字重言」應該區分為兩類，一類是從單字義生成的，不屬於聯綿詞；一類是意義與單字義無關的，屬於聯綿詞。以下就兩種類型，分別歸納：

〔註272〕如吉靈、蒺藜、渾沌、窠窬。

〔註273〕如曠埌、葫蘆、朦朧。

〔註274〕如疴僂。

〔註275〕此外，魏先生透過複聲母的聲音組織，一併探討了「某聲有某義」的設想。如魏先生說：「凡舌根舌頭爆發音連綿詞是事物突起或沸湧橢圓成錐的形況語根，語根代表詞『科斗』『骨朵』『疙瘩』。凡舌根爆發音舌頭邊音的連綿詞是事物圓渾球繫或輾轉環滾的形況語根，語根代表詞『果贏』『軲轆』『骨鹿』。凡舌頭爆發音舌頭邊音的連綿詞是事物叢珠垂掛或回旋軸轉的形況語根，語根代表詞『陀螺』『突欒』『都盧』。凡舌根音舌頭音（爆或擦）的連綿詞是事物中空直長的形況語根，語根代表詞『胡同』『喉嚨』。凡唇音舌頭邊音的連綿詞是事物兩側弧圓或積纍的形況語根，語根代表詞『胡盧』『瓴甋』『巴簍』。凡舌頭舌葉音舌根鼻音的連綿詞是事物險峻或不相和合的形況語根，語根代表詞『支吾』『突兀』『崔嵬』。」見《魏建功文集》第壹輯，頁 166。這些連綿詞雖然未必都是韻同，但聲母也給予我們很好的啟示。

〔註276〕見《古音系研究》，頁 236。

　　第一，不屬於聯綿詞的疊音詞。這些詞可以從一個詞中分析成兩個詞素，或是具有通假的現象。例如：

疊音合成詞	出　　處	說　　解
穆穆	《詩·商頌·那》：「穆穆厥聲。」	鄭《箋》：「穆，美也。」段玉裁訓穆爲美，即㟼之通假。
惕惕	《詩·陳風·防有鵲巢》：「心焉惕惕。」	鄭注：「惕，懼也。」
瞿瞿	《詩·齊風·東方未明》：「狂夫瞿瞿。」	段玉裁認爲瞿爲毌之通假。
灌灌	《詩·大雅·板》：「老夫灌灌。」	毛傳：「灌灌猶款款也。」
楚楚	《詩·曹風·蜉蝣》：「衣裳楚楚。」	楚本字爲黼，《說文》：「黼，合五彩鮮色。」

　　此類型疊音詞爲單字義的重疊，近於等義的並列複合詞。

　　第二，屬於疊音聯綿詞的類型，有象聲詞、名詞、動詞、形容詞等等，以下僅舉數例以說明該類型。如：

象聲詞		
牙牙	唐司空圖《障車文》：「二女則牙牙學語。」	小兒學語聲。
呵呵	唐寒山詩：「含笑樂呵呵。」	笑聲。
朱朱	《洛陽伽藍記·白馬寺》：「把粟與雞呼朱朱。」	呼雞聲。
關關	《詩·周南·睢鳩》：「關關睢鳩。」	毛傳：「關關，和聲也。」
活活	《詩·衛風·碩人》：「北流活活。」	高亨注：活活，流水聲。
颯颯、蕭蕭	《楚辭·九歌·山鬼》：「風颯颯兮木蕭蕭。」	風聲。
濺濺	《樂府詩集·木蘭詩》：「但聞黃河流水鳴濺濺。」	水疾流聲。
許許	《詩·小雅·伐木》：「伐木許許。」	伐木聲。
淵淵	《詩·小雅·采芑》：「伐鼓淵淵。」	鼓聲。

名詞		
蟓蟓	《詩·衛風·碩人》：「蟓首蛾眉。」鄭箋：「蟓謂蟓蟓也。」	蟲名。
鶼鶼	《爾雅·釋地》：「南方有比翼鳥……其名謂之鶼鶼。」	鳥名。
灌灌	《山海經·南山經》：「（青丘之山）有鳥焉……名曰灌灌。」	山名。
禺禺	〈上林賦〉：「禺禺鱋魶。」郭璞注：「禺禺，魚。」	魚名。

蛩蛩	《說文·虫部》：「蛩蛩，獸也。」	獸名。
猩猩	《禮記·曲禮上》：「猩猩能言，不離禽獸。」	獸名。
狒狒	《爾雅·釋獸》：「狒狒，如人，披髮，迅走，食人。」	獸名。

動詞		
靁靁	《素問·陰陽離合論》：「陰陽靁靁，積傳爲一周，氣裡形表而爲相成也。」	王冰注：「靁靁，言氣之往來也。」
眰眰	《楚辭·嚴忌〈哀時命〉》：「魂眰眰以寄獨兮。」	朱熹集注：「眰，從目，獨視也。」
睲睲	《玉篇·目部》	睲，睲睲呈，照視也。

形容詞		
棣棣	《邶風·柏舟》：「威儀棣棣。」	毛傳：「棣棣，富而嫻習也。」
依依	《小雅·采薇》：「楊柳依依。」	毛傳：「依依，楊柳輕柔飄拂貌。」
脫脫	《召男·野有死麕》：「舒而脫脫兮。」	毛傳：「脫脫，舒遲也。」
麃麃	《鄭風·清人》：「駟介麃麃。」	毛傳：「麃麃，武貌。」
夭夭	《周南·桃夭》：「桃之夭夭。」	美盛貌。
籊籊	《衛風·竹竿》：「籊籊竹竿。」	毛傳：「籊籊，長而殺也。」
浟浟	《衛風·竹竿》：「淇水浟浟。」	毛傳：「浟浟，流貌。」
蜎蜎	《豳風·東山》：「蜎蜎者蠋。」	蟲類屈折蠕動的樣子。
蓁蓁	《周南·桃夭》：「其葉蓁蓁。」	茂盛的樣子

　　這些都是單純詞而不是合成詞。非象聲的疊音聯綿詞中，名詞很少，動詞更少，絕大部分是形容詞。

（二）異字重言

　　異字重言屬於聯綿詞，有別於疊字重言，屬於不同字的雙聲兼疊韻。以《詩經》爲例：

聯綿詞	出　　處	古聲特徵	古韻特徵	釋　　義
蔽芾	〈小雅·我行其野〉：「蔽芾其樗。」	幫母雙聲	月部疊韻	茂盛的樣子。
燕婉	〈邶風·新臺〉：「燕婉之求。」	影母雙聲	元部疊韻	安詳溫順。
緜蠻	〈小雅·緜蠻〉：「緜蠻黃鳥，止於丘阿。」	明母雙聲	元部疊韻	泛指鳥語。

睍睆	〈邶風‧凱風〉：「睍睆黃鳥，載好其音。」	匣母雙聲	元部疊韻	明亮美好的樣子。
輾轉	〈周南‧關雎〉：「悠哉悠哉。輾轉反側。」	端母雙聲	元部疊韻	形容因心事而翻來覆去睡不著覺。
繾綣	〈大雅‧民勞〉：「無縱詭隨，以謹繾綣。」	溪母雙聲	元部疊韻	難分難捨。
廬旅	〈大雅‧公劉〉：「于時處處，于時廬旅。」	來母雙聲	魚部疊韻	寄也。馬瑞辰云：「廬旅古同聲通用，旅亦寄也。」

　　就「聲韻皆同」的「重言」特徵而言，這些異字重言的聯綿詞，兩個字彼此之間具有音素的細微差異，多半是開合等第、介音、聲調等等的不同。所以這一類「異字重言」型態的聯綿詞，屬於既雙聲又疊韻，但並不是疊字。

　　「疊字重言」中，重複並列兩個同樣意義單字的詞，不屬於聯綿詞，應該剔除。張世祿先生由聲音結構的複沓解釋疊音聯綿詞，說：

> 疊音詞是用重疊的音節構成一個詞，應注意它與單音節詞的重疊使用現象相區分。疊音詞是個一個詞具有重疊音節，屬於詞的本身的形式問題，它的詞義與紀錄它的單字的字義無關。……疊音聯綿詞有不少是擬音詞，也有些是因聲音發展而成，雙聲聯綿詞和疊韻聯綿詞則可能大部分是由聲音的發展變化而形成的。這種聲音的發展變化，大體上有兩種途徑，一種是由單音節詞引延為雙音節詞，還有一種是雙音節詞間相互依據雙聲、疊韻而演變。

〔註277〕

這裡描述了單音節詞的衍音過程。單音節詞的衍音有許多形式，如衍生同音字、雙聲字、疊韻字、或是雙聲疊韻，但不同音的字，即「異字重言」。這些字都是字音的延伸，和字義沒有關係。所以嚴格的說，「疊字重言」裡，雖然都是同樣的字重疊，倘若按照聯綿詞性質畫分，應該要區別出「疊音」和「疊詞」兩種不同的性質，才能符合定義。

　　值得注意的是，「異字重言」聯綿詞其中一小部分的發展，是從「疊字重言」的類型轉變而來，與語音連讀的強弱變化有關。因為連讀時的高低、快慢、強弱不同，造成一個音節的一部分音值產生變化，最後形成兩個寫法不同的詞。

〔註277〕見《古代漢語教程》，頁113～115。

〔註278〕然而，並非所有的「異字重言」聯綿詞，都是由疊音詞衍生而來的，僅只於少數的語音流轉和異地方言之間的交流影響造成的結果。

五、聲韻均異軌

「聲韻均異軌」是指複音聯綿詞的兩個字當中，乍看之下都沒有雙聲與疊韻關係，卻仍舊暗含音韻變化的一種類型。按照普遍對於聯綿詞的定義，是必須具備雙聲或疊韻關係的。所以關於這一軌，仍可以進一步加以分析說明。此處提出了「綺錯格」、「二合格」與「切音格」。魏建功先生說：

> 這是聯綿格的「綺錯格」。綺錯格最顯著的一種是古複聲，所以這一軌的例子必有合於軌一二而爲複聲的。綺錯格的詞往往別有一字與之同義，詞音的兩部份是綺錯的，而這與同義的字則聲韻相當。我們將複音的一種稱爲「綺錯格」，而專稱複聲的爲「二合格」，例如，「柊楑」〔註279〕是「綺錯格」，齊人謂椎爲柊楑，椎字與柊字的聲相當，楑字與椎字的韻相當。我們於此可以推想「椎」之一詞原來許有一個綺錯格的「柊楑」的說法，不過由於漢字單音不能傳留了。
>
> 「活東」、「科斗」是「二合格」。〔註280〕

在解析軌四、軌五之前，先將「綺錯格」、「二合格」與「切音格」等條件羅列如下：

格	拼合關係	音韻形式	例　證	音韻條件說明
切音格	二字拼合一字，上字與被拼字雙聲，下字與被拼字疊韻，字不能更易。	兩個單音字拼合一個單音字，包括字音與字形，字形亦必須合文。	不用－甮	取不字幫母，用字東部，可以拼合成甮字。甮字亦是「不用」的合文。
綺錯格	單音詞的另一個衍音形式說法，仍然具有上字取聲，下字取韻，拼合成一字的特色。但上字的韻與下	複音形式構成的單音詞。	柊楑－椎	「柊」職戎切，古聲母與「椎」同爲端母；「楑」渠追切，韻尾與「椎」同爲脂部，是二字可拼合一字的形式。

〔註278〕如徐振邦先生對「發發」／「霏發」、「婉婉」／「嬰婉」、「嶄嶄、巖巖」／「嶄巖、暫礏」等詞的考察。

〔註279〕《廣韻》：「木名，又齊人謂椎爲柊楑也。」

〔註280〕見《古音系研究》，頁236。

	字的聲有發音部位、發音方法相同的關係。		此外，「柊」韻尾爲舌根鼻音[ŋ]，「楪」爲群母，古歸匣，屬於舌根擦音[ɣ]，發音部位同屬於舌根。
二合格	二字中，上字多爲入聲。上字的韻與下字的聲多爲同阻。下字的聲多爲擦聲、邊聲。二字聲母合於複輔音組合形式。	用複音形式表現複輔聲單詞。	突欒一團	上字「突」爲透母入聲字，下字「欒」爲來母，屬邊音，兩者可組合爲[*t'l-]形式。

第四、第五軌屬於「單音詞的緩讀或衍音」形式。徐振邦先生說：

> 緩讀，也稱緩聲、曼聲，即將一個字緩讀爲兩個字，正像反切一樣。……鄭樵《通志・六書・諧聲變化論》稱：「急慢聲諧，慢聲爲二，急聲爲一也。梵書謂二合音是也。」……衍音詞是一個字衍音之後仍保留在雙音詞中，音形未變，只是於其前或其後衍增一雙聲或疊韻的字構成兩個音節。緩讀詞是將一個單音詞聲韻分開，聲母後另加一韻母組成一個音節，原韻母前也另加一聲母組成一個音節（其原來的聲韻偶爾有稍稍的變化。）致使單音演變爲雙音。〔註281〕

這一段的描述大致上與本文前一節所述相近，只是就「緩讀」與「衍音」的細微之處加以辨析。

就魏先生的文意而言，「軌四」是包涵了「綺錯格」與「二合格」的；「軌五」則專指「切音格」，不屬於聯綿詞。

魏先生說：「綺錯格最顯著的一種是古複聲，所以這一軌的例子必有合於軌一二而爲複聲的。」表示「聲韻均異軌」與「聲同軌」、「韻同軌」間，具有「異」、「同」定義模糊的地帶，因爲前者反映的是演化方法；後者著重在音讀條件。軌四雖然命名爲「聲韻均異軌」，但是「綺錯格」與「二合格」，仍然不免反映出詞格中前後的兩個字，在某種程度上，聲韻條件偶然有重疊的狀況。「聲韻均異軌」無論是就體系、就實際例證來說，都是不可或缺的一環。魏先生對於這個問題的模糊地帶，附加說明了「凡部三〔註282〕之四五，有時必與部一二各軌

〔註281〕見《聯綿詞概論》，頁88。

〔註282〕指「詞類軌部」。

參證，而後定其軌屬。」〔註283〕藉此標示了歸屬方向。

　　上述歸屬的問題，主要在於「聲韻均異軌四」、「聲韻混合軌五」是一字緩讀或衍音造成的聯綿詞，必定有對應的一個單詞；「緩讀」較近似於「綺錯格」，「衍音」較近似於「二合格」，只是「二合格」中仍然難免會夾雜著雙聲、疊韻，不見得與本「聲韻均異軌」的名稱相合。所以「聲同軌一」、「韻同軌二」是專門指聯綿詞的音讀現象；「二合格」、「綺錯格」是分別指古漢語以兩個以上的字表現出多音形式的問題，兩者性質不同。

　　回到魏先生所舉的「柊楑」為例，即是各取前字之聲與後字之韻來拼合「椎」字。這種「綺錯格」與「二合格」之間的差別，在於聯綿詞對應到一個字的單詞時，所反映出多音節與古複聲母的痕跡。「綺錯格」屬於「複音」形式；「二合格」則是凸顯「複聲母」特徵。〔註284〕關於這點，則需要仔細的加以斟酌判斷。

　　以下舉出幾個屬於本軌的例子加以說明：

聯綿詞	前字古音條件		後字古音條件		對應單詞	格	說　明
	聲類	韻部	聲類	韻部			
不律	幫	之	來	沒	筆	二合格〔註285〕	《爾雅·釋器》：「不律謂之筆。」黃侃音訓：「不律，筆之長言也。」
不穀	幫	之	見	屋	僕	二合格	《左傳·僖公四年》：「齊侯曰：豈不穀是為。」楊柏俊注：「《左傳》凡用不谷二十一次，其中十六次皆為楚子自稱……不谷為天子自貶之稱。」不穀當是僕的緩讀。

〔註283〕見《古音系研究》，頁236。

〔註284〕竺家寧先生於〈上古漢語複聲母研究綜述〉說：「魏建功《古音系研究》（1935）中也注意到了古漢語複聲母，認為『來紐可視為複聲之遺迹，而古複聲遺迹不特來紐一母也。』其後論述了連綿語『二合格』，也為探索複聲母之重要資料。」見《古漢語複聲母論文集》，頁410。從這段話裡可以知道，「二合格」明顯是複聲母形式的一個反映，但「綺錯格」只是一種從單音詞過度到複音詞的呈現方式，或許是俗語運用、詞彙語法的、緩讀的表現法，在聲母的語音結構上，與複聲母的組合形式不相合，因此只能算是複音詞，而不是古漢語的單音節複聲母痕跡。

〔註285〕「不」字《廣韻》云：「不與弗同。」物韻，分物切，屬入聲。故「不律」為二合格。

勃盧	並	沒	來	魚	蒲	二合格	洪邁《容齋三筆·切腳語》:「蒲為勃盧。」
迷陽	明	脂	定	陽	芒	綺錯格	《莊子·人間世》:「迷陽迷陽,無傷吾行。」王先謙集解:「迷陽謂棘刺也。」《說文》:「芒,草端也。」迷陽當為芒之長言。
丁寧	端	耕	泥	耕	鉦	綺錯格	《左傳·宣公四年》杜預注:「丁寧,鉦也。」
蔛蕍	心	諄	明	魚	須	綺錯格	《爾雅·釋草》:「須,蔛蕍。」黃氏音訓:「須與蔛聲轉,蔛蕍乃其緩音,蔛正當作蔬。」

　　以上數例說明了一字緩讀的現象造成的聯綿詞。至於衍音的「綺錯格」聯綿詞,是否能夠直接判定複聲母的痕跡,則是需要多加考量的。除了上字多為入聲字,以帶*-l-形式的複聲母而言,是最常見的,但徐振邦先生也為這種帶*-l-的緩讀做出了兩點結論:

　　（一）緩讀詞,後字聲母大多是[l],因為這『是一種最佳選擇。他既可以保留[ɣ]或[ŋ]的濁音色彩及發音時呼出的氣流強的特徵,又可以不管韻母的開齊合撮,與各類韻母拼合,這就是分音詞的後字大多讀[l]的原因』。『緩讀將一個字分化為兩個音節,第二音節的聲母[l]是從單音字聲母的送氣成分造成的舌根或小舌擦音[ɣ]、[x]等轉化而來的。』（二）『無論古代或現代的分音詞,他們的合音字中都是以喉牙音或次清、全濁這些送氣聲母為主流的,這兩類字均在總數的80%以上。因為喉牙音發音部位在口腔後部,因而發音時氣流所衝的就是舌根或小舌,也是容易帶來舌根或小舌擦音[ɣ][x]的。況且,喉牙音由於發音部位在後,舌尖又留有充分的活動餘地,這又有利於『嵌l詞』後字聲母[l]的出現。』」〔註286〕

這兩點說法可以作為一個清楚的說解。是以面對一字緩讀的材料時,是否能直接以帶*-l-形式的複聲母下定論,則需要審慎斟酌。

〔註286〕見《聯綿詞概論》,頁98～99。

六、聲韻混合軌

「聲韻混合軌」並非單純的切音拼合，而是指「字形及音韻相結合並另對應一字」的特殊情形。關於「切音格」，此處魏先生說：

> 這是聯綿格的「切音格」。切音格的詞往往別有一字與之同音。這樣與綺錯格的詞和二合格的詞就有同異的地方。兩字之上一字與組成之詞之音首爲雙聲，下一字與其音尾爲疊韻，是爲同點。綺錯格與二合格上一字音尾與下一字音首必互有關係（如同位或同勢等條件）。若是二合格，上字多爲入聲，收聲與下字發聲同阻，或非入聲而必非附聲韻，下一字必爲通聲或分聲及聲之合於複聲第二音素者。而切音格之上字之韻與下字之聲無所限制，是其異點。故綺錯二合格詞往往有可以易其上一字以其所對之別一字則變爲疊韻格，或去其下一字而加其所對之別一字於上一字之上則變爲雙聲格，但非可全變者：切音格詞不能變易。
>
> 突欒 —— 團，—— 二合格。
>
> 團欒 ————— 疊韻格。
>
> 康良 —— 空，—— 二合格。
>
> 空康 ————— 雙聲格。
>
> 不用 —— 甭，—— 切音格。
>
> 勿曾 —— 儹，—— 切音格。〔註287〕

「切音格」之命名，若不按照《古音系研究》「詞類軌部」的聯綿詞陳述與定義，容易與「反語起源」相混〔註288〕。「切音格」不僅「二聲合爲一字」，同時亦「二形合爲一字」。學者經常以「甭」字爲例，從音韻學的角度闡發，例如董同龢先生說：「兩個字因爲常常用在一起，有時就拼成一個新的字音，這在國語裡也有

〔註287〕見《古音系研究》，頁235～237。

〔註288〕如顧炎武言「反切之始」，其云：「按反切之始，自漢以上，即已有之。宋沈括謂古語已有二聲合爲一字者，如不可爲叵，何不爲盍，如是爲爾，之乎爲諸…。鄭樵謂：『慢聲爲二，急聲爲一。慢聲爲者焉，急聲爲旃。慢聲爲者與，急聲爲諸。慢聲爲而已，急聲爲耳。慢聲爲之矣，急聲爲只。』是也。」見《音學五書》，頁34～35。

少數很明顯的例。……『不』與『用』併成『甭』。」〔註 289〕在音韻形式上，如此近似於拼切的方式，是爲「合音」；在書寫形式上，合二字爲一字的書寫形式，是爲「合文」。

合文是把兩個以上的字，寫成一個形體。形式上雖是一個字，原始狀態卻包含了兩個以上的詞素與音節。例如甲文中表示數字量詞修飾名詞的「五牢」、「三牛」，神主名的「大乙」、「父丁」，形容詞修飾名詞的「小雨」、「小臣」，以及漢語中的「卅」、「廿」、「尫」等等。單就「合文」來說，這些字並不取其聲韻。然而魏先生所指的「切音格」，兼括了音韻形式與書寫形式，包涵了「合音」與「合文」兩種特點，不僅只於聲音關係，也不只一個詞素，而且它並不具有聯綿詞不可分割的單純詞性質，所以不能將「切音格」歸併於聯綿詞範疇中。

更進一步說，這種字形的特殊表音結構，又稱之爲「自反」。龐光華先生《論古漢語上古音無複輔音聲母》中，舉出相當多例證說明了「自反」原理，例如《論衡・商虫》：「凡、虫爲風之字。」俞正燮《癸巳類稿・反切證義》：「舍予自切爲舒……刺貝自切爲賴，禿貴自切爲穨，束疋自切爲疏，氏巾自切爲紙，羽異自切爲翼……女襄自切爲孃，至秦自切爲臻，雨雲自切爲雲……」朱駿聲《說文通訓定聲・自敘》：「目少眇而手延挻，自諧以成字。」等等〔註 290〕。筆者以爲「自反」雖是一種現象，但不見得是造字的法則，其中仍不免有一些偶合情形；又，以兩個部件的字而言，誰該當聲，誰該當韻，也都不是固定的。即使如此，「自反」現象仍有其存在性，並且能作爲切音格的補證。

第四節　小結

魏建功先生的「音軌」理論，可區爲「聲類軌部」、「韻類軌部」和「詞類軌部」三大部份。每一部各自有其理論開展，並加以材料驗證，實爲豐富，並

〔註 289〕見《漢語音韻學》，頁 28。董先生並沒有獨立討論「切音格」的字形問題，但卻明顯指出這種字與音的自然結合方式，與反切不同。董氏說：「先秦典籍中『不可』爲『叵』，『而已』爲『耳』，『之乎』爲『諸』，『之焉』爲『旃』等例，和現代北平人把『不用』說作『甭』，或蘇州人把『勿曾』說成『朆』的音一樣，是兩個字音的順乎自然的結合，算不得反切。」見《漢語音韻學》，頁 77。

〔註 290〕參見龐光華：《論漢語上古音無複輔音聲母》（北京：中國文史出版社，2005 年），頁 222～239。

提出諸多創見與發明，也爲後世學者了提供許多啓示。第一、「聲類軌部」的討論，分爲：一、同位異勢相轉軌，二、異位同勢相轉軌，三、同位或異位增減變異軌與同位或異位分合變異軌，四、韻化軌等四個部份分別評述：

（一）同位異勢相轉軌：本文以魏先生的分類爲基礎，加以歸納，大致將「同位異勢相轉軌」分成了「塞鼻相轉」、「塞通相轉」、「塞分相轉」、「塞清濁相轉、塞清氣音相轉、塞濁氣音相轉」、「鼻通相轉」、「鼻分相轉」、「鼻清濁相轉」、「通分相轉」、「通清濁相轉」、「分清濁相轉」等十個部份作分析。

「塞鼻相轉」一節，驗證了日譯漢音對照當時的西北方音，保存的一定數量的塞鼻相轉特徵。「塞通相轉」一節，說明了輕脣音分化、舌根音顎化、日音濁塞音聲母擦音化的變化，並對所引用的古籍材料做了疏證。「塞分相轉」一節，就來母與塞音相接觸的諧聲材料做了擬測。「塞清濁相轉、塞清氣音相轉、塞濁氣音相轉」一節，引述章太炎先生的旁紐雙聲說，並釐清了魏先生的系統性假定。「鼻通相轉」一節，對朝鮮與的疑母聲首，古音明曉相通，微母字由明母分化並轉成擦音，日譯漢音的鼻聲擦聲相通……等問題個別說明，印證了魏先生的引據。「鼻分相轉」一節，透過西南官話與方言中 n-、l-相通的語料，說明今音中仍保留了鼻聲與邊聲混合的痕跡。「鼻清濁相轉」一節，由鼻音相配的平聲字聲調變化，對照出規律中的例外。「通分相轉」一節，以來母諧聲通轉爲基礎，補足了古來母＋擦音的複聲母類型。「通清濁相轉」一節，討論了國音「万」母與「厂ㄒㄕㄙ」四母的性質。「分清濁相轉」一節，則與「鼻清濁相轉」所討論的濁音平聲字聲調變化的歧異現象性質相近。

（二）異位同勢相轉軌：本音軌包含四大類型之相轉軌。一、「塞聲相轉」，二、「鼻聲相轉」，三、「通聲相轉」，四、「分聲相轉」，總共十二軌。此十二軌中，「塞聲相轉」類，因魏先生將送氣又區分爲清濁兩類，故「塞塞相轉之三清音系三」和「塞塞相轉之五濁氣系五」是系統性的音軌擬定，實際上在漢語中是不存在的。「鼻聲相轉之一清系七」雖然今日語音中已經消失，然而由李方桂與董同龢兩位先生的構擬中，卻可以假定出一類具有參考價值的上古音清鼻音聲母，並且恰好能配列《聲類表》中「清音內收聲」的空檔。「通聲相轉」類型中，從方言現象的喉擦音、舌根擦音與脣擦音對當關係來看，可以說明，同樣是擦音，在不同發音部位間，依然有通轉現象存在。「分聲相轉」只有來母一類，

從系聯結果發現，二三等雜有變聲，對來母產生的分化，在域外方音裡，仍然能看出邊音在不同類型裡的變化痕跡。透過「異位同勢相轉軌」對於「位同」的瞭解，我們能夠更加確定「發音方法相同，發音部位不同」的類型，是合乎語言通轉音理的。

（三）同位或異位增減變異軌與同位或異位分合變異軌：這兩軌主要指古漢語的複聲母與單聲母之間的音素增減變化，所以合併討論。魏先生從最明顯的來母結合形式作為起點，透過這種類型，我們得以一窺古漢語各種複聲母組合形式及其面貌。本文歸納了諸家學者對複聲母研究的現況，以及各種討論和假設，綜述歷來討論最充分的*CL-型複聲母。

（四）韻化軌：本軌包含了從輔音聲母，轉化成半元音聲母，以至於零聲母的四系變化。在「為、喻、日、微、疑」等聲母的演變過程裡，可以看出魏先生對於半元音聲母的看法和立場。

第二、「韻類軌部」的討論，可分為：一、同位異勢相轉軌，二、異位同勢相轉軌，三、同位上下變異軌與同位異勢變異軌，四、異位同趨衍變軌，五、同位異趨衍變軌，六、分合軌，七、增減軌，八、鼻韻化軌，九、聲化軌等九個部分，分別詳述。

（一）同位異勢相轉軌：本軌「系一」到「系七」主要論述元音舌位的同樣高度，但前後轉換變化；或是前後位置相同，但高低升降變化的元音移動情形。在漢語中這種情形很普遍，而魏先生偏向於位置的探討，較為繁瑣，本文參酌王力先生的意見，以變化概念的宏觀角度來探究，可以互相發明。「系八」到「系十三」屬於聲調的變異，除了討論入派三聲和陰陽入相配的問題，也分析了例外的「鼻」字。

（二）異位同勢相轉軌：由介音的發展來觀察漢語語音變化，並討論了開齊合撮四呼的性質。

（三）同位上下變異軌與同位異勢變異軌：這兩軌中，分別將第一軌裡面元音變化的其他因素納入，等於是補充了同位異勢相轉軌的不足，也就是囊括了元音的不規則移動。

（四）異位同趨衍變軌：在同是舌根鼻音的條件下，就江韻與東鍾、陽唐兩大類的密切程度，作為研究標的，可看出江韻主要元音的古今變遷。

（五）同位異趨衍變軌：以《中原音韻》的車遮韻為例，由麻韻中劃分，可觀察出主要元音歷時的相異分化。

（六）分合軌：本軌主要討論複元音韻母的單元音化，並舉出方言、反切語為佐證說明之。

（七）增減軌：所謂增減，即是就輔音韻尾的失落、有無，來看傳統音韻學中大量的「陰陽對轉」、「陰入對轉」和「陽入對轉」。透過語音學的音素成份分析，可以更清楚的探究《詩經》韻語的合韻、諧聲，或各種類型的音轉材料的音理。本軌也釐清了陰聲韻的輔音韻尾說，進一步推論出魏先生所主張的陰聲韻半元音韻尾，即可以與元音韻尾說整合。

（八）鼻韻化軌：本文分析了日本吳音、先秦韻語的陽聲韻合韻現象，不代表古漢語陽聲韻尾都有鼻韻化的趨勢。對魏先生的說法有所保留，並再作商榷。

（九）聲化軌：以國語零聲母的影母為基礎，本軌就影母字在韓語中的表現，與方言裡借用疑母讀音的證據，印證了高本漢所說的類推作用。

第三、詞類軌部的討論，主要還是圍繞著聯綿詞來討論。

聯綿詞的研究從宋代張有《復古編》開始，後來有明楊慎《古音駢字》、朱謀瑋《駢雅》、方以智《通雅·釋詁》中的「謰語」，程際盛《駢字分箋》、王念孫《讀書雜志》中的「連語」，王國維的《聯綿字譜》、符定一《聯綿字字典》等，可作為聯綿詞理論的代表著作。然而前人所謂的「連語」，除了聯綿字以外，一部分也包涵了同義複詞，與聯綿詞的定義不完全相同。

聯綿詞本身是兩個沒有意義的字聯綴在一起，形成兩個音節的一個語素，產生一個新的意義，所以並不能各自拆解，而加以解釋。前人在解釋「猶豫」、「窈窕」、「葡萄」、「輾轉」、「狼狽」時，就曾經出現將聯綿詞拆開解釋的問題，造成說解上的歧異。〔註291〕關於聯綿詞的特點，解惠全簡要的闡述了三點：「第

〔註291〕 例如張世祿先生云：「古代有的注釋家每每拘泥於字形，將聯綿詞的詞義與紀錄它的漢字意義曲意附會，得出一些似是而非的結論。例如『猶豫』是聯綿詞，遲疑不決的意思，顏師古注釋為：『猶，獸名也。《爾雅》曰：猶如麂，善登木。此獸性多疑慮，常居山中，忽聞有聲，即恐有人且來害之，每豫上樹，久之無人，然後敢下。須臾又上，如此非一，故不決者稱猶豫焉。』『窈窕』是聯綿詞，形容女子姣好美麗，揚雄《方言》說『美心為窈』、『美狀為窕』。『葡萄』是個音譯外來

一，在詞義上只有一個語素，兩個字只代表兩個音節，不表示意義。第二，在語音上，兩個音節大多有雙聲疊韻的關係。第三，在形體上，往往有多種書寫形式。」〔註292〕這是目前大多數學者們對於聯綿詞的共識。

魏建功先生「音軌」中的「詞類軌部」，是架構在音與詞的結合上，作爲立論基礎的。聯綿詞是詞彙的聲音與字形變化結合中，最明顯的一種，而「詞類軌部」當中所收的五種變化軌則，也囊括了疊音詞及切音合文。依照我們對聯綿詞的定義，這兩類應該分別獨立出來，各自成爲一類。魏先生著眼於複音單純詞當中可以看見的五種音軌易變、連音變化、異字的重言形式等等探究，有助於考索上古複聲母痕跡的可能性；而針對不同的音韻結合形式，所訂定的「綺錯」、「二合」、「切音」等詞格，亦是一大發明。這些成果，都提供了上古音研究者珍貴的材料，並具有音韻史上的價值。

詞，《漢書》寫作『蒲桃』，《本草綱目》則説：『（葡萄）可以造酒，人醞飲之，則酶然而醉，故有是名。』『輾轉』是既雙聲又疊韻的聯綿詞，轉動的意思，鄭玄單釋『輾』爲『臥而不周』，朱熹依附鄭玄，釋『輾者轉之半，轉者輾之周』。『狼狽』是聯綿詞，意思是困苦窘迫，唐人段成式《酉陽雜俎》記載：『或言狼狽是兩物，狽前足絕短，每行常駕兩狼，失狼則不能動，故世言事乖者稱狼狽。』『狼狽爲姦』這一成語也是由此附會出來的。」張世祿：《古代漢語教程》，頁114。

〔註292〕見解惠全：《古代漢語教程》（天津：南開大學出版社，1992年），頁128～129。